Roland Ryley

Der Tod bucht Zimmer 502

Roland Ryley

Der Tod bucht Zimmer 502

Ein London-Krimi

DRYAS
London-Krimi

Ryley, Roland: Der Tod bucht Zimmer 502. Ein London-Krimi.
Hamburg, Dryas Verlag 2021

1. Auflage 2021
ISBN: 978-3-948483-61-6

Dieses Buch ist auch als ePub erhältlich und kann über den Handel oder den Verlag bezogen werden.
ePub-eBook: 978-3-948483-62-3

Lektorat: Andreas Barth, Oldenburg
Korrektorat: Tessa Brinkhaus, Hamburg
Satz: metiTec Satzsystem, me-ti GmbH Berlin
Umschlaggestaltung: © Guter Punkt, München
Umschlagmotiv: © Kim Hoang, Guter Punkt, unter Verwendung von Motiven von Nastco, Richard Wellenberger, ra2studio und Chachawal Prapai / iStock / Getty Images Plus

Bibliografische Information der Deutschen Nationalbibliothek: Die Deutsche Nationalbibliothek verzeichnet diese Publikation in der Deutschen Nationalbibliografie; detaillierte bibliografische Daten sind im Internet über https://dnb.d-nb.de abrufbar.

Der Dryas Verlag ist ein Imprint der Bedey und Thoms Media GmbH, Hermannstal 119k, 22119 Hamburg

---

https://www.dryas.de
Gedruckt in Deutschland

Für Jane Kingston
Ohne dich gäbe es keine Granvilles und erst recht keine Chans
und keinen Alfie
See you in London

3 Tage vor dem
Chandelier Charity Concert

1

7:00 pm, Savoy Hotel

Oliver Montagu klopfte sich das Wasser vom Mantel. Der Regen hielt sich nun schon seit September über London. Auf einen Tag gesehen, war der leichte, weiche Niederschlag kaum der Rede wert. So langsam jedoch machte er mürbe, unterspülte Gehsteige, weichte Wiesen und Parkwege auf. Das brachte selbst die härtesten Bäume ins Wanken. Ähnlich erschien Oliver das Verhalten der alten Dame, die seit einer gefühlten Ewigkeit ihrem Unmut an der Rezeption des Savoy freien Lauf ließ. Er hatte bei ihr im ersten Moment tatsächlich an Dolores Umbridge aus Harry Potter gedacht, jene Frau, die selbst Stephen King als das personifizierte Böse bezeichnete. Dass es sich um Mildred Granville handelte, war ihm erst später aufgefallen. Er hatte also danebengelegen, wenn auch nur knapp.

Der Concierge mit der perfekt geföhnten Elvistolle bemühte sich, die enorme Anspannung mit professioneller Höflichkeit zu überspielen. Mit Sicherheit hatte er im Savoy Hotel schon dramatischere Situationen meistern müssen. Aber die Hartnäckigkeit von Mildred Granville hatte eine eigene Qualität. Sie kam leise und harmlos daher und tötete langsam. Wie die tägliche Minidosis Gift in einem alten Agatha-Christie-Roman. Oliver lenkte sich mit dem entzückenden tigerroten Corgi ab, den Mildred, passend zu ihrem eigenen Outfit, an einer türkisen Hundeleine hinter sich her schleifte. Auf seinem ebenfalls türkisen und maßgeschneiderten Hundegeschirr formten fein geschliffene Swarovskikristalle den Namen Alfie. Dem kleinen Alfie schien der Trubel im Savoy nichts auszumachen. Oliver hingegen wollte nach den Strapazen der Fashion-Week in Paris nur noch zurück in sein geliebtes Hotelzimmer, weit weg von dieser nervtötenden Frau.

»Wissen Sie überhaupt, wer ich bin?«, fragte sie.

Oliver rollte mit den Augen. Jeder, der im Savoy Hotel regelmäßig ein und aus ging, wusste das. Sie war Mildred Granville, das vorletzte Mitglied der einst legendären Granville-Familie, und somit Verwalterin eines schier unvorstellbaren Vermögens. Sie gehörte zu den Urgesteinen dieses Hauses. Sein Vater hatte ihm erzählt, wie Mildred Granville als Kind bei jeder Gelegenheit Bridget D'Oyly Carte, der letzten Nachfahrin der Gründerfamilie des Savoy, hinterhergetänzelt war. Und wie sie alle stets beeindruckt hatte mit ihren exzellenten Manieren, ihrem Wissen über Weine, Whisky, Gin und Tee – sowie mit ihrem messerscharfen Geschäftssinn. Mit einem gigantischen Vermögen geboren zu werden, war das Eine. Die Kunst, es zu vermehren, jedoch, trennte die Spreu vom Weizen. Absolut niemand übertraf Mildred Granville auf diesem Gebiet. Und Mildred Granville bekam kein Zimmer im Savoy? Oliver fühlte einen leichten Anflug von Schadenfreude.

»Selbstverständlich weiß ich, wer Sie sind, Madam. Daher tut es mir auch wirklich in der Seele weh, dass ausgerechnet Sie von unserem Computerhack betroffen sind.«

»Computerhack?«

Der Concierge legte seine Hand an den Mund und flüsterte. »Wir hatten einen riesigen Wurm im System.«

»Das ist ja widerlich.« Mildred Granville rümpfte die Nase. »Waschen sich Ihre Techniker nicht die Hände?«

Oliver biss sich auf die Zunge, konnte aber nicht verhindern, dass dennoch ein kurzes, lautes Schnauben über seine Lippen schoss. Mildred Granville erstarrte und drehte sich zu ihm um. Wenn Blicke töten könnten. Allerdings genügte bereits ihr Outfit. Ein Überraschungsangriff in Türkis. Der vorgestrige My-Fair-Lady-Stil ihres übergroßen Damenhutes tat einem Trendsetter wie Oliver in den Augen weh. Die Seidenschleife auf der Krempe sah aus, als hätte Mildred sie von einer Geschenkverpackung im Harrods gestohlen. Ganz zu schweigen von dem weißen Faltenrock mit dem viel zu wilden, bunten Blütenmuster. Da half es auch nicht, dass sie diesen unter ihrem ebenfalls türkisen Damenmantel aus grob gewebtem Wollstoff mit asymmetrischer Knopfleiste zu verbergen versuchte. Unfassbar, sogar ihr Gehstock war türkis. Lediglich der darauf befindliche Fritzgriff, den Mildred mit ihrem weißen Baumwollhandschuh umfasste, glänzte in feinstem Sterlingsilber.

»Und wer sind Sie?«

Ihre Stimme hingegen stresste eher auf unterschwellige Art, leise und bedrohlich, wie das Rasseln einer Klapperschlange. Da war es fast erstaunlich, dass der kleine, herzerweichende Corgi an ihrer Seite mit seinem wuscheligen Fell nicht umgehend seine riesigen

Dumbo-Ohren anlegte und auf seinen kurzen Beinen Reißaus nahm.

»Das ist der weltberühmte Installationskünstler und Modeschöpfer Mr Oliver Montagu, Madam. Er reist an für Zimmer 502.«

»Sie sind Mr Montagus Sohn?« Ihr Blick fiel auf seine rechte Hand. »Tatsächlich, das Muttermal.« Sie betrachtete ihn abschätzig von oben nach unten und zurück. »Mode nennen Sie das also.«

Oliver Montagu mühte sich ein Lächeln ab. In Gedanken begann er allmählich, zu überlegen, wie man diese Dame am qualvollsten ermorden könnte.

»Wie viel kostet Ihr Zimmer?« Noch ehe er antworten konnte, wendete sie sich wieder dem Concierge zu. »Ich zahle das Doppelte.«

Der Concierge suchte nach einer Ausrede. »Es tut mir wirklich leid, Mrs Granville, aber …«

»Ja, was denn noch?«

Der Corgi bellte dreimal kurz. Den kreisenden Augenbewegungen nach befand sich seine Blase an der Kapazitätsgrenze. Aufgrund der fortwährenden Ignoranz seines Frauchens begann er, Mildreds Gehstock von allen Seiten zu beschnuppern. Während Oliver rachedurstig dem unausweichlichen Unglück entgegenfieberte, sprang im Hintergrund ein gedrungener Mann im pechschwarzen Anzug auf. Mit stummem Armgefuchtel und verzweifelter Grimassenschneiderei versuchte er, den kleinen Corgi von seiner Notdurft abzuhalten. Mildred Granville bekam von alledem nichts mit. Sie atmete tief durch und lehnte sich vor, um auf das Namensschild des Concierges schielen zu können.

»Mr Phil Dubois, es ist mir egal, wie Sie mir ein Zimmer besorgen, aber ich werde mich auf jeden Fall sehr ...« Völlig beiläufig nahm sie ihre Coutts World Silk Card in die Hand. »... sehr erkenntlich zeigen.« Der Anblick der Silk Card schien hypnotische Wirkung auf den Concierge auszuüben. Kein Wunder, soweit Oliver wusste, besaßen nur knapp 100 Menschen weltweit diese Kreditkarte, und eine davon war die Queen.

»Oh dear, so gerne ich Ihnen diesen Wunsch auch erfüllen würde, Madam, Sie können Zimmer 502 nicht buchen. Mr Montagu ist einer unserer Ehrengäste.«

»Ehrengäste?« Mildred Granville hüstelte.

Erwürgen, dachte Oliver. Angesicht zu Angesicht, damit er würde sehen können, wie sie dabei mit den Augen rollte und nach Luft japste.

»Mr Montagu hat für unser Chandelier Charity Concert im Savoy Theater den spektakulären Kronleuchter entworfen. Stars aus aller Welt werden dort am Sonntag für einen guten Zweck auftreten. Sie verstehen, dass wir ihn nicht ausladen können.«

Mildred Granville winkte in Richtung des gedrungenen Anzugträgers, der sich noch immer verzweifelt im Hundeflüstern versuchte. »Machen Sie den Wagen bereit. Ich buche mir ein Zimmer an einem Ort, wo Höflichkeit und Etikette noch Wörter mit Bedeutung sind.« Sie drehte sich dem Concierge zu. »In einem echten Luxus-Hotel.«

Der Corgi schien die Aufforderung zum Aufbruch zu verstehen, bellte zweimal kurz und wedelte hoffnungsvoll mit dem Schwanz.

»Ich fürchte, das wird nicht möglich sein, Madam«, hauchte der Concierge. »Wegen unseres Chandelier Charity Concerts sind sämtliche Hotels in London restlos ausgebucht.«

»Ausgebucht?«

Der Concierge fächerte sich mit der linken Hand Luft zu. »Die Weltstars in unserem Haus und die ganzen Fans, Sie verstehen …«

Mildred Granville sah sich suchend in der Lobby um. »Stars?« Schließlich nickte sie wieder ihrem Fahrer zu. »Wir fahren zu meiner Nichte.«

Der Chauffeur erhob dezent den Finger. »Aber Madam, Sie wissen doch, Alison Granville ist wegen der vielen Arbeit für das Chandelier Charity Concert leider bis Sonntag nicht in ihrem Hause.«

Mildred Granville kicherte. »Eben. Das ist doch wunderbar.«

Dem Chauffeur klappte die Kinnlade herunter. Mildred Granville gab ihm einen übermütigen Stups auf die Nase. »Ich habe einen Schlüssel. Und davon abgesehen ist in ihrem Haus Platz genug.« Sie blickte zu ihrem Corgi. »Und Alfie hat einen kleinen Garten.«

Der Kleine hüpfte und drehte sich übermütig im Kreis.

»Aber Mrs Granville!« Das Gesicht des Chauffeurs wurde käseweiß. »Sie können doch nicht einfach so in das Haus Ihrer Nichte …«

Mildred stampfte ihren Gehstock auf die Steinfliesen. Fehlte nur noch der Blitz, der dabei in alle Richtungen schoss. »Und ob ich kann.« Sie blickte mit süffisantem Lächeln in die Runde. »Ich habe es ihr schließlich gekauft.«

Der Chauffeur bog und wand sich wie ein Wurm. »Aber Madam, Sie wissen doch: der Regen, die Umleitungen, die schwache Blase von Alfie.«

Der Corgi jaulte und begann erneut, den Gehstock zu umtänzeln. Oliver flüsterte ihm kaum hörbar »Good boy! Good boy!« entgegen, während Mildred Granville sich weiter echauffierte.

»Sie sollen ja nicht durch den Urwald fahren. Die paar wenigen Meilen bis nach Kensington werden Sie wohl schaffen?«

Der Chauffeur nickte ergeben. »Selbstverständlich, Madam.« Er setzte zu einer weiteren Entschuldigung an, die sie mit einer simplen Handbewegung unterband. Dabei schnappte sie dem Corgi mitten im Versuch, das Beinchen zu heben, den Gehstock vor der Nase weg. Er plumpste auf seinen Hintern und jaulte verkrampft auf.

»Morgen früh werde ich mich erneut bei Ihnen erkundigen, Mr Phil Dubois. Ich bete für Sie, dass Sie bis dahin ein Zimmer für mich organisiert haben.«

Phil schluckte.

Mildred bewegte sich in Richtung Ausgang. Hoffnungsvoll trottete der Corgi dem über die Steinfliesen klackernden Gehstock hinterher.

»Eine gute Fahrt, Madam«, grüßte Oliver zum Abschied. Woraufhin sie kurz vor der Drehtür einen Bogen machte und sich zu Oliver zurückbewegte. Kurz vor ihm blieb sie stehen und begutachtete sein Outfit. »Ihr Schal ist ein wenig lang, Sir. Sie sollten achtgeben, dass Sie sich nicht eines Tages aus Versehen damit erhängen.«

»Damit Sie mein Zimmer haben können?« Oliver lachte. Bis er eine feuchte Wärme über seinen Knöchel fließen spürte. Als er an sich hinuntersah, erblickte er erst einen gelblichen Fleck auf seiner weißen Flanellhose und dann die Pfütze, die seinen Schuh umgab. Der knuffige kleine Alfie war verschwunden. Er tapste bereits glücklich und entspannt an der Seite von Mildred Granville durch die Drehtür.

2

7:00 pm, Thurloe Square

An der Tür auf halber Treppe zwischen Erdgeschoss und großem Saal befand sich Blut. »Hierher!«, rief Alison. Eine Horde von 20 Teenagern polterte aus Kaminzimmer, Flur und Küche über die Treppenstufen zu ihr. Alison zog ihr Handy aus der Hosentasche, schaltete die Taschenlampe ein und beleuchtete Schloss und Klinke. Prompt stand Chloe neben ihr. Da sollte ihr noch einmal jemand erzählen, dass dieses Mädchen Konzentrationsstörungen hatte und nicht begeisterungsfähig war. Seit Commander Ken Kilburn ihnen mitgeteilt hatte, dass Alisons Butler Roy kurz vor dem Start der Party mit den Kids vom Bacon's College auf mysteriöse Art spurlos verschwunden war, hatte sie sich mit voller Hingabe mit auf die Suche gemacht.

»Da sind Kratzspuren. Es sieht aus, als wollte jemand das Schloss aufbrechen. Was ist hinter dieser Tür? Eine Kammer?«

»Kein Ahnung«, antwortete Alison.

»Was? Du wohnst hier und hast keine Ahnung, was sich in den einzelnen Zimmern befindet?«

Alison fühlte sich ertappt. Okay, sie hatte den Schlüssel für das Haus vor drei Wochen bekommen. Aber die alten Möbel, die Mildred ausgesucht hatte, waren der Horror gewesen. Bis Roy einen geeigneten Lagerraum und die Abholung organisiert hatte, war sie bei ihrer besten Freundin Peggy im Gästezimmer untergekommen. Das war irgendwie cooler als ein Hotel und so herrlich down-to-earth, fand sie. Nun war sie zwar schon seit zwei Tagen hier, aber mit den Vorbereitungen für das Chandelier Charity Concert hatte sie Wichtigeres zu tun, als sich um Inneneinrichtung zu kümmern und hinter dreißig auf vier Etagen verteilte Türen zu schauen. Außerdem war die Idee einer Spontanparty mit den Teens vom Bacon's College in diesen halbleeren Räumen voll hip. Sie waren ihr in den letzten Wochen echt ans Herz gewachsen und hatten es sich nach all der harten Arbeit auch mehr als verdient. Wenn nur dieses Dilemma mit ihrem Butler Roy nicht wäre. Wer sollte den Kindern jetzt das Essen reichen, Drinks einschenken und Musik auflegen? Klar, Alison war sicher: Ken hatte das zusammen mit den Kids ausgeheckt. Sie wussten, wie sehr sie Krimis liebte. Sonst würde Ken als Commander beim Scotland Yard jetzt wohl kaum entspannt die Füße hochlegen, während sie mit den Kiddies hier ermittelte. Aber Roy war über 70, und sie suchten jetzt schon seit einer halben Stunde.

»Ich glaube nicht, dass jemand das Schloss knacken wollte«, antwortete sie den Kids. »Dafür sind die Kratzer zu willkürlich und die Spuren im Holz zu tief. Auf mich wirkt es eher, als wenn hier ein Kampf stattgefunden hat.«

Henry drängelte sich aus der Menge hervor. »Er hatte einen Krampf?« Wofür er unverzüglich eine Kopfnuss von Chloe erntete.

»Ein Kampf, du Hirni.«

Henry riss seine mit bunten Tattoos übersäten Arme in die Höhe. »Hey, Leute. Hier sind Kampfspuren. Überall Blut!«

Überall war übertrieben. Aber Alison war durchaus beeindruckt. Ken hatte sich selbst übertroffen. Das Blut sah erstaunlich echt aus. Wildes Gedränge brach los. Binnen eines Atemzuges war Alison von einem dichten Pulk aus Jugendlichen mit gepiercten Augenbrauen, bunt gefärbten Kurzhaarschnitten, kahl rasierten Köpfen, selbstgedrehten Dauerwellen, zerrissenen Jeans, Crop Tops, klimpernden Riesenhalsketten, Kaugummigeschmatze und durchgewetzten Sneakers umgeben. Chloes Augen blitzten auf. Die knallgrünen Spitzen ihrer kurzen wasserstoffblondierten Zöpfe schaukelten vor Aufregung. »Bist du sicher?«

Alison nickte, winkte Henry zu sich heran, griff seine Hand und formte sie zur Faust. »Stell dir ein Messer vor.«

Er stellte sich in Pose.

»Hey Leute, wir brauchen Platz!«, rief Chloe.

Die Menge stob auseinander. Alison machte weiter.

»Ich komme die Treppe hinauf, und du tust so, als wärst du in der Kammer, um mir aufzulauern.«

»Wieso vorstellen?«, fragte Henry und streckte seine Hand nach der Klinke.

»Nicht!«, schrie die Menge im Chor. »Wer weiß, was dahinter ist.«

»Frag sie doch!«, rief jemand.

Chloe stöhnte. »Sie weiß es auch nicht.«

»In ihrem eigenen Haus? Alison, du bist so voll der Snob.« Gelächter brach los.

Alison hob die Hände, um die Menge zu beschwichtigen. Ruhe kehrte ein. »Außerdem dürfen wir keine

Spuren verwischen. Also nochmal von vorn.« Sie stieg ein paar Stufen herab.

»Vorsicht mit dem Blut, Alison, dein Jumpsuit!«, rief eines der Mädchen. »Das geht nie wieder raus aus dem Baumwollsatin.«

»Passt doch super zu dem Rosa«, hallte es von hinten.

»Und pass nur auf mit deinen Pumps.«

»Die rennt damit doch jeden Tag rum, du Scholle.«

»Außerdem sind das Highheel-Sandalen.«

»Hey Leute«, rief Alison. »Hier wird jemand vermisst!« Sie musste sich ja selber auslachen für ihr Outfit. Aber sie hatte ja auch nicht wissen können, dass sie einen blutigen Kriminalfall würden lösen müssen. Dann hätte sie sich einfach nur ihren Trainingsanzug von Gucci übergeworfen.

Der Trubel legte sich. Alison vergewisserte sich der Aufmerksamkeit von Henry. »Ich befinde mich auf dem Weg in den Salon und komme die Treppen hinauf, nichts ahnend, dass du dich in der Kammer befindest.«

Er nickte.

Alison schritt auf die Kammer zu. »In letzter Sekunde nutzt du das Überraschungsmoment, springst aus der Kammer und schlägst mir die Tür vor den Kopf.« Henry markierte die Bewegung in der Luft, ohne die Tür zu berühren. »Mein Butler ist etwa einen Kopf größer als ich. Er müsste also ungefähr auf dieser Höhe gegen die Tür prallen.« Chloe riss begeistert die Augen auf, als Alison ihr Handy zückte und an besagter Stelle die Tür zur Kammer ableuchtete. Prompt sprang sie wieder dazwischen.

»Oh mein Gott!« Chloe benetzte ihren Zeigefinger, drückte ihn gegen die Tür, zog ihn vorsichtig zurück und hielt ihn Alison vor die Nase. »Ein graues Haar!«

»In Roys Schnittlänge«, bejahte Alison und setzte ihre Ermittlungen fort. »Die Tür schleudert mich zurück und bringt mich für einen kurzen Moment aus der Fassung.« Sie torkelte leicht. »Das nutzt du aus und versuchst, mich zu erstechen.«

Henry riss seine geballte Faust in die Höhe, verzog das Gesicht und stach zu. Die Kids hinter ihm schrien auf.

»Aber ich bin geistesgegenwärtig genug, um mich zu ducken und auszuweichen.« Alison drehte sich und schleuderte überdramatisch ihre rotbraunen Haare durch die Luft. »Dabei pralle ich erneut gegen die Tür – die jedoch nachgibt und zurück ins Schloss fällt. Das raubt mir den Halt. Ich kippe nach vorne und lande mit den Knien auf dem Boden. Weil ich mit allem rechnen muss, drehe ich mich zu dir, mit dem Rücken an die Tür gelehnt.«

Henry holte bereits ein weiteres Mal aus.

»Jetzt habe ich nur eine Chance.«

»Du weichst seitwärts aus, Alison«, schlussfolgerte Chloe.

»Genau!« Alison drehte sich zur Seite weg. »Nun landet dein Stich …«

Henry führte seine Armbewegung zu Ende und jubelte. »… genau neben dem Türschloss!«

Aufgeregtes Getuschel hetzte durch die Menge. Chloe holte eine Lupe heraus. »Und die Tiefe und der Winkel des Loches im Holz der Tür bestätigen die Theorie, Alison.«

Alison nickte. »Wir haben eine heiße Spur!«

Die Gruppe jubelte. »Holt den Commander vom Scotland Yard her, schnell!«, rief Chloe. Jemand eilte die Treppe hinab.

»Hoffentlich geht es deinem Butler gut«, sagte Henry. »Schließlich haben wir Blut an der Tür.«

Chloe kratzte sich am Kopf. »Vielleicht vom Aufprall?«

»Unwahrscheinlich«, sagte Alison.

»Dann gibt es nur eine Möglichkeit!« Henry griff nach der Klinke. Die Menge schrie in Panik auf.

»Bist du dir wirklich sicher?« Von der tiefen männlichen Stimme verschreckt, stoppte Henry mitten in der Bewegung, ließ die Klinke wieder los und drehte sich um. Ken Kilburn stand hinter ihm, die Arme über dem ausladenden Bauch verschränkt. Das Pistolenholster kniff eng unter seinen Achseln.

»Wir haben endlich eine Spur«, sagte Alison und bat Chloe, alle Ergebnisse noch einmal zusammenzufassen. Ken nickte stumm, vergrub die Finger in seinem Vollbart und nickte. »Das klingt gut. Sehr gut sogar!«

Erneuter Jubel brach los. Henry streckte seine Hand ein zweites Mal in Richtung Klinke aus. »Darf ich, Commander Kilburn?«

Ken zog seine Pistole, hielt sie im Anschlag und lehnte sich neben die Tür an die Wand.

Es klingelte an der Haustür.

Alison zuckte zusammen. Ken löste sich aus der Jagdposition und sah sie fragend an.

»Wer ist das?«, fragte jemand.

»Kommt Dustin doch noch?«

»Oder Oliver Montagu!«

»Ja, Oliver kommt!«

So sehr es sich die Kids offenbar auch wünschten, aber Oliver konnte es gar nicht sein. Erstens kam er heute erst von der Fashion Week in Paris zurück, und zweitens wusste er gar nicht, wo sie wohnte.

»Oder Roy! Vielleicht ist er gar nicht weg.«

»Roy?«, gab Alison die Frage an Ken weiter. Der wirkte seltsam unentspannt. Sie ahnte, was er dachte. Bis auf die Kids wusste noch niemand, dass sie am Thurloe Square eingezogen war – mit Ausnahme von einer Person. Alison blickte auf die Uhr und überlegte. Wie lange brauchte man von Sandbanks bis zum Savoy?

»Du hast Mildred doch gesagt, du wärst nicht da, oder?«, fragte Ken.

»Natürlich!«

Es klingelte erneut.

»Das ist nicht gut«, sagte Ken.

»Das ist gar nicht gut«, antwortete Alison.

3

7:30 pm, Savoy Hotel, Lobby

Oliver zählte zu den Dauergästen im Savoy. Seine Suite wurde also ohnehin mit keiner anderen Person belegt. Sicherheitshalber checkte Phil trotzdem doppelt, ob alles gemäß seiner Extrawünsche und Vorlieben hergerichtet worden war. Erst dann reichte er ihm die Schlüsselkarte. »Ich möchte mich an dieser Stelle noch einmal ausdrücklich für die Unannehmlichkeiten entschuldigen, Sir.« Manchmal kam es ihm wirklich vor, als wäre Zimmer 502 mit einem Fluch belegt. Auch wenn die Holzklassetouristen sich diese Geistergeschichten über Londons angebliches Spukhotel mit Sicherheit nur erzählten, weil sie genau wussten, dass sie sich ohnehin nie eine Nacht in diesem Haus würden leisten können.

»Kein Problem, Phil. Ich weiß, Sie geben Ihr Bestes.«

»Oh dear«, quiekte er erleichtert über Olivers Lob. »Wie großzügig von Ihnen.« Aber das machte das Drama rund um Mildred Granville auch nicht besser. Warum hatte ihm dieser Fehler ausgerechnet mit dieser Frau und an diesem Wochenende passieren müssen? Das Management des Hotels hatte ausdrücklich betont, wie wichtig das Chandelier Charity Concert war. Nicht etwa für das *Coachbright Education Programme*, für das die Besucher am Ende spenden würden. Nein! Wen interessierten schon nervige, lernbehinderte Kinder? In Wahrheit drehte sich alles einzig und allein um die Zukunft des Hotels. Die goldenen Jahre, in denen das Savoy den Einzigartigkeitsstatus für sich beanspruchen konnte, waren lange vorbei. Luxushotels schossen in London wie Unkraut aus dem Boden, und die Reichsten der Reichen ließen sich nicht mit TV-Spots und Urlaubsprospekten akquirieren. Sie sollten für einen guten Zweck an diesen Ort gelockt und mit Aufmerksamkeit, Glanz und Gloria belohnt werden. Wer sonnte sich nicht gern im Lichte der Stars und Sternchen dieser Welt? Und wenn sich dieses spektakuläre Ereignis erst so richtig in sie eingebrannt hatte, würden sie ganz von allein und völlig nebenbei zu neuen Stammgästen werden. Wie hieß es doch so schön? *Du bleibst nicht im Savoy. Das Savoy bleibt in dir.*

»Ach, Phil?«, riss Oliver ihn unerwartet aus seinen Gedanken. »Ich habe kurz vor meiner Abreise letzte Woche noch einen meiner Schals in die professionellen Hände Ihrer Reinigung gegeben …«

Phil erinnerte sich. Der Schal! Mit einem Lächeln der Ruhe rasselten seine Finger über die Tastatur. *Der Schal. Abholbereit,* stand in dem Infofeld der Wäscherei. Phil zwinkerte Oliver zu. »Es ist selbstverständlich alles bereits für Sie organisiert, Mr Montagu.« So langsam kroch das Concierge-Blut in seine Adern zurück. Er liebte diesen Kick. Falsch: Er brauchte ihn. Das war sogar besser als jede Line Koks in der Nase. »Lehnen Sie sich einfach zurück, und genießen Sie einen perfekten Aufenthalt in unserem Haus …« Er schlug die Hände vor der Brust zusammen. »… und in unseren Weltklasserestaurants.«

Oliver Montagus Blick wurde schlagartig finster und kalt. Hatte Phil etwas Falsches gesagt? Verflixt! Beim Checken der Zimmervorbereitungen hatte er den Reminder doch in dicker roter Schrift gelesen: *Oliver nicht auf Essen ansprechen!* Wie hatte er das jetzt nur vergessen können? Olivers Essproblem war schließlich unübersehbar. Phil ärgerte sich. Er war nicht in Form, und das an diesem Wochenende.

»Dann habe ich, glaube ich, alles, was ich brauche.«

»Im Savoy immer, Sir«, schleimte Phil. »Willkommen zu Hause!« Er atmete tief durch. Das war anscheinend gerade nochmal gut gegangen. Er musste cooler werden. Sollte der Montagu sich doch in Narkose fressen im Savoy. Sie hatten herrlich lange Designer-Eislöffel aus poliertem Stahl. Davon konnte er sich ja anschließend einen mit aufs Zimmer nehmen, um in aller Ruhe über der Toilette sein Gaumensegel zu kitzeln.

Olivers Blick veränderte sich erneut. War das jetzt gut oder schlecht? Rasch schickte Phil ein breites Lächeln hinterher. Oh, die Anwesenheit dieser Mildred Granville hatte seine Gedanken vergiftet, und er fürchtete, dass Mr Montagu in ihnen lesen konnte. Prompt zog Oliver sein Handy aus der Hosentasche. »Wer ist eigentlich Ihr Vorgesetzter, Mr Dubois?«

Phil presste den Namen des Hotelmanagers heraus und schickte ein Stoßgebet zum Himmel, während Mr Montagu auf seinem Handydisplay herumtippte. Nicht noch ein Desaster, bitte nicht. Warum hatte Oliver Montagu nicht einfach in Paris bleiben können? Nur dieses Wochenende? Wer kümmerte sich schon darum, ob dieser B-Klasse-Designer einen Kronleuchter für das Charity-Konzert gebastelt hatte oder nicht. Der hockte doch seit Jahren ohnehin nur depressiv auf seinem Hotelzimmer herum. Was hatte das Savoy davon? Mildred Granville aber kannte Gott und die Welt. Jene Welt, die der Großteil der Londoner dort draußen niemals zu Gesicht bekommen würde. Es war tödlich, es sich mit ihr zu verderben. Ein Anruf, und Phils Karriere im Savoy war beendet.

Er betete, dass sie die Story mit dem Computerhack geschluckt hatte. Aber was, wenn sie sie weitererzählte und auf diesem Weg am Ende doch noch die Wahrheit herauskam? Phil verfluchte sich und seine Fahrigkeit. Er liebte diesen Job. Und von niemandem würde er sich die Möglichkeit, Teil von dieser glamourösen Welt sein zu können, kaputt machen lassen. Von niemandem. Konnte sich dieser Möchtegern-Designer vor ihm nicht einfach an einem fetten Brocken Fleisch verschlucken und tot umfallen, damit er Mildred Granville seine Suite anbieten konnte?

Phil hielt inne. *Tot umfallen.* Während Oliver Montagu noch immer mit seinem Smartphone beschäftigt war, kam Phil die vor seiner Nase tänzelnde Silk Card von Mildred Granville wieder in den Sinn. Phil wurde schon schwindlig, wenn er nur versuchte, sich vorzustellen, welche Unmengen an Pfund sich hinter dieser Karte verbargen. Noch schwindliger wurde ihm, wenn er an die unzähligen Pfund dachte, die sie für ein Zimmer an Provision zahlen würde. Vielleicht würde er das entsetzliche Missgeschick am Ende ja noch in einen Triumph verwandeln können?

Oliver Montagu rückte sein Jackett zurecht. *Ganz schön stramm unter den Achseln für maßgeschneidert,* dachte Phil. Prompt kam ihm eine Idee. *Apropos Pfund!* Wieso an einem Stück Fleisch ersticken, wenn es viel einfacher ging? Eine unbemerkte Dosis Medizin im Tee hatte in dem Netflix-Thriller nach seiner letzten Nachtschicht genügt, um das Herz der Hauptfigur für immer zum Stillstand zu bringen. Ein unerwarteter Herzinfarkt würde bei Oliver Montagus Körperbau mit Sicherheit auch keinen Arzt überraschen. Und wo ließ sich so ein unglücklicher Todesfall besser vertuschen als hier im Savoy Hotel? Nach einigen Überdosen, Suizidversuchen oder peinlichen Sexunfällen waren sie perfekt darin geübt, eine Leiche unbemerkt an den Gästen des Hauses vorbei nach draußen zu schleusen. Der Kronleuchter war fertig. Wen kümmerte es da, ob Oliver Montagu zum Konzert erschien oder nicht? Womöglich würde sein plötzlicher Tod dem Event sogar zu noch mehr Strahlkraft und Aufmerksamkeit verhelfen? Waren nicht schon viele Mittelklassekünstler durch ihr verfrühtes Ableben zu Legenden geworden? Würde er Oliver da mit einem raffinierten Mord nicht geradezu einen Gefallen tun?

Just in diesem Moment zog Mr Montagu eine Hundert-Pfund-Note aus seiner Handytasche und legte sie Phil auf den Tresen. »Ich werde Ihrem Chef persönlich und mit Freude mitteilen, was für einen entscheidenden Beitrag Sie für das einzigartige Erlebnis in diesem Haus leisten, Mr Dubois.«

»Oh dear.« Phils Stimme winselte in die Höhe. Ein einzigartiges Erlebnis? Das konnte er haben. Nichts leichter als das.

4

7:30 pm, Thurloe Square

Es klingelte zum dritten Mal. Wer auch immer vor der Tür stand, meinte es offensichtlich ernst. »Keinen Mucks!«, zischte Alison. Die Menge verstummte. Alison erinnerte sich, dass Roy ganz stolz die neueste Generation von Videoklingel installiert hatte. Aber der Hauptmonitor, auf dem sie sehen konnte, wer vor der Tür stand, befand sich in der Küche, und die dazu gehörige App hatte sie aus Faulheit noch nicht auf ihrem iPhone installiert. Warum auch? Normalerweise ging Roy zur Tür und nicht sie. Auf Zehenspitzen schritt sie so weit die Treppe hinab, dass sie durch die Milchglasscheibe im oberen Viertel der Tür spähen konnte. Die Gestalt, die hindurchschimmerte, war der Höhe des Glases nach locker zwei Yards groß. Und sie war allein. Es konnte sich also definitiv nicht um Mildred handeln. Alison gab Entwarnung und eilte zur Tür.

Den Mann, der vor ihr stand, kannte sie nicht. Er musste mit dem Wagen gekommen sein. Erstens war er lediglich mit Hose, Hemd und Krawatte bekleidet und zweitens in Anbetracht des Dauerregens erstaunlich wenig durchnässt. Aber was wollte er dann hier?

»Guten Abend, Madam.«

Alison bemerkte, wie der Fremde angestrengt seine linke Hand hinter seinem Rücken verbarg. Auch wenn er sie mit allem Charme anlächelte, wirkte seine ganze Körperhaltung merkwürdig verkrampft. Irgendeine falsche Sache war hier am Laufen. Das spürte sie.

»Ich habe das Licht in Ihrem Haus gesehen und dachte, es wäre eine gute Gelegenheit …« Dabei bewegte er langsam den hinter seinem Rücken befindlichen Arm.

»Für was?«, knurrte Ken, der wie aus dem Nichts neben Alison auftauchte und seine Hände so in die Hüften stemmte, dass die Pistole im Holster unübersehbar war.

Sofort zuckte der Arm des Besuchers wieder zurück. »Eine dumme Idee von mir.« Der Fremde hob beschwichtigend die rechte Hand. »Ich wusste nicht … Ich wollte Sie und Ihren … Besuch … keinesfalls stören, Ms Granville. Ich …« Sein Blick wanderte zwischen ihr und Ken hin und her. Seine Anwesenheit schien ihn nervös zu machen, was Alison sonst nur von Betrügern oder Hütchenspielern kannte. Die rochen einen Bullen auf hundert Yards Entfernung und verkrochen sich, wenn Ken sie nur ansah. »… Vielleicht ergibt sich einmal eine passendere Gelegenheit.« Damit erhob er die Hand zum Gruß und war gerade im Begriff, sich umzudrehen, als Alison nachhakte. Was sollte diese merkwürdige Aktion?

»Eine passendere Gelegenheit wofür?«

Der Fremde schüttelte verlegen den Kopf, »Oh, verzeihen Sie«, streckte Alison seine rechte Hand zum Gruß entgegen und nickte in Richtung des nächsten Hauseinganges links von ihm. »William Frankland mein Name. Ich wohne im Haus nebenan und dachte …« Mit der linken Hand holte er eine Flasche KRUG

Champagner hinter seinem Rücken hervor. »… wir könnten vielleicht mit einem Gläschen auf unsere gemeinsame Nachbarschaft anstoßen.«

Alison wollte gerade dankend ihre Hand nach der Flasche ausstrecken, als Frankland sie wieder zurückzog.

»Aber ich sehe, Sie haben Gäste. Vielleicht ein anderes Mal.« Frankland entschuldigte sich und eilte durch den Regen zurück in sein Haus. Kaum hatte Alison die Tür zugeschlagen, hob Ken neckisch die Augenbrauen.

»Schau an, schau an: ein Nachbar.«

Alison rollte die Augen. »Und sicher nicht mehr. Außerdem weißt du, dass ich einen Freund habe.«

Ken ließ seine Hände durch die Luft flattern. »Der große Unbekannte.«

»Er ist eben erfolgreich und beruflich viel unterwegs.«

»Ein richtiger Mann sollte eine Lady wie dich nicht ständig alleine lassen.« Er zog sie dicht an sich heran und flüsterte in ihr Ohr. »Hast du die Champagner-Flasche gesehen?«

»Bin ich blind? Er hat mir das Etikett ja quasi unter die Nase gehalten.«

Kens Augenbrauen hüpften. »Soweit ich mich erinnere, kostet ein KRUG aus diesem Jahrgang mindestens eintausend Pfund.«

»Ja, und? Er hat ihn wieder mitgenommen!« Alison schüttelte verwirrt den Kopf. »Wer bitte nimmt sein Willkommensgeschenk wieder mit?«

Von der Treppe her tönte ein Sprechchor zu ihnen: »Aufmachen! Aufmachen! Aufmachen!«

Alison zuckte zusammen und schlug sich gegen die Stirn. »Roy!«

Ken zwinkerte ihr zu und grinste verschwörerisch. »Ich denke, es ist Zeit, ihn zu befreien.«

Also doch! Sie hatte gleich gewusst, dass die Spuren auf die Kammer als Versteck hindeuteten. Sie eilte die Treppe hoch und nickte Henry zu.

»Yes!«, jubelte er und legte seine Hand an die Klinke. Die Menge zählte herunter, »Drei, zwei, eins!«, und Henry riss die Tür auf. Jubelgeschrei ertönte – und verstummte schlagartig.

»Was ist das?«, fragte Alison.

Ken drängelte sich durch die Menge und trat an die Kammer heran. »Das kann nicht sein! Ich habe doch gemeinsam mit ihm die Spuren gelegt und ausgemacht, dass er sich hier in der Kammer verstecken wird.« Er drehte sich um und sah zu den Kids. »Das wart ihr, oder? Ihr habt mich reingelegt, damit ich auch noch was zu raten habe.«

Die Kids aber rührten sich nicht. Zwanzig starre Gesichter schwiegen ihn an. »Ehrlich, Ken«, sagte Chloe. »Wir haben damit nichts zu tun. Alles wie abgesprochen. Du organisierst einen coolen Kriminalfall, den Alison dann auf der Party lösen kann.«

»Als Dankeschön«, rief jemand.

»Genau«, ging es weiter, »als Überraschung.«

»Weil sie doch immer so gerne Polizistin werden wollte.«

»Und so viel für uns getan hat.«

Alison drehte sich zur Seite und tupfte heimlich die Tränen weg, die ihr gerade über die Augenlider schwappen wollten. Das, was die Kids hier für sie auf die Beine gestellt hatten, war einfach rührend.

»Aber die Kammer ist leer!«, rief Ken.

»Roy«, seufzte Alison. »Er steht doch so auf plötzliche Twists kurz vor dem Krimifinale.« Sie atmete tief durch und blickte in die Kammer. Sie war leer. Lediglich eine Bank stand darin. Der Anblick erinnerte Alison an etwas. Irgendwo hatte sie so ein kleines Zimmer mit Bank schon einmal gesehen. Aber wo?

»Hey Leute«, rief Henry. »Schaut mal, Schrift, in roter Farbe!«

Augenblicklich versuchte die Menge, sich in die enge Kammer zu drängeln. Ken schob sie beiseite und trat dicht an die Wand heran. Die plötzliche Hektik in seinen Bewegungen gefiel Alison nicht.

»Alison, deine Handytaschenlampe!«

Sie reichte ihm das iPhone. Er fuhr damit über die rote Schrift, drehte sich mit ernstem Blick wieder in ihre Richtung und gab ihr das Handy. »Das ist keine Farbe, Alison.«

Ein Raunen ging durch die Menge. Dann ein Schrei. »Den hat jemand umgebracht. So richtig!«

»Ja klar, Kevin, sicher du.«

»Halts Maul, du Lappen!«

»Ruhe!«, schrie Chloe. »Wir müssen uns jetzt zusammenreißen, klar?«

»Wir müssen die Bullen rufen!«

»Wieso? Der Kilburn ist doch da. Der ist doch Commander beim Scotland Yard.«

Mit einem lauten »Scht!« brachte Alison die Gruppe zum Schweigen. »Ich bin mir sicher, es ist alles gut«, log sie. Sie trat einen Schritt zurück und betrachtete die Schrift an der Wand. Die Zahlen -1 bis 6 waren in zwei Reihen übereinandergeschrieben. Die -1 war umkreist. »Das habe ich doch schon einmal gesehen.« Sie kniff ihre Augen zusammen und versuchte, sich zu konzentrieren, als es schon wieder klingelte. »Dieser blöde Nachbar!«, fluchte sie, eilte die Stufen hinunter und blieb auf halber Treppe stehen.

»Was ist, Alison?«, fragte Ken.

»Das ist nicht der Nachbar.« Der Schatten hinter der Milchglasscheibe war bedeutend kleiner und trug einen großen schrägen Hut.

»Ist das der Mörder?«, flüsterte jemand.

Alison schluckte. »Schlimmer.«

5

8:00 pm, Savoy Hotel, Zimmer 502

Oliver Montagu warf seinen Koffer aufs Bett. Es tat gut, wieder im Savoy zu sein. Nirgends in ganz London fühlte er sich sicherer – trotz allem, was an diesem Ort, was in diesem Zimmer geschehen war. Er linste in Richtung der Karte des Savoy In-Room-Dinings. Sein Magen heulte auf vor Hunger, wie er es immer tat, wenn ihn die Vergangenheit jagte. Zeit heilte vielleicht alle Wunden. Aber nicht, wenn die Erinnerung sich an seine Hüften klammerte und ihn täglich im Spiegel anschrie. Er musste endlich lernen, sich zurückzuhalten. Und seit dieser gruselige Stalker aufgehört hatte, ihm auf Schritt und Tritt durch London zu folgen, gelang ihm das auch wieder. Also weg mit der Karte. Stattdessen nahm er seine Sachen und begann, sie in den Schrank zu räumen. Das Chandelier Charity Concert war ein Segen. Schon lange war er nicht mehr derart inspiriert gewesen. Allein die Möglichkeit, seine Vision des spektakulären Kronleuchters umzusetzen, war doch ein offensichtliches Angebot dieses Hauses gewesen, Frieden zu schließen. Außerdem hatte er noch eine wichtige Sache zu erledigen. Es war mehr als Glück, dass ausgerechnet dieses Charity-Konzert all jene, die sich über all die Jahre aus dem Weg gegangen waren, endlich wieder zusammenbrachte.

Bei dieser Gelegenheit fiel ihm der Zettel wieder ein. Er musste die Nummer dringend in seinem Handy speichern. Schließlich kannte er sich nur zu gut, und eine erneute Recherche würde viel zu viel Aufsehen erregen. Die Sache musste ein Geheimnis bleiben. Er nahm sein Notizbuch. Der Zettel war verschwunden. Nicht doch! Er war sich absolut sicher, die Haftnotiz mit der Nummer kurz vor seiner Abreise letzte Woche an den Buchdeckel geklebt zu haben. Es war genau hier an dieser Stelle gewesen. Es hatte schnell gehen müssen, also hatte er das Buch einfach mit dem Klebezettel in den Koffer geworfen und seither nicht mehr angerührt. Vielleicht hatte er sich im Laufe der Zeit gelöst? Er kippte den Inhalt des Koffers auf seinem Bett aus, wühlte sich durch Hemden, Shirts, Hosen, Gürtel und Schals, aber nirgendwo war ein Zettel zu finden. Er war wie vom Erdboden verschluckt. Das konnte doch nicht sein! Wieso hießen diese Dinger Haftnotiz, wenn sie nie haften blieben? Es klopfte.

»Mr Montagu?«

Oliver wunderte sich. Er erwartete keinen Besuch. Und das Savoy war für seine Diskretion bekannt. Normalerweise schafften es keine Fans bis an die Türen ihrer Idole. Erst recht nicht, wenn das Hotel wegen anstehender Feierlichkeiten mit derart vielen Celebritys belegt war. Das Savoy war eine eigene Welt. Hier war man unter sich.

Es klopfte erneut.

»Zimmerservice, Mr Montagu.«

Zimmerservice? Er hielt sich seinen Bauch. War es jetzt schon so weit, dass sein Magen eigenständig für

Nachschub sorgte? Oliver schüttelte den Kopf. Nein, verrückt war er nicht. Das hier war entweder eine Verwechslung, oder die Person an der Tür gehörte gar nicht zum Zimmerservice. Längst ausgestanden geglaubte Ängste kamen wieder hoch. Oliver rührte sich nicht und konzentrierte sich auf seinen Atem. Es gab keinen Grund zur Panik. Wenn es wirklich der Zimmerservice war, hatte der ohnehin einen Schlüssel und das Anklopfen erfolgte aus reiner Höflichkeit. Er musste also das Risiko nicht eingehen, einem ungebetenen Gast zu öffnen. »Treten Sie ein.«

Das Türschloss klackte. »Überraschung!« Der Butler vom Personal-Butler-Service schob einen Servierwagen mit einem gigantischen, überaus kunstvollen Blumengesteck herein.

»Alek!«, rief Oliver. Er warf alle Regeln über Board und nahm ihn in den Arm, auch wenn Alek sich eher sträubte. Jeden Schritt seiner Karriere im Savoy hatte Oliver während seiner unzähligen Besuche mitverfolgt – vom Tellerwäscher bis zum Butlerservice. Dass Oliver heimlich mit ihm auf dem Zimmer dafür geübt hatte, war ihr Geheimnis geblieben. Was hatte er mitgefiebert, als die Butler-Prüfung ins Haus stand. Und wie stolz Oliver gewesen war, als Alek mit dem besten Ergebnis des Jahres bestanden hatte. Es klang verrückt, aber über all die Jahre hinweg war er für ihn fast so etwas wie der Sohn geworden, den er sich immer gewünscht hatte. »Schön, dich zu sehen.«

»Schön, Sie wieder bei uns zu haben!«

Ein Lächeln von Alek, und das Herz ging auf. Kein Wunder, dass die Frauen bei ihm Schlange standen. Wer wünschte sich nicht einen Mann, der tadellos aussah, sich wie ein Gentleman benahm und einen Haushalt besser managen konnte als jede professionelle Haushaltshilfe? Aber der Wagen … Oliver seufzte. »Es tut mir leid, Alek. Aber ich fürchte, das ist ein Missverständnis.«

»Bei uns gibt es keine Missverständnisse.« Alek deutete mit seinen behandschuhten Händen auf das kunstvolle Blumengesteck. »Schließlich sind das hier nicht irgendwelche Blumen.« Er zog eine Rose heraus und reichte sie Oliver.

Oliver schloss die Augen und sog den Duft ein. »Nein«, sagte er. »Das sind *die* Blumen.«

»Mein Kollege Phil Dubois von der Rezeption lässt herzlichste Grüße ausrichten und bittet nochmals um Verzeihung. Nach dem kleinen Zwischenfall gerade eben ist es dem Savoy ein Herzensanliegen, sich bei Ihnen für die Unannehmlichkeiten zu entschuldigen.« Alek beugte sich und schob die weiße Decke über dem Servierwagen so gekonnt beiseite, dass Oliver Montagu der restliche Inhalt verborgen blieb. Er nahm ein Tablett aus dem Wagen, auf dem Olivers heiliger Schal sorgfältig zusammengelegt ruhte. »Mit den besten Grüßen von den Damen und Herren unserer Reinigung. Es ist uns immer wieder eine große Ehre, wenn Sie uns eines Ihrer Kunstwerke anvertrauen, Sir.« Aleks Handschuhe schwebten über den Stoff. »Dieses Material, dieses Muster, Sie sind ein Genie, Mr Montagu.«

Oliver fühlte sich geschmeichelt. Auch wenn er wusste, dass die Freundlichkeit und Ehrerbietung zur Grundausstattung des Savoy gehörten, die Leute hier im Haus schafften es immer wieder, dass er ihnen glaubte.

»Wo darf ich die Blumen platzieren?«

»Pah, Blumen? Dieses Gesteck ist ein Kunstwerk!« Oliver deutete auf den Beistelltisch in der Nähe des Kamins. Er nahm den Schal vom Tablett und führte ihn an sein Gesicht. Der Duft warf ihn in der Zeit zurück. Allein dafür lohnte es sich, immer wieder ins Savoy zu kommen. Keine Reinigung der Welt verstand die Seele dieses Stoffes so ausgezeichnet. Es war, als würden die Fasern dieses Schals jedes Mal von Neuem mit Leben erfüllt. Als wäre es erst gestern gewesen, dass … Er schloss seine Augen und schmiegte sein Gesicht an den Stoff. Er konnte nicht anders, als den Schal umgehend anzulegen. Wie es seine typische Art war, schwang er einen Knoten in jedes Ende des Schals und wickelte ihn sich anschließend um den Hals.

»Mr Montagu!« Alek verschränkte seine Hände hinter dem Rücken und verneigte sich. »Was für ein Anblick.«

»Tausend Dank.«

»Darf ich Ihnen noch diese kleine Köstlichkeit aus unserer Küche reichen?« Alek zauberte ein weiteres Minitablett mit einem rosafarbenen Törtchen in Herzform aus dem Servierwagen hervor. »Eine exquisite und einmalige Delikatesse auf Kosten des Hauses, die Phil Dubois höchstpersönlich für Sie ausgewählt hat.« Alek beugte sich leicht vor und flüsterte zwinkernd: »Zuckerfrei.« Er stellte das Törtchen ebenfalls auf den Beistelltisch. »Phil verspricht, dass Sie diese meisterhafte Komposition der Haute Cuisine augenblicklich in den Himmel katapultieren wird.«

»Wie aufmerksam.« Allein der Anblick sorgte für reichhaltigen Speichelfluss in seinem Mund.

Alek verbeugte sich. »Jetzt wünsche ich Ihnen von Herzen den großartigsten Aufenthalt, den Sie jemals im Savoy erlebt haben.« Er schob den Servierwagen wieder hinaus. In der Tür drehte er sich noch einmal um.

»Und wenn Sie irgendeinen Wunsch haben, rufen Sie mich! Schön, dass Sie nach Hause gekommen sind, Sir.«

Ja, dachte Oliver, nachdem Alek wieder verschwunden war, ins Savoy zu gehen, war tatsächlich, wie nach Hause kommen. Man freute sich, und zugleich hasste man es. Oliver nahm eine der Rosen aus dem kunstvollen Gesteck und tauchte seine Nase tief in die Blüte ein. Der Duft beflügelte ihn. »Sophie Rochas«, flüsterte er. Er hielt die Blüte an das Bild über dem Kamin. Die Rose in seiner Hand erblühte mit derselben Grazie wie die Rosen in der Hecke hinter der Dame auf dem Porträt. Jetzt war er sicher. Dieses Mal würde es anders sein. Dieses Mal würde er endlich mit allem abschließen und seinen Frieden finden können.

Eine Melodie riss ihn aus seinen Gedanken. Täuschte er sich, oder befand sich jemand in seinem Zimmer? Er drehte sich um. Der Gesang war wieder verstummt. Hatte er etwa nur geträumt? »Alek?«, rief er in Richtung Tür. Niemand antwortete. Der Butler hatte die Suite verlassen. Oliver Montagu kämpfte gegen das Zittern in seinen Händen. Vielleicht hatte jemand in der Nachbarsuite die Musikanlage kurzzeitig zu laut aufgedreht. Er war im Savoy. Hier war er sicher. Er schloss die Augen und atmete tief durch. Besser. Er setzte sich auf das Sofa und beruhigte sich mit dem kleinen Törtchen, das Phil ihm spendiert hatte. Eine Mischung aus Erdbeere, Rum und feinster Creme explodierte an seinem Gaumen, als er plötzlich hinter sich eine Stimme hörte.

»Ich bin wieder da.«

6

8:00 pm, Thurloe Square

Mildred schien den Finger gar nicht mehr von der Klingel nehmen zu wollen. »Alison! Bist du da?«

Was für eine blöde Frage! Alison hatte ihr doch gesagt, dass sie nicht da war. Sie blickte die Treppe hinauf in die Runde und presste den Finger vor die Lippen. »Keinen Mucks! Wenn ihr niemand öffnet, wird sie jeden Augenblick wieder verschwinden.«

Weit gefehlt. Jetzt schlug Mildred den Klopfring gegen die Tür. »Roy? Royston Taylor?« Warum trat sie die Tür nicht direkt ein?

Doch dann herrschte Stille. Endlich. Alison lehnte sich gegen das Treppengeländer und war gerade dabei, erleichtert aufzuatmen, als sie hörte, wie jemand einen Schlüssel ins Schloss steckte. Echt jetzt? Das konnte doch nicht wahr sein. Die Tür bewegte sich.

»Oh nein!«, flüsterte jemand.

»Alison, komm hoch zu uns. Schnell!«

Sie nahm die Beine in die Hand und hetzte gleich zwei Stufen auf einmal nehmend wieder nach oben. Ken packte ihren Arm und zog sie hinauf. In letzter Sekunde war sie außer Sichtweite. »Ich fasse es nicht!«

Mit schreckgeweiteten Augen sah sie Ken an und flüsterte: »Sie hat einen Schlüssel?« Alison hätte es wissen müssen. Diese Wohnung war ein trojanisches Pferd. Nichts, rein gar nichts tat Mildred aus Gutmütigkeit. Im Flur waren seltsame Schritte zu hören, das Klackern von Mildreds Gehstock und … ein Bellen! »Sie hat einen Hund?«

Ken zog seine Stirn in Falten. »Das arme Tier.«

Der Hund bellte erneut.

»Ruhig, Alfie.«

»Butzi butzi butzi.«

»Lassen Sie das Kindertheater, und holen Sie lieber die Koffer, damit ich Alfie endlich von der Leine machen kann.«

»Die Koffer?« Alison fühlte sich wie vom Blitz getroffen. »Sie will doch nicht allen Ernstes …« Die Gesichter der Kids wurden immer länger. Vom Thurloe Square her drang lautes Hupen ins Haus. Unverständliches Geschimpfe folgte.

»Ja, was kann ich denn dafür, wenn die ganze Straße zugeparkt ist?«, keifte Mildred nach draußen. Ein verzweifeltes Ächzen und Stöhnen kämpfte sich durch lautstarkes Gepolter und Gerumpel hindurch. »Ja, so passen Sie doch auf mein Gepäck auf!« Stille, dann ein noch lauteres Rumpeln. »Ah!«, schrie Mildred.

»Verzeihung, Madam. Es ist nichts passiert.«

Der Hund kläffte.

»Das klingt gar nicht gut, oder?«, flüsterte Chloe.

Alison schüttelte den Kopf, woraufhin weiteres Getuschel durch die Menge ging. »Die kann doch nicht so einfach hier rein!«

»Und ob! Die rückt mit einer ganzen Armee an.«

»Das war's dann mit Party.«

Wenn das die einzige Sorge wäre. Alison schickte ein weiteres »Scht!« in die Runde, und umgehend herrschte wieder Mucksmäuschenstille. Das Gehupe auf dem Thurloe Square wurde lauter. Kens Blick verfinsterte sich.

»Ich wette, Madame hat ihren Chauffeur wieder zweite Reihe parken lassen und blockiert den gesamten Verkehr.«

Alison ballte die Fäuste und schickte einen stummen Fluch gen Himmel.

»Wenn Sie kurz entschuldigen, Madam«, hallte die Stimme des Chauffeurs durch den Flur, »ich werde nur rasch den Wagen wegfahren und bin umgehend wieder da.«

»Besser ist es!«, drohte Ken kaum hörbar.

Mildred seufzte lautstark. Die Tür fiel ins Schloss. Dann wieder Hundebellen. »Ja, ist ja gut, mein Kleiner. Du willst das Haus erkunden, nicht?«

Die Kids um Alison herum schüttelten den Kopf.

Winseln.

»Du bist ganz aufgeregt, nicht?«

Bellen.

»Na, da kannst du gleich alles beschnuppern.«

Alison hätte schreien können. Die Party, die Kids, die Lüge, sie wäre das ganze Wochenende über nur am Planen und Organisieren, damit Mildred sie nicht wieder zum Sunday Roast schleifte. Die abgeholten Möbel. *Mildred wird ausflippen!*

»Na dann lauf, mein Kleiner.«

Alison und Ken blickten sich fassungslos an. Chloe hockte sich auf den Boden. Henry schlug die Hände vors Gesicht. »Der findet uns!« Hundepfoten hetzten über das Parkett. Die Kids erstarrten.

»Alfie. Alfie!« Die Pfotenschritte entfernten sich. »Alfie? Wo willst du hin? Was willst du denn unbedingt im Untergeschoss?«

Untergeschoss? In Alisons Kopf begann es, zu rattern. Sie drängelte sich auf Zehenspitzen durch die Kids und spähte ein weiteres Mal in die Kammer auf halber Treppe. Da war das rote Minisofa, das eher an eine Sitzbank erinnerte, und die an die Wand geschriebenen Zahlen. Ihr Blick blieb auf der umkreisten *-1* haften. Mildreds Fluchen hallte vom Untergeschoss hinauf.

»Wofür habe ich eigentlich 13 Millionen Pfund bezahlt? Warum gibt es in diesem verdammten Haus keinen Aufzug?«

Bei dem Wort Aufzug durchfuhr es Alison wie ein Blitz. »Das ist es, woran mich die Kammer hier erinnert. An einen Aufzug!«

Chloe sprang an ihre Seite und sah sie fragend an. »An einen Aufzug?«

»Der rote Lift im Savoy«, antwortete Alison. Adrenalin jagte durch ihre Adern. »Der Lift ist auch mit einer roten Sitzbank ausstaffiert.«

»Eine Sitzbank im Aufzug?«, flüsterte jemand dazwischen.

»Ja, der Aufzug ist uralt. Das war der erste elektrische Aufzug in London überhaupt. Die Sitzbank stammt noch aus der Zeit von damals. Der Lift ist quasi so eine Art Touristenattraktion. Als Kinder haben wir immer die Mutprobe gemacht, wer sich traut, einmal ganz alleine hoch und runter zu fahren.«

»Warum denn das?«, fragte Chloe verwirrt.

»Weil man sich erzählt, dass es in dem Aufzug spukt«, antwortete Alison. Aber das war jetzt nicht wichtig, auch wenn natürlich prompt aufgeregtes Getuschel durch die Menge ging.

»Leise!«, rief jemand.

»Wieso? Der Köter von der Alten findet uns doch eh.«

»Genau, und dich frisst er als Erstes.«

Alison blickte auf die Schrift. »Dann markieren die Zahlen an der Wand das Ziffernblatt für die Etagenwahl.«

»Und die eingekreiste *-1* steht für Untergeschoss!«, rief Chloe wie aus der Pistole geschossen.

»Oh nein!«, sagte Alison. Zu spät. Schon hallte ein mörderischer Schrei durch das Haus. Panisches Bellen folgte. Alison hechtete die Treppe hinunter. Ken und die Kids polterten hinterher. Auf annähernd derselben Position der Kammer auf halber Treppe befand sich eine Toilette im Erdgeschoss. Mildred stand neben der geöffneten Toilettentür und krallte sich an der Klinke fest, während ihre Haut blasser und blasser wurde. In der Toilette lag Roy. Sein Körper hing reglos zwischen Toilettenschüssel und Wand. Auf ihm hockte Alfie und schleckte mit wedelndem Schwanz das Blut vom Messer, das in der Brust des Butlers steckte.

7

8:00 pm, Rotherhithe Street

So sehr die Scheibenwischer des alten Rover Mini auch kämpften, die Rotherhithe Street war kaum noch zu erkennen. Das Wasser rann die Frontscheibe schneller herunter, als sie es beiseite schaufeln konnten. Die Scheibenheizung war chancenlos. Kurbelte Teddy Chan die Fensterscheiben hoch, glich das Fahrzeuginnere binnen Sekunden einer zugedampften Duschkabine, und sein Sohn war nonstop mit dem Wegwischen des Beschlags beschäftigt. Kurbelte er die Fensterscheiben nur einen kleinen Spalt herunter, strömte statt Frischluft derart viel Regenwasser herein, dass sie sich vorkamen wie Englands Pilgerväter während der Überfahrt. »Lass es, Dad. Den Rugby Lead World Cup können wir endgültig knicken.«

»Ach komm, das Spiel wird doch eh erst ab der Halbzeit richtig spannend.«

»So ein Blödsinn.«

»Ich kriege das hin.«

»Gar nichts kriegst du hin! Erst kommst du viel zu spät, und jetzt kommt deine Karre nicht einmal mit ein bisschen Regen klar.«

Teddy trat auf die Bremse und fuhr links ran.

»Es ist sicher nur ein Schauer, Dustin.«

»Sicher.« Dustin verschränkte die Arme und ließ sich in die Lehne des Beifahrersitzes fallen.

Teddy stupste ihn mit dem Ellenbogen an. »Danach sind die Straßen frei, und wir brettern direkt durch. Du wirst sehen!«

Dustin schnaufte. »Sicher, Dad. Deine Klapperkiste macht doch schon bei 20 Meilen pro Stunde schlapp.«

»Nichts über meinen Mini. Das ist ein echter Rover, ein Rennwagen quasi.«

»Zum Wegrennen vielleicht. Wie Mum.«

»Sie ist nicht weggerannt. Wir nehmen uns einfach eine kleine Auszeit.«

»Mit Betonung auf *aus*.«

»Ich bieg das wieder hin, Dustin. Versprochen.«

»Du meinst, so wie diesen dämlichen Männerabend.«

Teddy schnaufte. »Dustin, hey. Die Situation ist für niemanden von uns leicht.«

»Wir hätten es einfach lassen sollen.«

»Ich bin nicht schuld am Wetter, Dustin.«

»Am Wetter nicht.«

»Was willst du damit sagen? Ich habe mir extra für dich Zeit genommen.«

»Und ich? Meinst du nicht, ich hätte vielleicht auch was Wichtigeres vorgehabt?«

»Was Wichtigeres als Rugby?« Teddy zog die Augenbrauen in die Höhe. »Hast du eine Freundin?«

»Oh Mann.« Dustin rollte die Augen. »Du hast absolut keinen Plan, oder? Kennst du deine Fälle besser als mich, Dad?«

Wenn er sich seinen Sohn so ansah, konnte er das manchmal denken. Mit seinem radikalen Kurzhaarschnitt hätte man ihn schon fast für einen Rekruten der

British Army halten können. Wo war nur sein kleiner Junge geblieben? Der Dustin, der unbedingt einmal im Jahr zu Tante Wenwen nach Hongkong fliegen wollte und total vernarrt in Teddys Frühlingsröllchen war.

»Wieso bleibst du nicht einfach auf Arbeit und lässt mich in Ruhe.«

Teddy wurde hellhörig. »Dustin, wenn es da irgendein Problem gibt, über das du reden willst …«

»Problem? Du bist das Problem!« Dustin schlug mit seinen Händen auf die Oberschenkel, holte mit dem Arm aus und rammte dabei versehentlich seinen Ellenbogen in die Beifahrertür. »Fuck! Warum kannst du nicht einfach ein stinknormales Auto fahren? So wie alle anderen Menschen auch?« Er löste den Gurt, öffnete die Tür, krabbelte regelrecht aus dem Wagen und hielt sich seine Lederjacke schützend über den Kopf, sodass der Regen in alle Richtungen spritzte. »Dustin, bitte, bleib hier!«

Weit gefehlt. Er schlug die Tür mit seinem rechten Fuß zu und rannte durch den Regen die Rotherhithe Street hinunter.

»Scheiße!« Teddy zog die Handbremse an, den Schlüssel ab und stieg ebenfalls aus. Nur wenige Meter von ihnen entfernt blinkten die Lichter des Mayflower Pub. Sein Sohn lief direkt darauf zu. »Dustin!«

Der drehte sich um und riss die Arme samt Jacke in die Höhe. »Warum kannst du nicht einfach ein stinknormaler Vater sein?« Schon war er hinter der Tür im Pub verschwunden. Teddy stürmte hinterher.

Der Pub war rammelvoll. Massenweise drängten sich die Gäste um die Bildschirme mit der Live-Übertragung des Rugby-Spiels. Die Halbzeitpause hatte gerade begonnen. Die letzten freien Plätze befanden sich in der

Mitte der Theke. Der Barkeeper stand Dustin direkt gegenüber, die Arme in die Hüften gestemmt, und wartete offensichtlich darauf, dass er seinen Ausweis hervorholte. Teddy schob sich durch die anderen Pubgäste hindurch und winkte dem Barkeeper zu. »Schon okay.«

Der Barkeeper beäugte Teddy misstrauisch. »Gar nichts ist okay, wenn er bei mir an der Bar ein Bier bestellt.«

»Ich bin sein Vater.«

»Er ist höchstens 15.«

»16«, konterte Dustin.

»Dann zeig mir deinen Ausweis. Ich habe keinen Bock auf Stress mit den Bullen, verstanden?«

Teddy zog seine Dienstmarke. »Ich bin ein Bulle.«

Der Barkeeper stützte sich auf den Tresen. »Was kann ich für euch tun?«

»Zwei Chicken und Bacon Sandwiches und zwei halbe Guinness.«

Endlich war auf Dustins Gesicht wenigstens ein Ansatz von guter Laune zu erkennen.

»Danke, Dad.«

»Männerabend ist Männerabend.« Er reichte Dustin das frisch gezapfte Bier weiter, forderte ihn zum Anstoßen auf, nahm einen kräftigen Schluck und wischte sich mit dem Handrücken den Schaum von der Oberlippe. »Hör zu, mein Junge. Ich bin nicht perfekt. Und ich habe sicher auch viel falsch gemacht. Aber ich will immer nur das Beste für dich, ist das klar?«

»Warum bist du dann nie da, Dad?«

»Weil ich versuche, die Welt zu einem besseren Ort zu machen.«

»Warum machst du sie nicht einfach besser für Mum?« Er senkte seinen Kopf. »Und für mich?«

Teddy drehte sich seinem Sohn zu und fasste ihn an beiden Schultern, um ihm direkt in die Augen sehen zu können. Er hatte so verdammt viel von seiner Mutter. Wie hatte alles nur so schrecklich aus dem Ruder laufen können? »Alles, was ich in meinem Leben tue, tue ich für dich, Dustin. Du bist hier geboren. Du hast es nicht verdient, dasselbe durchzumachen wie ich. Du weißt nicht, wie sehr ich kämpfen musste, um hier Fuß zu fassen. Gut, vielleicht willst du nie nach Oxford oder Cambridge. Aber ich will, dass du es könntest, hörst du? Dass du eines Tages nicht mehr in so einer engen Bude leben musst. Dass du dir ein Haus leisten kannst. Ein richtiges Auto.«

»Was ist das?«

Teddy boxte ihm in die Seite, und sie lachten. »London ist ein hartes Pflaster, Dustin. Ich sehe manchmal Dinge ...« Er nahm einen ordentlichen Schluck Bier und lauschte dem Rauschen des Regens, der unmittelbar vor dem Pub auf die Themse niederprasselte. Er liebte dieses Geräusch. Er war so jung gewesen, als sie hierhergezogen waren, dass er sich an gar nichts anderes mehr erinnern konnte. London war sein Leben, Hongkong nichts als ein ferner Schatten. Trotzdem hatte es ihn sein Leben lang verfolgt. »Ich will, dass du es einfacher hast als ich.«

»Und ich will doch über etwas mit dir reden, Dad.«

Teddy wurde hellhörig. »Ist es schlimm?«

»Dad!« Dustin riss die Arme in die Höhe. »Warum glaubst du, dass ich immer und überall nur am Scheißebauen bin?«

Teddy grinste. »Vielleicht, weil du mein Sohn bist?«

Dustin lachte. »Stimmt das, was Opa immer erzählt hat? Dass du den Mädels früher erzählt hast, du könntest in die Zukunft sehen und ihnen damit ordentlich Geld abgeknöpft hast?«

Teddy kippte kurz seinen Kopf zur Seite und umfasste sein Bier. »Wir wollten über dich reden. Schon vergessen?« Sein Telefon klingelte. Umgehend griff Dustin nach seiner Hand.

»Dann geh nicht ran, Dad.« Der Barkeeper stellte ihnen zwei saftige Burger mit einer ordentlichen Portion Pommes vor die Nase.

»Bitte.«

Teddy zögerte. Der Job. Sein Eid. Aber da saß sein Sohn. Der ihn offensichtlich gerade brauchte und sich ihm anvertraute. »Okay.«

Der Klingelton verstummte. Dustin strahlte ihn an, nahm seinen Burger und biss zufrieden hinein. Teddy bedankte sich insgeheim bei dem Regen, der ihn und seinen Sohn hier an diesen Ort gebracht hatte statt in die Copper Box Arena. Mit Dustin in einem Pub an der Theke zu sitzen und zu reden. Ganz offen und ehrlich, von Mann zu Mann … Das machte ihn so unbeschreiblich stolz. Sie sollten das öfter tun. Er würde es öfter tun. »Also, was ist los?« Sein Handy piepte. »Oh nein.«

Dustin stoppte mitten im Kauen. »Dad, bitte.«

Es ging nicht anders. »Wenn mir Ken Kilburn auf die Mailbox gesprochen hat, dann …«

»Dad!«

»Er ist mein Chef, Dustin. Er ist *der* Chef.« Teddy hatte Verpflichtungen. Die nächste Beförderung stand an. Ein Detective Chief Inspector war nicht nur ein Aufstieg auf die nächste Rangstufe. Er bedeutete mindestens 5.000 Pfund mehr Jahresgehalt. Geld, das er für Dustin dringend brauchen würde. Und für seine neue Wohnung, die er nun ganz allein bezahlen musste. Zumindest so lange, bis Benisha wieder zu sich gefunden hatte. Er griff in die Hosentasche, zog sein Handy heraus und bereute es umgehend. Dustin klatschte seinen Burger zurück auf den Teller, bevor Teddy auch nur ein Wort gesagt hatte. Teddy schloss die Augen und atmete tief durch.

»Ich will es nicht hören, Dad.«

»Dustin, komm. Du bist doch erwachsen.«

Dustin donnerte seinen Ellenbogen auf den Tisch. »Du schnallst es nicht, oder?«

»Wir holen das hier nach, versprochen.«

Dustin nahm sein Bier und trank es in einem Zug halb leer.

»Ich bringe dich bis zur U-Bahn, okay?«

»Klar, die letzten 20 Minuten im Regen bis nach Hause sind kein Problem.«

»Ich rufe deine Mum an und sage, dass sie dich abholen soll.«

Dustin schnaufte. »Vergiss es.«

Teddy nahm sein Handy und wählte Benishas Nummer. Es klingelte.

»Sie ist nicht da, Dad!«

Niemand hob ab. »Was heißt, sie ist nicht da?«

Dustin vergrub sein Gesicht in seinen Händen. »Lass mich in Ruhe.«

»Wo ist sie, Dustin?«

Dustin stand auf und zog sich seine Jacke über. »Frag sie doch selbst. Sowas ist doch dein Job, oder? Du bist doch Bulle.« Er zog eine Packung Zigaretten aus der Tasche. Prompt sprang Teddy auf. Dabei stieß er gegen seinen Burgerteller. Scheppernd drehte er Kreise auf dem Tresen und verteilte Pommes in alle Richtungen.

»Dustin, du hast mir versprochen, dass du damit aufhörst.«

»Ach ja?« Er nahm eine Zigarette, schob sie sich demonstrativ in den Mund, »Und du hast versprochen, dass du Zeit für mich hast!«, und verschwand aus dem Pub hinaus in den Regen. Teddy trat vor Wut mit dem Fuß gegen den Tresen. Erst jetzt bemerkte er den riesengroßen Ketchup-Fleck auf seiner Hose.

»Scheiße!«

8

8:30 pm, Thurloe Square

Blaulicht blinkte vom Thurloe Square her durch die Fenster ins Untergeschoss. Kreiste über dem Bett und dem leblosen Körper darauf – wie ein Geist, der Alison unaufhörlich zuflüsterte: Tot. Tot. Tot. *Bitte nicht!*, dachte sie. Wo blieb denn nur Ken? Er war jetzt schon eine gefühlte Ewigkeit verschwunden, um zu telefonieren. Wahrscheinlich war sein wichtiger Anruf nur vorgetäuscht, und er sprach in Wahrheit wegen diesem Desaster hier längst mit seinen Kollegen vom Scotland Yard. Alison sah sich bereits in Handschellen in einen Polizeiwagen steigen. Wenn Dad ihr jetzt aus dem Himmel zusah, würde sein Herz vor Schmerz ein zweites Mal versagen. Sie, die Tochter eines hohen Tiers beim Scotland Yard, hatte nicht nur ihren Traum, Polizistin zu werden, aufgeben müssen, weil sie gnadenlos durch die Fitnessprüfung gerasselt war. Sie verwandelte sogar ein harmloses Krimispiel in ein Desaster. »Warum endet eigentlich alles, was ich anfasse, in einer Katastrophe?«

Roy nahm ihre Hand. »Wenn, dann ist es wohl am ehesten meine Schuld. Wäre ich nicht auf die alberne Idee gekommen, noch eins drauf zu setzen, hättet ihr mich längst gefunden gehabt, als Mildred aufgetaucht ist.«

Mildreds Hund saß wie ein Häufchen Elend vor dem mobilen EKG-Gerät und folgte mit seiner Nase der wilden Achterbahnkurve, die der kleine grüne Punkt auf das Display zeichnete. Allein dieser Anblick zerbrach Alison das Herz. Und überhaupt: Musste dieses EKG-Dings nicht piepen? Oder irgendeine andere Art von Geräusch von sich geben? Die Kurven auf dem Bildschirm schienen genauso kraftlos wie Mildreds Körper, trotz der unzähligen Kabel und Schläuche. Und dazwischen kratzte sich die dauerheisere Stimme ihres Chauffeurs hindurch. »Hat sie einen Herzinfarkt?«

Das Wort *Herzinfarkt* weckte düstere Erinnerungen bei Alison. Was, wenn es Mildred jetzt so erging wie ihrem Vater? Plötzlicher Herzstillstand. Ohne Vorwarnung. Wumm! Tot. Ob es doch in der Familie lag? Hätte sie das dann nicht ahnen müssen? Sie fühlte sich schuldig. Auch wenn alle sagen würden, das hier sei ein tragischer Unfall gewesen. Alison hatte ein Motiv: Sie ertrug diese Frau einfach nicht.

Kommentarlos zog die Notärztin Mildreds Augenlider hoch, um die Pupillen zu beleuchten. Endlich kehrte auch Ken aus dem Flur zurück ins Untergeschoss und legte seine Hand auf Alisons Schulter.

»Unkraut vergeht nicht.« Ken zog Alison an sich, drückte sanft zu und flüsterte: »Die Kids waren begeistert! Sie nehmen die Circle Line ab South Kensington und fahren ab Westminster bis Canada Water.«

»Aber die Party. Sie haben sich doch so gefreut.«

»Die Party holen wir nach. Jetzt hoffen sie alle erst einmal, dass du gut aus der Sache herauskommst.«

Roy hüstelte übertrieben.

»Und Mildred natürlich auch«, ergänzte Ken.

Das hoffte sie ebenfalls. Genau das war ja der springende Punkt. »Aber Ken, sie bewegt sich nicht.«

Er streichelte ihre Schulter. »Ich habe schon viele Leichen gesehen. Glaub mir, das hier ist definitiv keine.«

Na ja, dachte Alison, als die Notärztin das Stethoskop zusammen mit ihren restlichen Utensilien wieder im Notfallkoffer verstaute, tot sah sie wirklich nicht aus. Alison war immer wieder aufs Neue fasziniert, wie hervorragend es den plastischen Chirurgen der Dr MediSpa Clinic in Knightsbridge gelang, zu kaschieren, dass Mildred mit spürbarem Tempo auf die 80 zuging.

Der Welpe winselte und sprang in einem Satz zu Mildred aufs Bett.

»Sie kommt zu sich«, kommentierte die Notärztin die deutlich stärker werdende Auf und Ab-Bewegung von Mildreds Brustkorb. »Taylor …«, japste sie. »So helft ihm doch. Der arme Mister Taylor. Polizei!«

Alison nahm Mildreds Hand. »Keine Sorge, Mildred, Roy geht es gut. Es war alles nur ein Spaß.«

Die Ärztin räusperte sich vorwurfsvoll. »Wie geschmacklos!« Sie fühlte Mildreds Puls. »Diese Dame hat durch diesen *Spaß* einen schweren Schock erlitten.« Danach wendete sie sich wieder Mildred zu und sprach überdeutlich laut. »Ich würde Sie zur Sicherheit gerne ins St Thomas' Hospital bringen, Mrs Granville.«

Alison bedankte sich beim Universum. Mildred musste ja nicht gleich ins Jenseits verschwinden. Mit einem Krankenhaus jenseits der Themse war sie vollkommen zufrieden.

Wie vom Blitz getroffen riss Mildred ihre Augen auf. »St Thomas? Wollen Sie mich auch noch umbringen?«

»Roy ist nicht tot«, warf Alison beruhigend ein.

»Wer spricht da?«

»Ich bin es, Mildred. Alison.«

»Alison?«, sprach sie, wie in einem dichten Nebel gefangen. »Die Alison, die nicht da ist, wenn ich komme?«

Unfassbar! Diese Frau schaffte es sogar halbtot, Alison ein schlechtes Gewissen zu bereiten. Die Notärztin sah Mildred ernst an und hob dabei beschwichtigend die Hand.

»Versuchen Sie, sich nicht aufzuregen, Mrs Granville.«

»Wie soll das funktionieren, in einem Haus, in dem zum Spaß gemordet wird?«

»Du meinst …«

Gerade noch bevor Alison etwas sagen konnte, das sie später bereuen würde, fiel Ken ihr ins Wort. »Ist es denn sehr ernst, Frau Doktor?«

»Im Moment macht sie einen stabilen Eindruck. Aber das kann sich jederzeit ändern. Ihr Herz gefällt mir nicht.«

Kein Wunder, dachte Alison. *Sie hat ja auch keins*.

»Sie gefallen mir auch nicht«, konterte Mildred, was die Ärztin professionell ignorierte.

»Ich denke lediglich, dass es eine vernünftige Entscheidung wäre, Sie noch ein, zwei Nächte genauer zu beobachten.«

»Wissen Sie überhaupt, wer ich bin?«

Alison rollte innerlich mit den Augen. Jetzt ging diese Masche wieder los.

»Wo ich auftauche, werde ich immer beobachtet.«

Das würde Alison sofort unterschreiben. Halleluja!

Mit verzerrter Miene beäugte Mildred den Transportstuhl, den zwei junge Sanitäter in das Zimmer hinein rollten. »Falls Sie hoffen, mit meiner privaten

Versicherung das National Health System sanieren zu können, muss ich Sie leider enttäuschen. Wir fahren zurück nach Sandbanks!«

Alison überkreuzte ihre Finger hinter dem Rücken. Der Chauffeur schien jedoch wenig begeistert. »Aber Madam, Sie wissen doch: der Regen, die Umleitungen, die schwache Blase von Alfie.«

»Ja, bin ich denn nur von Dilettanten umgeben?« Mildred fasste sich an die Brust.

»Nicht aufregen, Mrs Granville, bitte!«

»Frau Doktor hat völlig recht«, mahnte der Chauffeur. »Bleiben wir am besten wie geplant hier bei Ihrer Nichte. Gleich morgen früh werde ich Sie dann zurück nach Sandbanks fahren.«

»Gleich morgen früh kommen wir wieder her! Ende der Diskussion.«

Das EKG-Gerät schrie auf. Wie ein Flummi schoss Alfie erst in die Luft und landete schließlich mit eingeklemmtem Schwanz neben dem Bett. Die Ärztin fühlte Mildreds Puls.

»Bitte bleiben Sie ruhig!«

»Ja wie denn, in diesem Irrenhaus?«

Ken versuchte, zu beschwichtigen. »Der Regen wird langsam schwächer. Ich bin sicher, Sir, das Unwetter wird sich bald aufgelöst haben.«

»Also gut, dann fahren wir.« Der Chauffeur eilte nach draußen. Wenige Minuten später befand sich auch Mildred auf dem Weg zum Wagen. Die Notärztin nutzte die Ruhe für ein paar letzte mahnende Worte an Alison.

»Sorgen Sie dafür, dass Ihre Tante einen Herzspezialisten aufsucht, wenn sie morgen wieder aus Sandbanks zurück ist. Und vermeiden Sie jegliche Aufregung.

Wenn es sich um eine Herzinsuffizienz handelt und diese nicht umgehend medikamentös behandelt wird, kann jede Form von Stress oder Schock binnen Minuten tödlich enden.«

Das Klackern von Mildreds Gehstock hallte von der Straße her durch das Fenster ins Untergeschoss hinein. Ein Wagen fuhr neben ihr den Thurloe Square entlang und verwandelte mit seinem Scheinwerferlicht Mildreds Konturen in den Schatten eines Nosferatus. Von wegen, das Unwetter löste sich auf, es braute sich gerade erst zusammen.

9

8:55 pm, Savoy Hotel

Teddy hätte doch seinen Dienstwagen nehmen sollen. Die Fahrspur auf Londons legendärer Straße *The Strand* schien sich in einen Seitenarm der Themse verwandelt zu haben. Wasser, wohin das Auge reichte. Und auf seinem Beifahrersitz blinkte auf dem Display seines Smartphones Benishas angewählte Handynummer wie eine Leuchtboje vor sich hin. Schließlich hallte ihre Mailboxansage ins Wageninnere. Teddy schnappte sich sein Smartphone und legte auf. Wieso wurde er das Gefühl nicht los, dass sie ihn ignorierte? Es war später Abend. Sie hatte definitiv keinen Dienst mehr. Weshalb ging sie nicht ans Telefon? Immer wieder hallten Dustins Worte durch seinen Kopf. *Frag sie doch selbst. Sowas ist doch dein Job, oder? Du bist doch Bulle.* Die Art und Weise, wie er diese Worte gesagt hatte, sein Gesichtsausdruck … Teddy hasste dieses Gefühl, die Kontrolle zu verlieren. Er schlug auf sein Lenkrad ein und fluchte. Im selben Moment schaufelte sein Scheibenwischer eine neue Ladung Regenwasser beiseite, und das Grün einer Ampel leuchtete ihm überraschend nah entgegen. »Die Ausfahrt!« Teddy trat derart scharf auf die Bremsen, dass sein Hintermann hupte. »Arschloch!«, brüllte

Teddy zurück, bog im Schritttempo mit seinem Mini in den Savoy Court ein und schipperte auf das Luxushotel zu. Der Motor brummte verängstigt zwischen all den Limousinen, die in der Hotelzufahrt warteten. Wenigstens war der Haupteingang überdacht. Kaum hatte Teddy den Wagen zum Stehen gebracht, klopfte ein Page an seine Fensterscheibe.

»Sir?«

Teddy kurbelte die Scheibe herunter.

»Sie können hier nicht stehenbleiben, Sir.« Der Page blickte durch den schmalen Fensterspalt direkt auf den Ketchupfleck auf Teddys ausgewaschener H&M-Jeans. »Ich bedauere, die Zufahrt ist nur für Taxis und Gäste. Das Savoy Theater hat ein Parkhaus im Covent Garden, nur 6 Minuten Fußweg von hier, Sir.«

Ja, für acht Pfund die Stunde. Und dann sechs Minuten durch den Regen zurücklaufen? Da konnte er gleich zusammen mit seiner Jeans in die Waschtrommel springen. Für wen hielten die sich hier eigentlich? Er griff in seine Hosentasche und zog seinen Dienstausweis heraus.

»Detective Inspector Teddy Chan, Scotland Yard. Ich muss dringend mit Oliver Montagu sprechen.«

Der Page trat vom Wagen zurück und winkte einen Kollegen herbei. Gegensprechanlagen wurden betätigt, Funkgespräche über In-Ear-Kopfhörer ausgetauscht. Manchmal glaubte Teddy, diese Luxushotels waren besser ausgestattet als die Jungs vom MI5. Endlich tat sich was. Der herbeigerufene Kollege winkte Teddy zu und bedeutete ihm, auszusteigen. Im selben Moment eilte ein Junge im Frack aus dem Gebäude. Teddy erkannte ihn sofort: Aleksandre Johnston, Oliver Montagus persönlicher Assistent oder Butler oder wie sie auch immer diesen exquisiten Spezial-Service nannten, den sämtliche Bewohner der Luxussuites hier im Savoy bekamen. Da das Savoy für Mr Montagu quasi sein Londoner Wohnsitz war, hatte Teddy während der Ermittlungen rund um Mr Montagus vermeintlichen Stalker auch mit Alek das ein oder andere Gespräch geführt. Ein netter Junge. Jedes Mal, wenn Teddy ihn sah, musste er an Benishas Mutter denken. Alek sah aus wie der Mann, den sie sich wahrscheinlich insgeheim immer für ihre Tochter erträumt hatte: die schwarzen Haare perfekt nach hinten gegelt, was seine großen Ohren ein wenig zu sehr betonte, der Nacken sauber ausrasiert, stahlblaue Augen, das Gesicht bubihaft glatt und vor allem so wunderbar europäisch. Und dann auch noch immer und überall diese adretten weißen Baumwollhandschuhe. Alek sprach mit dem Pagen und lief gemeinsam mit ihm auf Teddys Mini zu. *Na bitte*, dachte er. *Geht doch*. Und verließ den Wagen.

»Vielen Dank, dass Sie es so schnell einrichten konnten. Mein Kollege fährt Ihren Mini rasch in unsere Tiefgarage, damit er vor dem Unwetter geschützt ist, Sir.«

Teddy kannte das Prozedere. Trotzdem kam es ihm immer wieder wie Hochverrat vor, wenn er sein kleines Rover-Baby in die Hände eines Fremden gab. Er reichte dem Pagen seine Schlüssel und folgte Alek ins Hotel.

Wie machten die das hier nur? Bei Teddy genügte ein Spaziergang durch den Hyde Park, und der Boden in seiner Wohnung sah bei der Heimkehr aus, als wäre ein Rudel Wildschweine hindurchgerast. In London regnete es seit Wochen, die Leute gingen im Savoy ein und aus, und dennoch glänzte der marmorierte Schachbrettboden in der Hotellobby wie originalverpackt. Selbst mit einer Putzorgie pro Woche erinnerten die Möbel in Teddys Wohnung eher an ein Antiquariat. Hier schimmerten die aufwändigen Wandvertäfelungen aus Mahagoniholz stets wie in einem Werbespot für Möbelpolitur, ganz zu schweigen von den imposanten Säulen in der Mitte der Lobby, den mit kunstvollem Stuck verzierten Decken und den metergroßen Ölgemälden an den Wänden. Irgendwann musste er sich die Zeit nehmen und Alek nach den streng geheimen Putztipps der Upperclass befragen. Das hier war kein Hotel, das war die Disneyland-Version des Buckingham Palace. Und alle Blicke in diesem Raum schienen auf seinen knallroten Ketchupfleck gerichtet. Teddy zog seine Jacke aus, legte sie sich über den Arm und verdeckte den Fleck damit. Noch nie im Leben hatte er sich so deplatziert gefühlt.

»Wir sind erleichtert, dass Sie so rasch kommen konnten, Sir. Gerade jetzt, kurz vor dem Chandelier Charity Concert, können wir uns keinerlei Aufregung im Haus leisten. Daher möchten wir sicherstellen, dass auch wirklich alles in Ordnung ist.« Alek stoppte vor dem roten Lift.

Chandelier Charity Concert, Teddy erinnerte sich, davon gelesen zu haben. Angeblich war ganz London im VIP-Fieber. Er sah sich um, während sie auf den Lift warteten. Gut möglich, dass er die Frau auf dem Sofa der Lobby schon einmal in einem der Videos gesehen hatte, die auf Dustins Smartphone hoch und runter liefen. Und dieser Typ da, war das nicht dieser Idiot, der Selfies mit irgendwelchen Leichen gemacht hatte und deswegen auf YouTube fast gesperrt worden war? Wenn das alles war, was London zu so einem Charity-Event zu bieten hatte … Wieder einmal heiße Luft um nichts, darin waren diese Menschen hier ja besonders gut.

Die Aufzugtür öffnete sich, und Teddys Herz blieb stehen. Auf der kuscheligen kleinen Sitzbank im roten Lift saß sie: Darcy Diamond, das ehemalige Popsternchen, das vor zehn Jahren für Großbritannien mit ihrem Song *Ghost* den Eurovision Song Contest gewonnen hatte. Oh, wie hatte Teddy sie vergöttert und sich nächtelang zu ihrer Stimme durch die Londoner Nachtclubszene getanzt.

Seither traf sie allerdings keinen Ton mehr, was Kritiker auf zu viel Crack schoben, Darcy allerdings auf einen Flugzeugabsturz zurückführte, den sie wie durch ein Wunder überlebt hatte. Seit diesem Nahtoderlebnis gab es eine neue Darcy. Darcy, das Medium widmete sich nur noch »der anderen Seite«. Wie oft hatte Teddy sich gewünscht, sie würde wieder Musik machen. Es gab doch Auto-Tune und all den Krams. Wenn er sich überlegte, was seine Audioexperten vom Scotland Yard so alles herbeizauberten – da dürften doch ein paar verfehlte Töne kein Hindernis sein. Aber all das war jetzt egal. Denn da saß sie. Die pinken Haare wie immer wild toupiert und über das rechte Ohr gekämmt. Dazu der ägyptisch-mystische Riesenohrschmuck und das bodenlange silbergraue Funkelkleid. Und sie sah ihn an: Teddy. Oder? Er vergewisserte sich, dass von seiner Jacke auch wirklich alles verdeckt war, was verdeckt sein sollte. Seinen Fleck konnte sie unmöglich sehen. Darcy atmete schwer und laut hörbar ein und wieder aus. Dann legte sie ihren Kopf leicht zur Seite und lächelte ihn an. »Hallo.«

Teddy räusperte sich. Als Darcy keinerlei Anstalten machte, den Aufzug zu verlassen, betrat Alek den Lift.

Teddy folgte ihm. Da er Darcy ignorierte, nahm Teddy all seinen Mut zusammen und setzte sein charmantestes Lächeln auf. »Wohin wollen Sie?«

Darcy blickte Teddy hypnotisch tief in die Augen. »Ich bin bereits da, wo ich hinwill.«

Teddy schluckte.

Alek drückte die Fünf, und der Aufzug setzte sich in Bewegung. Darcy legte ihre Hände an die Fahrstuhlwand, schloss die Augen, warf ihren Kopf in den Nacken und schien in eine andere Welt zu entrücken. Selbst als der Fahrstuhl in der fünften Etage hielt und Alek und Teddy ihn wieder verließen, rührte sie sich nicht. Dann schloss sich der Aufzug wieder, und Darcy Diamond verschwand. Teddy sah Alek verwundert an.

»Bringt Sie das gar nicht aus der Fassung?«

»Glauben Sie mir«, antwortete er, während sie den Flur entlangliefen, »nach allem, was ich in diesem Hotel bereits erlebt habe, bringt mich nichts mehr aus der Fassung.« Er stoppte vor der Tür mit der Nummer 502. »Außer das hier.« Er senkte seine Stimme und flüsterte. »Dieses Mal hat er es offenbar bis in Mr Montagus Suite geschafft. Es grenzt an ein Wunder, dass nicht mehr passiert ist. Und wir hatten so gehofft, es wäre vorbei.«

Das klang wahrlich nicht gut. Wenn das stimmte, was Alek sagte, hatte der Stalker eine gefährliche Schwelle überschritten. Alek klopfte. Oliver Montagu öffnete.

»Mr Chan! Gott sei Dank.«

Teddy nickte zum Gruß. Okay, es waren einige Wochen vergangen, seit er Oliver Montagu das letzte Mal gesehen hatte, aber sein aufgedunsenes Gesicht überrumpelte ihn dann doch. Aktuell befand er sich definitiv an einem neuen Höhepunkt seiner ewig währenden Jojo-Kurve. Wenigstens schien er nüchtern zu sein. Auch die Pupillen waren nicht geweitet. Wenngleich die Panik in seinen Augen unübersehbar war. Mr Montagus Angst war echt. Teddy nutzte die Gelegenheit, um die Tür zur Suite zu untersuchen. Nirgendwo waren Einbruchspuren zu erkennen.

»Sie sagen, er war hier?«, fragte er sicherheitshalber noch einmal nach. Oliver Montagu nickte.

»Die Stimme kam definitiv aus meinem Zimmer.«

Verrückt war auf jeden Fall die Bezeichnung Zimmer. Oliver Montagus Unterkunft war eine Suite und größer als Teddys 60-Quadratmeter-Wohnung in Rotherhithe, für die er mit allem Drum und Dran fast 2000 Pfund pro Monat abdrückte. Was dieser Minipalast im edwardianischen Stil die Nacht kostete, wagte er sich gar nicht auszudenken. Wen wunderte es da, dass es Menschen gab, die ein Stück vom großen Kuchen abhaben wollten und dabei den Sinn für Gut und Böse verloren? »Haben Sie ihn gesehen?«, fragte Teddy.

Oliver Montagu schüttelte den Kopf. »Ich habe ihn gehört.« Er schien dabei um jedes Wort zu kämpfen. »Ich war hier am Sofa im Kaminzimmer. Er stand direkt hinter mir und sagte merkwürdig verstellt …« Ihm brach die Stimme weg. Er schluckte und räusperte sich und brachte dennoch kaum mehr als ein Hauchen zustande. »… ›Ich bin wieder da.‹«

»Und dann?«

Oliver Montagu legte die Hände um Mund und Nase und schüttelte den Kopf. Seine Augen hetzten dabei durch die Suite. »Ich habe mich umgesehen, aber … ich habe niemanden gefunden.« Er faltete seine Hände zum Gebet. »Ich weiß, dass es verrückt klingt, Sir. Aber bitte, Sie müssen mir glauben. Ich habe sonst niemanden, an den ich mich wenden kann.« Mr Montagus Stimme klang dünn und brüchig.

»Ich glaube Ihnen Sir, ich glaube Ihnen.« Nur konnte sich niemand in Luft auflösen. Wenn stimmte, was Oliver Montagu gesagt hatte, befand sich der Stalker womöglich noch immer in der Suite. Solche Leute strebten nach Macht und Überlegenheit. Es war nicht abwegig, dass er oder sie just in diesem Moment in einem Versteck hockte und mit Hochgenuss die Vorgänge in diesem Zimmer verfolgte. »Können Sie sagen, ob es eine männliche oder eine weibliche Stimme war?«

Oliver Montagu schüttelte den Kopf.

Wäre auch zu schön gewesen. Das hätte sie nach all den Irrläufen endlich mal einen Schritt weitergebracht. Teddy nickte Alek zu. »Bitte bleiben Sie mit Oliver Montagu hier, und bewegen Sie sich nicht. Ich werde mir die Suite einmal genauer ansehen.« Er platzierte beide so, dass sie die gesamte Suite im Blick hatten. Er flüsterte. »Wenn Ihnen irgendetwas auffällt, melden Sie sich. Okay?« Dann zog er seine Dienstwaffe. Nach wenigen Minuten hatte er die Suite gesichert. Bis auf Oliver Montagu, Alek und ihn selbst war definitiv niemand anwesend. Oliver Montagu atmete sichtlich erleichtert auf. Teddy überlegte. Er betrat das angrenzende Schlafzimmer und lauschte so unauffällig wie möglich an den Wänden.

»Ich weiß, was Sie jetzt denken«, sagte Oliver Montagu. »Ich habe auch zuerst geglaubt, es wäre vielleicht einer meiner Nachbarn gewesen. Aber es war definitiv jemand in meinem Zimmer.«

Teddy nickte. »Natürlich.« Menschen, die unter Angststörungen litten, glaubten oft, seltsame Dinge erlebt zu haben. Das Gehirn spielte ihnen einen

Streich. »Vermissen Sie vielleicht irgendwelche Gegenstände?«

»Nein.«

»Hat man Ihnen eine Nachricht hinterlassen?«

Oliver Montagu schüttelte den Kopf.

»Gut. Ich werde mir vorsichtshalber an der Rezeption einen Ausdruck mit den persönlichen Daten sämtlicher Gäste im Hotel geben lassen.« Er sah zu Alek. »Und ich brauche eine Übersicht von allen, die aktuell Dienst haben und sich zu besagtem Zeitpunkt ebenfalls im Haus befanden.«

»Selbstverständlich, Sir.«

»Also gut. Wenn Sie mir kurz dabei behilflich sein könnten?«

»Mit Verlaub, Sir. Wäre es unter diesen Umständen nicht besser, wenn jemand bei Mr Montagu in der Suite bleiben würde?«

»Keine Sorge. Ich kann mir zwar noch nicht erklären, was hier vorgefallen ist …« Er blickte zu Oliver Montagu. »… aber ich bin überzeugt, dass Sie sich aktuell nicht in Gefahr befinden. Zur Sicherheit sollten Sie auf jeden Fall die Kette einhängen, sobald wir aus dem Zimmer sind.«

Eine viertel Stunde später wartete Teddy noch immer auf die vollständige Zusammenstellung aller Daten. Aber wunderte das? Im Savoy ging es zu wie in einem Bienenstock. Teddy flüchtete sich von einer Ecke der Lobby in die nächste, um nicht rein zufällig auf irgendeinem Paparazzo-Foto zu landen oder unfreiwillig zur Hintergrundszenerie von irgendeinem Influencer oder YouTube-Freak zu gehören. Das Sofa gegenüber der Rezeption schien im Augenblick der sicherste Ort zu sein, und der Tee, den ihm ein Concierge mit übertriebener

Elvistolle auf dem Kopf als Dank für seine Unterstützung gebracht hatte, war ein echter Genuss. Nicht zu vergessen: Teddy hatte zweimal eine halbe Minute gemeinsam mit Darcy Diamond im roten Lift verbringen dürfen. Vielleicht hatte Benisha ja doch recht. Er musste sich endlich angewöhnen, den Blick auf die guten Dinge zu richten. Er zog sein Handy aus der Tasche. Sie hatte ihn noch immer nicht zurückgerufen. Was war nur los mit ihr? Wenn Dustin nicht darüber sprechen wollte, musste es etwas Ernstes sein. Aber wieso verschwieg sie es dann? Nur, weil sie ihn darum gebeten hatte, ein wenig Luft zum Atmen zu haben, bedeutete es doch noch lange nicht, dass sie Geheimnisse haben musste. Sie liebten sich doch.

Er nippte an seinem Tee und sah sich um. Wer wollte schon so was hier? Dieser Prunk. Das war doch alles nur Fassade. Aber das, was ihn und Benisha verband, das war echt, das ging tiefer. Sie würden das durchstehen. Irgendwie. Er musste nur geduldig sein. Er würde sich einen Tag frei nehmen, sie überraschen. Mit Karten für Shakespeares Sommernachtstraum im Globe Theatre und Patrick Stewart als Elfenkönig. Ihr zeigen, wie wichtig sie ihm war. Einmal nur für sie da sein. Sein Smartphone klingelte. Benishas Name blinkte ihm entgegen. »Baby«, fuhr es ihm über die Lippen, noch kurz bevor er das Gespräch annahm. Genau in diesem Moment raste dieser Skandal-YouTuber durch die Lounge. Teddy sprang auf und flüchtete sich in die Nähe des Gangs, der zu den Aufzügen führte. Dort herrschte Ruhe. Er nahm ab.

»Hallo? Teddy?«

Wie wunderschön ihre Stimme klang. Fast glaubte er, die Wärme ihrer Wange zu spüren, als er den Hörer an sein Ohr legte. »Hey ...« Der panische Schrei einer Männerstimme ertönte so laut, dass Teddy kein Wort von Benisha verstand. Er sah auf, und schon fiel ihm der Körper einer ohnmächtigen Dame entgegen. In allerletzter Sekunde fing Teddy sie unter den Achseln. Dabei flutschte ihm sein Smartphone aus der Hand und knallte auf den Boden. Der Akku sprang heraus. Die Frau in seinen Armen war käsebleich.

»Oh dear, oh dear, oh dear«, japste der Concierge mit der Elvistolle, der nur einen Schritt von Teddy entfernt an der offenen Aufzugtür des roten Liftes stand, während dieser Terror-YouTuber völlig euphorisch damit beschäftigt war, sich mit dem offenen Fahrstuhl als Hintergrund zu filmen. Seine Kamera schwenkte auf einen in Blut getränkten Fetzen Schal, der eingeklemmt zwischen Decke und Fahrstuhltür herabhing. *Darcy!*, schoss es Teddy durch den Kopf. Doch zu seiner Überraschung war sie aus dem Lift verschwunden. Stattdessen lag ein lebloser Körper vor der roten Sitzbank. Zuerst erblickte Teddy das Muttermal auf der rechten Hand. Als er schließlich auch den Kopf des Toten entdeckte, gab es nur eine Schlussfolgerung: Das würde noch ein langer Abend werden.

10

11:30 pm, Thurloe Square

Drei Stunden nach Mildreds Abreise konnte Alison zumindest teilweise aufatmen. Roy hatte gemeinsam mit Ken sämtliche Spuren des Krimiabends restlos beseitigt. Die Sitzbank in der Kammer auf halber Treppe stand wieder in der Werkzeugkammer bei den restlichen altbackenen Möbeln von Mildred, die noch auf ihre Abholung warteten. Die vom Küchenmesser zerhackte Tür, die selbstverständlich eine billige Kopie gewesen war, hatten sie mit dem unversehrten Original ausgetauscht sowie das Kunstblut und alle anderen Spuren entfernt. Roy war ein Goldstück. Ein Butler der alten Schule. »Machen Sie Feierabend«, sagte Alison und ließ sich in ihren Sitzsack plumpsen. »Ich bleibe hier noch ein wenig am Kamin und genieße das Feuer. Vielleicht meldet sich mein Honeybun noch.«

»Der große Unbekannte«, neckte er sie.

»Roy.« Sie wusste, dass er es nicht so meinte. Schließlich hatte er ihrem Freund selbst schon einmal Roastbeef zubereitet.

»Dann begebe ich mich in die Küche, Madam. Falls Sie doch noch einen Wunsch haben sollten.«

»Um Himmels willen«, antwortete Alison. »Sie haben zwei anstrengende Tage im Savoy Theater vor sich und obendrein auch noch eine Stunde auf der Toilette gelegen. Und das mit 71 Jahren. Ihnen müssen doch alle Knochen weh tun.« Sie schüttelte den Kopf. »Sie sind verrückt, dass Sie sich so etwas antun.« Jetzt, im Nachhinein, schämte sie sich fast dafür, musste aber dennoch lachen. Wie er zwischen Toilettenschüssel und Wand gelegen hatte. »Danke, Roy.«

»Immer wieder gerne, Madam.« Roy neigte den Kopf leicht zur linken Seite, so wie er es immer tat, wenn er nachdachte. »Sie hielt mich wirklich für tot, nicht wahr?«

»Definitiv.«

Roys Lippen zuckten leicht, und in seinen Augen war eine gewisse Schadenfreude unübersehbar.

»Aber erlauben Sie mir eine Frage, Roy. Wie haben Sie das mit dem Kunstblut gemacht? Sie hätten Kens Gesicht sehen sollen. Er hat es tatsächlich für echt gehalten.«

Roys Mundwinkel tänzelten amüsiert auf und ab. »Ein alter Trick aus dem Schultheater. Rote-Beete-Saft mit Gelatine«, er führte Zeigefinger und Daumenspitze zusammen, »und ein wenig Zucker. Das haftet besser.«

Alison lachte. »Deswegen hat es dem Hund so geschmeckt.«

»Wissen Sie, Alison ...« Roy beugte sich in ihre Richtung. »... Aber erzählen Sie es bitte keinesfalls weiter ...«

Sie schüttelte den Kopf, in spannungsvoller Erwartung des Geheimnisses, das er ihr offenbaren würde.

»Ich hatte schon immer einen gewissen Hang zur Schauspielerei.« Seine haselnussbraunen Augen strahlten. Selbst in seinem hohen Alter hatte das Lächeln, das durch seinen perfekt geschnittenen, weißen Vollbart hindurchschimmerte, unwiderstehlichen Charme. Ein Wunder, dass Roy keine Kinder hatte. In seiner Jugendzeit mussten ihm die Frauen zu Füßen gelegen haben.

»Warum setzen Sie sich nicht einen Augenblick zu mir, Roy, und leisten mir ein wenig Gesellschaft? Haben Sie Lust auf ein Ale?«

Roy hob abwehrend die Hände. »Nicht nötig, Madam.«

»Ach kommen Sie. Ich weiß, wie sehr Sie es lieben.« Also holte sie zwei Flaschen aus dem Kühlschrank, öffnete eine Packung Chips und nahm sie ebenfalls mit ins Kaminzimmer. Roy zeigte sich unangenehm berührt, auch wenn er seine Freude über Alisons Geste nicht verbergen konnte. Zudem hatte sie noch nie einen Menschen gesehen, der sich auf derart vornehme Weise in einen Sitzsack fallen lassen konnte. Gemeinsam mit ihm in diesem noch völlig leeren Kaminzimmer vor einer umgedrehten Obstkiste als improvisiertem Tisch zu sitzen, hatte etwas wunderbar Schräges und Befreiendes.

»Das ist genau das, was Ihre Tante Ihnen immer vorwirft. Sie vermischen die Grenze zwischen Geschäft und Privatsphäre.«

»Ich vermische nichts. Ich bin einfach dankbar, dass ich Sie habe. Ohne Ihre Hilfe hätten wir die Idee von Oliver Montagu für das Chandelier Charity Concert niemals umsetzen können.«

Roy erhob den Zeigefinger. »Sie meinen, ohne Ihr Geld.«

»Warum reden immer alle nur über das Geld? Alles Geld der Welt ist wertlos, wenn Sie keine klugen Köpfe an Ihrer Seite haben, die es verstehen, etwas damit anzufangen. Ich kenne keinen Menschen, der so vielseitig bewandert ist wie Sie.«

Roy wiegelte ab. »Wenn Sie Ihr ganzes Leben als Butler an der Seite von vielseitigen und kreativen Menschen verbringen, kommt das von ganz allein. Sie können schließlich nicht immer warten, bis ein Klempner oder Elektriker im Haus ist.« Er kniff seine Augen zu einem übertrieben verschwörerischen Blick zusammen. »Nicht zu vergessen, all jene Geheimnisse und Tricks, die ich in den zwanzig Jahren an der Seite Ihres Vaters gelernt habe.« Er legte seine linke Hand auf die Brust. »Der Butler eines hochrangigen Mitarbeiters des Scotland Yard zu sein, hat mich immer mit Stolz erfüllt.« Roy erhob den Zeigefinger. »Und ich kann Ihnen verraten, dass es mir möglich war, in all den Jahren meiner Zeit als Butler ein durchaus ansehnliches Vermögen zusammenzusparen.«

Alison betrachtete ihn skeptisch. Meinte er das ernst? Er nahm einen dezenten Schluck von seinem Ale.

»Sie müssen wissen, Alison, dass ich aus sehr bescheidenen Verhältnissen komme. Mein Vater hat seine Erlebnisse im Krieg nie verwunden. Er verfiel dem Alkohol. Auch meine Mutter war von der Arbeit als Sanitäterin bei der Armee schwer traumatisiert. Ich erinnere mich daran, wie wir Kinder jahrelang durch die Stadt zogen und Schrott sammelten, um uns ein paar Pennys hinzuzuverdienen. Eines Tages lief eine reiche Lady vor uns Kindern her, mit einer Tüte voller dunkelroter Kirschen in der Hand. Dieses Rot werde ich nie vergessen. So saftig, süß und prall. Was hätte ich nur für eine dieser Kirschen gegeben. Sie hingegen kaute nur zwei-, dreimal ganz beiläufig auf einer

Frucht herum und spuckte die Kerne anschließend wieder aus. Wir Kinder haben uns wie die Stare auf diese Kerne gestürzt, sie vom Boden aufgelesen und bis auf den letzten Fetzen das Fruchtfleisch abgelutscht.« Roy machte einen Moment Pause. Sein Blick hatte sich tief in der Vergangenheit verfangen. Ein Prickeln wanderte über Alisons Haut, während sie dem Fortgang seiner Geschichte lauschte. »Noch heute sehe ich vor mir, wie sie voller Stolz über die Waterloo Bridge flaniert, links abbiegt, das legendäre Savoy Theater passiert und direkt auf das Savoy Hotel zuläuft. Und dort am Eingang steht ein junger Mann in einem edlen maßgeschneiderten Anzug. Er lächelt der Dame freundlich zu, öffnet ihr die Tür und geleitet sie ins Hotel. In diesen Palast. An diesen Ort, wo alle Sorgen vor der Tür gelassen werden. Wo es nicht einen Wunsch gibt, der unerfüllt bleibt.« Roy nahm einen weiteren Schluck aus seinem Ale, atmete tief durch und schaute Alison in die Augen. »In diesem Moment schwor ich mir: Eines Tages werde ich auch in diesem Hause arbeiten.«

Das Feuer knackte. Alison nahm Roys Hand. »Und morgen ist es so weit.«

»Und besser, als ich es mir je erträumt hätte: Für ein grandioses Charity-Projekt im legendären Savoy Theater. Ihr Vater würde sehr, sehr stolz auf Sie sein, Alison.«

»Dad würde mir die Leviten lesen, wenn er wüsste, was ich seiner geliebten Schwester angetan habe.« Alison vergrub ihr Gesicht in den Händen. »Oh Gott, Roy. Ich schäme mich so.«

»Sie wird Ihnen verzeihen. Sie wäre nicht ständig so streng mit Ihnen und würde alle vier Wochen zum Sunday Roast erscheinen, wenn sie Sie nicht tief in ihrem Herzen lieben würde.«

»Mildred? Lieben? Mich?« Alison fragte sich, ob diese Frau überhaupt dazu in der Lage war, ein Gefühl außer Neid, Gier oder Missgunst zu empfinden. »Sie behandelt mich wie ein Kind!«

»Weil sie sich sorgt. Sie sind das letzte bisschen Familie, das sie noch hat, Alison.«

Zu ihrer eigenen Verwunderung kämpfte Alison mit Tränen in den Augen. Roy streichelte ihr die Hand. Er war eben doch mehr als ein Butler. Das Telefon klingelte. In freudiger Erwartung griff Alison nach dem Hörer. Doch anstelle der ihres Honeybuns erschien eine ihr unbekannte Londoner Nummer. Sie hatte noch keine Kraft für ein geschäftliches Gespräch, erst recht nicht zu so später Stunde. Sie reichte den Hörer an Roy weiter und ließ sich zurück ins Sofa plumpsen. Ein Wort von ihm genügte, um Alison zurück in die aufrechte Sitzposition zu katapultieren. Sie kannte diesen Tonfall.

»Wie? Nicht bis nach Sandbanks gekommen?«, fragte er.

Sofort flammten Alisons Erinnerungen an jenen Tag wieder auf, an dem sie die Nachricht über den plötzlichen Tod ihres Vaters erreicht hatte. Roys Gesicht wurde fahl und leer. »Der Regen, die Umleitungen, die schwache Blase von Alfie«, wiederholte er.

»Was ist passiert?«, flüsterte Alison. Ihr Herz raste.

»Ein Unfall!«, rief Roy in den Hörer. Dann: »Oh nein. Tot?«

Alison beugte sich vor, konnte jedoch trotz der unüberhörbaren Aufregung der Stimme im Telefonhörer kein Wort verstehen.

»Ja, machen Sie sich keine Sorgen. Ich werde es ihr sagen.« Roy legte auf, ließ das Telefon sinken und sah Alison ernst an.

»Es hat einen schrecklichen Unfall gegeben.«

Alison schluckte. Der Klang von Roys Stimme genügte, um zu wissen, dass sie die Nachricht, die nun folgen würde, lieber nicht hören wollte.

»Oliver Montagu ist im Hotel tödlich verunglückt. Mildred hat soeben sein Zimmer bezogen. Sie erwartet Sie morgen pünktlich um drei Uhr im Savoy zum Afternoon Tea.«

2 Tage vor dem Chandelier Charity Concert

11

2:30 pm, Savoy Hotel, Lobby

Teddy erkannte Constable Smith schon von Weitem. Dieser überdrehte Quirl schaffte es, an wirklich jedem Ort deplatziert zu wirken. Als er mit dem Papier in seiner Hand wedelnd in die Lobby des Savoy kam, wirkte er eher wie ein abgemagerter Computernerd und nicht wie ein Mitarbeiter des Scotland Yard. Aber zumindest schienen seine Nachforschungen von Erfolg gekrönt gewesen zu sein. Sehr gut. Ein paar Minuten blieben Teddy noch, bevor der Medienwahnsinn über ihn hereinbrechen würde. Er winkte ihn zu sich aufs Sofa.

»Hat dich irgendjemand dabei gesehen?«

»Nein, Sir.« Smith setzte sich, schielte durch seine Nickelbrille in alle Richtungen und rückte aufgeregt hin und her. In seinem letzten Leben musste er eine Maus gewesen sein. »Ich habe die Daten abgefragt, als alle anderen in der Mittagspause waren.«

»Sehr gut.« Ärger mit der Chefetage konnte Teddy derzeit absolut nicht gebrauchen, und die Nutzung polizeilicher Ressourcen war für private Angelegenheiten streng verboten.

»Sie kennen Ihre Frau echt gut, Sir.«

»Danke.« Teddy war sich nicht sicher, ob das ein Grund war, sich zu freuen.

»Auf ihren Wagen wurde gestern Abend tatsächlich ein Strafzettel ausgestellt.«

Natürlich. Um die Verkehrsregeln hatte sich Benisha schließlich noch nie geschert. Nur, um sich dann im Anschluss mit ihm darüber zu streiten, wie ungerecht und rassistisch Londons Polizeimitarbeiter waren. Waren sie nicht. Sie konnte nur keine Parkschilder lesen. Oder besser gesagt: Sie wollte es erst gar nicht versuchen.

»Ein ziemlich genialer Plan, um festzustellen, wo sich Ihre Frau gestern Abend aufgehalten hat.« Die Augenbrauen des Constables versuchten, vor lauter Begeisterung über das Brillengestell zu hüpfen. Teddy hatte jetzt keinen Kopf für Schmeicheleien. Jeden Moment startete die Pressekonferenz, und er würde sich nicht konzentrieren können, wenn er dabei unentwegt an Benisha denken musste. Sein Finger glitt die Tabelle entlang. Da war es, das Kennzeichen ihres Wagens. Teddy stutzte. »Aber das ergibt doch keinen Sinn!«

Der Constable bekam einen Schwanenhals und linste an seiner Brille vorbei auf das Dokument in Teddys Hand. »Doch, doch, Sir. Die Kennzeichen sind alphabetisch sortiert.«

Ja, hielt der ihn denn für total bescheuert? »Ich weiß, wie die Kennzeichen sortiert sind. Aber hier steht, dass der Strafzettel in der Charles Street ausgestellt worden ist.«

»Das ist in Mayfair, Sir.«

»Eben!«, fluchte Teddy und räusperte sich umgehend. Sein Kollege war schließlich nicht schuld an der

Situation, in der er sich befand. Im Gegenteil: Er hatte ihm einen riesigen Gefallen getan. »Danke, Smith.«

Dem langen Gesicht von Smith nach hatte diese Aussage nicht sehr glaubwürdig geklungen. Wie auch? Teddy konnte sich beim besten Willen nicht erklären, was Benisha in ausgerechnet dem Viertel von London zu suchen hatte, in dem ein Bier so viel kostete wie ein komplettes Mittagsmenü in Rotherhithe. Warum sie gestern nicht in der Lage gewesen war, Dustin von der U-Bahn abzuholen, erklärte es allerdings sofort. Mayfair lag nicht nur auf der anderen Seite der Themse, es lag am anderen Ende der Stadt.

Dieser Concierge namens Phil näherte sich ihm. Gestern hatte Teddy die auffallend große Elvistolle auf seinem Kopf noch dämlich gefunden. Heute fragte er sich, ob er sich vielleicht selbst eine föhnen sollte. Schließlich trug Phil sie mit einer derartigen Überzeugung, dass es sich um einen aufkommenden Modetrend handeln musste. Benisha liebte Modetrends. Und Teddys Haar war um Welten dicker und dichter als das von diesem überdrehten Hotelmitarbeiter.

»Ihr Espresso, Sir.«

Teddy bedankte sich und nahm einen großen Schluck. Woah, heute erschien ihm sowieso die gesamte Welt überdreht. Er wurde das Gefühl nicht los, dass der Versuch, mit diesem Gesöff wieder auf die Beine zu kommen, vergebens war. Anstatt ihn munter zu machen, verstärkte es lediglich seine Kopfschmerzen. Und jetzt biss ihm auch noch das blendend gleißende Licht von zwei riesigen LED-Scheinwerfern in die Augen. Teddy versuchte, es mit seinen Händen abzuwehren. »Muss das sein?«

Ein Rasierpinselding attackierte ihn mitten im Gesicht. »Sie wollen doch gut aussehen vor der Kamera, oder?«

Wenn es nach ihm ging, wollte er überhaupt nicht vor die Kamera. Erst recht nicht hier, in diesem Haus. Aber ihn fragte ja niemand.

»Wie die Sie hier auftakeln fürs Fernsehen«, flüsterte Constable Smith von der anderen Seite des Showlichts, »ich wette, da steht eine fette Beförderung an. Haben Sie die Ausschreibung zum Chief Inspector gesehen?«

Oh, wie schön musste doch die rosarote Welt im Kopf von Constable Smith sein. Konnten sie nicht für einen Tag tauschen? Sein Chef Commander Ken Kilburn hielt ihm eine Liste unter die Nase.

»Wollen Sie die Inhalte für das Interview noch einmal durchgehen?«

Teddy winkte ab. Die halbe Nacht hatte er in diesem Hotel verbracht, nur um sich zu fragen, was Mr Montagu getan haben könnte, um so zu enden. Sie hatten Spuren ausgewertet und Extraschichten im Labor geschoben, waren die Listen aller Gäste und anwesenden Mitarbeiter durchgegangen. Jetzt wollte er die Sache nur noch hinter sich bringen und schlafen. Wenigstens hatte er genügend Zeit gehabt, um zwischendurch kurz nach Hause zu fahren und sich umzuziehen.

»Dann legen wir los. BBC geht jeden Augenblick live.«

Live? Wieso hatte ihm das niemand gesagt?

Commander Kilburn packte ihn am Ärmel und zerrte ihn vor den roten Lift. »Bleiben Sie locker, Mr Chan. Sie werden das großartig machen. Flirten Sie mit der Kamera.«

Die Miniaturversion des Terminators, die sich ihm während der Untersuchungen des roten Lifts als Alfredo Thomson vorgestellt hatte, drängelte sich zwischen sie. Unter seiner dunkelblauen Arbeitslatzhose trug er inzwischen tatsächlich ein perfekt gebügeltes weißes Hemd. Die unzähligen Tattoos auf seinem Unterarm passten trotzdem nicht zu dem üblichen Personal des Savoy Hotels. »Der Lift ist im Wartungsmodus«, nuschelte er. »Die Aufzugtür bleibt also für die gesamte Pressekonferenz offen.«

Commander Kilburn hob den Daumen, und keinen Atemzug später sah sich Teddy einer mit Mikrofonen und Kameras bewaffneten Horde gegenüber. Im Hintergrund stach ihm ein großer Mann im Trenchcoat ins Auge. Den Fedora-Hut auf seinem Kopf trug er auffällig tief ins Gesicht gezogen, sodass ein dunkler Schatten seine Gesichtszüge verdeckte. War dieses Outfit ein Witz, oder liefen hier jetzt auch noch schlechte Kopien von Dick Tracy herum? Sicher handelte es sich um einen vermummten Hollywood-Schnösel, der nicht checkte, dass er mit seinem Tarnoutfit erst recht Aufmerksamkeit auf sich zog. Aber ging man nicht ins Savoy, um gesehen zu werden?

Teddy hatte keine Zeit mehr, darüber nachzudenken. Wie aus dem Nichts tauchte eine Nachrichtenreporterin neben ihm auf. Zeitgleich hallte eine Männerstimme von der anderen Seite. »Wir gehen live in drei … zwei …« Die Stimme lenkte Teddys Blick für einen Moment in Richtung des Hoteleingangs. Eine Frau in einem schwarzen Kleid mit weißen Tupfen, weißem Schal und kniehohen Lederstiefeln betrat das Gebäude. Das war doch …? Er kam nicht darauf. Aber allein die weiße Sonnenbrille schrie förmlich »Superstar!«. Die leicht wippenden und wunderbar natürlich gewellten kastanienbraunen Haare, die Stupsnase. Teddy dachte an die sexy Duschszene aus der neuen Actionserie letzte Woche. Nein, die war blond gewesen. Aber mindestens genauso anziehend. Trugen sie beim Film nicht ohnehin alle Perücken? Er hatte das Gesicht auch nicht im Fernsehen gesehen, er kannte sie von einem Bild. Definitiv ein Bild. Ein Foto, um genau zu sein. Ein Kinoplakat? War sie nicht … Als sie ihre Sonnenbrille vom Gesicht nahm und in seine Richtung sah, fiel es ihm wieder ein. Sofort raste Teddys Laune in den Keller. *Bitte nicht,* dachte er. Doch je näher sie kam, desto sicherer wurde er. Schließlich gehörte Personenidentifikation zu seinem Job. Das war eindeutig das Gesicht, das er von den Bilderrahmen auf dem Schreibtisch seines verstorbenen Hass-Vorgesetzten und Best Friend von Commander Kilburn kannte. Hieß sie nicht Alison? Na, die hatte ihm nun gerade noch gefehlt.

*

Genau das war Alisons Befürchtung gewesen, als Roy ihr von Olivers Tod erzählt hatte. Die gesamte Presse hatte sich im Savoy eingenistet. Eigentlich hatte sie sich vorgenommen, Scheuklappen aufzusetzen und durch den ganzen Trubel hindurchzumarschieren. Es gab schon genug Fragen, die sie jetzt klären musste. Da brauchte sie nicht auch noch die Paparazzi an ihrer Seite. Der Mann, den sie in diesem Fall umzingelten, hinderte sie jedoch daran. Die pechschwarzen, dicken Haare auf seinem Kopf passten so rein gar nicht zum typischen Savoy-Look. Die mit einer eindeutig zu großen Portion Low-Budget-Haargel geformte Frisur erinnerte an das widerspenstige Fell eines Rosetten-Meerschweinchens. Auch der Dreitagebart, durch den seine helle Haut hindurchschimmerte, schien eher die

Folge von zu wenig Zeit als von Trendbewusstsein zu sein. All das übte eine faszinierende Anziehung auf sie aus. Genauso wie das einen Tick zu kleine, weiße Business-Hemd, das er sich offenbar noch vor seinen regelmäßigen Besuchen im Fitness-Studio gekauft hatte. Seine dunkelbraunen Mandelaugen sahen müde aus. Als sie Alison erblickten, wachten sie jedoch schlagartig auf. Sie war irritiert. Auf eine unerklärliche Art kamen sie ihr vertraut vor. Sie konnte sich aber beim besten Willen nicht daran erinnern, diesem Mann jemals zuvor begegnet zu sein.

Die Frau neben ihm kannte Alison hingegen sehr gut. Ihre nervtötende Stimme begrüßte sie jeden Morgen in der Küche, wenn sie BBC News einschaltete, um die Wartezeit auf Roys legendären Porridge mit Milch zu überbrücken. Mr Meerschweinchenwuschelkopf schien es ähnlich zu gehen. Als die BBC-Lady loslegte, wirkte er schlagartig einen Kopf größer.

»… spreche ich jetzt mit Detective Inspector Teddy Chan vom Scotland Yard …«

Teddy? Wie süß. Passte perfekt. Aber Chan? Alison überlegte. Chan, Chan, Chan … Über diesen Namen war sie in letzter Zeit bereits mehrfach gestolpert. Warum stand sie ausgerechnet jetzt so dermaßen auf der Leitung?

»… Was können Sie uns über den aktuellen Ermittlungsstand sagen, Mr Chan?«

Ermittlungsstand. Detective Inspector … Alison wurde mulmig. Das waren Worte, die man mit dem Savoy eher nicht in Verbindung bringen wollte. Erst recht nicht im Fernsehen. Und schon gar nicht, wenn einer der bedeutenden Stargäste tags zuvor in diesem Hotel ums Leben gekommen war.

»Nun ...« Teddy Chan räusperte sich. »... meine Kollegen und ich verstehen natürlich vollkommen, dass die ganze Sache gerade in Anbetracht des bevorstehenden Chandelier Charity Concerts für großes Aufsehen gesorgt hat ...«

Mitten im Satz berührte sie jemand an der Schulter. Alison erschrak und sah zur Seite. »Ken! Du hier?« Was für eine Frage, natürlich war Commander Ken Kilburn hier. Es ging um einen Todesfall. Hatte er deswegen gestern so plötzlich telefonieren müssen? Sie richtete ihre Aufmerksamkeit wieder auf Mr Chan.

»... Ich kann Ihnen aber versichern, dass wir nach eingehender Untersuchung zu dem Ergebnis gekommen sind, dass es sich bei dem Tod von Mr Montagu im roten Lift sehr wahrscheinlich um einen tragischen Unfall handelt.«

»Mr Montagu ist im roten Lift gestorben?«

Ken nickte.

Jetzt wunderte Alison gar nichts mehr. Klaustrophobie, Sensationslust, Gruselgeschichten – da kam so ziemlich alles zusammen, was Einschaltquoten brachte. Leider! Und so ein öffentlichkeitswirksamer Tod ließ sich selbst von der geübtesten Hotelcrew nicht vertuschen. Da gab es nur eine Möglichkeit: in die Offensive zu gehen.

»Ein Unfall?«, hakte die Nachrichtensprecherin nach. »Besorgt Sie das nicht? Schließlich war der rote Lift im Savoy Hotel Londons erster elektrisch betriebener Personenaufzug und ist somit seit bereits mehr als 100 Jahren in Betrieb.«

Detective Inspector Chan zog seine Stirn in Falten. Verständlich, denn so einen Blödsinn hatte auch Alison schon lange nicht mehr gehört. Zwar sah der rote Lift von außen noch immer genauso aus wie vor hundert Jahren, aber die Technik dahinter war unlängst modernisiert worden.

»Gibt es keine Zweifel an der Sicherheit?«, legte die Reporterin nach. »Wird man den Lift schließen müssen, Mr Chan?«

Undenkbar. Der rote Lift war eine Touristenattraktion, und das Savoy hütete ihn wie seinen Augapfel.

»Ich kann die Zuschauer von BBC News beruhigen«, antwortete Chan. »Der rote Lift ist und bleibt einer der am besten gewarteten Aufzüge Londons. Ich versichere Ihnen aber, dass meine Kollegen eventuelle Vorschläge zur Verbesserung der Sicherheit unverzüglich an das Technikteam des Savoy weiterleiten werden.«

Alison hoffte, dass die Besucher des Chandelier Charity Concerts seinen Aussagen mehr Glauben schenkten als sie. Sie sah zu Ken. »Ein tödlicher Unfall im Savoy? Wo an jeder Ecke ein Butler, Concierge oder jemand vom Room-Service lauert, um jedes noch so kleine Missgeschick unverzüglich auszubügeln oder bestenfalls im Vorfeld zu verhindern? Das glaubst du doch selbst nicht?«

Ken schien von Alisons Worten nicht verunsichert zu sein. Zumindest die BBC-Reporterin dachte jedoch offenbar ebenso. Die Gute gab nicht auf.

»Ist es wahr, Mr Chan, dass Sie kurz vor dem Tod von Mr Montagu in das Hotel gerufen wurden, weil er sich …« Sie wandte ihren Blick verschwörerisch Richtung Kamera. »… im Zimmer 502 von unerklärbaren Ereignissen bedroht gefühlt hat?«

»Das kann ich so nicht bestätigen …« Mr Chan machte eine kurze Pause, um nachzudenken, wurde aber umgehend von der Reporterin unterbrochen.

»Ein Informant, der aus Angst um seinen Job hier im Savoy nicht namentlich genannt werden will, sprach von einem Geist.«

Bei dem Wort *Geist* brach ein Blitzlichtgewitter über Mr Chan herein, wie es das Savoy zuletzt wohl beim Videodreh von Taylor Swift erlebt hatte. Das war nicht gut. Das war gar nicht gut.

»Nun, Mr Montagu starb im Aufzug und nicht in seinem Zimmer, nicht wahr?«

Respekt, da hatte er meisterhaft die Kurve gekriegt. Sogar Ken applaudierte. »Ein toller Mann.«

Alison schwieg. Ken stupste sie mit dem Ellenbogen an. »Vertrau mir, Alison, es war ein Unfall.«

»Ich habe kein gutes Gefühl bei der Sache. Ein mysteriöser Tod ausgerechnet vor dem Chandelier Charity Concert. Ist das nicht ein seltsamer Zufall?«

Ein plötzlicher Tumult unterbrach Alisons Gespräch mit Ken. Die Pressekonferenz war beendet. »Ich muss wieder rüber, Alison.« Er klopfte ihr die Schulter. »Aber ich werde über deine Worte nachdenken, ich verspreche es.«

Alison hatte ohnehin keine Zeit mehr. Der große Zeiger ihrer Rolex Pearlmaster rückte der Drei inzwischen bedrohlich nahe. Mildred hasste Unpünktlichkeit.

*

Einen Vorteil hatte das Savoy. Das Sicherheitspersonal navigierte die Presseleute schneller nach draußen als so manches Interventionsteam der State Police. Teddy schnappte sich eines dieser Feuchttücher, das ihm die Pressesprecherin zur Verfügung gestellt hatte, und wischte sich den Schweiß von der Stirn. Unmengen von Make-up schmierten sich dabei ins Tuch. Wie konnte man nur beim Fernsehen arbeiten und sich diesen Dreck Tag für Tag freiwillig in die Poren stopfen?

»Wunderbar, Mr Chan!«, tönte es von der Seite. Ein Grummeln seinerseits musste als Antwort genügen. »Nun, Mr Montagu ist im Aufzug gestorben und nicht in seinem Zimmer«, mimte Ken ihn mit tänzelndem Schnurrbart nach. Er hatte wahrlich Besseres zu tun, als sich das jetzt anzuhören. Er wartete, bis Ken wieder in Richtung der Presse verschwunden war, knüllte seine benutzten Tücher in den Müll und hielt nach der Frau Ausschau, die er unmittelbar vor der Pressekonferenz hatte ins Haus kommen sehen. Sie war nirgends mehr zu finden. War es vielleicht doch nur Einbildung gewesen? Er hatte die Nacht kaum ein Auge zugetan. Dann der Druck wegen des Auftritts im Fernsehen. Die Sache mit Benisha. Wie sollte er das alles unter einen Hut bekommen? »Wo habe ich nur meinen Kopf?«, sagte er zu sich selbst, einen Tick zu laut offenbar.

»Das hat sich Oliver Montagu gestern sicher auch gefragt.« Sein Constable grinste ihn an. Als Teddy nicht weiter reagierte, schlug Smith sich auf die Schenkel und lachte für sich allein. Teddy ließ ihn links liegen und wendete sich an die Rezeption. Er würde die Sache klären, bevor er sich noch mehr Gedanken machte als nötig. »Ich muss Sie leider noch einmal belästigen, Phil. Ist bei Ihnen jemand auf den Namen Granville eingebucht?«

Phil brauchte nicht einmal in seinen Computer zu schauen. Die Antwort kam wie aus der Pistole geschossen. »Oh natürlich, Sir.«

Dann hatte sein Blick ihn also doch nicht getäuscht. Sie musste die Tochter von Ronald Granville sein.

»Wenn Sie Mrs Mildred Granville meinen«, sprach Phil weiter, »die wohnt in Zimmer 502.«

Mildred Granville? Dann war die Sache schlimmer als befürchtet. Und obendrein 502? Teddy hoffte, er hatte sich verhört.

»Das Zimmer von Oliver Montagu?«

»Korrekt, Sir. Sie ist gestern Abend noch bei uns eingezogen.«

»Direkt nach dem Vorf…« Er räusperte sich. »Unfall?«

Mit einem Schlag wurde der Concierge leichenblass, presste ein kurzes »Yes« heraus und tippte wild auf seinem Computer herum. Teddy stutzte. Wich Mr Elvistolle etwa seinem Blick aus? Hier stimmte doch etwas nicht. In einem komplett ausgebuchten Hotel kam jemand auf mysteriöse Art und Weise ums Leben, und prompt stand ausgerechnet Mildred Granville bereit, um in sein Zimmer zu ziehen? Gerade als Teddy nachhaken wollte, stoppte der Concierge mit der Tipperei und lächelte ihn wieder an. »Commander Kilburn hielt das für unproblematisch. Schließlich ist Mr Montagu bei einem Unfall im Lift gestorben und nicht in seinem Zimmer, nicht wahr?«

Teddy war sprachlos. Es war immer und überall dasselbe. Hieß man Granville, bekam man, was man wollte. Ob diese Frau auch bereit war, dafür über Leichen zu gehen?

»Soll ich Mrs Granville etwas ausrichten, Sir?«

Teddy zögerte. Da hatte er mal eine Nacht zu wenig geschlafen, und schon sah er Gespenster. Nichts da! Zugegeben, das Gespräch war dem Concierge spürbar unangenehm. Aber war es denn ein Wunder, dass der Anblick der Leiche im Fahrstuhl gestern ihm noch immer zu schaffen machte? »Schon okay«, antwortete Teddy. »Vielen Dank!« Dieses Wochenende hatte er fix Dustin versprochen. Die Sache mit dem Aufzug war ein Unfall gewesen. Das sahen auch alle seine Kollegen so. Inklusive Ken. Damit war die Sache abgeschlossen. Basta! Sein Leben war lange genug von einem Granville beeinflusst worden. Damit würde jetzt ein für alle Mal Schluss sein. Enough is enough!

12

3:00 pm, Savoy Hotel, Thames Foyer

Ein Butler mit einem Tarotkarten-Set eilte an Alison vorbei, als sie zum Thames Foyer lief. *Tarot*. Sofort schwirrte ihr erneut die Reporterin durch den Kopf. *Ein Informant sprach von einem Geist*. Eine regelrechte Steilvorlage für abergläubische Prominenz – und für jene, denen ohnehin jedes Mittel recht war, das Chandelier Charity Concert zu nutzen, um sich ins Rampenlicht zu rücken. Das hatte Oliver nicht verdient. Gerade dieses Projekt war ihm so unendlich wichtig gewesen. Die Gewissheit, dass er es nun nicht mehr erleben konnte, schnürte Alison die Kehle zu. An die Nachrichten, die sie seit gestern Nacht von den Kids auf ihr Handy bekommen hatte, dürfte sie gar nicht denken.

Ich kann nicht glauben, dass das ein Unfall war.

So ein schräger Vogel hat doch sicher Feinde.

War da nicht mal was mit einem Stalker?

Oliver verunglückt? Der war doch immer voll übervorsichtig.

All das hatte Alison bisher als reine Schockreaktionen abgetan. Aber je mehr Informationen sie über die Sache bekam, desto größer wurden auch ihre Zweifel. Sie stieg die Treppe in Richtung Thames Foyer hinab. Afternoon Tea mit ihrer Tante war das Letzte, worauf sie jetzt Lust hatte. Roy hatte gerade erst noch geschrieben, dass die Bühnentechniker in der Zufahrt zum Savoy Theater mit dem Entladen nicht hinterherkamen. Es mussten letzte Absprachen mit der künstlerischen Leitung und dem Produktionsteam getroffen werden, damit zwischen den Proben sämtlicher Stars noch genug Zeit für Tests der technischen Abläufe mit dem Kronleuchter im Theater blieb. Jeder von ihnen fragte nach Oliver. Sie selbst konnte ihre Gefühle kaum in Zaum halten. Sollte sie Mildred da nicht einfach absagen?

Alison stoppte mitten auf der Treppe. Und dieses entsetzliche Gefühl der Scham einfach so im Raum stehen lassen? Jetzt wusste Mildred ohnehin, was Sache war. Dass sie gelogen hatte, als sie meinte, dass sie nicht zu Hause wäre. Den Rest konnte sie sich an einer Hand abzählen. Nein, da musste sie jetzt einfach durch.

Die Stimmung im sonst so märchenhaften Thames Foyer passte zu Alisons Gemütszustand. Dichter Nebel hing über der Glaskuppel in der Mitte des Raumes. Nicht ein Sonnenstrahl erkämpfte sich den Weg ins Innere. So wirkte auch der kunstvolle Holzpavillon mit dem Konzertflügel direkt darunter seltsam kühl. Die melancholische Musik tat ihr Übriges. Die Finger des Pianisten quälten sich schwerfällig und dramatisch über die Klaviatur. Kein Wunder, dass sich hauptsächlich deprimierte Politiker und Anwälte an diesen Ort verirrt hatten. Die stocherten ja von Berufs wegen gern im Nebel. An einem der Tische erspähte sie Stephen Fry. Drei Tische weiter gabelte TV-Köchin Mary Berry in einem Törtchen herum, und auch das Gesicht am Tisch ganz in ihrer Nähe kannte sie. Drehbuchautor Stephen Volk, der mit seiner Fake-Dokumentation *Ghostwatch* 1992 ganz

London in Aufruhr versetzt hatte. Als Alison noch ein Kind gewesen war, hatte ihr Vater ihr die Geschichten aus dieser TV-Gruselshow während stürmischer Gewitterabende am knackenden Kaminfeuer rauf und runter erzählt. Und in den darauffolgenden Nächten war die strenge Tante Mildred ihr dann in finsteren Albträumen erschienen. Jetzt saß sie da: am anderen Ende des Raumes, an einem der größten Tische – wo sonst? –, direkt unter dem in Gold gerahmten Gemälde von Marilyn Monroe, die böse Hexe von Sandbanks.

Kaum hatte Mildred sie entdeckt, schnellte ihre behandschuhte Hand in die Höhe. Diese ehrliche Freude, mit der ihr ihre Tante stets begegnete, tat ihr im Herzen besonders weh. Aber sie konnte es nicht ändern. Mildred lebte in einer anderen Welt. Und wenn sich Alison zu lange in ihrer Nähe aufhielt, hatte sie manchmal das Gefühl, sie würde sie regelrecht unterwandern wollen. Alles, nur nicht das! Lieber würde sich Alison von der London Bridge stürzen, als eines Tages so zu werden wie sie.

Zu Alisons Erstaunen jedoch war Mildred nicht allein. Den Mann, der bei ihr saß, konnte sie nur von hinten sehen. Aber einen Afternoon Tea im Savoy genoss man nicht spontan mit einer fremden Person, erst recht nicht Mildred. Diese Frau ging niemals spontan vor. Was in Alison das ungute Gefühl bestärkte, auf dem direkten Weg ins Spinnennetz zu sein.

»Alison!« Mildred hob vorwurfsvoll ihr Kinn. »Ganz in Schwarz?«

War ja klar, dass diese Spitze kommen würde. Natürlich wusste Alison, dass Schwarz nicht der Afternoon-Tea-Etikette entsprach. Aber in Anbetracht von Olivers Tod hätte sie es als wesentlich geschmackloser empfunden, sich in ein ebenso quietschgelbes Damenkleid zu quetschen wie Mildred. Von dieser riesigen Schmetterling-Haarspange in ihrem Dutt und dem natürlich wie immer ebenfalls gelben Gehstock ganz zu schweigen.

Kaum hatte ihre Tante ihr die rechte Hand zum Gruß über den Tisch entgegengestreckt, erhob sich auch der Mann von seinem Platz, schnappte sich Alisons Hand und hielt inne. Seine stahlblauen Augen fixierten sie mindestens ebenso überrascht wie Alison ihn. Vor ihr stand genau jener Mann, der sie erst gestern Abend an der Haustür mit einer Champagnerflasche hatte bezirzen wollen. »Was für eine Überraschung, Sie hier zu treffen!«

»Die Überraschung ist ganz meinerseits«, antwortete Alison.

»Ihr kennt euch?« Mildreds Verblüffung hätte gespielter nicht sein können. Unter dem mit Sandwich-, Scone- und Törtchenpyramiden gedeckten Tisch drang ein leises Knurren hervor.

»Was? Sind Sie etwa die Tochter?« Seine Augenbrauen schaukelten, als wollten sie sich in die Arme fallen.

»Sie ist meine Nichte«, antwortete Mildred, griff nach ihrem Teelöffel und schwenkte ihn mit amüsiertem und dezent nach unten gerichtetem Blick in ihrer Tasse vor und zurück. »Und woher kennt ihr euch, wenn ich fragen darf?«

Mildreds betont ahnungsloser Ton gefiel Alison nicht. »Ob Sie es glauben oder nicht, Mrs Granville, Ihre Nichte und ich sind …«

»Nachbarn!«, beendete Alison seinen Satz.

»Nein!« Mildred legte in einer übergroßen Geste ihre Hand auf ihre Brust. Das tat sie immer, wenn sie log. »Was für ein Zufall.«

Sicher nicht, dachte Alison. Ihr war der plötzliche, spontane Besuch von Mr Frankland gestern Abend gleich verdächtig vorgekommen. »Ja, in Kensington ist man offenbar ganz unter sich.«

Mildred tat so, als würde sie ihre Spitze nicht verstehen. War also das der Grund, warum sie ihr ausgerechnet dieses Haus gekauft hatte? Was hatte sie noch dabei? Eheringe?

»Mr Frankland ist ein sehr erfolgreicher Unternehmer. Wir haben uns auf der Holidaymesse in Sandbanks kennengelernt. Er hat einige interessante Immobilien in seinem Portfolio. Ich erwäge, bei ihm einzusteigen.«

»Der Luxusmarkt ist ein aufstrebender Geschäftszweig in der Tourismusbranche«, kommentierte er beiläufig, während er die Lehne des Stuhls vor Alison schnappte und ihr den Platz anbot. Dabei konnte Alison sich einen Blick auf seine Finger nicht verkneifen. Und siehe da, Mr Frankland war tatsächlich noch nicht verheiratet. Er nahm die Teekanne, um Alison einzuschenken, als ein hysterischer Schrei unter dem Tisch hervorschoss. Ein Hundegebiss umklammerte Alisons Knöchel. Sie erschrak, sprang zurück. Alfie schoss aus der Deckung ins Freie, genau in jenem Moment, als Alison ausgerechnet Frankland anrempelte. Ein Spritzer kochend heißer Oolong schwappte aus der Kanne, unmittelbar in Alfies Fell, der wiederum in Panik und mit angstgeweiteten Augen auf Mildreds Schoß sprang und um sein Leben schrie.

»Ruhig, Alfie, ruhig.« Mildred presste ihn an sich. Das Kreischen ging in ein Winseln über.

»Oh weh, der Arme«, flüsterte Frankland. »Was ist geschehen?«

»Mein armer Alfie hat sich zu Tode erschreckt.«

»Er hat mich gebissen!« Alisons Kommentar verlief ins Leere. Frankland war längst damit beschäftigt, dem Hund zum Trost Kuchenstücke in den Rachen zu schieben, während das herbeigeeilte Personal mitleidsvoll den Tisch umzingelte.

»Armer Knuffel.«

»Oh, wie er zittert.«

»Und so ein weiches Fell.«

»Sollen wir einen Tierarzt rufen?«

Einen Tierarzt? Alison schnappte sich eine Serviette und wischte sich den Speichel vom Nappaleder. Dabei stach ihr das kleine Fellbüschel ins Auge, das unter Franklands Schuhsohle klebte. Deswegen hatte Alfie zugeschnappt. William Frankland, der Trampel, war dem unschuldigen Kuscheltiger auf den Schwanz getreten.

»Es geht schon. Es muss der Geruch meiner Nichte gewesen sein.«

Alison glaubte, sie hörte nicht recht.

»Der Arme hat gestern in ihrem Haus eine Leiche gefunden.«

»Noch eine Leiche?«, fragte ein Kellner.

»Er ist völlig traumatisiert«, antwortete Mildred.

»Er hat mit wedelndem Schwanz das Blut vom Messer geschleckt.«

Frankland sah Alison mit schockgeweiteten Augen an. Sein Gesicht verlor zusehends an Farbe. Sofort überkam Alison das schlechte Gewissen. *Oh nein, nicht schon wieder*. »Mr Frankland, ist Ihnen nicht gut?«

»Es geht schon.« Er lockerte seine Krawatte. »Ich musste nur an gestern Abend denken. Eine schreckliche Geschichte.«

Endlich bewegte sich das Gespräch in eine interessante Richtung. Alison beschloss, nachzuhaken. »Oh, Sie meinen die Aufregung um Oliver Montagu? Eine seltsame Geschichte. Wie kann man denn bitte in einem Aufzug sterben?«

Frankland wagte einen zweiten Versuch und goss sich Tee nach. Der Dampf aus der Kanne kroch wie gespenstischer Nebel um das Porzellan auf dem Tisch. »Nun«, begann er, »soweit ich weiß, ist Oliver Montagu gestern Abend einer seiner viel zu langen Designerschals zum Verhängnis geworden. Er ist beim Betreten des Fahrstuhls in der Aufzugtür hängengeblieben. Leider hat er sein Missgeschick nicht rechtzeitig bemerkt.«

»Wie schrecklich.« So einen Tod hatte Oliver nicht verdient. Alison zögerte. Sie wusste nicht, ob sie schon bereit für die Wahrheit war. Schließlich fragte sie dennoch nach. »Also wurde er erdrosselt?«

Frankland nahm einen länglichen Keks von der obersten Etage des mehrstufigen Tabletts und brach ihn demonstrativ entzwei. Mildred schnappte nach Luft. Alfie winselte und schob seine Augen unter die Vorderpfote. »Ein entsetzlicher Anblick. Ich fürchte, der Concierge, der ihn im Lift gefunden hat, wird noch jahrelang Albträume haben.«

Wie auf Kommando wurde das Licht gedämpft, und der Pianist im Pavillon stimmte zur Musik von Hitchcocks *Psycho* an. »Was soll das denn?«

Frankland schob ihr eine Einlage aus der Speisekarte herüber. »Darcy Diamond wird einem Gast spontan die Zukunft vorhersagen.«

»Eine Wahrsagershow im Savoy?« Das passte so gar nicht in Alisons Kopf zusammen. Zu ihrer Verwunderung sprang Mildred ein.

»Nicht irgendeine Wahrsagerin. Darcy Diamond. Sie hat das Drama um Harry und Meghan vorhergesehen.«

Alison rollte innerlich mit den Augen. Dafür brauchte man keine Wahrsagerin zu sein.

»Und den plötzlichen Tod der Musiklegende Prince«, ergänzte Frankland. Bei der Vorhersage überraschender Todesfälle wurde die Angelegenheit schon interessanter. »Auf einen Termin bei ihr warten selbst die Promis Monate.« Frankland schmunzelte Mildred auf eine Art an, die Alison Gänsehaut bereitete. »Vielleicht haben wir ja Glück und sie kann einen Blick auf unsere geschäftliche Zusammenarbeit werfen?«

Mildreds Augen leuchteten vor Aufregung. Selbst Alfie hob seinen Kopf unter der Pfote hervor und bellte. Showlichter flitzten durch den Saal. Die Influencer-Mädels am Nachbartisch zückten ihre Mobiltelefone und richteten ihre Kameras in Richtung der Treppe, die von der Lobby hinab ins Thames Foyer führte. Von dort schwebte eine Dame im tiefvioletten Chiffonkleid aus metallischer Seide in den Saal. Der fein geraffte Saum glitt wie eine Schleppe über den Boden, und die voluminösen Ärmel flatterten elfengleich bei jeder ihrer Bewegungen. Ein funkelndes Pentagramm schmückte ihr rechtes Ohr, während Mondsichel, Kruzifix und ein allwissendes Auge an schweren Ketten um ihren Hals baumelten. Ihre Lippen waren mit einem braunen Farbton bedeckt, und die grellpinken Haare standen elektromagnetisch in alle Richtungen von ihrem finster geschminkten Gesicht ab. Eine Männerstimme hallte durch das Thames Foyer.

»Ladys and Gentlemen, begrüßen Sie die legendäre Darcy Diamond!«

Applaus ertönte. Die Musik ging über in eine unnachvollziehbare Abfolge von schrägen Klavierakkorden, zu denen Darcy wie in Hypnose ihre Bahnen zog. Ein Raunen ging durch die Menge, als sie ausgerechnet am Tisch der aufgedrehten Influencer stoppte. Sie hob ihre Hände in die Luft, streckte ihre Finger weit auseinander und schwenkte sie wie Antennen. Schloss ihre Augen. Nahm einige tiefe Atemzüge, nur um anschließend wieder weiterzugehen. Der zweite Versuch führte sie an einen anderen Tisch. Dort wiederholte sich das Spiel. Darcy brach ab, durchquerte den Raum erneut und stoppte ein drittes Mal. Unmittelbar vor Mildred. Wieder erhob sie ihre Hände, schwenkte sie. Die Bewegung wurde schneller, bis sie auf ihren gesamten Körper überging und schlagartig stoppte. »Ich spüre die Präsenz einer starken Macht.«

»Tatsächlich?« Mildred drückte Alfie an sich. Er knurrte.

»Diese Macht hat eine Botschaft für Sie.« Darcy schloss ihre Augen. »Sind Sie bereit dafür …« Darcy streckte ihre Hand in Mildreds Richtung aus und zappelte mit den Fingern. »… Mildred Granville?«

»Unglaublich!«, rief Frankland. »Sie heißt tatsächlich Mildred Granville!«

Tosender Applaus erfüllte den Saal und ebbte umgehend wieder ab. Darcy Diamond ließ ihre Arme durch die Luft kreisen. Von einem Augenblick auf den nächsten hielt sie ein Set Tarotkarten in der Hand. *Ohs* und *Ahs* wehten wie Windgesäusel durch den Saal. Darcy Diamond legte das Tarotkartenset auf den Tisch. »Spüren Sie diese Macht, Mrs Granville?«

Mildred sah sich verunsichert nach allen Seiten um. »Ich weiß nicht, ich …«

Alfie bellte.

»Schlaues Hündchen«, antwortete Darcy. »Tiere haben so viel sensiblere Antennen als wir. Und Sie zwei haben eine so besondere Verbindung, nicht wahr?«

»Das ist wirklich so«, rief Frankland.

Beifall. Fotoblitze. Und wieder Stille.

Mildreds Augen wurden größer und größer, während Darcy begann, in kleinen Stapeln von ihrem Kartenset abzuheben. »Konzentrieren Sie sich auf den Herzschlag Ihres Hundes, und wenn er Ihnen ein Zeichen gibt, sagen Sie ›Stopp‹!«

Darcy hob einen Stapel an. Dann einen zweiten. Alfie bellte.

»Stopp!«, rief Mildred.

Darcy erschrak, fing sich wieder, legte den verbleibenden Kartenstapel auf den Tisch und sah Mildred tief in die Augen. »Stellen Sie mir eine Frage.«

Mildred blickte zu Frankland, dann zu Alison, und wieder zu Frankland. »Nun, wie werden die nächsten Tage hier im Hotel für mich verlaufen, Ms Diamond?«

»Hervorragende Frage«, flüsterte Frankland.

»Ich bitte um Ruhe!«, fauchte Darcy. Langsam und erwartungsvoll bewegte sich ihre Hand auf den Kartenstapel zu. »Sie haben unvergessliche Tage vor sich, Mildred.«

»Oh, wirklich?« Euphorische Blicke wechselten zwischen Mildred und Frankland hin und her.

»Es wartet eine außergewöhnliche Überraschung auf Sie.«

»Was?« Mildreds Stimme war kaum mehr als ein Hauchen.

In einer ruckartigen Bewegung schnellte Darcys Hand vor, schnappte die oberste Karte und drehte sie um.

»Hoppla«, kommentierte Mildred trocken.

Frankland schnellte wie von einer Tarantel gestochen in die Höhe. »Nein, das ist unmöglich!«

Alfie bellte.

Darcy selbst machte einen Satz zurück und starrte abwechselnd auf ihre rechte und ihre linke Hand, bis sie am ganzen Leib erzitterte und mit einem hysterischem »Das kann nicht sein!« von blitzenden Fotokameras begleitet aus dem Thames Foyer floh.

Alison hatte eine Gänsehaut am ganzen Körper. Wahrsagershows waren ihr nicht neu. Aber sie sollten unterhalten. Hier war gerade etwas gewaltig schiefgelaufen. Die Karte, die Darcy Diamond umgedreht hatte, war der Tod.

13

4:00 pm, Savoy Hotel, Lobby

Alison eilte Darcy Diamond hinterher. »Ms Diamond, warten Sie!«

Sie reagierte nicht, erreichte das obere Ende der Treppe und drehte sich scharf und schwungvoll nach links. Ihr Kleid flatterte unheilvoll auf. Dann war Darcy Diamond aus Alisons Blickfeld verschwunden. Sie versuchte, zwei Stufen auf einmal zu nehmen. In ihren knielangen Nappaleder-Stiefeln stolperte sie fast dabei. Endlich hatte auch sie das Ende der Treppe erreicht, bog um die Ecke und blickte in die Lobby. Ein Blitzlichtgewitter blendete sie. Darcy Diamond hatte inzwischen nicht nur das andere Ende des Eingangsbereiches erreicht. Ein undurchdringbarer Pulk aus Fans und Paparazzi drängte sich wie ein menschlicher Schutzwall zwischen sie und Alison. Da spielte es keine Rolle, dass Darcy Diamond sich sogar umdrehte, um Alison einen kurzen Blick zuzuwerfen. »Fliehen Sie, so lange Sie noch können«, rief sie.

So einfach ließ Alison sich nicht abspeisen. Schließlich war es nicht sie gewesen, die zu diesem Wahrsagerspielchen aufgerufen und mit großem Tamtam die Karte des Todes gezogen hatte. *Konzentrieren Sie sich auf*

Ihren Hund. Tiere haben so viel bessere Antennen als wir. Lächerlich!

»Gehen Sie, bitte!«

Definitiv nicht ohne eine Erklärung. Das war weder seriös noch professionell. »Was soll dieses Theater, Ms Diamond?«

Die Paparazzi-Meute drehte sich um. Ein Blitzlichttsunami fegte über Alison hinweg. Helle Flecken tanzten vor ihren Augen, ließen Darcy Diamond zu einem bizarren Schatten werden.

»Verschwinden Sie, Alison! Sie wissen nicht, mit welchen Mächten Sie es hier zu tun haben.« Darcy Diamond drehte sich um und eilte in Richtung des roten Lifts davon.

Alison wurde fuchsteufelswild, boxte sich mit ihren Ellenbogen einen Weg durch die Menge und ... jemand hielt ihr mir nichts, dir nichts seine Dienstmarke vom Scotland Yard ins Gesicht.

»Nicht mich müssen Sie aufhalten, sondern diese Frau da!«

»Jetzt beruhigen wir uns erst einmal, Ms Granville.«

Beruhigen? Sie? Darcy Diamond führte sie und ihre Tante vor allen anwesenden Gästen vor, und dieser Detective Inspector Teddy Chan hatte ernsthaft den Nerv, ihr den Weg zu versperren und was von *beruhigen* zu reden?

»Bitte hören Sie auf, Ms Diamond zu belästigen.«

»Belästigen?« Alison glaubte, sie hörte nicht recht. »Diese Frau hat meine Tante fast zu Tode erschreckt.«

»Wenigstens hat sie mir keine blutverschmierte Leiche vor die Füße gelegt.« Alison fuhr herum. Mildred stand unmittelbar hinter ihr und ...

»Oh nein, Mildred. Nicht dieser Blick!«

»Kindchen, du scheuchst ja das ganze Hotel auf.«

»Ich?« Alison suchte die Menschenmenge in der Lobby ab. »Ken? Wo ist Ken?« Wenn sie ihn nicht in den nächsten Minuten fand, würde sie hochgehen wie eine Bombe. »Er muss doch noch hier sein.«

Ein Butler tauchte neben ihr auf. »Kann ich Ihnen helfen, Madam?«

»Ich suche Ken. Ken Kilburn!«

»Ich fürchte, der wird Ihnen in dieser Sache auch nicht weiterhelfen können«, antwortete Mr Chan.

»Wie wäre es dann mit Ihnen?« Unglaublich, wie dieser Kerl sich hier vor ihr aufplusterte. »Wie nennen Sie sich? Detective Inspector? Warum stehen Sie dann hier noch so herum? Ein großer Künstler ist in diesem Haus ums Leben gekommen. Eine aufgetakelte Wahrsagerin sagt, meiner Tante sei der Tod auf den Fersen, und Sie haben nichts Besseres zu tun, als mit ihrem Dienstausweis herumzufuchteln und mir Vorwürfe zu machen?«

Mr Chan verschränkte die Arme vor seiner Brust. »Was sollte ich denn Ihrer Meinung nach tun, Ms Granville?«

»Ihren Job!«

»Das kann er nicht, Alison.« Eine Hand legte sich auf ihre Schulter. Ken stand neben ihr.

»Danke, das sehe ich auch!«

Ein Concierge tauchte neben Alison auf und hielt ein Tablett voller Beruhigungsköstlichkeiten in die Runde. »Ein kleines Trösterchen unseres Hauses als Entschädigung für die Unannehmlichkeiten.«

Alfie bellte, wedelte mit dem Schwanz und sprang wie ein Pingpongball, um einen Blick auf das Tablett zu erhaschen. Der Concierge nutzte die Gelegenheit, hielt dem Hund einen Bissen vor die Nase und bewegte sich zügig in Richtung Lounge. Alfie folgte, und Mildred folgte Alfie, der Ken folgte, der wiederum Teddy wie einen Magneten hinter sich her zog, den Alison nicht so einfach mit seinen blöden Kommentaren davonkommen lassen würde. Das hätte gerade noch gefehlt. Als schließlich alle in der Lounge nacheinander, der Hand des Concierge folgend, wie Marionettenpüppchen ins Sofa plumpsten, wurde Alison noch rasender. Aber was hätte sie machen sollen? Stehenbleiben? Also nahm auch sie auf dem Sofa Platz. Dass wie auf Kommando am anderen Ende der Lobby Susan Boyle an der Seite eines weiteren Concierge herbeigeeilt kam, um mit einer spontanen A-cappella-Version von *I dreamed a dream* die Aufmerksamkeit der anwesenden Presse von dem Streitpulk weg auf sich zu lenken, nahm Alison nur noch als Hintergrundrauschen wahr.

»Ich bin völlig deiner Meinung, Alison«, lenkte Ken ein. »Aber wir haben den Vorfall im Fahrstuhl eingehend untersucht. Es gibt keinerlei Anzeichen für Fremdverschulden. So tragisch die Sache auch ist. Mir sind die Hände gebunden.«

»Aber zumindest das Timing ist doch völlig verdächtig.«

»Aber nicht begründet«, antwortete Ken.

Mr Chan beugte sich vor und stützte in Oberlehrermanier seine Ellenbogen auf die Knie. »In der Kriminalistik spricht man von einem begründeten und einem unbegründeten Verdacht. Offiziell dürfen wir erst einschreiten, wenn ein begründeter Verdacht vorliegt. Wir können nicht einfach ermitteln, nur weil wir ein komisches Gefühl haben.«

»Sie nicht«, mischte sich Mildred in das Gespräch ein, während Alfie mit rollenden Augen einen deliziösen Mini-Muffin hinunterwürgte. Entsetzt bemerkte Alison den halbleeren Törtchenteller. Hatte sie das etwa alles an den armen Hund verfüttert? »Aber meine Nichte schon.«

Alison erstarrte. Was wollte Mildred damit sagen?

»Ermittlungen sind Sache der Polizei«, widersprach Teddy Chan.

Ken lehnte sich auf dem Sofa zurück und kräuselte sich seinen Bart. »Ich finde die Idee gar nicht so verkehrt.«

»Mit Verlaub, Sir. Aber …«

Ken hob seine Hand. »Sie ist ein cleveres Mädchen, Mr Chan. Außerdem können wir es uns nicht erlauben, kurz vor einem so großen Event eine womöglich unbegründete Panik anzuzetteln. Alison ist ein bekanntes Gesicht in diesem Haus. Sie kennt sich aus, und sie fällt nicht auf.«

»Kein Wunder, dass Sie keinen Mann findet.«

»Ich habe einen Freund, Mildred.«

Mildred kicherte in sich hinein.

»Sie könnte sich in Gefahr begeben, Sir.«

»Nicht, wenn sie im ständigen Austausch mit Ihnen bleibt, Mr Chan. Sie sind doch ein guter Lehrer.« Jetzt war es das Gesicht des Inspectors, das erstarrte.

Alison bemerkte, wie sie aus reinem Trotz Lust bekam, auf Kens Vorschlag einzugehen. Aber es gab ein entscheidendes Problem. »Selbst wenn, wo soll ich bleiben? Das Savoy ist komplett ausgebucht.« Sie schnappte sich das letzte Minitörtchen.

»In meinem Zimmer«, antwortete Mildred.

Alison blieb ihr Törtchen im Hals stecken.

»Hervorragend!«, jubelte Ken. Alison hustete um ihr Leben. Ein kurzer, aber heftiger Karateschlag von Mr

Chan löste den Brocken, und sie konnte wieder frei atmen. »Mr Chan, geben Sie Alison bitte Ihre Visitenkarte.«

Teddys Blick sprach Bände. Offenbar bereute er es, sie gerade vor dem Erstickungstod bewahrt zu haben.

»Aber Mildred, das kann ich dir doch nicht antun. Die ganze Aufregung. Dein Herz. Denk an die Ärztin«, versuchte Alison, sich irgendwie noch aus der Affäre zu ziehen.

Mildred lächelte. »Eben. Ich werde mich so viel sicherer fühlen mit dir an meiner Seite, Alison.« Sie rückte ihren Hut zurecht. Ihre Augen verengten sich. »Außerdem wolltest du doch unbedingt ein Krimispiel spielen an diesem Wochenende. Jetzt hast du eins.«

14

6:00 pm, Savoy Hotel, Lobby

Gott sei Dank, Roy!« Der Anblick ihres Butlers in der Drehtür des Savoy löste eine gute Stunde nach all der Aufregung mit Ken, Mildred und Mr Chan ein Gefühl der Erleichterung in Alison aus. Sie ließ alle Manieren hinter sich, sprang vom Sofa neben der Rezeption auf, rannte auf ihn zu und fiel ihm in die Arme.

»Na, na, na, was ist denn los?« Er stellte die Koffer neben sich auf den Boden und drückte sie an sich. Wie gut sich das anfühlte.

»Es ist eine absolute Katastrophe.«

Er streichelte ihr den Rücken. »Es ist nichts, das meine kleine Alison nicht meistern wird.« Dabei klang seine Stimme so warm und vertrauensvoll, beinahe väterlich, dass Alison direkt feuchte Augen bekam. Oh, sie vermisste ihren Vater so sehr. Sie löste sich aus der Umarmung, tastete mit ihrem Zeigefinger ihre Augenlider nach kleinen Babytränen ab und atmete ihre Anspannung aus.

»Sie waren nicht dabei, Roy.« Sie fuhr sich mit der Hand durchs Haar und lockerte ihren Nacken. Besser. Das kurzzeitige Gefühl von Panik löste sich wieder. Die ganze Situation war aber auch viel zu absurd. »Ich mit

Mildred als Undercover-Ermittlerin auf einem Zimmer. Das ist doch das reinste Selbstmordkommando.«

Roy nahm die Koffer wieder in beide Hände und geleitete Alison zurück zu ihrem Platz auf dem Sofa in der Lounge, an dem noch immer eine Tasse mit heißer Schokolade vor sich hin dampfte. Alison setzte sich und nahm einen großen Schluck. Sie konnte gar nicht so viel Schokolade trinken, wie sie Frust im Bauch hatte. Roy rückte seine Fliege zurecht und legte seine Hände in den Schoß. »Vielleicht wird es besser, als Sie denken? Mildred wird sicher alles geben, um dieses Wochenende zu einem unvergesslichen Erlebnis werden zu lassen.«

Alison krallte ihre Hände im Sofa fest. »Bitte nicht!«

»Sie wird Ihnen unzählige Anekdoten aus ihrem Leben erzählen.«

»Das ertrage ich nicht.«

»Vorträge über Manieren, Etikette und Moral.«

»Nein!«

»Sie über den Stand Ihrer beruflichen Entwicklung ausfragen.«

»Womit habe ich das verdient?«

»Und selbstverständlich wird sie sich um Ihr Liebesleben sorgen.«

»Roy!«

Er presste seine Lippen zusammen und sah sie spitzbübisch an. Ihm schien das ganze Drama auch noch zu gefallen. »Lassen Sie den Kopf nicht hängen, Alison. Sie können bei Ihren Ermittlungen selbstverständlich auf meine Hilfe zählen. In wenigen Minuten habe ich bereits meinen ersten Termin mit dem Eventmanagement des Savoy und werde mit den Vorbereitungen für Oliver Montagus Installation auf dem Chandelier

Charity Concert beginnen. Ab dann werde ich ohnehin unentwegt direkt nebenan im Savoy Theater sein.«

»Um Himmels willen, das Konzert«, fuhr es Alison über die Lippen. In der ganzen Hysterie hatte sie den strammen Zeitplan völlig verdrängt. Alles war penibel durchgetaktet. Sämtliche Aufgaben waren genau verteilt. »Wie sollen Sie all das ohne meine Hilfe bewältigen?«

Roy streichelte ihre Schulter. »Ich habe schon ganz andere Partys gerockt, mein Kind.«

»Aber die Angelegenheit ist mir wichtig, Roy. Gerade jetzt nach der schrecklichen Sache mit Oliver …«

»Und genau deswegen kümmern Sie sich um den Fall!« Roy erhob seinen Zeigefinger. »Angenommen, Sie haben mit Ihrer Befürchtung recht. Dann befindet sich ein hinterhältiger und gefährlicher Mörder in diesem Haus. Und wer weiß, ob er nicht beabsichtigt, noch ein weiteres Mal zuzuschlagen?«

»Roy, Sie machen mir Angst!«

»Oh, Sie sollten ängstlich sein, Alison. Die Angst schützt Sie und warnt vor Gefahren. Es waren Routine und Selbstzufriedenheit, die Ihren Vater damals fast das Leben gekostet und ihn für seine restliche Zeit beim Scotland Yard hinter den Schreibtisch verbannt haben. Erinnern Sie sich?«

»Ja, die Selbstzufriedenheit seines Kollegen. Daddy hat nie einen Fehler gemacht.«

Roy räusperte sich. »Zumindest hat er Ihnen nicht davon erzählt.«

»Und erst recht hat er sich nie vor einer Herausforderung gefürchtet.«

»Alison, auch er war nicht perfekt.«

Sie haderte. »Ich konnte im Polizeitraining doch nicht einmal erfolgreich einen Abwehrgriff durchführen. Das war einer der Gründe, warum ich aussortiert worden bin. Schon vergessen?«

»Sie müssen lernen, Ihre Schwächen als Stärken zu sehen. Es muss nicht immer ein Nachteil sein, auf die Kunst der Improvisation zurückgreifen zu müssen.« Roy sah sie mit hochgezogener Augenbraue von der Seite an. »Im wahren Leben gibt es wesentlich vielfältigere Verteidigungsmethoden als bei der Polizei. Glauben Sie mir, Alison. Wenn jemand diesen Kriminalfall lösen kann, dann Sie. Schließlich waren Sie es auch, die überhaupt erst dazu in der Lage war, den Scotland Yard davon zu überzeugen, dass es sich bei dem Tod von Mr Montagu vielleicht doch um keinen Unfall handelt.«

»Ich habe Ken überzeugt.«

»Ken Kilburn *ist* der Scotland Yard.«

»Also gut«, antwortete Alison. »Wir brauchen einen Plan.«

Roys Augen begannen, zu funkeln. Er rieb sich die Hände, verschränkte seine Finger, dehnte sie, bis es in seinen Gelenken knackte, ruderte kurz mit seinen Fingern in der Luft, öffnete seinen Aktenkoffer, den er immer und überall dabei hatte, und holte sein MacBook heraus. »Das, was ich Ihnen jetzt zeige, Alison, ist streng vertraulich.« Seine Finger flitzten über die Tastatur, das Touchpad und zurück. Ein passwortgeschütztes Dokument öffnete sich. »Ich habe diese Checkliste noch aus der Zusammenarbeit mit Ihrem Vater.« Er sah Alison mit verschwörerischem Blick an. »Ich gebe zu, im Grunde hätte ich es nach seinem Tod umgehend löschen müssen. Aber eine innere Stimme sagte mir, dass ich es eines Tages noch einmal brauchen würde.« Er drehte den Bildschirm seines Notebooks so weit in Alisons Richtung, dass sie den Inhalt des Dokumentes lesen konnte.

»Methodik der kriminalistischen Fallbearbeitung.«

»Wenn Sie den Mörder noch vor dem Chandelier Charity Concert entlarven wollen, bleibt Ihnen nicht mehr viel Zeit.«

Nicht mehr viel Zeit war untertrieben. »Zwei Tage, um genau zu sein.«

Roy nickte. »Zeit ist unser größter Feind. Denn in der Hektik neigen wir zu Ungenauigkeit und übersehen Dinge.« Wieder wanderte sein Zeigefinger in die Höhe. »Denken Sie an das Krimispiel.«

Alison verstand sofort, worauf er anspielte. »Dieser Mr Frankland und Mildreds plötzlicher Besuch haben mich derart aus der Fassung gebracht, dass ich gar nicht mehr klar denken konnte.«

»Und glauben Sie mir, das war nichts im Vergleich zu dem, was Sie bei einer echten Mörderjagd erwartet.«

Alison wurde es angst und bang. Zeitgleich aber spürte sie ein Kribbeln durch ihren Körper wandern, eine alles durchdringende Euphorie.

»Daher ist es wichtig, dass Sie eine Checkliste haben, einen Leitfaden, an den Sie sich halten können, wenn die Gefühle Sie aus der Bahn zu werfen drohen.« Er deutete auf den Bildschirm. »Jeder dieser einzelnen Punkte ist bei der professionellen Täterermittlung unerlässlich. Übertragen Sie die Liste in Ihr Mobiltelefon oder ein Notizbuch.«

Alison hatte eine viel bessere Idee. »Haben Sie diesen wahnsinnig fiesen Edding dabei?«

Roy hob seine linke Augenbraue. »Sie meinen doch nicht etwa *den* Edding.«

»Genau den.«

Roy pfiff durch die Lippen, wühlte in seinem Federmäppchen und zog einen goldenen Stift heraus. »Aber auf eigene Gefahr. Ich denke, Sie erinnern sich: Das letzte Mal, als Sie damit gegen Ihren Unterarm gekommen sind, wollte der Fleck auf Ihrer Haut eine Woche lang nicht verschwinden.«

»Genau das ist der Sinn dahinter.« Sie schnappte sich den Stift, ließ einen kurzen Blick durch die Lobby wandern, um sich zu vergewissern, dass niemand in ihre Richtung sah, schob ihr Kleid hoch und begann, ein Wort nach dem anderen auf ihren nackten Oberschenkel zu übertragen: *Tatort, Tatzeit, Modus operandi, Tatmittel, Beute, Tatmotiv, Opfer, Tatverdächtiger/Tatverdächtige, Verdachtslage gegen bestimmte Personen, zusammenfassende Beurteilung (Zwischenergebnis), Personalbeweis, Sachbeweis*. Danach presste sie ihrem Butler einen Kuss auf die Wange.

»Roy, Sie sind ein Schatz!«

Er tat, als wäre nichts geschehen, und klappte sein MacBook wieder zu. »Dann werde ich jetzt noch die letzten drei Koffer sowie Ihr Notebook holen und Ihnen einen Pagen organisieren, der alles auf Ihr Zimmer bringt.« Er deutete auf die zwei großen Rollkoffer, die bereits vor dem Sofa standen. »Ich habe wie gewünscht zunächst für drei Tage geplant und nur das Allernötigste eingepackt.«

Alison pustete ihm einen Handkuss zu.

»Eine ausführlichere Version des Dokumentes mit umfangreichen Erläuterungen finden Sie für die nächsten zwei Stunden in Ihrem E-Mail-Postfach.«

Alison stutzte. »Für die nächsten zwei Stunden?«

Roy legte das MacBook zurück in seinen Aktenkoffer, schloss ihn und verstellte die Zahlenschlösser.

»Danach wird sich das Dokument automatisch selbst zerstören.«

»Das ist ein Witz.«

Roy zwinkerte. »Ich würde es nicht darauf ankommen lassen.«

15

6:30 pm, Rotherhithe Street

So sehr Teddy auch versuchte, sein Gedankenkarussell abzustellen – warum fiel es ihm so verdammt schwer, seinem Sohn zu vertrauen? »Ist wirklich schon krass nah am College, deine neue Bude«, sagte Dustin, als Teddy und er das alte Hafengebäude in der Rotherhithe Street erreichten.

»Nicht mal eine halbe Meile«, antwortete Teddy. »Ich dachte, das ist ganz praktisch.«

»Wozu, um mich besser auszuspionieren?«

Teddy biss sich auf die Zunge. Er durfte diese Provokation nicht an sich heranlassen. *Dustin weiß nicht, wie er seine Gefühle zeigen soll,* nannte Benisha das. »Damit wir mehr Zeit miteinander verbringen können. Das wolltest du doch immer.« Teddy holte seinen Schlüssel hervor und ließ Dustin ins Haus.

»Ich wollte mehr Zeit mit dir *und* Mum, Dad.«

Teddy deutete auf die unverputzten Backsteinmauern. »Diese nackten Wände haben einfach Flair. Dieser Look ist so richtig Rotherhithe. In der Wohnung gibt es noch einzelne Holzelemente, wie auf einem alten Segelschiff.« Als sie seine Wohnungstür erreichten und Dustin immer noch nichts geantwortet hatte, sah Teddy ihn noch einmal an. »Ich habe dir doch erzählt, wie sehr ich als Kind immer von dieser Atmosphäre hier am Hafen geschwärmt habe. Dieses Gefühl von Freiheit, als würden einem alle Tore dieser Welt offenstehen.«

»Cool. Dann ist mit deiner eigenen Wohnung ja ein echter Traum für dich in Erfüllung gegangen.«

Teddy umklammerte den Schlüsselbund in seiner Hand so fest, dass es wehtat. »Du hast sogar dein eigenes Zimmer.« Er deutete auf das neue, große Futonbett mit den Kopfkissen, die er extra alle im Look der britischen Fahne bezogen hatte. Die tiefliegende Abendsonne strahlte orange-rotes Licht durch die darüber befindlichen Fenster ins Zimmer.

Dustin pfefferte seinen Rucksack in die Ecke. »Was ist das, eine Piratenhöhle?« Er drehte sich einmal im Kreis und ließ sich auf das Futonbett fallen. »Lässig.«

Na wenigstens. War ja beinahe schon ein Kompliment.

Dustin verschränkte die Hände hinter dem Kopf. Dabei fielen Teddy seine Oberarme auf. So langsam begann sich das Kampftraining auszuzahlen. Aus seinem kleinen Jungen wurde ein Mann, und genau das machte ihm Angst. Zu viele hatte er in genau diesem Moment auf die schiefe Bahn geraten sehen.

»Wenn du magst, können wir noch gemeinsam einen Film streamen. Ich hab hier eine super Bandbreite. Nicht so …«

»Wie bei Mum?«, fiel ihm Dustin ins Wort.

Shit. Wieso hatte er so ein großartiges Talent dafür, immer wieder ins selbe Fettnäpfchen zu treten. »Wir können auch was anderes machen.« Teddy setzte sich zu ihm. »Ich weiß ja nicht, was du sonst so unternimmst.« Er tastete sich so vorsichtig vor, wie es nur ging. »Mit deinen Kumpels.«

»Du meinst, wenn du auf der Arbeit bist?«

Teddy seufzte. »Zum Beispiel.«

Dustin zog sein Smartphone hervor und startete eines seiner Baller-Handygames. »Nichts Besonderes.«

In Teddy brodelte es. Dustin wich ihm aus. Das war nicht Pubertät. Das war einfach ein schlechtes Zeichen. Er hasste es, wenn sein Sohn etwas vor ihm verheimlichte. Sie waren doch ein Team. Oder?

»Dustin, gib mir 'ne Chance. Ich will genauso, dass wir wieder eine richtige Familie werden, wie du. Aber das geht nicht über Nacht. Auch wenn du das vielleicht gerne so hättest.«

»Du etwa nicht?«

Teddy seufzte. »Können wir nicht gemeinsam versuchen, das Beste aus der Sache zu machen? Du bist doch erwachsen.«

Dustin ließ seine Hand samt Smartphone auf das Sofa fallen. »Zurzeit habe ich ehrlich gesagt ziemlich viel Stress mit einem Projekt in der Schule, Dad. Manchmal weiß ich gar nicht, wo mir der Kopf steht.«

»Das Schuljahr hat doch gerade erst begonnen.«

»Schon, aber …«

Jetzt bekam er ein noch schlechteres Gewissen. »Nimmt dich das mit Mum und mir so sehr mit?«

Dustin schlug mit beiden Fäusten ins Sofa. Dabei rutschte das Smartphone leicht aus seiner Schutzhülle, und hinter seiner Kreditkarte kam ein Geldbündel zum Vorschein. Das waren mindestens zwei, drei Hundert-Pfund-Noten. »Dad, es gibt noch andere Probleme auf der Welt als Mum und dich. Ich und noch ein paar andere aus meiner Schule, wir …«

»Ja?« Teddy spürte so ein Ziehen in seinem Magen, wie wenn jemand bei einem Verhör kurz vor dem Geständnis war.

»... ich hab' versprochen, mit niemandem drüber zu reden.«

»Aber ich bin doch nicht niemand, oder?«

Dustin stand auf und lief in die Küche. »Dad, schon mal was von Privatsphäre gehört?« Vor dem Kühlschrank blieb er stehen und drehte sich um. »Und Vertrauen?« Er öffnete die Kühlschranktür.

In Teddy brodelte es. Er musste sich zusammenreißen. Wenn Dustin ihm seine Anspannung anmerkte, war es aus. Er versuchte ja, ihm zu vertrauen. Aber wo zum Teufel hatte er dann so viel Geld her und vor allem: Wofür brauchte er es? Dustin hatte die Kühlschranktür noch nicht einmal einen Spalt breit geöffnet, da schlug er sie schon wieder zu.

»Warum schaust du mich schon wieder so komisch an, Dad?«

Verflixt. Wieso war er nicht einmal in der Lage, mit seinem eigenen Sohn zu reden? Kein Wunder, dass Ken Kilburn an ihm zweifelte. »Ich schaue so wie immer.«

»Tust du nicht.«

»Tu ich wohl.«

»Und du willst 'ne Beförderung?«

Autsch!

Dustin öffnete den Kühlschrank und nahm zwei Flaschen Bier heraus.

»Ich habe auch Cola.«

»Und ich bin erwachsen. Schon vergessen?« Er schnappte sich noch eine Tüte Chips vom Tisch und warf sie Teddy zu. »Hast du *Possessor* schon gesehen?«

Teddy nahm die Nachos und das Glas mit Käsecreme aus dem Schrank. Der Abend hatte also doch noch eine Chance, und das fühlte sich gut an. »Nichts davon gehört.«

»Voll der krasse Action-Streifen. Mit Gehirnimplantaten und so. Und die eine Braut, die hat solche Titten.«

Dafür gab Teddy seinem Sohn einen Klaps auf den Hinterkopf. »Ab ins Wohnzimmer.« Dustin lachte. Ging doch!

Dustin startete gerade den Film, als sein Smartphone läutete. Er zog es aus der Tasche. Teddy konnte eine WhatsApp mit der Frage *Dustin, wo bist du???* erkennen. Dustin schnellte in die Aufrechte.

»Oh fuck, fuck, fuck!«

»Was ist los?«

»Das habe ich total vergessen, verdammte Scheiße!«

»Was hast du vergessen?«

Dustin sprang auf, rannte in sein Zimmer und schnappte sich seinen Rucksack. »Tut mir leid, Dad, aber ich muss dringend nochmal weg und was erledigen.«

»Um diese Zeit noch? Wir wollten doch gerade …«

»Ich kann jetzt nicht diskutieren, ich bin schon viel zu spät. Ich darf das nicht versauen. Die zählen auf mich.«

»Soll ich dich fahren?«

»Um Himmels willen, nein!« Die Antwort kam wie ein Schlag in die Magengrube.

»Was ist das Problem?«

Dustin sprang in seine Schuhe, ohne zu antworten.

»Ich möchte, dass du mit mir redest, Dustin!«

Dustin schnappte nach der Klinke. Teddy versperrte ihm den Weg. »Die Jungs vertrauen mir, Dad. Hast du gehört? Sie vertrauen mir.«

»Welche Jungs?«

»Was spielt das für eine Rolle? Du kennst sie doch eh nicht!«

»Ich warte auf eine Antwort.«

»Dad, bitte tu das nicht.«

»Ich habe eine einfache Frage gestellt.«

»Mach mir das nicht auch noch kaputt, bitte.« Mit einer unerwarteten Bestimmtheit schob Dustin ihn beiseite, stürmte aus der Tür und verschwand.

16

7:00 pm, Savoy Hotel, Personaleingang

Ein magerer Junge mit großen blauen Augen und rotem Anorak lief auf ihn zu. »Royston Taylor?«

Roy nickte.

»Perfekt.« Er streckte ihm seine Hand entgegen. »Ich bin Alek vom Personal-Butler-Service hier im Savoy. Ich komme gerade aus der Pause. Da hat Phil mich gebeten, Sie direkt mit runterzunehmen und Ihnen alles zu zeigen.«

Alek, ein seltener Name in London. Der Junge wirkte nett. Seine unbefangene Art hatte Charme und machte ihn sympathisch. Roy glaubte sofort, dass er ein begabter Butler war.

»Sie kommen wegen der Nummer mit dem Kronleuchter?«

Und offenbar wusste er Bescheid. Trotzdem, Roy beschloss, sich dumm zu stellen. »Welcher Kronleuchter?«

Alek rückte seine Brille zurecht. »Kommen Sie schon! Sie denken doch nicht wirklich, dass man es geheim halten kann, wenn so ein Monster von Deckenleuchter ins Savoy Theater transportiert wird.«

»Meine Chefin liebt große Showeffekte.«

»Unsere Gäste auch.«

Definitiv. Die Erbauer des Savoy Hotels waren Showmenschen gewesen. Sie hatten für den großen Auftritt gelebt.

»Einige unserer Gäste sehen sogar Gespenster«, fügte Alek hinzu.

Roy wurde neugierig. »Sie meinen die Sache mit dem roten Lift?«

»Spooky, oder?« Alek hob seine Hände und heulte auf wie ein Geist. »Aber keine Sorge. Wir müssen nicht in den Geisterlift.« Er deutete auf eine schmale, silberne Fahrstuhltür. »Für das Personal haben wir Serviceaufzüge.« Die Tür öffnete sich, und Alek deutete auf das Ziffernblatt. »Das sind auch die Einzigen, mit denen Sie und Ihre Leute dann ins Untergeschoss zu den Personalräumen kommen. Alle anderen Gästeaufzüge enden im Erdgeschoss.« Alek drückte die Ziffer -2, und der Lift setzte sich in Bewegung. Wieder so ein kleines Detail, an dem man merkte, dass die Erbauer dieses Hotels Operndirektoren gewesen waren. Wie im Theater waren Künstler und Publikum streng voneinander getrennt. Das Savoy war die Bühne, die Traumwelt aus Glitzer, Glanz und Gloria. Und während die Gäste sich wie Showstars im Licht des Luxus sonnten, leistete das Personal hinter den Kulissen alles Menschenmögliche, um diese Illusion aufrechtzuerhalten. Jeder von ihnen hatte seine Rolle und spielte sie perfekt.

Die Tür des Aufzugs öffnete sich wieder. Hier unten war aller Prunk schlagartig verschwunden. Alek führte Roy durch ein Labyrinth aus schmalen Gängen. Kein Wunder, dass die Gäste diesen Teil des Hauses nicht zu sehen bekommen sollten. Die Wände waren seit Ewigkeiten nicht mehr gestrichen worden. Teilweise bröckelte der Putz. Das Savoy zeigte sich nackt und ungeschminkt.

»Glauben Sie an Geister?«

Roy fühlte sich überrumpelt von der Frage. Aber Alek redete ohnehin direkt weiter.

»Wenn Sie mich fragen, unsere Gäste haben einfach viel zu viel Zeit, um auf seltsame Ideen zu kommen. Allen voran dieser Frankland. Sie können sich gar nicht vorstellen, was der schon an Geld für diese Darcy Diamond ausgegeben hat.«

Roy wunderte sich. »Das Savoy vermittelt Darcy Diamond?«

»Um Himmels willen, nein.« Alek lachte. »Aber immer, wenn Mr Frankland hier Gast war, habe ich im Rahmen des Butler-Service die Buchungen für ihn durchgeführt. Letzte Woche hatte er drei Geschäftsessen bei uns im Savoy Grill und jedes Mal Darcy Diamond dabei. Bei diesen Stundensätzen. Die Frau verdient an einem Tag mehr als ich im ganzen Monat.« Er zwinkerte. »Hellsehen müsste man können.«

Eine interessante Verbindung. Unter diesem Aspekt wirkte es wie ein sehr seltsamer Zufall, dass Darcy Diamond für ihre Prophezeiung ausgerechnet Mildred ausgewählt hatte. »Wohnt Mr Frankland denn öfter hier im Hotel?«

Alek bog in einen Seitengang ab und führte Roy in einen großen Raum voller Spinde. Gerade als Alek auf Roys Frage antworten wollte, wurde ihr Gespräch von einem seltsamen Mädchengesang unterbrochen. Roy spähte in die Richtung, aus der die Melodie kam. Am hintersten Spind in der Reihe stand mit dem Rücken zu ihnen gedreht ein Mädchen in einem himmelblauen Kleid. Ihre Knie wippten im Rhythmus der Melodie schwungvoll vor und zurück, sodass die buschigen Zöpfe rechts und links an ihrem Kopf gemeinsam mit den übergroßen rosa Haarschleifen hin- und herwedelten. Das Mädchen nahm eine rote Lederhandtasche aus ihrem Spind, hängte sie sich über die Schulter, holte einen Lolli heraus, schälte ihn aus der Folie und stecke ihn sich in den Mund. Danach summte sie zufrieden weiter vor sich hin, schloss den Spind, drehte sich in Roys und Aleks Richtung und verstummte. Ihre Hände krallten sich in ihre Rockzipfel. Mit unruhigem Blick bewegte sie sich ängstlich auf sie zu.

»Hey Sue, keine Sorge. Das ist Royston. Er gehört zum Team für das Charity-Konzert.«

Sue antwortete nicht. Mit weit aufgerissenen Augen schlich sie sich an ihnen vorbei. Obwohl sie ihr Gesicht dabei konsequent in Richtung der Spinde drehte, sah Royston genug davon, um sich wundern zu können. Auch wenn sie sich wie eine Achtjährige benahm und kleidete und ihre zierliche Statur auf die Entfernung noch immer kindliche Züge hatte, so schätzte Roy sie dennoch auf gute fünfundzwanzig Jahre. Kaum, dass sie Royston und Alek passiert hatte und am Ende der Spinde um die Ecke gebogen war, nahm sie ihre Beine in die Hand und rannte davon. Ein kindliches Lachen hallte durch den Kellerraum.

»Sue arbeitet in der Wäscherei. Sie ist echt schräg, aber völlig harmlos.« Alek hob die linke Augenbraue. »Früher war sie beim Room-Service. Aber seit einigen mysteriösen Vorfällen auf den Zimmern darf sie nur noch hier unten arbeiten.«

Roy wurde neugierig. »Was für Vorfälle denn?«

Alek zuckte die Achseln. »Fragen Sie mich nicht. Soweit ich weiß, hat sie sich an persönlichen Gegenständen vergriffen.«

»Und warum wurde sie nicht gefeuert?«

»Niemand hier bügelt auch nur ansatzweise so viele Hemden in der Stunde wie sie. Und Sie macht widerstandslos alles, was man ihr sagt.«

Roy nickte. Das erklärte vieles.

»Sie haben nach William Frankland gefragt?«

Roy nickte.

»Frankland war bis vor 25 Jahren im Savoy als Hotelmanager angestellt«, erzählte Alek. »Deswegen wurde er auch als Ehrengast zum Chandelier Charity Concert eingeladen.«

»Wieso bis vor 25 Jahren?«

»Dann hat er gekündigt, weil er überraschend an eine unvorstellbare Menge Geld gekommen ist.« Alek machte auf geheimnisvoll und senkte die Stimme. »Man munkelt, er habe im Pferderennen gewonnen.«

»So so.«

Alek drehte sich den Spinden zu und schlug mit seiner flachen Hand gegen die Tür direkt vor ihm. »Das hier ist mein Spind. Die ganze Reihe ab hier ist für Sie und Ihr Team. Umkleidekabinen für die Damen sind links und für die Herren rechts.«

Roy schaute auf das Namensschild von Aleks Spind, um sich alles genau merken zu können. Alek stand also für Aleksandre. Aleksandre Johnston. »Aleksandre ist polnisch, oder?«

Alek zuckte die Schultern. »Keine Ahnung, was meine Eltern sich dabei gedacht haben.«

Roy musste an seine eigene Jugend denken. An die Frau mit den Kirschen, den Traum, auch eines Tages in diesem Haus zu arbeiten. »Darf ich Sie etwas Persönliches fragen?«

»Klar. Nur zu!«

»Warum sind Sie Butler geworden?«

Alek stützte sich mit der linken Hand an seinem Spind ab und bekam einen träumerischen Blick. »Kennen Sie dieses Gefühl, wenn man einfach weiß, wofür man auf die Welt gekommen ist?«

Roy nickte. Nur zu gut.

»Seit ich denken kann, war mir klar, dass ich eines Tages in diesem Hotel arbeiten würde. Wir hatten nie viel Geld, und ein Studium wäre unbezahlbar gewesen. Aber ich habe es geliebt, meiner Mutter das Leben zu verschönern. Ihr jeden Wunsch von den Augen abzulesen. Und ich liebte ihre Geschichten über die Reichen, über Menschen, die so viel Geld haben, dass sie sich all das hier leisten können. Ohne auch nur darüber nachzudenken. Verstehen Sie?«

Wahrscheinlich besser, als Aleksandre ahnte.

»Ich habe mein Leben lang nichts anderes getan, als mich auf diesen Job hier vorzubereiten. Ich habe mich mit Etikette beschäftigt, mit Mode, Architektur und Design.« Alek holte tief Luft. »Ich liebe diese Welt. Manchmal komme ich mir vor wie im Märchen. Dieser Luxus. Diese Menschen, die nur mit dem Finger zu schnippen brauchen, und schon bekommen sie, was immer sie wollen. Wenn ich hier bin, wenn ich in meinen Frack springe, meine Handschuhe anziehe, mich perfekt herrichte, wenn ich mit ihnen rede, dann habe ich diese Illusion, ein Teil von alldem hier zu sein.« Alek winkte ab. »Oh je, ich weiß, das ist völlig verrückt.«

»Ist es nicht«, antwortete Roy. »Das ist Liebe.« Und wie er Alek dabei ansah, war ihm, als würde er in einen Spiegel schauen.

17

7:00 pm, Savoy Hotel, Lobby

Alison saß noch immer mit ihrem MacBook auf dem Schoß in der Lobby des Savoy. Der konstante, aber unaufgeregte Betrieb an der Rezeption, das stete Kommen und Gehen, bildete ein angenehmes Hintergrundrauschen, das sich wie eine Kuppel um sie legte und in höchste Konzentration versetzte. Die letzte halbe Stunde hatte sie vergeblich damit verbracht, auf einen Rückruf von ihrem Honeybun zu warten. Da ihr die Zeitverschiebung offenbar schon wieder einen Strich durch die Rechnung gemacht hatte, war sie zwischenzeitlich dazu übergegangen, eine von Roy angefertigte Zusammenstellung sämtlicher Pressemeldungen rund um den Tod im roten Lift zu studieren. Inzwischen versank sie wieder in der umfangreichen und auskommentierten Version des Dokuments ihres Vaters. Unzählige Erinnerungen schwangen in dieser Liste mit. Er war so ein akribischer und bedachtsamer Mensch gewesen. Ganz anders als sie. Ronald Granville hatte stets gewusst, was er wollte. Und er hatte sich durch nichts und niemanden von seinen Zielen abbringen lassen. Jetzt schien es ihr fast, als wäre sein Geist zurückgekehrt, um ihr zu helfen, ihre eigene Scham zu überwinden und sich auch endlich dem hinzugeben, was sie am meisten liebte: Kriminalfälle lösen. Der Concierge kam an ihren Platz und stellte ihr eine neue, dampfend heiße Tasse auf den Sofatisch. »Ihre heiße Schokolade, Madam.« In seinem Mund klang das Wort Schokolade wie eine leidenschaftliche Versuchung. Aber es gab kein anderes Getränk auf dieser Welt, das ihre Nervenzellen derart auf Trab brachte. »Haben Sie sonst noch einen Wunsch?«

Alison wollte gerade verneinen, als ihr plötzlich ein wichtiger Gedanke in den Sinn kam. »Ich habe lediglich eine Frage an Sie, Phil. Verzeihen Sie, dass ich so neugierig bin. Waren Sie gestern Abend auch im Dienst?«

Er räusperte sich und sah sich dezent um, bevor er sich leicht zu ihr neigte. »Sie meinen …« Er deutete in Richtung des roten Lifts.

Alison nickte.

»Oh dear, ich stand unmittelbar am Aufzug, als …« Er kniff die Augen zusammen und legte sich die Hand vor den Mund.

»Wer war in diesem Augenblick noch in diesem Raum? Können Sie sich erinnern?«

»Es war so schrecklich viel Aufregung, Madam. Sie müssen verstehen, ich stand völlig unter Schock.«

»Selbstverständlich, Phil. Ich bin nur so fassungslos, wissen Sie? Ich versuche, zu begreifen, was vorgefallen ist.«

Phil sah sich um, als würde er nach Anhaltspunkten suchen. »Dort, wo Sie gerade sind, saß Detective Inspector Chan und trank Tee. Unser Butler Alek hatte ihn kurz zuvor nach unten begleitet. Dann öffnete sich der Lift.« Er legte seine Hand auf den Magen. »Oh dear, dieser Anblick.« Er fächelte sich Luft zu.

»Ich habe natürlich sofort um Hilfe gerufen, und ab diesem Zeitpunkt herrschte hier nur noch das blanke Chaos. Ich fürchte …« Phil blickte in Richtung des Aufzugs und erstarrte plötzlich. Als er sich Alison wieder zuwandte, war jegliche Farbe aus seinem Gesicht verschwunden. »… Ich fürchte, ich bin Ihnen leider keine große Hilfe«, sagte er, drehte sich auf dem Absatz um und eilte zurück zur Rezeption. Verwundert von seiner fluchtartigen Reaktion blickte Alison ebenfalls zu den Aufzügen hinüber und glaubte im allerletzten Moment noch, einen Mann mit langem Trenchcoat und Fedora-Hut verschwinden zu sehen. War dieser Mann nicht auch auf der Pressekonferenz gewesen? Fast schien es ihr, als habe seine Erscheinung eben den Concierge in Todesangst versetzt. Alison kam der Satz wieder in den Sinn, mit dem die BBC-Reporterin den Zeugen vorgestellt hatte: *ein Informant, der um seinen Job fürchtet*. Wovor fürchtete sich Phil? Alison rieb sich die Augen. Wahrscheinlich sah sie ebenfalls schon Gespenster. Ein Ding der Unmöglichkeit, Mildred war auf ihrem Zimmer.

»Du sitzt ja immer noch hier herum.«

Alison zuckte. Rechts neben ihrer Notebooktastatur stemmte eine Hand im weißen Handschuh einen fuchsiafarbenen Gehstock in den Teppich. »Mildred!« Sie war bei ihrem Outfit also von Gelb zu Rottönen übergegangen. Zum Gehstock gesellten sich ein fuchsiafarbener Hut mit hellrosa Blütengesteck und ein ebenfalls fuchsiafarbenes Mantelkleid, das nur von einem einzigen goldenen Knopf auf Kragenhöhe zusammengehalten wurde. Darunter trug sie ein hellrosa Kleid mit magentafarbenem Blumenmuster. Die rubinfarbene Brosche auf Schulterhöhe war neu und ihre Form für

Mildred ungewöhnlich. Augenblicklich dachte Alison an eine Träne. Fast schien es ihr, als versuchte Mildred, Anteilnahme zu zeigen.

»Willst du so einen Mörder fangen? Indem du auf deinen Bildschirm starrst?«, fragte sie, während sie sich setzte.

»Ich analysiere, Mildred.« Alison klappte ihr MacBook zu. »Warum bist du nicht auf deinem Zimmer? Was, wenn es wirklich jemand auf dich abgesehen hat?« *Dann hätte der Spuk wenigstens ein Ende,* dachte sie und schämte sich dafür.

»Ich habe doch Alfie dabei.«

Selbst der Corgi trug ein fuchsiafarbenes und mit Diamanten besetztes Halsband.

»Eine trügerische Sicherheit. Er ist doch viel zu süß für einen Wachhund. Lady Gagas Hundesitter haben sie wegen ihrer Hunde fast erschossen.«

»Lady wer?«

»Die Frau, die sich wie ein Clown anzieht und immer am Klavier sitzt und schreit«, übersetzte sie in Mildreds Sprache.

»Ah! Die?«, stieß Mildred aus und hielt sich mit ihrer linken Hand das Ohr zu. »Dann waren das sicher wieder solche Radikalen vom Tierschutzverein.« Prompt tänzelte Phil an ihnen vorbei, wackelte amüsiert mit dem Kopf, legte die Hand an den Mund und flüsterte Mildred zu.

»Mrs Gaga hat eine Suite in Etage vier.« Er machte einen dezenten Schwung mit der Hüfte und kehrte, einen von Gagas Hits summend, zur Rezeption zurück. »Gaga-rammammamaha!«

Alfie bellte ihm hinterher.

»Ruhig, Honey, ruhig.«

Alfie zeigte sich von Mildreds Beschwichtigungsversuchen wenig beeindruckt. Ganz im Gegenteil, er zog an der Leine, als ginge es um Leben und Tod.

Mildred hob ihren Zeigefinger. »Alfie, sitz!«

Musterschülerhaft setzte er sich auf seinen Hintern und öffnete seine Schnauze wie ein nach Futter gierendes Vogelbaby. Prompt kam ein Keks geflogen. Typisch Mildred. Mit Bestechungen war sie schon immer gut gewesen. Alison dachte an den Törtchenteller. Der arme Corgi musste doch bald platzen wie eine Wasserbombe.

»Braver Hund.«

Zur Belohnung gab es Schläge auf den Brustkorb. Mildred war eine so zärtliche Frau. Alfie nutzte diesen Moment der Unachtsamkeit, sprang auf und raste zum roten Lift.

»Honey, bei Fuß!«

Honey pfiff auf den Fuß. Viel lieber tapste er schnüffelnd und bellend vor dem Fahrstuhl hin und her.

»Was hat er denn?« Mildred zauberte einen weiteren Keks aus der Tasche und wedelte damit in der Luft herum. Alfie zeigte sich wenig beeindruckt. »Das macht er sonst nie.«

»Wie es scheint, hast du ihm keine Manieren beigebracht.« Als Reaktion auf diese kleine Stichelei verzog Mildred so großartig das Gesicht, dass Alison sich extrem zusammenreißen musste, um nicht laut loszulachen.

Mildred hob die Nase, stützte sich auf ihren Stock und stand auf. »Vielleicht hat er eine heiße Fährte? Etwas, das man von dir ja offensichtlich nicht behaupten kann.«

Das ließ Alison sich nicht zweimal sagen. Als oberster Punkt auf ihrer Checkliste hatte ohnehin die Tatortanalyse gestanden. Also ging sie ebenfalls zum roten Lift. Alfie begrüßte sie mit noch lauterem Bellen, was Mildred mit einem weiteren Keks belohnte.

»Mein kleiner Mr Holmes untersucht den Tatort.«

»Das ist nicht der Tatort«, konterte Alison.

Mildred sah sie an, als habe sie die Queen mit Miss Piggy verwechselt. »Gott im Himmel, ich werde in diesen Mauern sterben.«

»Dieser Ort hat die meiste Aufmerksamkeit auf sich gezogen. Er war auf allen Fotos und obendrein Hintergrund der Pressekonferenz. Hier wurde die Leiche gefunden. Dennoch handelt es sich nicht um den Tatort«, konterte Alison.

»Kindchen, was redest du? Mir wird schon ganz schwindelig.«

»Oliver Montagu ist während der Fahrstuhlfahrt gestorben, Mildred. Ursache für diesen Tod war ein Ereignis, das beim Einsteigen stattgefunden haben muss. Wenn, dann sollten wir also nicht hier nach Spuren suchen, sondern dort, wo die Fahrt begonnen hat.«

Mildred kniff ihre Augen zusammen. »In Etage 5.«

Alison hob ihren Daumen, Alfie bellte, und prompt öffnete sich die Aufzugtür. Sie stiegen ein, Alison betätigte die Taste für die fünfte Etage. Der Lift schloss sich wieder und setzte sich in Bewegung. Alfie sprang auf die rote Sitzbank und wedelte mit dem Schwanz. Alison überlegte. Hätte die Bank für irgendetwas als Versteck dienen können? Alison ging in die Hocke und tastete das gesamte Möbelstück akribisch ab. Alfie folgte ihrer Hand mit seiner Nase. Auf die Schnelle war nichts Auffälliges zu entdecken.

»Alison!«, flüsterte Mildred völlig aufgeregt.

»Was ist?«

»Hörst du das?« Mildreds Gesicht sah aus wie während einem dieser alten Edgar Wallace-Filme. Alison spitzte die Ohren. Tatsächlich, ein leises Kichern hallte durch den Fahrstuhlschacht. Alfie sprang auf den Fahrstuhlboden und verkroch sich winselnd unter der Bank.

»Was ist das?«, flüsterte Mildred.

Alison erinnerte sich an die Aussage der BBC-Reporterin. *Ein Informant, der um seinen Job fürchtet, sprach von einem Geist.* Die Etagenanzeige wechselte von drei auf vier. Der Aufzug ruckelte kurz. Das Kichern wurde lauter, als Alison durch den minimalen Türspalt hindurch auf Etage vier eine wartende und sich laut unterhaltende Gestalt erahnte. *Ein ziemlich lebendiges Gespenst,* dachte Alison. »Das ist nichts, Mildred. Es kommt von draußen.«

Eine Etage später stoppte der Aufzug, und die Tür öffnete sich. Alison stieg aus, stellte ihren Fuß in die Tür und suchte die Innenkante der Außentür ab. »Wenn der Schal hier hängengeblieben ist, müssen wir etwas finden.«

»Such, Alfie, such!«, kommandierte Mildred.

Doch der Hund zeigte sich auffallend uninteressiert. *Kein Wunder eigentlich,* dachte Alison. Schließlich hatte es hier keine Blutspuren oder Ähnliches gegeben, das ihn locken konnte, ganz im Gegenteil zur Kabine und zum Erdgeschoss. »Wenigstens ein Stofffetzen, ein Fussel, irgendwas müsste hier zurückgeblieben sein«, fluchte Alison. Aber sie fanden nichts. Weder an der Innenkante der Tür noch außen oder im Teppichboden des Einstiegsbereichs. Nicht einmal eine Schramme im Metall.

»Hätte ein Schal, der sich mit solcher Kraft verkantet, nicht wenigstens eine minimale Delle hinterlassen müssen?«, fragte Mildred. »Bei meinem weißen SUV sieht man sofort jeden Kratzer.«

In diesem Punkt gab Alison ihrer Tante ausnahmsweise recht. Alison dachte zurück an das Dokument ihres Vaters. *Waren im Nachhinein Veränderungen am Tatort möglich gewesen?*, lautete eine der zu klärenden Fragen. Definitiv. Hatte der Täter vielleicht selbst alle Spuren beseitigt? Das ergäbe keinen Sinn. Zumindest nicht, wenn der Plan gewesen wäre, alles nach einem Unfall aussehen zu lassen. »Es bleibt nur noch eine Möglichkeit.«

»Und?« Mildred sah sie mit großen Augen an.

»Auch das hier ist nicht der Tatort.« Alison winkte Mildred und Alfie zurück in den Aufzug und fuhr hinab in die vierte Etage.

Tatsächlich. Dieses Mal brauchte Alison nur zu warten, bis sich der Lift nach dem Aussteigen wieder geschlossen hatte. An der untersten Kante der linken Hälfte der Aufzugtür war ein kleines Stück der Verkleidung abgeplatzt. Auf den ersten Blick war es kaum zu sehen. Und genau an dieser Stelle hatten sich zwei winzige Baumwollfasern verfangen, die perfekt zu Oliver Montagus Schal passten. Alison stutzte. Diese zwei kleinen Fussel stellten alles auf den Kopf. »Das ist der Beweis«, sagte sie. »Der Schal hat sich nicht in der fünften, sondern in der vierten Etage verfangen.«

»Aber das ergibt keinen Sinn«, konterte Mildred. »Allen Medienberichten zufolge wurde das andere Ende des Schals auf unserer Etage gefunden, in der Nähe von Zimmer 502.«

»Jemand hat folglich unmittelbar nach dem Tod von Oliver Montagu das äußere Schalende genommen, es eine Etage höher getragen und dort wieder vor die Aufzugtür gelegt.«

Mildred runzelte die Stirn. »Aber warum?«

»Ganz einfach«, antwortete Alison. »Jemand hat seine Beteiligung an Oliver Montagus Tod vertuschen wollen, mit Heimtücke und akribischer Planung. Zwei glasklare Indikatoren für Mord.«

Das schien jedoch nicht alles zu sein. Noch immer kratzte Alfie unaufhörlich mit seiner Pfote an der Unterkante der geschlossenen Aufzugtür.

»Was hat er denn?«, sorgte sich Mildred.

Alison legte sich auf den Bauch und leuchtete mit der Taschenlampe ihres Smartphones in die Ritze. »Da ist noch etwas!« Sie versuchte, danach zu greifen, war aber chancenlos. »Ich brauche irgendetwas Spitzes, eine Nadel oder so.«

Mildred löste die Brosche von ihrem Mantelkleid und reichte sie Alison. Tatsächlich. Mit der Anstecknadel funktionierte es. Nach zwei kurzen Versuchen zog sie einen vielleicht drei Finger breiten Stofffetzen aus dem Spalt unter der Tür hervor.

»Ist das auch von dem Schal?«

»Darauf kannst du wetten«, antwortete Alison.

»Aber was ist das da?« Mildred deutete auf einen langen, haarfeinen Faden, der aus dem Stoff heraushing.

»Wahrscheinlich hat sich der Faden beim Zerreißen des Schals gelöst.« Alison legte das Beweisstück sorgsam zusammen und verstaute es sicher in ihrer Smartphonehülle.

Mildred senkte ihre Stimme. »Dann war der Mörder also jemand, der hier auf Etage vier wohnt.«

Alison schwenkte ihren Blick über den Hotelflur. »Wer auch immer dahintersteckt – hoffen wir, er oder sie ist nicht gaga genug, noch einmal zuzuschlagen.«

Mildred stieß einen Schockatem aus. Sah Alison da etwa einen echten Anflug von Angst in ihren Augen? Ein schrilles Lachen hallte über den Hotelflur, gefolgt von einem gruseligen, gesungenen »P-p-p-poker face, p-p-poker face!«

18

7:30 pm, Rotherhithe

Teddy fluchte. Es war eine bescheuerte Idee, den eigenen Sohn zu beschatten. Aber er konnte doch nicht einfach so mit ansehen, wie Dustin sich ins Unglück stürzte? Dreihundert Pfund in bar? In seiner Smartphonehülle? Teddy wagte es gar nicht, sich auszumalen, wie Dustin an diese Menge Geld gekommen war. Schon gar nicht wollte er sich vorstellen, was er so Hals über Kopf wegen nur einer kurzen Handynachricht am späten Abend damit anstellte? Wenn er seiner Verantwortung als Vater nachkommen wollte, musste er das hier tun.

Aber warum hatte er sich überreden lassen, Dustin dieses E-Skateboard zu schenken? So sehr er auch rannte, die Distanz zu der rot blinkenden LED-Beleuchtung der Räder schien sich kontinuierlich zu vergrößern. Teddy erinnerte sich, wie stolz er Dustin auf seinem sechzehnten Geburtstag noch erzählt hatte, dass dieses Ding satte 10 Meilen die Stunde erreichen konnte. Wenn er gut in Form war, schaffte er das beim Joggen auch, aber doch nicht mit dieser Kleidung und diesen Schuhen! Wieso gab es in ganz Rotherhithe und Bermondsey auch nicht eine einzige Leihradstation? Was gäbe er jetzt für eines dieser dämlichen Boris Bikes. Er konnte seinen Sohn jetzt nicht hängenlassen. Er sah doch jeden Tag, was alles passieren konnte, wenn ... Teddy stoppte. Einer dieser Deliveroo-Essenslieferanten schnitt ihm so scharf mit seinem Fahrrad den Weg, dass er beinahe in ihn hineingerannt wäre. »Arschloch!«, brüllte Teddy ihm hinterher. Doch schon war der im *The Angel* verschwunden. Laute Musik drang aus dem Pub nach draußen. Teddy gab auf, es hatte ohnehin keinen Sinn, diesem Typen jetzt noch hinterherzubrüllen. Und der Abstand zu Dustin war inzwischen auch uneinholbar.

»Verdammt!«, brüllte Teddy und ertappte sich in letzter Sekunde dabei, wie er ausholte, um gegen dieses dämliche Lieferbike zu treten. Moment mal! Teddy traute seinen Augen nicht. Hatte der Idiot sein Bike etwa nicht angeschlossen? In Teddys Händen begann es, zu prickeln. War das sowas wie Schicksal? Er konnte doch nicht. Er durfte nicht! Auf der anderen Seite, gab es eine bessere Tarnung für seine Aktion? Dustin würde nie im Leben seinen Vater auf einem Deliveroo-Fahrrad vermuten. Und es galt, ein Verbrechen zu verhindern. Es ging um Dustin, verflucht nochmal.

Teddy gab sich einen Ruck und sprang auf, genau in dem Moment, als der Deliveroo-Fahrer wieder aus dem Pub heraustrat.

»Hey, du Idiot, runter da!«

Nichts da, Teddy trat in die Pedale. Der Fahrer näherte sich. Teddy hatte nicht mit der Trägheit des Transportrades gerechnet. Endlich kam er in die Gänge. Da war der Typ allerdings schon auf seiner Höhe. »Nein, nicht!« Wie im Wahn holte Teddy mit seinem linken Fuß aus und kickte dem Typen gegen die Hüfte. Der geriet ins Torkeln, stolperte und landete im Gebüsch. Endlich gewann Teddy an Fahrt. Die Stimme des brüllenden Lieferanten wurde leiser und Teddys Adrenalinspiegel höher und höher. Hatte er das gerade wirklich getan? Hatte er sich ein Deliveroo-Bike geklaut? »Whoohooo!«, hallte seine Stimme in die hereinbrechende Dunkelheit, als das Rad gerade am Bermondsey Beach vorbeiraste. Aber wo war Dustin? Er musste sich einfach auf sein Gefühl verlassen. Dustin wollte an der Themse entlang in Richtung Innenstadt. Es musste einfach so sein.

Am Ende der Flockton Street, als Teddy links in den Bermondsey Wall einbog, erspähte er endlich wieder das Leuchten der LEDs in Dustins Skateboardrädern. Gott sei Dank, er hatte es geschafft. Jetzt nur nicht aufgeben! Endlich wurde der Abstand kleiner. Dustin skatete über die St Saviours Dock Footbridge. Teddy schlängelte sich mit dem Fahrrad hinterher, durch wild schimpfende Passanten hindurch. Er rasselte mit der Klingel. »Pizza-Notfall! Pizza-Notfall!«

Dann endlich, auf Höhe der Tower Bridge verlangsamte sich Dustins Tempo. Die Lichter seines Skateboards erloschen. Er hatte es also in die Hand genommen. Als Teddy näherkam, sah er ihn direkt unter der Tower Bridge stehen und warten. Keine 20 Yards von ihm entfernt wandte Dustin plötzlich seinen Blick genau in Teddys Richtung. Vorsicht! In letzter Sekunde riss Teddy den Lenker des Bikes herum und kam vor der Mauer zur Tunnelunterführung durch die Tower Bridge mit seinem Deliveroo-Bike zum Stehen. Ob Dustin ihn erkannt hatte? Unmöglich. Nicht auf diesem Bike. Trotzdem. Teddys Herz raste, und sein Brustkorb pumpte wie der Kessel einer Dampflok. Er stieg ab vom Fahrrad, schob es ein Stück weit zurück, sodass die Lieferbox mit der Deliveroo-Aufschrift erkennbar in die Unterführung hineinragte. Dann zog er sich seine Kapuze tief ins Gesicht, lief zur Lieferbox, öffnete sie und tat so, als würde er deren Inhalt kontrollieren. Die Aktion war riskant, aber wenn er Dustin nicht wieder aus den Augen verlieren wollte, hatte er keine andere Wahl.

Teddy linste leicht unter seiner Kapuze hervor. Dustin stand noch immer in der Unterführung und wartete. Teddy sah in die Lieferbox. Sie war tatsächlich noch voll. Der Geruch von Burgern und Pommes strömte ihm in die Nase und sorgte dafür, dass ihm nach all der körperlichen Anstrengung binnen Sekundenbruchteilen das Wasser im Mund zusammenlief. Er konnte nicht anders. Das Essen würde heute eh nicht mehr ankommen. Er wickelte einen der Burger aus und gönnte sich einen gewaltigen Bissen. Jetzt war er also nicht nur Fahrraddieb. Jetzt hatte er sogar noch Essen gestohlen. Aber er war nicht zum Essen hier. Er blickte wieder auf. Und verschluckte sich. Wo war Dustin? Er hatte doch eben noch mitten im Tunnel gestanden? Teddy ließ das Fahrrad stehen und rannte in den Tunnel hinein. Genau auf halber Höhe öffnete sich unmittelbar vor Teddy die Tür zum *The Vault*, und Dustin trat aus dem Pub heraus. In allerletzter Sekunde sprang Teddy hinter den Rücken einer vorbeigehenden Frau. Dustin bog nach rechts und ging in Richtung der Treppe, die hinauf zur Tower Bridge führte. Das war knapp gewesen.

Dustin trug sein Skateboard jetzt unter seinem linken Arm. In der rechten Hand hielt er einen quadratischen, schweren, metallenen Koffer. Sofort begann Teddys Hirn, sich die wildesten Theorien zusammenzureimen.

Was ging hier vor? Dustin lief die Treppe neben der Tower Bridge hinauf. Teddy hasste es, aber wenn er nicht das Risiko eingehen wollte, entdeckt zu werden, musste er warten und Dustin einen Vorsprung gewähren. Erst dann folgte er ihm. Es funktionierte. Am Ende der Treppe entdeckte er Dustin wieder. Er lief geradewegs über die Tower Bridge, als sich ihm von hinten ein weiß glänzender SUV näherte, langsamer wurde und mitten auf der Brücke auf Dustins Höhe stehenblieb. Ein Hupkonzert startete. Die hintere Tür der Limousine ging auf. Dustin stieg ein und verschwand mit ihr auf der anderen Seite der Themse.

1 Tag vor dem
Chandelier Charity Concert

19

12:00 midnight, Savoy Hotel, Zimmer 502

Bitte legen Sie Ihr Notebook auf eine feuerfeste Unterlage, und nehmen Sie einen sicheren Abstand ein.«

Das war doch ein Witz, oder? Alison starrte auf den Bildschirm ihres MacBooks. Ein durchsichtiger Schleier legte sich über ihr E-Mail-Programm, und ein Countdown erschien. Synchron zur Anzeige begann die Roboterstimme, von zehn an herunterzuzählen.

»Neun, acht …«

Sie drückte den Powerknopf ihres Notebooks.

»… sieben, sechs …«

»Roy, was soll das?«, fluchte sie.

»… fünf, vier …«

Sie zog das Stromkabel heraus, …

»… drei, zwei …«

… öffnete das Akkufach. Ihre ganzen persönlichen Daten waren auf der Festplatte. Sie hörte schon wieder Roys belehrende Stimme in ihrem Ohr. »Wieso sichern Sie Ihre Sachen nicht in der Cloud?«

»… eins …«

Der Bildschirm wurde schwarz. Stille. Alison atmete erleichtert aus. Ein Klacken war zu hören. Als wenn eine schwere Tür mit ihrem Eigengewicht zurück ins Schloss fiele. Dann schoss ein Blitz durch die Tastatur. Ein Zischen ertönte. Aus allen Ritzen des Notebooks strömte Nebel. Alison fluchte.

»Nein!«

Ein gewaltiger Knall. Ihre Ohren schienen zu platzen. Ein Feuerball fegte über ihren ganzen Körper. Dunkelheit.

Alisons Puls raste. Sie saß senkrecht auf dem Sofa im Kaminzimmer von Zimmer 502, die Decke weit von sich geschleudert. Ihr Schlafshirt klebte durchgeschwitzt an ihrem Körper. Durch die Tür zum Schlafzimmer drang das Schnarchen von Alfie. Mit der rechten Hand tastete sie in der Dunkelheit nach ihrem MacBook. Es lag noch immer an seinem Platz auf dem Sofatisch. In einem Stück. Unversehrt. Sie hatte nur geträumt.

Erleichtert ließ sie sich wieder auf ihren Schlafplatz sinken. Die Ereignisse der letzten Stunden waren eindeutig zu viel gewesen. Oder es gab tatsächlich einen Geist in diesem Zimmer. Und als sie tief und fest geschlafen hatte, war er in ihren Körper gekrochen und hatte von ihr Besitz ergriffen.

»Oh Roy«, flüsterte sie. Er hätte ihr nicht in ihrer Jugend so viele von diesen schrecklichen Horror-B-Movies zeigen dürfen.

Der Westminsterschlag des Big Ben ertönte. Seltsam, dass sie ihn durch die geschlossenen Fenster hören konnte. Alison zählte die Schläge des Grundtons am Ende der weltberühmten Melodie: *Eins, zwei, drei, vier, fünf, sechs, sieben, acht, neun, zehn, elf, zwölf*. Mitternacht.

Dann kehrte Stille ein. Ihr Hals war trocken. Soweit sie sich erinnerte, hatte sie kurz vor dem Schlafengehen auf dem Tisch in der Nähe des Fensters noch eine angebrochene Flasche Wasser abgestellt. Also schlug sie ihre Bettdecke wieder beiseite, stand vom Sofa auf und arbeitete sich mit kleinen Schritten und nach vorn ausgestreckten Händen durch die Dunkelheit. Mit ihrem rechten Oberschenkel stieß sie gegen die Platte des Beistelltisches rechts vom Sofa. Vorsichtig tastete sie mit ihren Händen in der Luft herum. Aber sie konnte keine Flasche finden. Stellte sie sich wirklich so dämlich an? Sie berührte die Tischplatte und tastete erneut. Etwas huschte über ihre Finger. Alison erschrak, zuckte zurück und rieb sich ihre Hand. Bevor sie in Spinnenpanik im Dunkeln noch etwas umstoßen und Mildred wecken würde, beschloss sie, lieber ein wenig Licht ins Zimmer zu lassen.

Keine anderthalb Yards von ihr entfernt erahnte sie die Falten des Vorhangs, der die breite Fensterfront lückenlos verdeckte. Im Zeitlupentempo bewegte sich Alison auf ihn zu. In der Dunkelheit wirkten die Falten seltsam groß und schwer. Wie in diesen alten Hitchcock-Filmen, in denen sich ein Killer hinter dem Vorhang verbarg, um seinem ahnungslosen Opfer aufzulauern. Alison stoppte kurz, bevor sie den Vorhang erreicht hatte. Bewegte er sich etwa? Blödsinn. Mit Sicherheit spielten ihre Augen ihr einen Streich. Als sie endlich Stoff unter ihren Fingerkuppen spürte, griff sie zu und schlug den Vorhang in einer schwungvollen Bewegung zur Seite.

Vollmond. Immer wieder war Alison erstaunt darüber, wie hell diese Stadt selbst mitten in der Nacht noch leuchtete. Kein Wunder, dass das Savoy mit diesen schweren Vorhängen ausgestattet war. Wer London nicht gewohnt war, bekam ohne sie in der Nacht kein Auge zu.

Alison erinnerte sich an einen ihrer wenigen Besuche bei Mildred draußen in Sandbanks. Sie wusste noch genau, wie sie ihr Vater nach einem Abend am Lagerfeuer im Dunkeln mit an den Strand genommen hatte. Damals hatte sie zum ersten Mal in ihrem Leben einen richtigen Sternenhimmel gesehen und verstanden, dass das Wort Milchstraße keinen geheimen Ort im Schlaraffenland bezeichnete. »Ach Dad«, seufzte sie. Ob er jetzt von irgendwo dort oben auf sie herabschaute? Sie würde es nicht herausfinden. London kannte nur Wolken, Nebel oder das pechschwarze Nichts. Kaum ein Stern am Firmament hatte auch nur den Hauch einer Chance gegen das Leuchten dieser Stadt.

Alison blickte hinüber zur Themse und wunderte sich. Noch immer drängelten sich die Autos in Lichterschlangen die Victoria Embankment entlang, aber kaum ein Straßengeräusch drang an ihr Ohr. Wenn sie selbst von dem Verkehr keinen Laut vernahm, wie hatte sie dann den Westminsterschlag hören können?

Alison drehte sich um. Endlich konnte sie sich wieder problemlos orientieren. Und sie musste zugeben, dass sie verstehen konnte, warum Mildred sich an diesem Ort so wohlfühlte. Auch wenn der altenglische Stil nicht wirklich Alisons Geschmack entsprach – die One-Bedroom-Suite war durchaus einladend und wie gemacht für Besucher, die das Savoy wie Mildred eher als zweites Zuhause denn als Hotel verstanden. Aber mit lediglich einem Kingsize-Bett und nur einem Schlafzimmer war die Suite absolut ungeeignet für zwei Menschen, die sich unaufhörlich umkreisten wie zwei bis auf den Tod verfeindete Katzen.

Gott sei Dank war das Sofa hier am Kamin groß und bequem. Alison würde sich jetzt einfach einen Schluck aus der Wasserflasche gönnen, ein frisches Shirt überstreifen und dann zurück unter ihre Decke krabbeln und weiterschlafen. Apropos, die Wasserflasche. Wo war sie? Der Tisch neben ihr war tatsächlich leer. Aber sie hätte doch schwören können … War Mildred etwa noch einmal bei ihr im Zimmer gewesen, während sie geschlafen hatte? Hatte sie im Traum nicht das Klacken einer Tür gehört? Sie hatte es oft erlebt, dass das Klingeln ihres Weckers sich in die Szenerie eines Traumes eingemischt hatte. Vielleicht war es hier genauso gewesen? Diese Frau! Bei absolut allem musste sie einem einen Strich durch die Rechnung machen. Sollte sie tatsächlich um diese Zeit wegen eines Glases Wasser den Room-Service rufen? Nein, sie hatte keine Lust nach so viel Aufregung. Und sie wollte Mildred nicht wecken. Also kroch sie zurück aufs Sofa, wickelte sich ein und versuchte, weiterzuschlafen.

Aber aus irgendeinem unerfindlichen Grund gelang ihr das nicht. Sie konnte es nicht begründen, aber sie fühlte sich beobachtet. Ob es an den unzähligen Ölgemälden lag, welche die Wände fast lückenlos füllten? Jedes für sich war ein Meisterwerk und ganz anders als die Drucke und kunstvollen Fotomotive, die sie sonst an den Wänden der Zimmer des Savoy gewohnt war. Das hier waren alles Handarbeiten. Spiegel einer unerschöpflichen Fantasie. Und Einblick in eine zerrissene und in der Welt der eigenen Gefühle gefangenen Künstlerseele. Wer sonst malte Porträts von Einhörnern, finsteren Königsgestalten, Engeln und Dämonen – und mittendrin diese wunderschöne Frau im weißen Schal vor der Rosenhecke, das größte Bild von allen, das direkt gegenüber vom Sofa über dem Kamin thronte. Als würde diese Frau mit ihren durchdringenden blauen Augen über die gesamte Suite wachen.

Ein seltsames Schürfen durchbrach die friedliche Stille. Schritte. Alison schreckte hoch. Hatte sie Mildred etwa doch geweckt? Sie spähte zur Schlafzimmertür. Verschlossen. Das Geräusch verstummte. Also drehte sich Alison wieder um, beugte sich über den Sofatisch und griff nach ihrem Smartphone. Als sie die Home-Taste gedrückt hatte, leuchtete die Kalender-App auf.

Samstag, 23. Oktober, 12:24 am.

Viel zu früh. Bei dem, was ihr bevorstand, brauchte sie ihren Schlaf. Sie schnappte sich ein zweites Kissen, schob es unter die Bettdecke, drückte es fest an sich und vergrub ihren Kopf in dem anderen. Endlich wurden ihre Augenlider schwerer.

»Alison ...«

Sie schreckte hoch. Hatte gerade jemand ihren Namen geflüstert? Doch auch diesmal umgab sie nichts als Stille. Oder hatte sie schon wieder geträumt?

»Alison?«

Nein, sie träumte nicht. Es rief jemand nach ihr. Und jetzt schimmerte durch den Spalt unter der Tür zu Mildreds Schlafzimmer auch ein auf- und abdimmendes und zwischendurch leicht flackerndes Licht hindurch. Ernsthaft? Mildred rief nach ihr? Mitten in der Nacht?

»Alison!«

Das durfte doch nicht wahr sein, wer war sie jetzt, Mildreds Butler? Alison warf sich zurück auf ihr Sofa und zog sich das zweite Kissen über den Kopf, als plötzlich ein Lachen aus dem Nachbarraum durch die Tür drang. Ihre Tante war also nicht nur unverschämt, sie war auch noch verrückt. Oder sie spielte irgendwelche kranken Spielchen mit ihrem verzogenen Wadenbeißer. Aber seit wann sangen Hunde? Zunächst glaubte Alison, einer weiteren Halluzination zum Opfer zu fallen, doch dann vernahm sie es laut und deutlich. Durch die Wand zum Schlafzimmer drang der Gesang eines Mädchens. Und noch ehe Alison wusste, wie ihr geschah, hallte ein lautstarkes »Hilfe!« durch die Schlafzimmertür an ihr Ohr.

20

1:30 am, Savoy Hotel, Zimmer 502

Geht es Ihnen nicht gut, Sir?«

Wenn er sich so bescheuerte Fragen anhören musste, sicher nicht. Reichte es nicht, dass Teddy gerade die halbe Themse entlanggerannt war und einen Deliveroo-Fahrer bestohlen hatte, nur um zum Lohn seinen Sohn auf der Tower Bridge mit einem mysteriösen silbernen Koffer in einem weißen SUV verschwinden zu sehen? Und was bitte verstand Constable Smith an der Formulierung *Erscheinen Sie bitte in Zivil* nicht? Sein knallroter Anzug mit dem etwas sehr langen weißen Schal wirkte zusammen mit den lila Puma-Sneakern wie eine Mischung aus *Tribute to Oliver Montagu* und *Brautführer von Meghan und Harry*. Wenigstens regnete es nicht mehr wie beim letzten Mal, als er ins Savoy gerufen worden war. Blieb zu hoffen, dass dieser Besuch auch weniger tödlich endete. Commander Kilburn hatte sich mit Infos bei seinem Anruf sehr zurückgehalten. Teddy war noch nicht sicher, ob das ein gutes oder eher ein schlechtes Zeichen war. Immerhin hatte er ihn dieses Mal auch nicht alleine antanzen lassen.

»Also doch kein Unfall, Chef?«, flüsterte Smith ihn verschwörerisch von der Seite an.

»Was dann? Spuk im Fahrstuhl?« Er linste verschwörerisch zurück. »Passen Sie auf, dass der Geist Ihren Schal nicht als Nächstes schnappt.«

Smith grinste verklemmt. Teddy klopfte ihm die Schulter. Alek erspähte er schon durch das Glas der Drehtür hindurch. Von den Fahrstühlen her eilte er ihnen in der Lobby entgegen. Sein Lächeln war professionell wie immer. Teddy erkannte jedoch sofort, dass das nichts anderes als Fassade war. Die Lage war augenscheinlich ernst. Sehr ernst. Auf eine allzu auffällige Begrüßung verzichteten sie daher. Anweisung ganz von oben: Alles, was zu viel Aufsehen erregte, sollte um jeden Preis vermieden werden – was trotz aller Bemühungen nicht wirklich gelang.

»Das ist doch der Polizist aus dem Fernsehen«, schnappte Teddy einen Kommentar auf, kaum dass sie gemeinsam vor dem Aufzug warteten. Stolz reckte Constable Smith seinen Hals den neugierig schnatternden It-Girls auf dem Sofa in der Lounge entgegen und grinste zum Dank prompt in eine Handykamera.

»Smith!«, pfiff Teddy ihn zurück. Zu spät. Das Flurgeflüster nahm bereits an Fahrt auf.

»Ich sage doch, das war ein Notarzt vorhin.«

»Na, wenn die Polizei kommt, brauchen sie den bestimmt nicht mehr.«

Teddy überkam eine dunkle Vorahnung. *Bitte nicht noch eine Leiche.*

Die Aufzugtür öffnete sich. Alek lief vor, und Teddy folgte. Smith blieb wie angewurzelt vor der Tür stehen und zögerte. »Was ist los mit Ihnen?«, fragte Teddy. Smith fasste sich an den Schal und stammelte.

»Wollen wir nicht lieber auf den anderen Lift warten?«

Teddy sah sich um. »Stimmt etwas mit dem roten Lift nicht?«

»Ich dachte nur …« Smith lief auf den Lift zu, stoppte dann doch. »Vielleicht sollte ich lieber die Treppen nehmen. Nicht dass jemand dem Blick der Öffentlichkeit entkommen will und …«

Teddy schüttelte den Kopf. »Nichts da! Sie wissen doch gar nicht, wie Sie zu den Treppen kommen. Nun steigen Sie schon ein.«

Smith räusperte sich, umfasste seinen Schal. Ging einen Schritt auf den Fahrstuhl zu. Stoppte wieder.

»Schau, der hat Schiss!«, hallte es aus der It-Girl-Ecke.

»Ich sag doch, im Aufzug spukt es.«

»Gemma hat gemeint, sie hat gestern im Schacht Stimmen gehört.«

»Die Diamond hat vorhin auch wieder eine halbe Stunde lang auf der Sitzbank gehockt und im Fahrstuhl Medium gespielt.«

So langsam wurde Teddy ungehalten. »Smith!«

Hastig wickelte er den weißen Schal vom Hals, knüllte ihn zusammen, nahm Anlauf, sprang regelrecht in die Kabine, drehte sich um und presste sich neben die rote Sitzbank eng an die Fahrstuhlwand. Die Tür schloss sich, und der Lift setzte sich in Bewegung. Jetzt war Teddy der, der fragte.

»Alles okay mit Ihnen?«

»Natürlich. Wieso fragen Sie?«, stotterte Smith.

»Gut, dass Sie kommen konnten«, lenkte Alek Teddys Aufmerksamkeit auf sich.

»Wie schlimm ist es?«

Alek schluckte. »Ich weiß es nicht, Sir. Es sah nicht gut aus, als ich aus dem Zimmer bin. Das Herz, wissen

Sie …« Aus dem Augenwinkel sah Teddy, wie Smith sein Ohr an die Fahrstuhlwand presste und in den Fahrstuhlschacht hinein lauschte.

»Suchen Sie was?«

»Bitte?« Smith zuckte zusammen. »Oh nein, äh … die Stimmen.«

»Stimmen?«

»Äh … Stim-mung«, korrigierte Smith sich. »Ich bin ein Fan von Fahrstuhlgeräuschen«, stammelte er wie unter Drogen. »Die bringen mich immer so in Stimmung.«

»A-ha.«

»He-he.« Smith grinste und sah dabei aus, als würde er sich jeden Moment übergeben müssen. Der Aufzug stoppte, die Tür öffnete sich und Smith floh aus der Kabine. Teddy und Alek folgten ihm. Bereits im Flur von Suite 502 drang das Piepen eines EKG-Geräts an Teddys Ohr. Irgendwo im Hintergrund schluchzte jemand. Smith starrte auf die Ölgemälde. »Wer malt denn so was? Das ist doch krank …« Mit seinen Händen fuhr er sich über die Oberarme.

»Ist Ihnen kalt, Smith?«

»Sir?« Seine Stimme klang heiser. »Nein, nein. Es ist nur … Spüren Sie das nicht?«

»Was?«

»Diese Schwingungen. Irgendwas hier drin erinnert mich unaufhörlich an …« Er schluckte. »… den Tod.«

»Das sind keine Schwingungen, Smith«, antwortete Teddy. »Das nennt man Krankenhausgeruch.« Die gesamte Suite roch nach Desinfektionsmittel. Als er vom Kaminzimmer aus ins Schlafzimmer blickte, erkannte er, warum: Das Schlafzimmer wirkte wie ein OP-Saal. Ein Pulk aus eng nebeneinanderstehenden, in blaue Kittel gewickelten und mit OP-Haube und Mundschutz versehenen Medizinern umrundete das Bett. Über ihren Köpfen schwebte der weit gebogene Schwenkarm einer mobilen Lupenleuchte. Daneben stand ein Tropf. Teddy wunderte sich.

»Wieso haben wir vor dem Hotel keinen Krankenwagen gesehen?«

Alek flüsterte. »Wir im Savoy setzen auf maximale Diskretion.«

Natürlich, dachte Teddy. Wer im Savoy unterkam, musste sich mit Sicherheit auch nicht auf den National Health Service verlassen. So sah es aus, wenn komplett privat finanzierte Notfallversorgung anrückte.

»Was machen Sie hier?«

Teddy erschrak. Alison Granville stand neben ihm und blickte ihn vorwurfsvoll an. Alek drängte sich dazwischen.

»Bitte verzeihen Sie, Ms Alison. Ich weiß, dass Sie keine Polizei rufen wollten. Aber ich konnte nicht anders. In Anbetracht unserer zahlreichen prominenten Gäste und der bevorstehenden Großveranstaltung dürfen wir einfach kein Risiko eingehen. Ich meine, sie sind doch offensichtlich, die Parallelen zu Oliver Montagus Tod.«

»Sage ich doch.« Smith erbleichte. »Jemand ist tot.«

Das Piepen des mobilen EKG-Gerätes ging in einen monotonen Einzelton über. Teddys Blick fuhr zu den Ärzten herum. Der größte von ihnen schüttelte mit dem Kopf und trat vom Bett zurück. »Wir können abbauen.«

Alison schlug die Hände vor den Mund.

»Es war falscher Alarm«, fügte der Arzt hinzu. »Ich tippe auf eine üble Magenverstimmung.«

Ein langes und hohes Quietschen folgte. Als würde jemand mit breit gezogenem Verschluss Luft aus einem Luftballon entlassen.

»Voilà!« Der Arzt stemmte die Hände in die Hüften. »Was hat er heute gegessen?«

Er? Völlig verdutzt machte Teddy einen Satz nach vorn und blickte durch den Ärztepulk hindurch aufs Bett. Der lange Schlauch, der von dem neben dem Bett stehenden Tropf ausging, mündete in eine kleine, glatt rasierte Hundepfote.

»Das heißt, er kommt durch?«, hallte Mildreds Stimme durch das Schlafzimmer. Erst jetzt erspähte Teddy sie inmitten des Tierärzte-Teams auf der gegenüberliegenden Seite des Bettes.

»Mit Sicherheit, Madam. Sie müssen sich keine Sorgen machen.«

Teddy konnte nicht mehr. »Ich bin den ganzen Tag auf den Beinen, habe seit fast 24 Stunden nichts Vernünftiges gegessen und rase mit Blaulicht ins Savoy zu einem Hund, der noch nicht einmal tot ist?«

Mildreds Blick schnellte in seine Richtung. »Falls Sie es noch nicht mitbekommen haben, Mr Chan: Für uns Briten sind Hunde echte Familienmitglieder.«

Der Chefarzt nahm seine OP-Mütze vom Kopf und sah Teddy mit gehobener Augenbraue an. »Tut mir leid, Sir. Da müssen Sie sich wohl was anderes kochen.«

Teddy hatte genug. Er machte auf dem Absatz kehrt und ging in Richtung Ausgang. Prompt sprang ihm Alek in den Weg. »Mit Verlaub, Sir, Mrs Granville steht unter Schock. Seien Sie nicht so streng mit ihr. Sie sollten sich die Sache wenigstens noch einmal ansehen.«

»Ich sollte ins Bett.«

»Erinnern Sie sich an Oliver Montagus Aussage, er habe das Gefühl gehabt, jemand sei in seinem Zimmer gewesen?«

Teddy wäre ein schlechter Detective Inspector, wenn dem nicht so wäre. »Und?«

»Die Berichte von Mrs Granville ähneln seinen Aussagen auf erschreckende Weise.«

»Na Gott sei Dank ist der Hund da nicht Fahrstuhl gefahren.« Teddy biss sich auf die Zunge. Zu spät, Mildred schoss bereits in die Höhe und holte zum Gegenschlag aus. Rasch erhob Teddy seine Hände. »Entschuldigen Sie, Madam. Das war pietätlos. Ich wollte Sie nicht verletzen.« Er holte tief Luft. »Im Gegenteil, ich hatte als Junge auch einen Hund. Er ist leider nur drei Jahre alt geworden.« Als er bemerkte, wie Mildreds Gesichtsfarbe blasser und blasser wurde, legte er rasch nach. »Ich bin auch Brite, Madam. Und abgesehen davon: In Hongkong essen wir keine Hunde. Er hatte Krebs.« Aus schlechtem Gewissen rang er sich zu einer kurzen Nachfrage durch. »Also, was ist in diesem Zimmer geschehen, das Sie derart in Aufruhr versetzt hat?«

»Mich hat gar nichts in Aufruhr versetzt«, antwortete sie. »Alfie! Der Arme hat fast einen Herzinfarkt bekommen vor Angst.«

Eine viel zu lange Gruselanekdote folgte. Teddy riss sich zusammen, lauschte aufmerksam, und Smith notierte mit auffallend zittriger Hand. Auch wenn es am Ende nur gereicht hatte, um einen Hund in Panik zu versetzen, klangen die Aussagen von Mildred jenen von Oliver Montagu tatsächlich beunruhigend ähnlich.

»Ich habe meine Tante gebeten, bei Alfie zu bleiben, während ich die Suite absuche«, sagte Alison. »Weil ich im Halbschlaf das Klacken des Türschlosses gehört habe, dachte ich, dass vielleicht noch jemand im Zimmer ist.«

Teddy war beeindruckt. Genau so war er auch vorgegangen. »Und?«

»Nichts.«

»Das hätte böse ausgehen können. Das nächste Mal halten Sie die Finger still und rufen lieber direkt die Polizei.«

»Ich dachte …«

»Überlassen Sie das Denken lieber jenen, die es gelernt haben.« Er konnte sich nicht helfen. Vielleicht hatte Smith ja wirklich recht mit seinen Schwingungen. Kaum war er in dieser Suite, bekam er schlechte Laune. »Seltsam.« Er versuchte, sich auf den Fall zu konzentrieren und die einzelnen Beobachtungen in einen Kontext zu bringen. »Das klingt alles …«

»… wie in Ihrem Bericht über den Stalker«, flüsterte Smith.

»Eben. Aber das ergibt keinen Sinn.« Teddy kräuselte sich seinen mittlerweile Viel-zu-viele-Tage-Bart. »Wieso sollte der Stalker von Oliver Montagu es nun auch auf die Granvilles abgesehen haben?«

»Deswegen bleibt nur eine Möglichkeit, Sir«, antwortete Smith.

»Und die wäre?«

»Es hat nichts mit Olivers Stalker zu tun.« Smith sah sich um, als befände er sich in einem Spukschloss. »Es ist irgendetwas mit diesem Zimmer.«

21

9:00 am, Savoy Hotel, Zimmer 502

Die Dame mit wehendem Schal starrte Alison an, und Alison starrte sie an. Es war wie verhext. Schon den ganzen Morgen über konnte sie sich nicht von den Ölgemälden an der Wand abwenden. Dabei war es nicht einmal unbedingt deren Aussehen. Es war eher ein Gefühl.

»Herrgott noch mal«, keifte Mildred sie an. »Was stehst du wie eine griechische Statue in der Gegend herum? Ich denke, du willst einen Mord aufklären?«

Alison biss sich auf die Zunge. In Anbetracht der Umstände beschloss sie, ihrer Tante diesen übergriffigen Kommentar zu verzeihen. Mildred hatte sich die ganze Nacht über unentwegt im Bett hin- und hergewälzt. Der Grund dafür war ein Albtraum gewesen, in dem Alfie von Detective Inspector Teddy Chan mit Chloroform ohnmächtig gemacht worden war. Teddy verschleppte Alfie nach Chinatown und hängte ihn im Keller eines chinesischen Billig-Restaurants über einen kochenden Suppentopf. Teddy schrie, Mildred solle ihm das Geheimnis über den Geist aus Zimmer 502 verraten, oder Alfie würde in der Suppe landen.

»Aber ich kenne das Geheimnis nicht!«, flehte sie.

Teddy durchschlug mit einem Samurai-Schwert die Aufhängung. Alfie stürzte in seinem Käfig dem kochenden Wasser entgegen. Und Mildred war schließlich gegen 8 Uhr morgens schweißgebadet in ihrem Bett aufgewacht. Nun gab es nur eine Lösung, um Mildred von diesem Trauma zu befreien: Die gesamte Bettgarnitur musste ausgewechselt werden.

Die arme Zimmerdame mit dem wasserstoffblonden und weit ins Gesicht gekämmten Pixie-Haarschnitt bekam Mildreds Nervenzustand als Nächste zu spüren. Mildred brüllte sie derart an, dass sie zur Salzsäule erstarrte.

»Alles, habe ich gesagt, alles!« Mildred eilte an ihr Kingsize-Bett und schlug mit ihrem Gehstock auf die Matratze ein. »Raus damit! Nicht ein Schweißtropfen soll mich noch an diesen Hundemörder erinnern! Haben Sie verstanden?«

Den Tränen nahe stürmte die Dame, über und über mit Bettwäsche, Laken und Daunendecken beladen, aus dem Zimmer.

»Alison! Du stehst ja immer noch hier herum?« Mildreds Stimme überschlug sich. »Soll ich mich vielleicht auch lieber gleich im Fahrstuhl erwürgen lassen, damit du hier in aller Ruhe Wandgemälde bestaunen kannst?«

Alison nahm Mildreds Attacke nur noch mit einem Ohr wahr. Sie eilte der Zimmerdame hinterher. Am Serviceaufzug holte Alison sie endlich ein und reichte ihr ein Taschentuch. *Nadia* stand auf ihrem Namensschild. »Nehmen Sie es nicht persönlich, Nadia. Meine Tante hatte eine schwere Nacht.«

Nadia bedankte sich. Als wäre es das Leichteste der Welt, jonglierte sie sämtliches Bettzeug auf ihren Unterarmen oder klemmte es sich unter die Achseln, schnäuzte sich die Nase und sah Alison aus kugelrunden und großzügig mit Eyeliner umrahmten Augen an. »Ist es wahr? Das mit Spuk?«

Alison sah ihr direkt in die Augen. »Ich bin mir sicher, dass es für alles eine ganz normale Erklärung gibt.«

»Sie reden wie Montagu und jetzt …« Ihre tomatenroten Lippen zitterten. »Jetzt ist tot.«

Alison wurde das Gefühl nicht los, dass sich mehr hinter ihren Gefühlen verbarg. »Haben Sie Oliver Montagu gut gekannt?«

Nadia klammerte sich mit beiden Händen an ihr Taschentuch. »Ich seit fünfzehn Jahre hier. Montagu immer war guter Mensch.« Sie drückte das Taschentuch fest an ihre Brust. »Sehr, sehr gute Mensch. Immer nett. Immer Freund. Aber trotzdem so alleine.« Sie blickte den Etagengang hinauf und hinunter und beugte sich danach dicht an Alison heran. »Ich immer gesagt: Mr Montagu so hübsche Mann. So guter Maler. So viel Herz. Muss raus in die Welt und finden Frau!« Sie winkte mit ihrer Hand vor ihrer Brust. »Aber er immer nur geblieben auf seine Zimmer.«

Alison wurde neugierig. Wie vielschichtig Olivers Begabung war, hatte sie bei den Vorbereitungen seiner Installation für das Chandelier Charity Concert selbst erlebt. Aber diese Information war ihr neu. »Oliver Montagu war ein Maler?«

Nadia nickte und trocknete ihre Augenwinkel mit ihrem Handgelenk, sodass die unzähligen Armreifen aneinanderrasselten. »Viele nicht wissen.«

»Dann sind die Ölgemälde im Zimmer von ihm?«

»Oh ja.« Nadia nickte eifrig. »Aber Mr Montagu hat verloren Inspiration, man sich erzählt. Der Ruhm, der

Druck. Sie wissen, alle immer nur wollen Erfolg. Aber ich hier so viele Menschen habe gesehen, die gegangen sind kaputt wegen Erfolg. Nach vorne: alles Märchenland. Aber Sie nicht dürfen schauen hinter die Tür …« Die Fahrstuhltür öffnete sich.

Vom hinteren Ende des Ganges hallte Mildreds Stimme zum Lift. »Soll ich warten, bis ich im Grab liege?«

Nadia zuckte zusammen. »Tut mir leid, Madam. Ich leider muss weiter.« Mit einem Satz hüpfte sie in den Aufzug. Dabei rutschte ihr ein Teil des Bettbezuges vom Arm und ragte in die Aufzugtür, während diese sich zu schließen begann. »Vorsicht!«, rief Alison. Doch schon öffnete sich die Aufzugtür wieder. Nadia angelte alles zurück auf ihren Ellenbogen, »Bestes Dank!«, und betätigte die Etagenwahl erneut. Diesmal war es Alison, die sich in die schließende Tür stellte. Dieser kleine Vorfall hatte sie auf eine Idee gebracht.

»Verzeihen Sie, Nadia. Sie haben in der Wäscherei doch sicher eine Art Sammelstelle für Sachen, die vergessen oder verloren wurden.«

»Ist richtig, Madam.«

»Wenn Sie wieder zu uns ins Zimmer kommen, könnten Sie mir bitte einen langen Schal mitbringen? Farbe und Aussehen sind völlig egal.«

»Aber gerne, Madam. Wenn Sie wollen, ich nehme Sie mit und Sie suchen aus.«

»Eine wunderbare Idee!«

Im Untergeschoss wurde Alison von feuchter Luft eingehüllt. Um sie herum dampfte und zischte es. Die Decke hing so tief, dass sie das Gefühl hatte, sich unentwegt ducken zu müssen. Rohre und Kabel verliefen wie Labyrinthgänge über den Beton. »Vorsicht auf Kopf!«, rief Nadia ihr zu. Sie durchschritten eine

Schwingtür. Männer und Frauen standen dicht an dicht hinter Bügelbrettern und Plättmaschinen. Im Hintergrund heulten Waschmaschinen. Ein Mädchen in einem himmelblauen Kleid, mit buschigen Zöpfen und riesigen rosa Haarschleifen summte am Bügelbrett vor sich hin, während sie in Rekordgeschwindigkeit ein Herrenhemd nach dem anderen plättete.

»Sue und Anna, Zimmer 502 brauchen neue Matratze!«, rief Nadia ihr und einer weiteren Kollegin zu, die gerade damit beschäftigt war, einen langen Trenchcoat und einen Fedora-Hut zu reinigen. Nadia lief weiter zu einem langen Regal voller verschiedener Bekleidungsstücke und winkte Alison zu sich. »Sie gar nicht glauben, was alles wird gefunden bei uns in Hotel. Schal wir haben in Fülle und Hülle.« Sie bückte sich und zog eine Truhe heraus, die randvoll mit diversen Accessoires gefüllt war. »Suchen Sie aus! Keine Sorge, ist alles frisch sauber. Normalerweise wir geben in Spendenhaus.«

Ein Pfiff ertönte. Hinter sich hörte Alison den Klang der Schwingtür, durch die sie soeben mit Nadia in die Wäscherei gekommen war, gefolgt von einer übermütigen männlichen Stimme. »Haben wir eine Neue im Servicepersonal?«

Nadia fuhr herum wie von der Tarantel gestochen. »Alek! Zügel deine Mund! Ist Gast von Hotel. Sucht nur Schal.«

Kaum, dass sie sich umgedreht hatte, erkannte Alek sie. »Ms Alison! Bitte, verzeihen Sie. Aber ein Schal? Hier unten?« Aleks Stimme klang, als grenzte es an ein Wunder, dass Alison in der Wäscherei auftauchte. »In den drei Jahren, die ich hier bin, habe ich es noch nicht ein einziges Mal erlebt, dass verlorene Gegenstände jemals wieder abgeholt worden sind.« Er zwinkerte Nadia spitzbübisch zu und deutete auf das schwarze Bandana mit der Aufschrift *Sherlock,* das Alison sich um den Kopf gebunden hatte. »Bist du sicher, dass sie kein Spitzel ist?«

Nadia schmunzelte. »Nicht sein böse, Ms Alison. Alek ist eben eine Spaßfuchs. Hat vor eine Jahr geschafft Zusatz-Ausbildung und betreut jetzt nur noch Suiten mit personal Butler.« Dabei klopfte sie stolz seine hagere Schulter. »Aber er nicht hat vergessen seine Freunde und kommt regelmäßig besuchen.« Sie kniff ihm in die Wange. »Hör auf die ganzen Reste von In-Room-Dining zu naschen, sonst wir müssen auslassen deine Frack.«

Die Vorstellung, dass er tatsächlich heimlich im Fahrstuhl übrig gebliebene Sandwiches verschlang, amüsierte Alison. Verschwörerisch legte Alek den Zeigefinger auf seine Lippen. Dann schwang er seinen linken Arm galant auf den Rücken und machte einen leichten Diener. »Darf ich Miss Sherlock bei der Auswahl behilflich sein?«

Alison schnappte ihr hotpinkes Minikleid und machte einen Knicks. Gar nicht so leicht in ihren Plateausandalen mit Blockabsatz. Aber nach dem Trubel gestern hatte sie heute Morgen Lust auf einen Hauch von *Charlies Angels* verspürt, und die sportliche Gummisohle machte sich garantiert klasse auf Verfolgungsjagden. Auch wenn Donatella Versace das sicher nicht so geplant hatte. »Gerne, Dr. Watson«, antwortete sie auf Aleks Frage. »Ich suche einen möglichst langen Schal.«

»Kinderspiel«, antwortete Alek. Nach drei Vorschlägen hatten sie das passende Modell gefunden. Alison war beeindruckt.

»Der ist wunderschön!«

»Sage ich ja. Wenn ich manche der Klamotten auf eBay verkaufen würde, bekäme ich mehr als ein gesamtes Monatsgehalt.«

»Alek!«, ermahnte ihn Nadia.

»Ist doch wahr!«, erwiderte er. »Im Juli hatten wir einen Scheich aus den Vereinigten Arabischen Emiraten zu Gast in der Royal Suite. Ich sollte für ihn einen vollgepackten Koffer in die Reinigung geben. Die Rechnung dafür war so hoch – da hätte er sich den kompletten Kofferinhalt dreimal neu kaufen können.« Alek schüttelte den Kopf. »Verzeihen Sie, Madam. Aber manchmal denke ich: Das alles hier ist doch absolut verrückt.«

»Alek!« Nadias Ermahnung wurde eindringlicher.

»Sie ist ja nicht so.« Er deutete auf Alison. »Schau, sie kommt zu uns. Sie holt sich einen gebrauchten Schal.« Er sah sie anerkennend an. »Sie sind eine echte Lady, Madam. Nicht so wie die anderen hier. Manchmal, wenn ich von der Arbeit nach Hause gehe und daran denke, wie unsere Gäste leben, frage ich mich: Was juckt einen denn noch im Leben, wenn man einfach alles haben kann?«

Alison schluckte. Mit einem Mal war ihr, als würde jemand ihr Herz in beide Hände nehmen und ganz fest zudrücken. Das war genau der Grund, warum Oliver sie mit seinem Projekt begeistert hatte. Sie hatte dieses Brennen in ihm gespürt, dieses Feuer, diese Leidenschaft, die auch sie damals zur Metropolitan Police gelockt hatte. Bis das Urteil gefallen war: ungeeignet für den Polizeidienst. Und jetzt war auch noch Oliver tot. Sie musste sein Projekt zu einem erfolgreichen Ende bringen. Und vor allem musste sie herausfinden, wer ihn umgebracht hatte. Das war sie ihm schuldig.

»Alek, jetzt aber wirklich ist es gut. Husch an die Arbeit zurück! Ms Alison? Ist Ihnen nicht gut?« Nadia stand vor ihr und sah sie besorgt an. »Doch, doch«, erwiderte Alison.

»Dann gut«, antwortete sie sichtlich erleichtert. »Ich habe Bezug und Decken für Bett. Wir können wieder hoch.« Diesmal hatte Nadia sich einen kleinen Rollwagen für alles organisiert. Mit flotten Schritten rammte sie die Schwingtür auf und stürmte, Alison im Schlepptau, in Richtung Fahrstuhl. Als sie vor dem Lift warteten, kniff Nadia die Augen zusammen und wurde ganz leise. »Darf ich fragen, was für Experiment Sie machen mit Schal?«

»Erinnern Sie sich an den Moment, als Ihnen beim Einsteigen in den Lift vorhin ein Stück Bettbezug heruntergerutscht ist? Der Stoff hat die Lichtschranke durchbrochen und so den Sicherheitsmechanismus ausgelöst. Die Tür hat sich wieder geöffnet.« Jetzt nahm Alison den Schal in die Hand und machte an Anfang und Ende einen großen Knoten hinein. Nadias Augen wurden größer und größer.

»Ah! Wie bei Schal von Mr Montagu.«

Die Türen des Aufzugs öffneten sich. Alison bedeutete Nadia mit dem Rollwagen als Erste einzusteigen. Zunächst checkte sie die Innenkante der Fahrstuhltüren. Es war dasselbe Prinzip wie bei den Gästelifts: Ein kleines Laserlicht etwa ein halbes Yard über dem Boden markierte die Lichtschranke. Nun hielt sie den Schal so, dass das hintere Ende über den Boden schliff und somit beim Einsteigen nicht von der Lichtschranke erkannt wurde.

»Niemals!«, intervenierte Nadia. »Mr Montagu war eitele Mann und Schal heilig. Nie in Leben er hätte zugelassen, dass Schal schleift auf Boden.«

Alison nickte bedeutungsvoll. Genau das hatte sie auch gedacht. Nadia schlug die Hand vor den Mund. »Dann Sie meinen, es war Mord?«

Alison legte den Finger auf ihre Lippen und dachte nach. Es blieb nur noch eine Möglichkeit. Sie drückte Nadia den Schal in die Hand, sodass ein Ende herunterbaumelte. »Schließen Sie die Tür, Nadia!«

In letzter Sekunde steckte Alison blitzschnell ihren Arm durch den Spalt. Aber entweder ragte ihr Körper am Ende doch zu weit herein, sodass sie die Lichtschranke unterbrach, oder sie war zu langsam, die Türen berührten sie, und der Notstopp im Schließmechanismus löste aus. »Also kann auch niemand im letzten Moment von außen nach dem Schal gegriffen haben.«

Nadia sah Alison mit engen Augen an. »Eine Rätsel.« Sie hob ihre linke Augenbraue, »Bin ich gut!«, und winkte Alison in den Lift. Während sich die Fahrstuhltür schloss, griff Nadia sich ein Schalende und warf es blitzschnell durch den kleiner werdenden Spalt nach draußen. Es funktionierte tatsächlich. Der Schal flog über die Lichtschranke hinweg, die Tür schloss sich, der Schal verkeilte sich und wurde durch den aufsteigenden Lift in zwei Teile gerissen. In der Kabine war lediglich ein kurzer, sanfter Ruck zu spüren. Nadia strahlte vor Stolz. Allerdings löste das nicht das Problem, dass Mr Montagu alleine tot im Aufzug gefunden worden war. Punkt drei auf der Checkliste von Roy machte ihr nach wie vor einen gehörigen Strich durch die Rechnung: *Modus operandi,* der Tathergang.

Der Mörder hätte sich nach Nadias Theorie mit im Aufzug befunden haben müssen. War er also auf Etage 4 zugestiegen, hatte Oliver Montagu umgebracht und den Lift dann auf Etage 3 wieder verlassen? Viel zu riskant. Denn erstens: Woher hatte der Mörder wissen sollen, dass sich Oliver Montagu im Aufzug befand? Wieso das Risiko eingehen, auf Etage 3 beim Aussteigen gesehen zu werden? Und nicht zu vergessen: Das abgerissene Ende war auf Etage 4 entfernt und dann vor die Tür auf Etage 5 gelegt worden. Wäre der Mörder auf Etage 3 ausgestiegen, um den Schal auf Etage 4 abzuholen und neu zu platzieren, hätte er nicht nur unnötige Zeit verloren. Er wäre obendrein das Risiko eingegangen, dass der abgerissene Schal auf Etage 4 in der Zwischenzeit längst entdeckt worden wäre. Nein, auch wenn sie der Lösung ganz nah waren, ein entscheidendes Detail fehlte noch in diesem Puzzle.

Als sie Zimmer 502 mit frischem Bettzeug erreichten, hatte sich Mildred wieder beruhigt. In einem zitronengrünen Kleid, das durch eine übergroße Schleife auf Hüfthöhe gerafft wurde, saß sie auf dem Sofa und durchblätterte die aktuellen Geschäftsberichte ihrer Ferienhäuser in Sandbanks. Um ihren Hals hing eine mächtige Perlenkette. Als Brosche hatte sie dieses Mal ein diamantenes Edelweiß gewählt. Im Sessel neben ihr, und ebenfalls mit einem zitronengelben Geschirr verziert, lag Alfie und schnarchte. »Alison?«, sagte sie. »Sobald der Butler hier ist, um Alfie auszuführen, treffe ich mich zu einem wichtigen geschäftlichen Essen mit Mr Frankland.«

»Oh!« Alison freute sich. Was für eine wundervolle Wendung. Ein Tag, an dem Mildred sich in den Savoy Grill zurückzog, konnte nur ein guter Tag werden und würde ihr außerdem zu viel freier Zeit für Undercover-Ermittlungen verhelfen. »Eine zauberhafte Idee!«

Mildred legte ihre Hand auf Alisons. »Wie lieb von dir, mein Kind. Ich habe so sehr gehofft, dass du mich begleitest.«

»Aber Mildred …«

»Diese ganze Aufregung.« Sie tupfte sich mit einem Stofftaschentuch die Stirn, »dieser Albtraum«, fasste sich an ihre Brust, »mein Herz«, und atmete schwer.

»… der Mordfall!«, konterte Alison.

»Deswegen sollst du mich ja beschützen.« Sie schob ihre Lesebrille auf ihrem Nasenrücken ein Stück vor, sodass sie über den Rand hinweglinsen konnte. »Außerdem könnte es doch sein, dass der Mörder ebenfalls hungrig ist und sich im Savoy Grill befindet, nicht wahr?« Sie erhob ihren Zeigefinger. »Vielleicht lauert er dort herum und sucht sein nächstes Opfer aus?« Sie streichelte Alisons Wange. »Mit deinem kriminalistischen Gespür erkennst du ihn sicher bereits an seinem wilden Blick.« Sie nahm die Lesebrille vollständig ab und betrachtete Alison mit gerümpfter Nase. »Aber zieh dir bitte vorher noch etwas Vernünftiges an.«

Alison lächelte. Innerlich hätte sie eine Riesenboa erwürgen können. Gott sei Dank balancierten genau in diesem Augenblick zwei Männer Mildreds Matratze aus der Suite. Alison drehte sich zu ihnen um und tat so, als würde sie darauf achten, dass alles korrekt ablief. Dabei fiel ihr eine kleine Haftnotiz auf, die an der Matratze klebte. Die Männer hatten sie ganz offensichtlich nicht bemerkt. Alison zog sie ab. Zimmer 412 stand darauf. Alison spürte, dass es mehr mit diesem Zettel auf sich hatte, als auf den ersten Blick ersichtlich war. Es lag an der Handschrift. Sie schlich sich unbemerkt hinter das Sofa, auf dem Mildred saß, und glich die Haftnotiz mit den Anmerkungen ab, die Mildred sich an den Tabellen der Geschäftsberichte machte. Nein, um Mildreds Handschrift handelte es sich eindeutig nicht. Wo hatte sie diese markant geschwungene Schrift dann gesehen? Während sie nachdachte, streifte ihr Blick die Ölgemälde an den Wänden. Das war es! Alison trat an eines der Bilder heran und verglich die Handschrift mit der Signatur des Malers: Oliver. Es passte! Die Zimmernummer auf dem Zettel war eindeutig von Oliver Montagu notiert worden. Zimmer 412. Was es wohl damit auf sich hatte? Alison kam eine Idee. Sie ging zum Schreibtisch, nahm den Hörer des Zimmertelefons und wählte die Nummer 412. Schon nach dem zweiten Klingeln hob jemand ab. Kaum hatte sie den Namen verstanden, legte sie, ohne zu antworten, wieder auf. So langsam wurde ihr die Sache unheimlich. Das konnte nun wirklich kein Zufall mehr sein. Vielleicht war das Geschäftsessen mit Mr Frankland tatsächlich gar keine so schlechte Idee. Sie musste sich sofort umziehen und dann schnellstens Roy finden.

22

11:00 am, Savoy Theater, Eingang

Alison stürmte aus dem Hotel und eilte zum Eingang des Savoy-Theaters. Eine Hand packte sie am Unterarm.

»Alison!«

Sie trat einen Schritt zurück. Mit dem gelben Bauarbeiterhelm hatte sie Roy beinahe nicht erkannt. »Safety first! Wenn ich ihn abnehme, vergesse ich nur wieder, ihn aufzusetzen. Außerdem habe ich eine Vorbildfunktion.«

Die Aufregung in seinen Augen gab ihr nur einmal mehr zu verstehen, mit welcher Geschwindigkeit ihr die Zeit durch die Finger glitt. »Hängt er schon?«, fragte sie.

»Noch nicht. Es gibt Probleme mit den Sicherheitsvorkehrungen, und wir warten noch auf eine Steuereinheit.«

Alison stockte der Atem. Nicht auch das noch. Roy nahm ihre Hand.

»Es wird großartig werden. Ich kenne da jemanden, der alles perfekt geplant hat.« Er hielt für einen Augenblick inne und flirtete sie regelrecht an. »Und wo wollen Sie heute noch Laufsteg laufen, Madam?«

Alison holte aufgeregt Luft. »Ich muss in den Savoy Grill.« Und wenn Mildred sich schon so dreist ein passenderes Outfit wünschte, sollte sie es auch bekommen. Das Mitternachtsblau von Rollkragenpullover und Leggins passte nicht nur zu ihrer Grundstimmung, es war auch ein idealer Kontrast zu ihrem knallig orangefarbenen Minirock. Und wenn dieser notgeile Frankland über ihre Oberweite fantasierte, würde er sich mit seinen Augen wunderbar in dem stahlblau-karmesinroten Labyrinthmuster ihrer eng taillierten Weste verirren können. Das Tüpfelchen auf dem i bildeten ihre Lieblings-Lack-Highheel-Pumps in Rubinrot. Sie war sicher, in dieser Kombination würde sie ihm so ziemlich alles aus der Nase ziehen können. Für den Rest brauchte sie Roys Know-how. Dringend! »Roy, ich habe eine Spur!« Sie berichtete von der Aktion mit Mildreds Matratze und der mysteriösen Zimmernummer auf der Haftnotiz.

»Und?«, fragte Roy.

»Ich habe die Nummer angerufen. Und raten Sie, wer sich gemeldet hat?«

Roy weitete seine Augen.

»William Frankland.«

Roy jagte einen leisen Pfiff durch seine Zähne. »Das ist in der Tat auffällig.«

»Eben. Was hatte dieser Mann mit Oliver zu tun? Und ich frage mich: Charity-Konzert hin oder her, wieso schläft jemand, der angeblich ein ganzes Haus am Thurloe Square besitzt, in einem Zimmer im Savoy?«

Roy massierte mit seinem Daumen seine Fingerkuppen. »Nun, die Zeiten, in denen das Savoy das einzige Luxushotel Londons war, sind lange vorbei, und soweit ich erfahren habe, rankt sich die eine oder andere

Legende um Mr Frankland.« Er erzählte Alison von Franklands Zeit als Hotelmanager, von seiner überstürzten Kündigung und der mysteriösen Art, auf die er zur selben Zeit zu überraschendem Reichtum gekommen war.

»Wir müssen in sein Zimmer, Roy.«

»Alison!«

»Wenn Oliver Montagu seine Zimmernummer notiert hat und Frankland irgendetwas plant, dann werden wir dort etwas finden. Dokumente, E-Mails, Fotos, Notizen, irgendwas!«

Roys Blick wurde enger und seine Stimme leiser. »Selbst wenn wir auf irgendeine Art Zugang bekämen. Was, wenn er uns erwischt? Woher wissen wir, dass die Luft rein ist?«

»Deswegen bin ich ja hier, Roy! Mildred und ich werden wie gesagt gleich mit ihm im Savoy Grill sein. Du weißt doch, wie das ist.«

Er nickte. »So ein Vier-Gänge-Menü mit Mildred dauert mindestens zwei Stunden.« Er geriet ins Nachdenken, was Alison nur noch mehr anspornte.

»Roy, kommen Sie schon. Durch die gemeinsame Arbeit mit meinem Vater sind Sie doch quasi selbst Kommissar und wissen, wie man so etwas über die Bühne bringt. Wenn ich es alleine mache, werde ich am Ende wirklich noch erwischt.« Er presste seine Lippen zusammen und seufzte. *Angebissen,* freute sich Alison.

»Aber wie soll ich in seine Suite kommen?«

Vom Hoteleingang her ertönte ein Bellen. Alfie stürmte ins Freie und zog an einer zitronengrünen Lederleine Alek hinter sich her. Alison kam eine Idee. »Wenn Frankland wirklich Ehrengast auf dem Chandelier Charity Concert ist, wohnt er mit Sicherheit wie Oliver

Montagu in einer Suite. Und zu Suiten gehört ein Personal-Butler-Service.« Sie winkte Alek zu sich heran.

»Alison, nicht«, versuchte Roy, sie noch in letzter Sekunde von ihrem Vorhaben abzuhalten. Zu spät. Kaum hatte sie Alek in ihren Plan eingeweiht, starrte er sie bereits mit schockgeweiteten Augen an. Das war es dann wohl. Sie war eben wirklich ungeeignet für solche Sachen. In Gedanken sah sie sich bereits mit einem Bein im Gefängnis stehen.

»Ms Alison, Ms Alison«, flüsterte Alek. »Ich habe ja gleich gesagt, dass Sie eine ganz besondere Lady sind. Aber wie mir scheint, habe ich Sie noch immer gehörig unterschätzt.«

»Ich weiß, es ist eine unverschämte Frage, vergessen Sie es«, versuchte sie sich, in letzter Sekunde noch aus der Affäre zu ziehen. »Es ist völlig unangemessen, von Ihnen zu verlangen, dass Sie wegen mir Ihren Job riskieren.«

»Ich riskiere meinen Job, wenn wir zulassen, dass ein durchgeknallter Mörder das Savoy Hotel in Misskredit bringt.« Alek räusperte sich. »Außerdem ist mir zu Ohren gekommen, dass Sie nur auf Wunsch von Commander Kilburn auf Zimmer 502 sind. Es handelt sich somit um eine polizeiliche Durchsuchungsaktion. Ist das korrekt?«

Roy zwinkerte ihm zu. »Völlig korrekt, Sir.«

Alek rückte seine Fliege zurecht, griff in Mildreds zitronengrünen Designer-Hundetrainingsbeutel aus Hirschleder an seinem Gürtel, zog einen glutenfreien Öko-Hundekeks von Mrs Bishops Doggy Deli heraus und warf ihn Alfie zu. Er nutzte die Gelegenheit, um sich noch einmal zu vergewissern, dass sich keine unbemerkten Ohren in der Nähe befanden. »Hören Sie zu, Ms Alison. Mein Spind befindet sich zufällig genau neben jenem von Mr Taylor. Wenn ich nun kurz zurückeile, um mich vor der Gassirunde frischzumachen – weil der kleine Alfie sich spontan auf meinem Schuh erleichtert hat und Sie so freundlich sind, ihn so lange zu halten – und wenn ich dabei völlig gedankenversunken meine Schlüsselkarte auf dem Spind ablege, könnte doch ein unmittelbar nach mir in den Umkleidebereich kommender Mr Taylor diese Karte dort rein zufällig entdecken, nicht wahr? Und ich nehme doch stark an, Mr Taylor würde selbstverständlich so freundlich sein, die Schlüsselkarte umgehend an sich zu nehmen, um sie mir bei meiner Rückkehr aus dem St. James's Park unverzüglich und diskret zurückzugeben.«

Roy lächelte verschmitzt. »Selbstverständlich, Alek.«

Prompt zog Alek erschrocken seinen Schuh zurück und blickte zu Alfie. »Hoppla, mein Kleiner!«, sagte er so laut, dass die Pagen am Hoteleingang es zweifellos hören konnten. »Was ist dir denn da passiert, mein Kleiner?«

Das Gekicher von Aleks Kollegen bewies, dass sein Plan aufzugehen schien. »Geben Sie mir ein paar Minuten, damit es nicht zu auffällig wird«, flüsterte Alek. »Ich komme zurück, so schnell ich kann.«

»Ein außergewöhnlicher Junge«, flüsterte Roy, als Alek verschwunden war. »Hoffen wir, dass er seine Hilfsbereitschaft am Ende nicht noch bereuen wird.«

23

12:00 noon, Savoy Grill

Roys Schuhsohlen schlichen über den Teppich auf dem Flur von Etage 4 wie die Pfoten einer Raubkatze. Er stoppte vor der Tür des Zimmers 412 und klopfte. Niemand reagierte. Frankland war also tatsächlich bereits im Savoy Grill. Roy legte die Magnetkarte an und betrat die Suite. Allein schon der Flur raubte ihm den Atem. Roy hatte in seinem Leben viel gesehen. Aber der Stil des Savoy Hotel war unübertroffen und einzigartig. Er ließ die Tür hinter sich ins Schloss fallen und atmete die königliche Atmosphäre ein, als er plötzlich Geräusche aus einem der Zimmer hörte. Ein seltsames Knarzen drang an sein Ohr. Waren das Schritte? Er hätte doch noch einmal klopfen sollen. Oh nein!

Roy spitzte seine Ohren und rührte sich nicht. Jetzt war es still. Nur nicht aus der Ruhe bringen lassen. Alison hatte vollkommen recht. Während seiner Zeit bei Sir Ronald Granville hatte er viel gelernt. Er musste nur einen klaren Kopf bewahren, dann würde er auch das hier meistern. Welche Optionen also hatte er? Sich wieder davonzustehlen, würde alles nur verschlimmern. Außerdem war er nicht mehr der Schnellste. Ein ernsthafter Gegner würde ihn problemlos einholen und stellen. Er schickte ein selbstbewusstes »Zimmerservice!« in die Suite. »Mr Frankland?« Niemand antwortete. Hatte ihm das Adrenalin einen Streich gespielt? Er betrat das Kaminzimmer, drehte sich einmal um die eigene Achse und wagte es erneut.

»Mr Frankland? Zimmerservice!«

Es schepperte, als würde eine metallene Vase umfallen. Roy erstarrte. Er war doch nicht allein in der Suite. Das konnte er ganz deutlich spüren. Jemand stand unmittelbar hinter ihm. Langsam drehte er sich um. Mit allem hatte er gerechnet, aber nicht damit.

*

Alison konnte sich nicht helfen. War es der Geruch des viel zu markanten Eau de Toilettes, das sie an abgestandenen Brandy erinnerte? War es sein aufgesetztes Lächeln, das undurchschaubarer war als jedes Pokerface? Irgendetwas an Frankland sorgte dafür, dass sich bei ihr sämtliche Nackenhaare aufstellten. Sie schwenkte ihren Blick auf seinen Assistenten. Der sah eigentlich ganz nett aus. Die mittellangen blonden, leger zum Scheitel gekämmten Haare wirkten frech und sportlich im Zusammenspiel mit den kurz rasierten Seiten. Er schien ungefähr gleich alt wie Alison, wenn nicht sogar noch in den Zwanzigern zu sein. Und die kleinen Lachfältchen, die sich trotzdem bereits rund um seine Augen gebildet hatten, machten ihn erst recht sympathisch. Dass er seinen Kaviar hinunterschlang wie Pudding, amüsierte sie. Dieser Mann hatte nicht nur keinen blassen Schimmer von Etikette. Sie ging jede

Wette ein, dass er auch noch nie in seinem Leben Kaviar serviert bekommen hatte.

»Sie haben uns noch gar nicht Ihren hinreißenden Assistenten vorgestellt«, sagte Mildred, als könne sie Alisons Gedanken lesen.

Frankland entschuldigte sich. Der Mund des Assistenten schnappte hilflos auf und zu. Als wisse er überhaupt nicht, wie er sich verhalten sollte.

»Oh, das ist Svante Arctander von Pontoppidan.«

Mildred betrachtete ihn wie ein Museumsstück. »Was für ein ungewöhnlicher Name.«

Franklands Assistent nickte verlegen, wechselte mit seinem Blick zwischen Alison und Mildred hin und her, holte Luft – und prompt fiel ihm Frankland wieder ins Wort. Dabei streifte sie ein leichter Kick am Schienbein. Sie hätte wetten können, dass der von Frankland kam und diesem »Poppoduppiwuppidan« gegolten hatte.

»Svante ist Nachfahre einer schwedischen Adelsfamilie.«

Alison biss sich auf die Zunge. Wer vom Leben dazu verurteilt war, einmal im Monat gemeinsam mit Mildred Sunday Roast zu speisen, kannte die Namen aller schwedischen Adelsfamilien in- und auswendig. »Poppowoppo« gehörte definitiv nicht dazu.

»Er ist nicht nur mit einem überwältigenden Fachwissen gesegnet, sondern auch mit einem überragenden organisatorischen Talent. Ohne ihn wäre mein Leben das reinste Chaos.« Frankland lachte. Mildred tupfte sich mit ihrer Serviette Kaviarreste aus den Mundwinkeln und wackelte dabei nahezu kindlich amüsiert mit dem Kopf. Alison kannte sie so gar nicht. Dieser Frankland hatte sie vollkommen am Haken. »Er hat nur ein Manko, und das ist die englische Sprache.«

Ernsthaft?, dachte Alison. Wenn sie an ihre Freunde in der Londoner Start-up-Szene dachte, waren die Schweden stets jene, die am besten Englisch sprachen.

»Er beherrscht sie zwar in der Schrift perfekt, hat aber noch immer starke Probleme mit der Aussprache. Sein Vater hat mich gebeten, ihn aufzunehmen, damit sich das rasch ändert.«

Svante presste ein kurzes »Thank you« heraus und nickte dabei. Alison war fasziniert, wie falsch und unbeholfen man selbst diese zwei Worte aussprechen konnte.

»Na, das klappt doch schon hervorragend«, lobte Mildred. Schockierend, was der Klang eines schwedischen Adelsnamens in ihrem Kopf anrichten konnte. Von wegen Ferienhäuser in Sandbanks. Sie hatte es gleich gewusst: Mildred schmiedete Ehepläne. Schwenkte sie jetzt von Frankland auf Svante um? Was versprach sie sich von dieser Verkupplungsaktion? Alison zog ihr Smartphone aus der Tasche und tippte unter dem Tisch heimlich eine Warnnachricht an ihren Honeybun: *Hey, du Workaholic, wenn du dich nicht bald meldest, tauscht mich meine Tante gegen eine schwedische Schlossruine ein.*

Frankland lächelte Mildred verschmitzt von der Seite an. »Er ist wirklich sehr ehrgeizig. Wir proben jeden Tag.«

Alison presste ihre Hand vor den Mund und hustete. Beinahe hätte sie sich an ihrer Gabelspitze voll Kaviar verschluckt.

»Meine Nichte scheint auch ganz angetan von Ihrem Prinzen. Dabei schwärmt sie normalerweise eher für die Minderbemittelten der Working Class …«

Alison brauchte einen ordentlichen Schluck aus ihrem Weinglas. Dabei bemerkte sie, wie auch Prinz

Svante für einen Moment sämtliche Gesichtszüge entgleisten. Wie hatte Frankland doch gerade gesagt? Sie proben jeden Tag? Fragte sich nur, was. Eine Fügung des Schicksals, dass genau in diesem Moment der Hummer gereicht wurde.

»… Alison ist sozusagen die Lady Cha Cha unter den Menschenrechtlerinnen«, sprach Mildred weiter.

Frankland sah sie verwirrt an. »Lady wer?«

»Haben Sie sie nicht bemerkt?« Mildred blickte erstaunt in die Runde, beugte sich vor und flüsterte. »Sie sitzt am Tisch hinten links. Diese Frau, die sich immer anzieht wie ein Clown und am Klavier sitzt und schreit.«

Alison ließ ihren Blick durch den Savoy Grill schweifen und verschluckte sich beinahe ein zweites Mal. »Nein, Mildred. Das da hinten ist Elton John.«

*

Eine fuchsrot getigerte Katze sah Roy aus kugelrunden Augen an. Sie schlich auf ihn zu und schlängelte sich mit dem Brummen eines Massagegerätes zuerst um sein rechtes, dann um das linke Bein. Roy amüsierte sich über die unerwartete Abwechslung. Aber ihm blieb jetzt keine Zeit zum Schmusen.

Er sah sich um. Die jahrelange Arbeit als Hotelmanager hatte ihre Spuren hinterlassen. Die Suite befand sich in einem tadellosen Zustand. Mr Frankland war definitiv ein organisierter und auf Ordnung bedachter Mensch. Auf den ersten Blick war nichts Auffälliges zu sehen. Vom Glastisch vor dem Sessel her stach Roy ein Reitsportmagazin ins Auge. Er nahm es in die Hände und blätterte es durch. An den einzelnen Wettkampfplanungen waren verschiedene Vermerke gemacht worden. Franklands Leidenschaft für Sportwetten war demnach ungebrochen, was kein Problem darstellte, solange man über ausreichende Geldquellen verfügte. Genügend Gäste des Savoy waren so reich, dass sie gar nicht wussten, wohin mit ihrem Vermögen. Eine kleine Wette hier und da machte sich da kaum bemerkbar.

Problematisch wurde es jedoch, wenn man diese Spielerei als Grundlage für die rettende Vermehrung eines eher schrumpfenden Vermögens betrachtete. Und Roy war sich ziemlich sicher, dass Franklands Vermögen zu jenen versiegenden Quellen gehörte. Was also konnte ihm einen Anhaltspunkt bieten? Auch wenn Hotelzimmer nicht so vielsagend waren wie Wohnräumlichkeiten, so gab es doch genügend Eigenarten, die auch an diesen Orten sichtbar wurden. Roy entschied sich, bei dem Kleiderschrank zu beginnen.

Franklands Bekleidungsauswahl war für einen Mann seines Kalibers überraschend klein. Was ein Zeichen für Geiz und knallharte Berechnung sein konnte. Aber wer zwanghaft darauf bedacht war, sein Geld zusammenzuhalten, warf es nicht bei riskanten Pferdewetten zum Fenster heraus. So recht passte das Bild, das sich ihm hier bot, nicht zusammen. Zudem stach ihm ein weiteres Detail ins Auge. Während die Überzahl der Boxershorts sich eng aneinanderschmiegend mehrere kleine Stapel im Schrank bildeten, verlief die Grenze zwischen zwei Boxershorts auffallend gerade. Als handelte es sich nicht um einen flexiblen Baumwollstoff, sondern um starres, unbewegliches Plastik. Oder – Roy trat näher heran, tastete die Boxershorts ab und fühlte sich in seiner Vermutung bestätigt – als würde etwas ebenso Starres und Unbewegliches zwischen ihnen liegen. Roy hob die aufliegenden Boxershorts an und zog einen Briefumschlag heraus.

Gerade als er ihn öffnen wollte, hörte er ein Klacken. Dieses Mal kam es definitiv nicht von der Katze. Die Zimmertür öffnete sich. In Windeseile legte Roy den Umschlag an seinen Platz zurück, schloss den Schrank und rollte sich unter das Bett.

*

Nach dem Hummer hatte Alison sich für einen kurzen Toilettenbesuch entschuldigt. Ein Blick auf ihr Smartphone verriet, dass Roy sich noch immer nicht gemeldet hatte. Zwar war ihr bewusst, dass eine genaue Durchsuchung des Hotelzimmers – vor allem, ohne Spuren zu hinterlassen – ausreichend Zeit beanspruchte, dennoch wurde sie ungeduldig. So kehrte sie mit einem unguten Gefühl im Magen an den Tisch zurück, und es kam ihr ganz gelegen, dass Frankland und sein Assistent sich offenbar ebenfalls kurzzeitig entschuldigt hatten. Das verschaffte ihr die Möglichkeit, mit Mildred unter vier Augen zu sprechen. Mildred umklammerte ihr Weinglas und lächelte in sich hinein. »Ein guter Tag für die Granville-Familie.«

Alison war unsicher, ob sie verstand, was ihre Tante damit meinte.

»Ich werde zuschlagen«, fügte Mildred hinzu.

Alison war sprachlos. »Glaubst du diesem Frankland etwa?«

Mildred hob ihr Kinn, sah Alison mitleidig an und seufzte. »Dein Vater war wirklich ein begabter Detektiv. Aber du hast von seinen Fähigkeiten scheinbar gar nichts geerbt.«

Alison setzte zum Konter an, aber es kam nur Luft heraus.

»Für wen hältst du mich?«, sprach Mildred weiter. »Meinst du, deine Familie wäre zu dem geworden, was sie ist, wenn wir auf solche Hochstapler hereinfallen würden?« Sie schob ihr Glas zur Seite. »Du glaubst doch nicht im Ernst die Geschichte mit dem schwedischen Adelssohn. Dieser Svantje versteht kein Wort von dem, was wir reden. Wahrscheinlich hat Frankland sich irgendeinen billigen Austauschstudenten gebucht, damit der sich als Assistent ausgibt.«

Alison war baff. Also hatte Mildred insgeheim dieselben Schlüsse gezogen wie sie. »Aber warum?«

»Ganz einfach: Dieser Mann ist hoffnungslos pleite.«

Alison klappte die Kinnlade herunter. »Und dann wirfst du ihm unser ganzes Geld in den Rachen?«

»Du bist genauso einfältig wie dieser Frankland.« Mildred trommelte mit ihren Fingern triumphierend auf der Tischplatte. »Geldnot und Zeitdruck waren noch nie gut fürs Geschäft. Seine Panik macht ihn völlig blind.« Sie lächelte siegesgewiss. »Ich werde mir jeden Cent zurückholen. Und ich weiß auch schon wie.« Sie erhob das Glas. »Stoßen wir an. Die Immobilien von Frankland verschaffen uns fantastische neue Expansionsmöglichkeiten.«

Alison war geschockt. »Du willst dem Savoy Konkurrenz machen?«

Mildred winkte ab. »Schau dich doch um. Dieses Haus ist schon lange nicht mehr, was es einmal war.«

»Es ist dein Zuhause.«

»Und warum wollte man mir dann kein Zimmer geben? Und zulassen, dass ich vom Scotland Yard attackiert werde?« Mildred stellte ihr Glas wieder ab. Ihr Blick strahlte eine Abgeklärtheit aus, die selbst Alison Gänsehaut bereitete. »Eine der wichtigsten Eigenschaften auf dem Weg zum Erfolg, Alison, ist die Fähigkeit, loszulassen. Wer nicht den Mut hat, voranzugehen, wird irgendwann auf der Strecke bleiben.«

»Was meinst du?«

»Ich denke, du weißt sehr gut, wovon ich rede. Es ist gefährlich, sich an unerfüllbare Träume zu klammern. Du bist doch kein Kind mehr.« Sie nippte an ihrem Glas. »Irgendwann solltest auch du in der Lage sein, zu erkennen, was du kannst und was nicht.«

»Und das wäre deiner Meinung nach?«

»Jedenfalls keine Ermittlungsarbeit.«

Alison umklammerte ihr Messer.

»Bevor du mich erstichst, denke bitte daran, dass es auch dein Vermögen ist, um das ich mich gerade kümmere.«

»Noch hast du nicht unterschrieben.«

»Keine Sorge. Mr Frankland ist gerade auf sein Zimmer gegangen, um die Vertragsunterlagen zu holen.« Sie erhob ihr Glas ein zweites Mal. »Prost!«

*

Roy kannte sich aus mit Schuhen. Erstens war es seit Jahrzehnten seine Aufgabe, sie zu putzen und zu pflegen, und zweitens sagten sie seiner Erfahrung nach mehr über einen Menschen aus als so manch anderes

Bekleidungsstück. Von daher war es zu einer Angewohnheit von ihm geworden, bei einer ersten Begegnung immer direkt auf die Schuhe seines Gegenübers zu schauen. Die cognacfarbenen Business-Schnürer, die in diesem Moment an ihm vorüberschritten, waren eindeutig Einzelstücke. Altenglische Handarbeit und Markenzeichen der Reichsten der Reichen. Niemand sonst brachte das Geld auf, um sich solche Schuhe nach Maß fertigen zu lassen. Umso erstaunlicher fand es Roy, dass diese Schuhe ganz offensichtlich nicht passten. Wo hatte der Träger sie wohl erstanden? Bei eBay? Jedenfalls befanden sie sich nun an dem Fuß einer Person, die nach mehr aussehen wollte, als im Kern dahintersteckte. Und nach allem, was Roy bisher von Alison gehört hatte, passte das am ehesten auf einen Namen: William Frankland. Er war in seine Suite zurückgekehrt. Roy überschlug die Zeit in seinem Kopf. Ein Vier-Gänge-Menü konnte unmöglich schon beendet sein. Entweder war das Essen also nicht so verlaufen, wie Frankland es sich erhofft hatte, oder er war nur kurz zurück in die Suite gekommen, um etwas Wichtiges zu holen. Da Mildred zwar bei Alison tief verhasst, für alle anderen jedoch eine geschickte Smalltalkerin war, tippte Roy eher auf Letzteres. Gebannt verfolgte er den Weg, den Franklands Füße durch die Suite nahmen. Sie verschwanden im ans Badezimmer angrenzenden Ankleidebereich. Roy konnte ein leises Schnarren hören. Wie von einem Ziffernrädchen. Der Zimmersafe! Dann kehrte Stille ein. Es raschelte. Dokumente wurden durchgeblättert. Als plötzlich Franklands Zimmertelefon klingelte. Frankland eilte zurück ins Schlafzimmer und hob ab. Wer immer ihn anrief, Frankland schien darüber nicht erfreut zu sein.

»Muss das unbedingt jetzt sein? … Können Sie nicht einfach persönlich heraufkommen? … Wäre ich noch Chef in diesem Haus, würde das anders laufen … Wozu bezahlen die Gäste dann so viel Geld? … Wie viele Sterne hat das Savoy? Drei? … Wenn Sie so weitermachen, brauchen Sie keinen Geist mehr, um ihre Gäste zu vergraulen.« Er pfefferte den Hörer zurück auf die Telefongabel und verschwand aus der Suite.

Roy atmete erleichtert auf. Das Schicksal meinte es gut mit ihm. Er robbte zur Seite und rollte sich unter dem Bett hervor, als er just in diesem Moment ein seltsames Quietschen aus dem Badezimmer vernahm. Schritte folgten. Keine Sekunde zu früh rollte Roy wieder unter das Bett zurück. Halleluja! Schwarze Lackschuhe schlichen an ihm vorbei. Er hatte sich also doch nicht getäuscht, als er die Suite betreten hatte. Das Klacken war nicht von der Katze gekommen. Es war tatsächlich jemand im Zimmer gewesen, vor Roy ins Badezimmer geflüchtet und hatte sich dort ganz offensichtlich in der Duschkabine versteckt. Jetzt bewegte sich diese Person ebenfalls in Richtung Tür. Roy hielt den Atem an. Ein leises Klacken verriet, dass auch dieser Eindringling nun verschwunden war. Roy überlegte. Schuhe und Form der Hose des Unbekannten passten zum Savoy. Er war sicher, dass es sich um einen Mitarbeiter handelte. Ein Page? Ein Concierge? Das würde auch den unvermittelten Anruf auf dem Zimmer erklären. Vermutlich hatte der Mitarbeiter vom Handy aus angerufen und Frankland auf diesem Weg an die Rezeption gelockt, um sich Luft für die eigene Flucht zu verschaffen. Was wiederum bedeutete, dass Frankland ziemlich bald herausfinden würde, dass er reingelegt worden war. Und wenn er dann ins Zimmer zurückkehrte, würde er so richtig miese Laune haben.

*

Alison vergötterte Apfeltarte Tatin. Für einen Zitronen-Mille-feuille, wie er auf den edlen Porzellantellern vor ihr stand, hätte sie sogar morden können. Dennoch bekam sie nicht einen Bissen hinunter, und das lag nicht etwa an Mildreds heimtückischem Lächeln, während sie in großen geschwungenen Buchstaben den Namen Granville unter Franklands Kaufvertrag setzte. Es lag an Franklands plötzlichem Stimmungswandel. Er versuchte, es zu überspielen, seit er von seiner Suite zurückgekehrt war. Aber irgendetwas stimmte nicht. Seine Haltung wirkte verkrampft, beinahe wütend. Auch das naive Lächeln auf dem Gesicht seines Pseudo-Assistenten war verschwunden. Auf seinem Zimmer musste etwas vorgefallen sein, und je länger Alison darüber nachdachte, desto unruhiger wurde sie. Ihr Smartphone vibrierte. Alisons Herzschlag setzte aus, als sie so beiläufig wie möglich auf das Display starrte.

SOS. Zweites Untergeschoss. Schnell! Roy

Sie gab vor, wegen eines plötzlichen Zwischenfalls bei den Vorbereitungen des Chandelier Charity Concerts dringend gebraucht zu werden, und eilte aus dem Savoy Grill. In Gedanken sah sie Roy bereits gefesselt und geknebelt auf einem Stuhl im Keller sitzen. Wie hatten sie auch nur auf die Idee kommen können, sich mit einem skrupellosen Betrüger wie Frankland anzulegen, einem Spieler. Was, wenn er ihren Plan gar von Anfang an durchschaut hatte? Ihre Hände zitterten. Sie durfte sich von ihren Gedanken jetzt nicht aus der Ruhe bringen lassen. Roy brauchte sie. Nur wie um alles in der Welt kam sie jetzt unbeobachtet ins Untergeschoss? Die Gästeaufzüge endeten im Erdgeschoss, und für die Servicelifts brauchte sie einen Schlüssel, den sie nicht hatte.

Alek! Ohne seine Schlüsselkarte kam er wahrscheinlich zwar auch nicht in den Lift, aber er kannte sich wenigstens im Gebäude aus. Alison raste zurück zum Zimmer 502. Sie hatte Glück. Alfie war von seiner Gassirunde bereits wieder heimgekehrt und schlief glücklich und zufrieden auf dem Sofa. Sie griff nach dem Zimmertelefon und forderte den Personal-Butler-Service an. Keine zwei Minuten später stand Alek vor der Tür. »Ich habe mich schon gewundert, wo er bleibt. Ich brauche die Schlüsselkarte! Ein paar Minuten länger, und ich hätte die Sache nicht mehr vertuschen können.« Gemeinsam sprinteten sie los, und Alek führte sie durchs Treppenhaus ins Untergeschoss.

Roy sah entsetzlich aus. Auf seinen Händen, in seinem Gesicht, überall befanden sich tiefe, blutige Schrammen. »Es ist alles meine Schuld«, schluchzte Alison. »Frankland, das Schwein!«

Roy legte seinen Finger auf den Mund und schüttelte den Kopf.

»Hat Sie etwa sein Assistent so zugerichtet?«, flüsterte Alison. Roy winkte ab und deutete mit seiner blutverschmierten Hand in Richtung Decke. Eine kleine, fuchsrot getigerte Katze hockte zwischen den Heizungsrohren und fauchte sie verängstigt an.

»Franklands Katze!«, rief Alek.

»Sie ist durch den Türspalt entwischt, als ich aus dem Zimmer gegangen bin. Wenn Frankland bemerkt, dass sie weg ist … Ich habe versucht, sie einzufangen, aber …« Er fluchte. Alek drehte sich weg. Seine Schulterblätter wackelten. Alison platzte vor Wut.

»Lachen Sie etwa?«

Alek antwortete nicht.

Sie packte ihn und drehte ihn zu sich herum. Lachtränen quollen aus seinen Augen. »Es tut mir leid.« Er räusperte sich, trat unter das Kätzchen, schnippte mit dem Finger und sagte: »Tootsie! Miez-miez.« In einem Satz sprang die Katze in Aleks Arme, rollte sich zusammen und schnurrte.

Tootsie, was für ein bescheuerter Name.

»Roy, Sie haben einen Schlüssel für den Servicelift?«

Er nickte.

Alek ließ sich die General-Schlüsselkarte wiedergeben. »Ich bringe die Katze wieder in Franklands Suite.«

Kaum dass er verschwunden war, zog Roy den Brief aus seinem Jackett. Alisons Herz raste, kaum dass sie ihn gelesen hatte. Sie dachte an die Liste auf ihrem Oberschenkel. Sie ging jede Wette ein, dass der Brief in ihrer Hand der perfekte Sachbeweis war.

24

3:00 pm, Working Men's College

Warum also fährt ein junger Mann am späten Abend mit einem Skateboard zur Tower Bridge?« Teddy nahm einen Schluck aus seiner Wasserflasche und schwenkte seinen Blick von der Tafel in die Runde. Nach mehr als drei Stunden Wochenendkurs am Working Men's College fühlten sich seine Stimmbänder an, als hätte er einen Löffel voll Sand verschluckt. Anfänglich fand er die Idee, seine Beobachtungen rund um Dustin als fiktiven Kriminalfall getarnt mit seinen Kursteilnehmern zu besprechen, genial. Neue Denkansätze und Impulse für ihn, Einblick in kriminalistisches Denken für die Klasse, eine echte Win-Win-Situation. Inzwischen fragte er sich, warum er überhaupt noch hier vorne an der Tafel stand und redete. Mr Brown war unlängst in tiefen Traumwelten versunken. Sein Kopf drohte, jeden Augenblick auf den Seminartisch zu knallen. Und Tanja Wilkinson, die ihren Namen nicht einmal auf ihrem eigenen Namensschild korrekt schreiben konnte, konzentrierte sich mit voller Hingabe auf die Frage, wie lange Fäden sie mit ihrem lilafarbenen Kaugummi ziehen konnte. Er hoffte, dass seine Schüler das Kursziel, sich als Privatermittler ein zweites Standbein aufzubauen, nicht allzu ernst nahmen.

»Das liegt doch auf der Hand ...«

Natürlich, Mrs Fletcher. Wer sonst? Wieso brach sie diesen Kurs nicht einfach ab, wenn sie sich ohnehin schon für die neue Miss Marple hielt? Dann konnte sie Teddy wenigstens nicht mehr mit ihrem unaufhörlichen Stricknadelgeklapper während des Kurses nerven.

»... Wegen der Geister.« Mrs Fletcher deutete mit ihrer Stricknadel auf die weiteren Notizen, die Teddy an die Tafel geschrieben hatte. »Das erklärt auch den seltsamen metallenen Koffer in der Hand des Beschatteten.«

Jetzt wurde Teddy dann doch hellhörig. »Ach ja?«

Ihr werter Gatte mischte sich ein. »Natürlich. Haben Sie noch nie die Geschichten vom Geisterweg auf der Tower Bridge gehört?« Dabei drehte er sich bereits eine Zigarette. Er konnte das Ende der Stunde nicht sehnlichst genug erwarten. Teddy hatte schon längst durchschaut, dass er diesen Kurs nur gemeinsam mit seiner Frau besuchte, damit sie ihm im Ausgleich einmal in der Woche den Pub-Abend mit seinen Fußballkumpels genehmigte. Warum tat Teddy sich diese Arbeit hier überhaupt an? An seinem freien Tag? Wie bescheuert war er, sich davon neue Impulse zu erhoffen? Er könnte zu Hause auf dem Sofa liegen.

»Das können Sie als zugereister Hongkonger natürlich nicht wissen«, fügte Mrs Fletcher hinzu. »Während der Erbauung der Tower Bridge sind etliche Arbeiter zu Tode gestürzt. Bis heute berichten Spaziergänger von seltsamen Schattengestalten oder einem unerklärlichen Gewicht, das sich auf sie legt, wenn sie im Dunkeln über die Brücke gehen.«

»Kein Witz.« Ihr Ehemann gähnte. »Hat alles Hand und Fuß. Da war mal ein Riesenartikel in der Sun. Eine Touristin wurde im Turm von einem Geist verfolgt, der versucht hat, sie ins Wasser zu stoßen.«

»Nein!« Mit einem Schlag war die gesamte Klasse hellwach. Warum bemühte sich Teddy um ernsthafte kriminalistische Arbeit, wenn sowieso alle nur an Gruselgeschichten interessiert waren?

»Ich sage«, sprach Mrs Fletcher weiter, »der junge Mann war ein Geisterjäger.«

Teddy krallte sich an der Tafel fest. »Ein was?«

Tanja Wilkinson meldete sich mit einer Kaugummiblasenexplosion zu Wort. »Haben Sie sowas in Hongkong nicht? Ich hab' mal 'ne Doku über Voodoo-Omas in Gongdong gesehen.«

Guangdong, dachte Teddy, und Da Siu Yan war ein alter chinesischer Volkszauber und kein Voodoo.

»Und in dem mysteriösen silbernen Koffer befand sich seine Geisterfalle«, beendete Mrs Fletcher ihre Theorie. »Die nutzen immer so Koffer dafür. Ist eine Spezialeinheit beim MI6.« Sie nahm ihren Faden auf und strickte weiter.

»Wahnsinn!«, gähnte Mr Brown dazwischen, dessen Handywecker gerade auf der Bank vibrierte. »Du bist echt voll die Superdetektivin.«

»Nun«, Mrs Fletcher winkte lächelnd ab und zwinkerte Teddy flirtend zu. »Ich habe ja auch einen guten Lehrer. Wie sagt Mr Chan immer?« Sie hob ihre Stricknadel bedeutungsvoll in die Höhe. »Es ist wichtig, jeder Spur unvoreingenommen gegenüberzutreten.«

Was hatte er nur angerichtet?

»Genau! Denn Kriminalistik bedeutet, die Realität dieser Welt anzuerkennen«, quäkte Tanja Wilkinson hinzu. Sie öffnete eine Red-Bull-Dose. Das Ploppen des Verschlusses ertönte nahezu zeitgleich mit dem Rasseln der Schulklingel.

Teddys »Bis zum nächsten Mal schreibt bitte jeder einen Ermittlungsbericht« hörte niemand mehr. Schneller, als er Luft holen konnte, war der Raum wie leergefegt.

Er wischte die Tafel. So kam er nicht weiter. Weder mit der Frage, was mit Dustin und Benisha los war, noch mit seiner beruflichen Karriere. Commander Kilburns *»Sie sind doch ein guter Lehrer«* kam ihm wieder in den Sinn. Es war offensichtlich, dass er ihn wegen seines Nebenjobs hier am WMC hatte aufziehen wollen. Teddy würde nie eine Beförderung bekommen – er, der Quotenpolizist. Wahrscheinlich hatte Kollegenschwein Bob doch recht gehabt, als er meinte, dass Teddy seinen Job beim Scotland Yard nur bekommen hatte, weil mindestens dreißig Prozent aller Mitarbeiter einen Migrationshintergrund haben mussten.

Er schnappte sich seine Sachen. Das hier machte er für sich. Jede Stundenvorbereitung, jede kontrollierte Hausaufgabe, all das festigte vor allem sein eigenes Wissen. Und wenigstens liefen hier keine reichen Granvilles herum.

»Sie geben ja wirklich Kriminalkurse.«

Teddy machte einen Satz zur Seite und rieb sich die Augen. Die Frau an der Treppe sah Alison Granville zum Verwechseln ähnlich. Er war eindeutig überarbeitet und litt unter Verfolgungswahn.

»Finde ich super, das macht Sie sympathisch.«

Er nickte nur beiläufig und ging schnell weiter. Er brauchte dringend Schlaf. Sehr viel Schlaf.

»Ich muss mit Ihnen reden, Mr Chan.«

Die Kursteilnehmer der Theatergruppe vor ihm schienen ebenfalls auf diese Frau im orangefarbenen Minirock zu blicken. Konnten Sie dieselbe Halluzination haben wie er? Es gab nur eine Möglichkeit, Alison Granville war tatsächlich seinetwegen nach Camden ins Working Men's College gekommen. Er stoppte und sah sie an. Kein Wunder, dass alle sie anstarrten. Sie sah aus, als wäre sie einer Pariser Modenschau entflohen. Trotzdem. Dustin. Benisha. Er musste endlich lernen, Prioritäten zu setzen.

»Kommen Sie morgen im Revier vorbei. Ich habe Feierabend.«

»Morgen ist es vielleicht zu spät.« Sie stellte sich ihm in den Weg. »Ich glaube, ich kenne den Täter. Und ich kann es auch beweisen.« Sie holte einen Brief aus der Tasche. Bewusst krakelige Großbuchstaben bildeten den Satz:

Du wirst für deinen Deal bezahlen. M.

Irgendwie süß. »Beweise fälschen ist eine Straftat, das wissen Sie, oder?«, witzelte er. Zumindest war sie kreativer als ihr Vater. Der hatte alles immer gleich über seine Connections in Politik und Wirtschaft geregelt. »Das mit dem Schreiben sollten Sie noch ein wenig üben. Unten im Spender finden Sie den aktuellen Bildungskatalog.«

»Dieser Brief ist doch nicht von mir.«

»Ach nein?« Dann gab es ja noch Hoffnung für sie.

»Es ist doch offensichtlich, dass es sich um einen Erpresserbrief handelt. Mein Butler hat ihn im Hotelzimmer von Mr Frankland gefunden.«

»Bitte?« Hatte sie das jetzt ernsthaft gesagt? Das kam davon, wenn ein hohes Tier vom Scotland Yard einer alten Männerfreundschaft zuliebe eine Möchtegerndetektivin zu eigenen Ermittlungen ermutigte. »Sie sind in das Hotelzimmer von William Frankland eingedrungen?«

»Das ist doch jetzt überhaupt nicht wichtig.«

»Und ob es das ist!«

»Jetzt stellen Sie sich doch nicht so an.«

»Sowas nennt man Einbruch! Schon mal gehört? Das ist eine Straftat! Dafür steckt man normale Menschen ins Gefängnis.« In ihrem Fall kam am Ende allerdings wahrscheinlich wieder Kilburn um die Ecke, um ihm die Schuld an dem Schlamassel zu geben. Die Theatergruppe hinter ihnen begann, aufgeregt zu tuscheln.

Alison riss ihm den Zettel wieder aus der Hand. »Dieser Brief ist der eindeutige Beweis dafür, dass William Frankland erpresst worden ist. Und zwar von einer Person, deren Name mit *M* beginnt. Wie Montagu. Oliver Montagu hat gedroht, William Franklands Deal auffliegen zu lassen. Und dafür musste er sterben!«

»Was für ein Deal?«

Alison schnaufte vorwurfsvoll. »Offensichtlich macht der doch ständig irgendwelche Deals. Aktuell versucht er jedenfalls, meine Tante über den Tisch zu ziehen.«

Jetzt wurde Teddy dann doch hellhörig.

»Das ist doch verdächtig!«

Wenn es um Mildred Granville ging? Allerdings! Teddy atmete tief durch. »Es gibt nur ein Problem, Alison.«

»Und?«

»Sie haben drei wesentliche Punkte vergessen. Erstens: Welcher Erpresser ist so dumm und hinterlässt ein Initial, das ihn verraten könnte, unter seinem Erpresserschreiben? Zweitens: Frankland hat ein Alibi. Commander Kilburn selbst hat erzählt, dass William

Frankland Sie auf dem Krimiabend in Kensington überrascht hat.«

»Aber das ist es doch! Das perfekte Alibi. Warum sonst sollte jemand, der ein Zimmer im Savoy hat, plötzlich in seinem Haus in Kensington auftauchen? Außerdem braucht er von dort mit dem Wagen doch maximal 20 Minuten bis zum Savoy. Ein Trick! Es war alles von langer Hand geplant!«

»Gar nichts war geplant.« Auch wenn es ihn ehrlich beeindruckte, wie leidenschaftlich sie für ihre Sache kämpfte. Für heute hatte Teddy wirklich die Nase voll von obskuren Theorien. »Sie biegen sich die Dinge zurecht, wie Sie sie brauchen, Ms Alison. Die Kriminalistik ist kein Hobby, das sie mal so nebenbei ausführen können.«

»Ach nein? Und was ist dann das?« Vorwurfsvoll hielt sie den vermeintlichen Erpresserbrief in die Höhe.

Jetzt hatte Teddy endgültig genug. »Ein wichtiges Beweisstück.«

»Ach so?«

»Das Sie – DRITTENS – völlig unbrauchbar gemacht haben. Kein Anwalt dieser Welt wird es vor Gericht jetzt noch anerkennen.«

Alisons Hand mit dem Brief sank, bis der Arm schlaff und reglos herunterhing. »Verdammt.« Ihre Augen wurden starr und leer.

»Schauen Sie mich nicht so an. Das funktioniert vielleicht bei Ihren Freunden, aber nicht, wenn Sie einen Rechtsanwalt vor sich haben.« Sie reagierte nicht. Ihr Blick schien wie festgefroren zu sein. »Was haben Sie? Ist Ihnen nicht gut?« Sie hob ihre Hand, als wollte sie ihn vom Weiterreden abhalten. Erst jetzt bemerkte er, dass sie gar nicht ihn anblickte, sondern haarscharf an ihm vorbeisah. Teddy drehte sich um. Hinter ihm machte sich die Puppenspiel-Gruppe für ihre Probe bereit.

»Oh mein Gott!«, flüsterte sie.

»Haben Sie noch nie Marionettenspieler gesehen?«

Völlig geistesabwesend deutete sie auf die Bewegungen einer Puppe.

»Ich weiß, wie es passiert ist.«

»Ich auch.« Teddy schmunzelte. »Da sind Fäden dran.«

»Genau«, jubelte Alison. »Wie bei dem Schal!« Sie öffnete ihre Smartphonehülle und holte einen sorgfältig zusammengelegten Fetzen Stoff heraus. »Das hier hat Alfie am Fahrstuhl in der vierten Etage gefunden.«

Er traute seinen Ohren nicht. »Alfie? Der überfütterte Hund?« Alison Granvilles kriminalistische Ambitionen waren ja ganz charmant. Aber dieser verhätschelte Schmuse-Corgi als Spürhund? Da hörte der Spaß auf. »Sie entschuldigen mich, Ms Alison.« Er drehte sich um und ging. Alison überholte ihn und stellte sich ihm in den Weg.

»Das hier ist von Oliver Montagus Schal! Mit einem sehr langen Faden daran.«

»Alison, in diesem Hotel verkehren täglich tausende Menschen.«

Sie ließ sich nicht aus der Ruhe bringen. »Hören Sie doch einfach mal zu!«

Das tat er schon viel zu lange.

»Angenommen, Frankland begegnet Oliver Montagu in Etage 5 am Fahrstuhl. Er hat den Erpresserbrief von Oliver erhalten und steht unter Druck. In dieser Situation entdeckt er diesen langen Faden, der sich rein zufällig aus dem Stoff gelöst hat und den Oliver unwissend an seinem Schal mit sich herumschleift. In diesem

Moment kommt Frankland die Idee für einen heimtückischen Plan. Er besteigt gemeinsam mit Oliver den Lift und gibt vor, sich den Schuh zu binden. Dabei nimmt er unbemerkt den Faden auf. In Etage 4 steigt er wieder aus. Schließlich ist dort seine Suite. Zimmer 412.«

Respekt. Sie hatte wirklich ganze Arbeit geleistet.

»Nun muss er nur noch warten, bis sich die Tür des Aufzuges wieder schließt. Er zieht an dem Faden. Und das eine Ende des Schals, mit dem er verwoben ist, schwebt wie der Arm einer Marionette an der Lichtschranke vorbei durch den Spalt. Der Schal verkantet sich, schneller als Oliver reagieren kann. Er stirbt binnen Sekunden. Um seine Spuren zu verwischen, schnappt sich Frankland das abgerissene Ende des Schals und legt es in Etage 5 wieder vor die Tür. Dort, wo Oliver ursprünglich eingestiegen ist. Der perfekte Mord. Oliver Montagu ist tot, und alles sieht aus wie ein schrecklicher Unfall.« Sie schnipste mit dem Finger. »Modus Operandi, Tathergang gelöst!«

Teddy war wirklich beeindruckt. »Eines muss ich Ihnen lassen, Alison«, antwortete er. »Sie kennen nicht nur Fachwörter, Sie haben Fantasie. Und ein erstaunlich gutes Auge.« Er grinste. »Vielleicht sollten Sie mal in meinen Kurs kommen?«

»Bitte?«

Teddy räusperte sich. Offenbar hatte er ihr ein wenig zu viel Humor zugetraut. »Leider vergessen Sie einen entscheidenden Punkt.«

»Und der wäre?«

»Unsere Experten haben alles stundenlang eingehend untersucht.«

»Offensichtlich an der falschen Stelle!«

»Es war ein Unfall.«

Sie stemmte die Hände in die Hüften und legte ihren Kopf schief.

»Okay.« Teddy hob beschwichtigend seine Hände. »Bevor Sie wieder irgendwo einbrechen … Ich verspreche, ich werde diesen Stofffetzen bei uns im Labor untersuchen lassen.« Er holte eine kleine Plastiktüte aus seiner Umhängetasche, packte den Stofffetzen hinein und ließ sich auch den vermeintlichen Erpresserbrief geben.

»Danke«, antwortete sie.

Teddy war sprachlos. Noch nie hatte ein Granville »Danke« zu ihm gesagt. Er gab ihr die Hand zum Abschied. In den vergangenen Jahren hatte er gelernt, den Händedruck eines Gegenübers zu deuten. Ihrer fühlte sich überraschend gut an. Aber Vorsicht war besser als Nachsicht. Er musste endlich lernen, für sein Privatleben einzustehen. Also huschte er an ihr vorbei und stürmte aus dem Working Men's College zu seinem Wagen, bevor sie wieder auf die Idee kam, sich ihm in den Weg zu stellen.

»Ach, Ihnen gehört dieser Rover Mini? Der ist mir schon vorhin aufgefallen, als ich aus dem Taxi gestiegen bin.«

Er stoppte mitten in der Bewegung. Hatte sie allen Ernstes »Rover« gesagt?

»Welches Baujahr?«

Er drehte sich ein letztes Mal zu ihr um. Alison stieg gerade die Treppe zum Haupteingang herunter. »Einundneunzig«, antwortete er.

»Mein Geburtsjahr.« Anmutig trat sie an seinen Wagen heran, streckte die Hand aus, zögerte, blickte zu Teddy. »Darf ich?«

»Nur zu, er beißt nicht.«

Sie streichelte über den Lack. »64 PS?«

Teddy zupfte sein Jackett zurecht. »86.«

Jetzt beugte sie sich und linste in den Innenraum. »Den haben Sie super in Schuss gehalten. Das Leder sieht aus wie neu.«

Jetzt wunderte er sich wirklich. »Wenn Sie so auf Minis stehen, warum kaufen Sie sich dann keinen? Sie können sich doch mit Sicherheit hunderte leisten.«

»Okay, wie viel wollen Sie haben?«

Teddy lachte. »Der ist unverkäuflich.«

»Sehen Sie. Es gibt Dinge, die kann man sich nicht kaufen.«

Teddy spürte ein Prickeln in seinen Fingern. Diese ungewohnte Seite an einer Granville gefiel ihm besser, als er zugeben wollte. Vielleicht sollte er sich die Sache mit dem Frankland doch einmal ansehen? Nur kurz. Zur Sicherheit. Im Grunde lag das eh fast auf dem Weg in Richtung Rotherhithe. Er kletterte in den Wagen und öffnete ihr von innen die Tür. »Steigen Sie ein.«

Teddy staunte. Wie behutsam sie auf dem Ledersitz Platz nahm. »Wohin fahren wir?«, fragte sie.

»Zum Savoy. Was denken Sie? Aber schnallen Sie sich bitte an.« Er griff hinter seinen Sitz, holte das Blaulicht hervor und stellte es aufs Dach. Mit dem Zündschloss ließ er sich einen Moment länger Zeit als gewöhnlich. So einen Blick von einer Granville – das würde er so schnell nicht mehr erleben. Dann ließ er den Motor aufheulen, schaltete das Martinshorn ein, löste die Handbremse, und Alison jauchzte wie ein kleines Mädchen.

25

4:00 pm, Savoy Hotel

»Vorsicht!«, schrie Alison. Genau als Teddy in den Savoy Court einbog, stand plötzlich wie aus dem Nichts ein Mädchen auf der Fahrbahn. Teddy trat auf die Bremsen. Die Reifen des Minis quietschten lauter als die mobile Polizeisirene. Der Wagen schlitterte über den Beton. In allerletzter Sekunde griff eine Hand die Schulter des Mädchens und riss es von der Fahrbahn. Der Mini kam zum Stehen und schleuderte Alison und Teddy in die Sicherheitsgurte.

»Fuck!«, fluchte Teddy.

Alison sprang aus dem Wagen. »Ist euch was passiert?«

»Krass!«, schrie das Mädchen.

Alison war völlig überrumpelt. »Chloe?«

»Sie kennen diese Göre auch noch?« Teddy pfefferte seine Tür ins Schloss und kam um den Wagen herumgerannt. »Warum überrascht mich das jetzt nicht?«

Dafür war Alison überrascht. »Was machst du hier?«

»Alter Schwede, ist das ein echtes Blaulicht?«

»Henry?« *Natürlich,* dachte Alison. Wo Chloe war, war auch Henry nicht weit. »Was macht ihr hier? Ich habe euch doch gesagt, ihr sollt auf keinen Fall …«

»Sorry.« Die beiden ließen die Köpfe hängen. »Wir wollten das Hotel so gerne mal von vorne sehen.«

»Und das Theater«, stimmte Chloe mit ein.

»Wir haben ja nicht gewusst, dass …«

»Schluss jetzt!«

Chloe und Henry zuckten und standen stramm wie Einsen.

»Wenn meine Tante mich hier mit euch sieht, dann …«

Henry grummelte. »Wir konnten ja nicht wissen, dass du um die Ecke gerast kommst.«

»Mit Blaulicht!« Chloes Ohren wackelten vor Aufregung.

Teddy verschränkte seine Arme vor der Brust und baute sich bedrohlich vor den beiden auf. »Deswegen solltet ihr auch den Fußweg benutzen und nicht die Straße.«

»Verzeihen Sie, Sir«, antworteten sie im Chor.

»Und jetzt macht, dass ihr wegkommt, bevor ich euch Handschellen anlege!«

Chloe und Henry nahmen die Beine in die Hand und rannten davon. Kurz bevor sie um die Ecke bogen, blieb Henry noch einmal stehen und drehte sich um. Er grinste bis über beide Ohren. »Cooler Typ, dein Polizist!«

Teddy sah Alison von der Seite an. »Sie und solche Rotzlöffel? Das hätte ich Ihnen gar nicht zugetraut.« Er seufzte. »Hartes Pflaster. Ich weiß, wovon ich rede. Hab' auch einen zu Hause.«

»Ich weiß.« Alison biss sich umgehend auf die Zunge.

»Bitte?«

»Ich meine, ich weiß, dass das ein hartes Pflaster ist.«

Sein Blick verharrte beunruhigend lange auf ihr.

»Was stehen wir hier noch rum?«, zog sie sich aus der Affäre. »Wir müssen ins Savoy!« Sie sprang zurück in den Wagen. Teddy folgte ihr, und sie fuhren die restlichen Meter vor bis zum Rondell. Als sie ausstiegen und Teddy dem Pagen den Schlüssel für seinen Wagen reichte, hallte Mildreds Stimme bereits bis auf den Savoy Court hinaus. Das war kein gutes Zeichen! Alison kämpfte sich durch die Drehtür und eilte zur Rezeption. Phil stand Mildred direkt gegenüber, mit Schweißperlen auf der Stirn. Mildreds Gesicht war grün vor Zorn.

»Was ist passiert?«, fragte Alison.

»Was passiert ist?«, empörte sich Mildred. »Dieses kleine Mädchen hätte mich fast umgerannt.«

Alison schluckte. Chloe … Bitte nicht auch das noch! »Welches kleine Mädchen?«, fragte sie so unschuldig wie möglich.

»Nicht hier. Oben im Gang vor unserem Zimmer!«

»Oh dear.« Phil schlug seine Hände zusammen. Alison wunderte sich. Bisher war ihr noch nie aufgefallen, dass auch die Concierges im Savoy Handschuhe trugen. »Ich versichere Ihnen«, flehte er. »Ich bin alle Buchungen durchgegangen. Wegen des Chandelier Charity Concerts sind wir nur mit prominenten und geladenen Gästen belegt. Wir haben kein einziges Kind im Hotel.«

»Soll das etwa heißen, ich bin irre?«

»Nein, Madam. Natürlich nicht.«

»Ich habe es doch genau gesehen.«

»Wer oder was Sie auch immer umgerannt hat, Mrs Granville, es tut mir sehr, sehr, sehr leid.«

»Wer oder was?« Mildred wandte sich kurz vom Tresen ab und rückte ihr Kleid zurecht. Alison kannte diese Geste und trat einen Schritt zurück. Das Ungeheuer machte sich bereit zum Feuerspeien. »Ihr Weroderwas war einen guten Kopf kleiner als ich, hatte rosa Schleifen im Haar, trug ein himmelblaues Kleid und ist meinem wehrlosen Hund auf die Pfote gestiegen. Der Arme hat um sein Leben geschrien. Habe ich mir das etwa auch eingebildet?«

Alfie jaulte auf und hielt seine Pfote in die Höhe.

Phil seufzte. »Natürlich nicht, Madam.«

»Und dabei hat dieses kleine freche Ding auch noch laut gekichert.«

Alison atmete erleichtert auf. Chloe war weder einen Kopf kleiner als Mildred, noch hatte sie ein himmelblaues Kleid oder rosa Haarschleifen getragen. Und kichern, das tat sie schon gar nicht. Dafür war sie inzwischen viel zu cool.

»Entschuldigen Sie«, hauchte eine weibliche Stimme von der Seite dazwischen. »Haben Sie es auch gesehen?« Synchron bewegten sich die Köpfe der Anwesenden in dieselbe Richtung. Darcy Diamond stand hinter ihnen und sah Mildred mitfühlend an. »Dieses kleine Mädchen? Mit dem himmelblauen Kleid?« Das Klimpern ihrer verschwörerisch großen Pentagram-Ohrringe mischte sich unter ihre ängstliche Stimme. Auf Alison wirkte das alles einen Tick zu aufgesetzt.

»Ja, genau!« Mildred richtete ihren zitronengelben Gehstock wie ein Gewehr auf Phil. Unglaublich, was für eine Kraft diese Frau in ihrem Handgelenk hatte. »Da haben Sie es. Aber mir glaubt ja niemand.«

Phil rückte seine Krawatte zurecht und trommelte auf die Tastatur seines Computers ein. »Aber das ist vollkommen unmöglich.«

»Oh, es lebt auch nicht hier«, fuhr ihm Darcy Diamond ins Wort. »Es ist hier gestorben.«

Ein hörbarer Schock durchfuhr die Anwesenden. Teddy Chan drängte sich durch die Menge zu Darcy hindurch. »Wann ist das passiert?«

Darcy Diamond sah ihn verwundert an. »Ich vermute vor vielen, vielen Jahren, Sir?«

»Sie vermuten?«

Darcys Blick wanderte durch die Runde. »Sie hat es mir erzählt.«

Teddy schüttelte seinen Kopf. »Aber wie kann das Mädchen Ihnen etwas erzählen, wenn es bereits tot ist? Und wie kann es dann obendrein auch noch Mrs Granvilles Hund auf die Pfote treten?«

»Es war ihr Geist, Sir«, hauchte Darcy Diamond. »Ich kann ihn hören, im roten Lift.«

Im roten Lift? Alison erinnerte sich an die gemeinsame Aufzugfahrt mit Mildred und die Geschichten über einen Geist. Darcy Diamond wendete sich Mildred zu. »Sie müssen das Zimmer 502 verlassen, Mrs Granville. Ich flehe Sie an. Sie sind in Gefahr!« Dann drehte sie sich um und verschwand in Richtung der Aufzüge. Ihr metallisch funkelndes Kleid schleifte wie eine Schleppe hinter ihr über den Boden. Als Alison ihr hinterher sah, jagte ihr ein Schauer über den Rücken. Diese Frau war entweder wirklich eine hervorragende Schauspielerin oder hoffnungslos durchgeknallt. Unmittelbar vor den Aufzügen stand er wieder: dieser mysteriöse Mann mit Hut und Trenchcoat. Sofort schnellte ihr Blick zu Teddy. Er war gerade komplett von einer Diskussion mit Mildred abgelenkt. Alison zupfte an seinem Ärmel. »Mr Chan!« Zu spät, als er endlich reagierte, war der Mann bereits verschwunden.

Mildred stützte sich auf ihren Stock und atmete schwer. »Mir reicht es. Ich verlange Polizeischutz!«

»Ich möchte Ihnen nicht zu nahe treten«, konterte Teddy, »aber der Scotland Yard hat wahrlich bessere Dinge zu tun, als jedem, der einem etwas zu wilden kleinen Mädchen begegnet ist, umgehend Polizeischutz zu geben.«

»Bessere Dinge?« Mildred fasste sich mit dramatischer Geste an die Brust. »Das werden wir noch sehen, Mr Chan!« Die Geste allein war nicht ungewöhnlich. Aber Mildreds gespenstisch bleiches Gesicht jagte Alison einen Schrecken ein. »Ich werde jedenfalls sicher nicht mit Ihnen streiten, bis ich vor Verzweiflung einen Herzstillstand erleide. Deswegen gehe ich jetzt zurück auf mein Zimmer und rette meinen Hund.« Sie drehte sich zur Rezeption. »Phil, schicken Sie mir bitte umgehend einen Tierarzt aufs Zimmer.« Alfie fiepste, und Mildreds Blick wanderte zurück zu Teddy.

Alison musste an die mahnenden Worte der Notärztin bei ihr am Thurloe Square vor zwei Tagen denken. Mildred hatte mit Sicherheit noch keinen Spezialisten aufgesucht. Die Chance auf ein lukratives Geschäft mit Frankland hatte sie völlig verblendet. Zusammen mit ihrer aktuell bis zum Anschlag geladenen Wutkanone war das definitiv keine gesunde Kombination.

»Aber ich warne Sie, Mr Chan«, sagte Mildred. »Wenn es Tote gibt, weil Sie die Warnungen verkannt haben, dann sind allein Sie dafür verantwortlich.« Ihr Zeigefinger stach mitten in seinen Brustkorb. »Sie!«

Sie nahm ihren locker 20 Pfund schweren Alfie unter den linken Arm, den Gehstock in die rechte Hand, stolzierte mit geradem Rücken und erhobenem Kopf davon und verschwand im Aufzug. Phil stützte sich auf den Tresen. Sein Oberkörper sackte erschöpft in sich zusammen. »Oh dear!«

Alison brauchte einen Moment, bis sie wieder zu sich gefunden hatte. »Was geht hier vor?«

»Wie immer Sie es drehen und wenden, ein Geist war es mit Sicherheit nicht«, verteidigte sich Teddy.

»Und der Hund?«, konterte Alison.

»Vielleicht hat sie ihn in ihrer Verwirrung selbst getreten.«

Jetzt wurde es selbst Alison zu viel. Ihre Tante war anstrengend, bevormundend und berechnend. Aber eines war sie mit Sicherheit nicht: verwirrt. »Und Darcy Diamond? Sie hat das Mädchen ebenfalls gesehen.«

»Darcy Diamond?« Teddy seufzte betroffen. »Sie sieht offenbar so einiges.«

»Trotzdem können Sie diese Tatsache doch nicht ignorieren. Sie selbst reden in Ihren Kursen davon, wie wichtig es ist, jeder Spur unvoreingenommen gegenüberzutreten.«

Teddy schien sichtlich überrascht, dass sie ihm und seinen Kursteilnehmern im Working Men's College durch die Tür hindurch so aufmerksam zugehört hatte.

»So ein Theater«, seufzte Phil, griff sich ein Taschentuch und tupfte sich damit den Schweiß von der Stirn. »Gespenster. Stimmen im Lift. Das habe ich in meiner gesamten Zeit im Hotel noch nicht erlebt.«

Alison tippte Teddy gegen die Schulter und räusperte sich. »Das Theater rund um Mildred ist der beste Beweis dafür, dass wir keine weitere Sekunde mehr verlieren dürfen.« Sie sah zu Phil. »Wissen Sie, wo sich William Frankland gerade aufhält?«

»Oh, soweit ich mich erinnere, wollte Mr Frankland vor etwa einer halben Stunde auf Zimmer 502 zu einem Termin mit Mrs Granville. Er hat extra einen großen Blumenstrauß bei uns bestellt. Vielleicht ist er jetzt bei ihr?« Er verengte seinen Blick und senkte die Stimme. »Ich glaube, Mrs Granville sprach von einem vortrefflichen Geschäft.«

Alison fand diese Neuigkeit überhaupt nicht vortrefflich. Ausgerechnet William Frankland bei Mildred im Zimmer? Dann auch noch ein mysteriöses Mädchen, das sie beinahe umgerannt hatte? Darcy Diamonds Visionen, oder wie auch immer sie das nennen sollte. Und der Mann mit Hut und Trenchcoat? Alison warf Teddy einen besorgten Blick zu. Er schien Ähnliches zu denken.

In diesem Augenblick drang ein Schrei aus dem Gang, der vom Foyer her zu den Aufzügen führte. Nadia, die Zimmerdame, sprang aus dem roten Lift heraus und stürmte in die Lobby. »Hilfe, zu Hilfe!«

»Nicht schon wieder«, jammerte Phil.

»Oben in Zimmer 502«, japste Nadia. »Mrs Granville …« Ihr versagte die Stimme. Sie schluchzte. »Oh Jesus in die Himmel. Es ist so schrecklich!«

Als sie die fünfte Etage erreichten, stand die Tür zu Zimmer 502 sperrangelweit offen. »Mildred!«, schrie Alison. Sie rannte, so schnell sie konnte. Und war starr vor Entsetzen, als sie das Kaminzimmer erreichte. Mildred war blass wie ein Gespenst. Jegliches Leben schien aus ihrem Körper gewichen. Wie eine Wachsfigur von Madame Tussauds stand sie neben dem Sofa. Und auf dem Sofa saß ein lebloser, gruselhaft erstarrter William Frankland.

26

4:30 pm, Savoy Hotel, Zimmer 502

Alison spürte dieses Horrorfilmkribbeln unter ihrer Haut. Diesen Mann, mit dem sie gerade erst noch gemeinsam an einem Tisch gesessen hatte, tot vor sich zu sehen, fühlte sich entsetzlich an. Das Bewusstsein, sich an einem echten Tatort zu befinden, in ihrem ersten richtigen Fall hingegen, fühlte sich krasser an als jeder Partydrink. Und dann war da Mildred. Es glich einem Wunder, dass sie nicht ein weiteres Mal in Ohnmacht gefallen war.

Alison konzentrierte sich auf ihren Atem und versuchte, sich einen Überblick zu verschaffen. Der Anblick des toten William Frankland hatte etwas merkwürdig Verstörendes. Dass er tot war, hatte sogar die Tierärztin auf den ersten Blick gesehen, die eigentlich für Alfie ins Savoy geeilt war. »Das ist endgültig«, waren ihre Worte gewesen.

Detective Inspector Chan ging mit einer beeindruckenden Ruhe an die Sache heran. Alison fragte sich, wie er jetzt vorgehen würde. Sie tippte auf: *Tatort absperren, Spuren sichern, Tathergang rekonstruieren.* Stattdessen steckte er seine Hände in die Taschen und starrte die Leiche eine ganze Weile einfach nur an.

»Haben Sie eine Vermutung, woran er gestorben sein könnte?«, fragte er schließlich.

Die Tierärztin blickte Teddy verunsichert an. »Ich hab' sonst eigentlich eher mit Haustieren zu tun.« Sie kicherte nervös. »Sachen erlebt man da. Letztens kam eine Dame aus Paddington. Die hatte ein echtes Schwein als Haustier.«

Teddy zuckte mit den Schultern. »So groß wird der Unterschied wahrscheinlich nicht sein …«

Bei Frankland nicht, dachte Alison.

»… Aber es wird eine Weile dauern, bis meine Kollegen vor Ort sind«, entschuldigte sich Teddy.

Die Tierärztin band sich ihre brünetten Haare zum Pferdeschwanz zusammen, öffnete ihren Untersuchungskoffer, zog ein paar dunkelblaue Gummihandschuhe heraus, streifte sie über, zog Franklands Oberlippen hoch und begutachtete sein Gebiss. »Sehr gepflegt. Kein Zahnstein«, murmelte sie mit einer Faszination, die Alison an diese CSI- und Knochenjäger-TV-Serien erinnerte. Fehlte nur noch, dass sie anfing, anhand des Körperbaus auf irgendwelche obskuren Tathintergründe zu schließen.

»In der Notfallklinik haben wir viel mit Verletzungen durch Misshandlung, Fehlhaltung oder Qualzucht zu tun. Das scheint hier nicht der Fall zu sein.«

Die Zwangsheirat, von der Mildred heimlich geträumt hatte, wäre dem wahrscheinlich ziemlich nahegekommen, dachte Alison.

»Damit will ich sagen, dass ich auf den ersten Blick keinerlei Hinweise auf Fremdeinwirkung erkennen kann.«

Teddy nickte, schürzte kurz die Lippen. »Gift?«

»Wir kriegen oft Hunde auf den Tisch, die Giftköder gefressen haben.« Sie schüttelte den Kopf. »Der hier hat eher keinen erwischt. Kein Erbrochenes, kein Kotabgang …« Sie stoppte unerwartet, bewegte ihren Kopf und sah zu Teddy. Der räusperte sich und rümpfte beschämt die Nase. Nur wenige Atemzüge darauf roch es auch Alison. Mildred schrie auf.

»Um Himmels willen, Alfie!«

Völlig gekrümmt und mit rollenden Augen hockte der Hund neben ihr. Unter seinem angehobenen Schwanz türmte sich eine immer größer werdende, dunkelbraune, dampfende Pyramide auf. Mildred beugte sich zu ihm.

»Du bist ja ganz verstört, mein Kleiner.« Sie blickte in die Runde. »Sie müssen verzeihen, der Arme hat in seinem ganzen Leben noch nie einen Toten gesehen.«

Und vor allem hatte er noch nie zuvor so viele Savoy-Törtchen gefressen.

Mildred rief aus voller Kehle. »Zimmerservice!«

Wie von Zauberhand eilte Nadia um die Ecke. »Schon da ich bin!« Hatte sie etwa auf dem Flur gestanden und gelauscht? Aber warum? Alison konzentrierte sich wieder auf die Leiche. Soweit sie sich erinnerte, bildeten sich bei Vergiftungen durch Zyankali, Blausäure oder narkotische Gifte der Benzolreihe hellrote Totenflecke. Die Tierärztin hatte offenbar den ähnlichen Gedanken, ging in die Hocke, überprüfte Arme und Hals, fand jedoch nichts. Alison bemerkte zwei seltsame kleine Flecken auf Franklands Kopfhaut. »Und was ist das?«

Die Ärztin wurde neugierig und strich Frankland durch das Haar. »Interessant.« Sie sah von der Leiche auf und blickte Alison beeindruckt an. »Eine exzellente Beobachtungsgabe!«

Yes!, dachte Alison und bemerkte die in die Höhe wandernde linke Augenbraue von Teddy. Mildred hingegen rollte mit den Augen. »Die kommt ein wenig spät, nicht wahr?«

»Sieht fast aus wie eine Verbrennung. Eine allergische Reaktion vielleicht«, fuhr die Tierärztin fort. »Aber definitiv nichts, was sein Ableben erklären könnte. Am ehesten würde ich auf einen plötzlichen Herztod tippen.«

Teddy sah die Tierärztin ungläubig an. »In diesem Alter?«

»Es gibt junge Pferde, durchtrainierte Hengste, die plötzlich tot umfallen. Wie alt wird er gewesen sein? Ende fünfzig? Da ist ein plötzlicher Herztod nichts Ungewöhnliches.«

»Also mit hoher Wahrscheinlichkeit kein Mord.«

Alison fiel vom Glauben ab. »Wie nennen Sie es dann?«

»Schlechtes Timing«, antwortete Teddy.

»Das kann doch nicht ihr Ernst sein? Haben Sie den Erpresserbrief schon wieder vergessen?«

»Ein Erpresserbrief?«, keifte Mildred. Teddy knirschte mit den Zähnen und warf Alison einen finsteren Blick zu. Verdammt! Warum konnte sie auch ihre Zunge nicht in Zaum halten?

»Das hier ist der beste Beweis dafür, dass Ihre Theorie nicht stimmen kann, Ms Alison. Eben noch haben Sie William Frankland des Mordes an Oliver Montagu beschuldigt. Jetzt ist er tot. Wie erklären Sie das? Hat er seinen Körper verlassen und sich selbst umgebracht?«

Was ihre bisherige Theorie betraf, musste sie Teddy recht geben. Aber war es nicht seltsam, dass ausgerechnet die zwei Männer, die in gemeinsame geheime Machenschaften verwickelt waren, kurz nacheinander starben? Wieso sah sich niemand den Tatort an? Sie schnappte sich ebenfalls ein paar Gummihandschuhe und tastete vorsichtig Franklands Bekleidung ab.

»Was tun Sie da?«, schimpfte Teddy.

»Ihren Job.« Als sie in die Nähe der rechten Hand kam, stutzte sie. »Das gibt es doch nicht.«

»Das hier ist ein Tatort, Alison!«

»Ach so? Ich denke, er ist eines natürlichen Todes gestorben?«

»Das geht eindeutig zu weit.«

»Jetzt regen Sie sich nicht so auf«, verteidigte sie sich. »Helfen Sie mir lieber.« Sie versuchte, die Finger von Mr Frankland zu lösen, aber es gelang ihr nicht. »Wenn Sie sich dieselbe Mühe machen würden, wäre Ihnen längst aufgefallen, dass William Frankland etwas in der Hand hat!«

»Was sagen Sie?« Endlich streifte sich auch Teddy Handschuhe über und kniete sich neben sie. »Lassen Sie mich mal.« Er nahm Williams Hand. »Das kann doch nicht sein!«

Alison besah sich die Leiche noch einmal genau. Dann berührte sie vorsichtig Arme, Beine, Nacken. »Doch. Die Totenstarre hat bereits eingesetzt.«

Teddy sah sie entrüstet an. »Völlig unmöglich.«

Jetzt versuchte es die Tierärztin. »Sie hat recht.«

Teddy stand auf und klopfte sich die Hände. »Wann haben wir den Toten entdeckt?«

Alison blickte auf ihre Armbanduhr. »Vor etwa 25 Minuten.«

»Die Totenstarre setzt erst nach ein bis zwei Stunden ein. Bis zur völligen Versteifung dauert es noch wesentlich länger.«

Wenn stimmte, was Teddy sagte, stellte das so ziemlich alles auf den Kopf. »Also ist er schon mehrere Stunden tot?«

»Vor mehreren Stunden haben wir alle noch gemeinsam im Savoy Grill gegessen«, meldete sich Mildred zu

Wort. »Außerdem bekomme ich es doch mit, wenn in meinem Zimmer eine Leiche auf dem Sofa hockt.«

Teddy rieb sich das Kinn. »Dann muss ihn jemand tot ins Zimmer getragen haben. Das ist die einzige Lösung.«

»Nicht unbedingt.« Mit ihrem unerwarteten Einspruch zog die Tierärztin die volle Aufmerksamkeit auf sich. Alison spitzte die Ohren. »Ich erinnere mich an einen panischen Ochsen. Der hat sich aus Angst kurz vor seinem Tod im Schlachthaus derart verkrampft, dass die Totenstarre fast sofort eingetreten ist.«

Teddy steckte seine Hände zurück in die Taschen und schnaufte. »Mr Frankland war vielleicht ein blöder Ochse, sitzt aber auf dem Sofa und nicht im Schlachthof. Was bitte soll ihn dann derart erschreckt haben, dass er sich am ganzen Körper verkrampft hat?«

»Eine Geist.«

Wie von der Tarantel gestochen drehten sich alle Köpfe in Richtung der zittrigen Stimme. Nadia stand mit Lappen und Desinfektionsspray bewaffnet vor ihnen. Ihre Lippen bebten stellvertretend für ihren ganzen Körper. »Ich kann Geist spüren. Wie schweres Gewicht, das sich drückt auf meine Schultern.«

»Sie befinden sich an einem Tatort«, konterte Teddy. »Was erwarten Sie? Dass wir alle im Kreis hüpfen und Polka tanzen?«

Nadia richtete ihre Sprühflasche auf ihn. »Ich weiß, was ist Tatort. Ich habe in diesem Haus schon Flecken verputzt, Sie bekommen Albträume von, Mr Tschung.«

Ein plötzliches »Endlich!« hallte durch die Suite. Die Tierärztin hielt einen funkelnden Stein in der Hand, der an einem metallenen Haken hing. »Das hier hat Ihr William Frankland mit der Hand umklammert, Inspector.« Sie reichte das Beweisstück an ihn weiter. Der schnappte es am Haken und hielt es ins Licht. Dabei fiel sein Blick auf den über ihm hängenden Kronleuchter.

»Sieht aus wie einer der Steine, die an der Lampe dieses Zimmers hängen. Wahrscheinlich ist er kurz vor Franklands Tod heruntergefallen. Er hat ihn aufgehoben und wurde mitten in der Bewegung überrascht.« Er überlegte. »Oder er hat ihn mit seiner ganzen letzten Kraft im Todeskampf umklammert und sich deswegen so verkrampft. Weil er unbedingt wollte, dass wir diese Botschaft von ihm bekommen.«

»Oder es handelt sich um einen bewusst platzierten Hinweis des Täters.« Alison nahm Teddy den Stein aus der Hand und lief zu dem Bild mit der mysteriösen Frau über dem Kamin. »Vielleicht handelt es sich um einen Ohrring?« Der Schmuck, den die Dame auf dem Bild über dem Kamin trug, sah nahezu identisch aus.

Es polterte. Nadia hatte vor Schreck Lappen und Desinfektionsspray fallen gelassen und beide Hände an ihre Wangen geschlagen. »Dann es war Geist von Frau auf die Bild!« Ihre Augen suchten nach Mildreds. »Bitte, Mrs Granville. Ich flehe. Böse Mächte am Werk hier sind. Hören Sie auf Ms Diamond und fliehen Sie, solange noch es geht.«

»Wegen einer Spukgeschichte? Lächerlich.« Alfie winselte und kroch zwischen Mildreds Beine. »Außerdem lasse ich mir doch nicht meinen Sunday Roast mit meiner Alison vermiesen.«

Alison war fassungslos. Nicht ernsthaft, oder? Sie jagten einen Mörder. Heute hatte sie Alison schon mit dem gemeinsamen Essen mit Frankland gefoltert. Morgen Abend war das Chandelier Charity Concert. Und da wollte sie vorher tatsächlich noch ins *Simpson's in the Strand* zum Sunday Roast?

Teddys Smartphone klingelte. Er hob ab und eilte zum Telefonieren auf den Hotelflur. Die Tierärztin verabschiedete sich ebenfalls. Nadia bekreuzigte sich. »Ich beten für Sie und Ihre Tante, Ms Alison.« Dann war auch sie verschwunden und Alison mit Mildred und der Leiche allein.

Ein letztes Mal betrachtete sie Frankland. Was war geschehen? Warum ausgerechnet hier, im Zimmer 502? Sie schritt in die Mitte des Zimmers und betrachtete den Kronleuchter. Teddy hatte recht. Der Stein in Franklands Hand hätte durchaus an diese Lampe gehören können. Aber wenn er von ihr stammte, müsste er eine Lücke hinterlassen haben. Der Kronleuchter jedoch erstrahlte in tadellosem, unversehrtem Glanz. Also blickte sie wieder zu dem Bild über dem Kamin. Der Ohrring passte nicht nur perfekt, da war auch der Schal. Zwei Morde, zwei wesentliche Details, und beide vereinten sich auf diesem Bild. Ein Bild, dem William Frankland im Augenblick des Todes direkt gegenübergesessen hatte. Konnte man es dieser Nadia da verübeln, dass sie annahm, der Geist dieser Frau habe beide Männer umgebracht?

Teddy kehrte mit hochrotem Kopf ins Zimmer zurück. »Das könnte Ihnen so passen, Mrs Granville.« Drohend riss er sein Handy in die Höhe. »Wir sprechen uns noch!«

»Das hoffe ich«, erwiderte Mildred.

Er drehte sich auf der Ferse um und stürmte aus dem Zimmer.

»Ist etwas passiert?«, fragte Alison.

»Noch nicht«, antwortete Mildred. »Genau darum geht es ja. Ich habe doch gesagt, dass ich Polizeischutz anfordern werde. Schließlich habe ich nicht vor, wie Mr

Frankland auf diesem Sofa zu enden. Was für ein hässlicher Tod.«

»Was soll das heißen?«

Mildred klopfte Alison lächelnd die Schulter. »Ich vermute, das heißt, dass Detective Inspector Chan ab sofort bei uns auf dem Sofa schlafen wird.«

»Was?« Alles in Alisons Kopf drehte sich. »Und ich?«

»Ungewöhnliche Situationen erfordern ungewöhnliche Maßnahmen.«

Wieso wurde Alison das Gefühl nicht los, dass sie am liebsten gar nicht hören wollte, was diese Maßnahmen waren?

»Mein Bett ist groß genug für uns beide.«

27

6:00 pm, Savoy Theater, Theatersaal

Roy schlängelte sich durch die unzähligen Scheinwerfer hindurch, die noch immer auf dem Boden des Theaterfoyers herumstanden. Theater gab es in London wie Sand am Meer. Aber das Savoy Theater war mit keinem von ihnen vergleichbar. Alles hier erinnerte an die pulsierende Lebendigkeit der zwanziger Jahre des letzten Jahrhunderts: der Art-déco-Stil mit Granit, der kunstvoll schwarz-weiß verzierte Steinboden, die unzähligen vergoldeten Details und verspiegelten Wände. Roy konnte absolut verstehen, dass Oliver Montagu diesen Ort und dieses Event ausgesucht hatte, um seine Vision Wirklichkeit werden zu lassen. Nur so langsam rann ihnen die Zeit durch die Finger. Eigentlich sollten sie bereits in zwei Stunden mit den Proben beginnen. Morgen Abend war das Konzert. Aber anstatt auf der Bühne zu stehen, verteilten sich die Kreativ-Teams der zahlreichen Show-Acts noch immer auf die teilweise mit improvisierten Stellwänden voneinander abgetrennten Bereiche im Foyer. Jede noch so kleine Nische wurde für Tanzproben, Besprechungen oder Kostümproben genutzt. Ganz gleich, ob Box Office, Treppen, Garderobe oder die unzähligen Bars auf den verschiedenen Besucherebenen, alles wurde vom Geist des Showbusiness erfüllt. Roy hatte damit gerechnet, dass es eng werden würde, aber so eng … Sein Smartphone vibrierte. Ein Blick auf das Display verkündete die erlösende Nachricht.

Wir sind so weit!

Als er endlich den großen Zuschauersaal des Savoy Theaters erreicht hatte, brauchte er einen Moment, um sich zu sammeln. Skizzen, Planungen, Modelle und Animationen waren das eine. Das Resultat von Oliver Montagus Vision nun in der Realität zu sehen, haute selbst einen wie ihn von den Socken. Man konnte Alison vorwerfen, was man wollte. Ja, sie war extravagant. Ja, sie war eine Träumerin. Aber genau das war auch der Grund, warum sie sich hatte von Oliver überzeugen lassen. Sie hatte nicht nur das Geld dazu. Nur sie war in der Lage, so etwas auf die Beine zu stellen. Und Roy war sicher, dass es seine Wirkung nicht verfehlen würde. Das hier würde definitiv für Aufruhr sorgen. Wie oft war Alison auf der Suche nach passenden Bühnentechnikern und Kulissenbauern gegen Wände gelaufen. Aber jedes »Oliver Montagu ist ein durchgeknallter Spinner. Das, was sie da vorhaben, ist absolut unmöglich, Madam« hatte sie nur noch mehr angestachelt. »Es ist für die Kinder«, hatte sie dann stets gesagt, »ein Symbol dafür, das eben *nichts* unmöglich ist.« Roy sah die verdutzten Augen des Ingenieurs noch immer vor sich, als wäre es erst gestern gewesen. Er hatte Alison angestarrt wie ein Wesen von einem anderen Stern.

»Das wird Millionen kosten. Meinen Sie nicht, den Kindern ist besser geholfen, wenn Sie das Geld einfach spenden?«

»Geld ist eine einmalige Sache«, hatte Oliver Montagu damals geantwortet, und Roy bekam jetzt noch eine Gänsehaut, wenn er nur daran dachte, wie er seine Idee für das Chandelier Charity Concert verteidigt hatte. »Wenn Sie wirklich etwas verändern wollen, müssen Sie die Herzen der Menschen erreichen, die die Macht dazu haben. Diese Menschen denken nicht wie Sie. Sie brauchen Bilder, Glitzer, Glanz und Effekte. Wissen Sie, wer das Savoy gebaut hat?« Keinen blassen Schimmer hatte der Mann gehabt. Warum auch? »Ein Operndirektor. Unser heutiges Bild von Luxus wurde geprägt von einem Operndirektor. Weil es doch genau das ist, wonach all diese Menschen sich sehnen: Sie wollen inszeniert werden. Das ist die Stelle, an der Sie kitzeln müssen, wenn Sie etwas bewegen wollen.«

Alison hatte das verstanden. Weil sie eben auch eine Visionärin war. Und eine verdammt mutige Frau. Ach, Roy war so stolz auf sie und Ronald Granville wäre es auch. Dafür musste sie keine Polizistin sein. Wenn Ronald das hier jetzt nur sehen könnte.

Der Kronleuchter war riesig und hing genau in der Mitte des Zuschauersaals. Seine drei Etagen waren mit Ketten aus tausenden kleinen Kristallanhängern miteinander verbunden. Dass sie am Ende des Charity-Konzerts diese Anhänger paarweise als Ohrringe versteigern würden, war eine geniale Idee von Oliver gewesen. Im Augenblick vollendeten sie das Bild einer sechs Meter hohen, geschwungenen Glitzerpyramide.

»Wir können. Wo bleiben die mobilen Steuereinheiten?«, hallte eine Stimme aus dem Lautsprecher durch den Theatersaal. Ein Bühnenmitarbeiter hetzte mit einem auffälligen, quadratischen, silbernen Koffer durch den Saal. War das *der* Koffer? Als der Mann dicht an

Roy vorbeieilte und er den Koffer aus der Nähe betrachten konnte, hatte er Gewissheit. Also war auch dieses Problem gelöst und die vermisste Steuereinheit am Ende doch noch aufgetaucht. Der Mitarbeiter verschwand mit ihm auf der Hinterbühne. Nahezu an derselben Stelle trat Peggy aus der Dunkelheit und eilte auf Roy zu. Sie war die einzige Frau, die er kannte, die für ein Klemmbrett einen Waffenschein brauchte. Ihr blonder Pagenschnitt wurde von dem Kopfbügel eines metallenen Hightech-Headsets unter Kontrolle gehalten. Und mit Headset und Klemmbrett hielt Peggy das gesamte Savoy Theater unter Kontrolle. »Wir sind spät dran, aber mit der Steuereinheit sollte es jetzt funktionieren«, rief sie Roy schon im Gehen zu. »Bereit für eine kleine Probefahrt?«

»Und ob!«, antwortete er. Er fühlte sich wie vor dem ersten Testflug einer neuen Weltraumrakete.

»Na dann …« Peggys Blick wurde hochkonzentriert. Mit ihrer linken Hand drückte sie auf den Sprechknopf ihres Funkgerätes. »Stephen? Go!«

Dann ertönte die Stimme aus dem Lautsprecher wieder. »Bitte alle auf Position. Vorsicht, wir fahren!« Ein Warnton hallte durch den Theatersaal. Wie von Zauberhand begannen die einzelnen Etagen des Kronleuchters, sich in jeweils entgegengesetzte Richtung zu drehen. Dann setzte der Kronleuchter sich in Bewegung und schwebte lautlos empor. »Unglaublich!«

»Finden Sie?«, fragte Peggy. »Na dann warten Sie mal ab, wie das aussieht, wenn noch der ganze Rest dazukommt.«

Als der Kronleuchter die Saaldecke erreichte, schob er sich teleskopartig ineinander, sodass von den drei Etagen nur noch eine einzige übrig zu bleiben schien.

Die Glitzerketten bildeten jetzt keine Pyramide mehr, sondern hingen stattdessen zwischen den einzelnen Etagenringen wolkenartig herunter. Dann stoppte die Fahrt. Die Halterungen und Hängebrücken, die zum Kronleuchter führten, waren perfekt verbaut. Die Installation wirkte noch immer imposant, aber: »In diesem Zustand sieht alles so ganz anders und unverdächtig aus«, sagte Roy.

Peggy lächelte zufrieden. »Das nennt man Showbusiness. Wäre doch dumm, wenn man bereits auf den ersten Blick ahnt, was einen erwartet, oder?«

»Allerdings«, antwortete Roy. »Alison wird begeistert sein. Es ist noch beeindruckender geworden, als ich es mir je vorgestellt habe.«

»Deswegen hat es auch so lange gedauert. Das ist ein ziemlicher Akt, gerade für eine einmalige Veranstaltung. Normalerweise haben wir viel mehr Zeit, uns mit der Technik vertraut zu machen. Deshalb mussten wir besonders sorgfältig arbeiten.« Sie stützte die linke Hand in die Hüfte und deutete mit ihrem Klemmbrett in Richtung Decke. »Sie müssen sich bewusst sein: Der ausgefahrene Kronleuchter wiegt Tonnen und hängt genau über dem Publikum. Allein hier unten im Parkett werden an die fünfhundert Menschen sitzen. Ein falsch verbautes oder, noch schlimmer, ein fehlendes Teil, und das Chandelier Charity Concert endet in einer Katastrophe.«

28

7:00 pm, Carting Lane, The Coal Hole

Dass Commander Kilburn über die weitere Vorgehensweise im Fall *Zimmer 502* nicht im Savoy mit Teddy reden wollte, hatte er sofort verstanden. Nicht nur, dass mittlerweile alle Wände Ohren hatten, einen Tag vor dem Chandelier Charity Concert konnte man sich vor Celebrity-Gewusel kaum retten. Bei dem Namen *The Coal Hole* hatte Teddy allerdings eher an einen Kohleschacht gedacht, an dreckige und müde Minenarbeiter. Aber der *Coal Hole Pub* hatte nicht im Geringsten etwas damit zu tun. Wie konnte er auch? Hier am *Strand* war man in einer anderen Welt. Der Schachbrettboden des Pubs glänzte mindestens ebenso wie das Foyer des benachbarten Savoy Hotels, und die Inneneinrichtung und Wandverzierungen erinnerten eher an altenglische Lordschaften als an dunkle, staubige Schächte. Die Sessel, in denen er und Kilburn nun schon seit einer halben Stunde saßen, glänzten in einem satten, tiefen Rot. Das Leder fühlte sich so edel an, dass Teddy sich kaum zu bewegen traute. Innerlich aber brodelte er. Daran konnte weder das Bier noch das Essen etwas ändern, das Kilburn ausgab. Teddy hatte so gut wie keinen Bissen davon angerührt, während

Kilburn seine Pommes in sich hineinschaufelte, als gäbe es kein Morgen mehr.

»Ich weiß, das ist viel verlangt, Mr Chan«, argumentierte Kilburn und wühlte dabei seinen Mundinhalt wie eine Waschtrommel durcheinander. »Aber die aktuelle Situation zwingt uns leider dazu.«

»Die aktuelle Situation oder der Anruf von Mildred Granville?«

Commander Kilburn stocherte in seinen Pommes herum. »Es ist eine wunderbare Gelegenheit, sich zu profilieren.«

Teddy holte tief Luft. Er hätte wissen müssen, dass Kilburn diese Karte spielen würde. Warum musste ausgerechnet er dafür herhalten? Es gab Leute, die genau für solche Sachen ausgebildet waren. Er war kein Babysitter. Außerdem gab es Dienstpläne, und Dustin hatte ihn darum gebeten, sich zumindest morgen freizunehmen. Er hatte gespürt, wie ausgesprochen wichtig es ihm war. Eine Überraschung. Was ganz Großes. Jetzt sollte er ihn schon wieder hängenlassen? Wie weit wollte er es denn noch treiben? Er wagte gar nicht, darüber nachzudenken, auf was für Einfälle sein Sohn noch kommen würde, um endlich die Aufmerksamkeit von seinem Vater zu bekommen, die er verdiente. Für dreihundert Pfund konnte man sich Dinge kaufen, wegen der Teddy schon so manchen für viele Jahre in den Knast gebracht hatte. Nein, diesmal nicht. Bis hierher und nicht weiter. »Sir, ich habe Familie.«

Kilburn beugte sich vor und umfasste das Glas auf dem Tisch. »Ich weiß, was bei Ihnen zu Hause los ist, Mr Chan.«

»Tun Sie das?« Teddy biss sich auf die Zunge. Er dürfte seine Wut nicht so offen zeigen. Das war unprofessionell und fehlplatziert.

»Vielleicht besser, als Sie es sich vorstellen können.«

»Warum lassen Sie dann nicht Frank den Job machen, oder Bob?«

»Weil ich spüre, dass Sie einen Draht zu den Granvilles haben.«

Da überwand sich Teddy endlich, einen Schluck von seinem Bier zu nehmen, schon verschluckte er sich so sehr, dass er den Inhalt seines Mundes beinahe über den gesamten Tisch verstreut hätte.

»Und weil es wichtig ist, dass Sie hier an diesem Ort sind.«

Falsch, dachte Teddy, *weil er einfach nicht genug Arsch in der Hose hatte, um Konter zu geben.* Benisha hatte recht. Mit allem. Er wäre auch ausgezogen, wenn er mit sich verheiratet wäre. Kilburn klopfte ihm auf den Oberarm. »Vertrauen Sie mir, Mr Chan. Es wird sich alles zum Guten wenden. Vielleicht schneller, als Sie glauben.«

Teddy glaubte gar nichts mehr. Daran konnte auch der freundschaftliche Zwinkerer von Kilburn nichts ändern. Er flüchtete mit seinem Blick zur Fensterfront. Er hasste das Gefühl, dass sein Chef in seinen Gedanken lesen konnte. Das ging ihn nichts an. Offenbar hatte Teddy ohnehin schon viel zu viel aus seinem Privatleben preisgegeben, auch wenn er sich das nicht im Geringsten erklären konnte. Vielleicht spähte der Scotland Yard seine Mitarbeiter ja aus? Teddy würde rein gar nichts mehr überraschen.

Jemand lief außerhalb des Pubs an der Fensterfront vorbei. Das allein war natürlich nichts Ungewöhnliches. Es waren die Körperhaltung, der Schritt, die Konturen, die Größe, die ihn triggerten. Er kannte seinen Sohn. Aber hatte Dustin nicht gesagt, er würde den Abend bei seiner Mutter verbringen? Und nahezu den kompletten Sonntag über für die Schule arbeiten? Deswegen war doch erst dieser Stress rund um ihren Männerabend entstanden?

Teddy entschuldigte sich bei Kilburn und eilte nach draußen. Als er auf die Straße trat, bog die Gestalt gerade in die Carting Lane ein. Teddy rannte hinterher. Da war sie wieder. Aber die spärliche Beleuchtung der Seitengasse machte es bei der einbrechenden Dunkelheit unmöglich, die Person zu identifizieren. So schnell es ging, hetzte Teddy die Stufen am Anfang der Gasse hinunter. Auf halber Treppe und genau in dem Moment, als Teddy sich unter einer Laterne befand, drehte sich die Gestalt nach ihm um. Das Licht blendete. Das Gesicht vor ihm im Dunkeln war nichts als ein schwarzer Schatten. Für sein Gegenüber jedoch musste Teddy voll ausgeleuchtet sein. Just in dem Moment, als der Schatten Teddy erblickte, fror er für einen Atemzug in seiner Bewegung ein. Dustin? Teddy wurde unsicher. Wer auch immer das dort unten auf der Carting Lane war, er erkannte Teddy. Und jetzt nahm er die Beine in die Hand und rannte davon. Teddy spurtete hinterher. Die Gestalt schlug einen Haken nach links und verschwand hinter der Hauswand. Teddy holte auf. Doch als er ebenfalls um die Ecke bog, war niemand mehr zu sehen. Eine Tür öffnete sich, und eine Frau mit blondem Pagenschnitt und Klemmbrett unter dem Arm kam ihm entgegen. Teddy stoppte sie und zog seine Dienstmarke.

»Ist Ihnen zufällig gerade jemand entgegengerannt?«

»Entgegengerannt?«

»Ein Mann oder eine Frau, jemand, der offensichtlich auf der Flucht war.«

Die Frau sah Teddy eine ganze Weile wortlos an. Dann schwenkte sie ihren Kopf und ließ ihren Blick die gesamte Gasse entlangschweifen. Sie sah zurück zu Teddy. »Tut mir leid, Sir. Muss ich mir etwa Sorgen machen?«

Das wüsste er auch nur zu gern. Aber es machte keinen Sinn, Unruhe zu stiften und wegen seiner Privatprobleme am Ende noch eine Panik auszulösen. Es herrschte schon genug Aufregung im Savoy, und morgen stand dort ein Großevent an. »Nein, Madam«, log er. »Eine reine Routinemaßnahme.«

»Na dann …« Die junge Frau nickte erleichtert und verabschiedete sich. Teddy glaubte dennoch, dass sie einen Zacken zu schnell aus der Carting Lane verschwand als normal. Er ließ seinen Blick ein weiteres Mal kreisen, entdeckte aber noch immer nichts. Neben der Tür, aus der die Dame gekommen war, hing ein Schild. Teddy trat dichter heran, um es lesen zu können.

Savoy Theater. Bühneneingang.

Teddy überlegte. Aus einem unerfindlichen Grund gefiel ihm das gar nicht. Sein Magen zog sich zusammen, und seine Kehle wurde staubtrocken. Zum ersten Mal, seit er sich mit dem seltsamen Tod von Mr Montagu beschäftigte, überkam ihn ein richtig mieses Gefühl. Er machte auf dem Absatz kehrt und eilte zurück in den *Coal Hole Pub*. Commander Kilburn saß noch immer auf seinem Platz und genoss das Essen. Ein Wunder, dass sein Teller bei diesem Enthusiasmus nicht längst leer war. Als er Teddy auf sich zukommen sah, schreckte er hoch, räusperte sich und schob mit beschämtem Blick den Teller von sich.

»Verzeihen Sie, Mr Chan. Ich dachte …«

Jetzt verstand Teddy. Kilburn hatte nicht von seinem eigenen Teller gegessen, sondern von Teddys.

»… ich bestelle Ihnen gern einen neuen Burger.«

Teddy schüttelte den Kopf. »Vergessen Sie den Burger, Kilburn.« Er streckte seine Hand in Richtung seines Chefs aus. »Ich bin dabei, Chef. Ich mach's!«

Kilburn nickte zufrieden und schlug ein.

Tag des
Chandelier Charity Concerts

29

12:00 midnight, Savoy Hotel, Zimmer 502

Gewitter an sich waren in London keine Seltenheit. Welche, die man im Lärm der Metropole noch hörte, hingegen schon. Die Wolken schienen über der Stadt regelrecht zu explodieren. Mildred bekam von diesem Jahrhundertereignis nichts mit. Im Gegensatz zu Alison schlief sie tief und fest. Im Traum schien sie noch immer den Kampf gegen die ungeliebte Matratze auszufechten. Sie schnarchte, als würde sie das Bett zersägen wollen. Alison war auf größtmöglichen Sicherheitsabstand gegangen und rührte sich nicht. Sie balancierte auf der Bettkante, starrte an die Decke und wartete darauf, dass sich ihre Augen an die Dunkelheit gewöhnt hatten. Irgendetwas stimmte mit Alfie nicht. Er war lautstark aus dem Schlaf hochgeschreckt und lief nun aufgeregt im Zimmer auf und ab. Musste er etwa schon wieder raus? *Bitte nicht*, dachte Alison. Sie hatte weder Lust, aufzustehen, noch wollte sie durch das Kaminzimmer latschen, in dem der womöglich halbnackte Detective Inspector Chan auf dem Sofa seinen Schutzdienst absolvierte. Also wickelte sie sich eng in ihre Decke ein. Das dicke Federbett war viel zu warm, aber sie hatte das Bedürfnis, jeden noch freien

Zentimeter Haut darunter zu verbergen, komme, was wolle.

Gerade als sie ganz in ihren Atem versunken beinahe eingeschlafen war und Alfie sich zu beruhigen schien, sprang die Lampe auf ihrem Nachttisch an. Alison drehte sich auf die Seite, berührte den Schalter und kippte ihn. Dunkelheit. Vielleicht lag es an der Nähe zu Mildred? Legte Alison sich derart auf die Bettkante, dass sie bei einer ungeschickten Bewegung den Schalter berührte? Das Licht sprang erneut an. Dieses Mal hatte sie den Schalter definitiv nicht berührt. Das Licht ihrer Nachttischlampe erlosch wieder. Dafür sprang Mildreds Licht an. Alisons Pulsschlag beschleunigte sich, und alle ihre Sinne gingen in Alarmbereitschaft. Das Licht auf der Kommode dem Bett gegenüber erleuchtete. Das Licht auf ihrem Nachttisch. Mildreds ging wieder aus. Die noch eingeschalteten Lichter flackerten von hell zu dunkel, zu hell, zu halbdunkel. Alfie winselte und marschierte unentwegt von einer Ecke des Zimmers in die andere und wieder zurück.

Alison fühlte sich wie in einer schlechten Kopie des London Dungeon. Sie linste zur Zimmertür, ohne sich zu bewegen, und lauschte. Weder Westminsterglocken noch irgendeine Melodie waren zu hören. Nur Mildreds Schnarchen. Aber Teddy war im Nachbarzimmer. Sie musste ihm die Sache zeigen. Vielleicht würde er ihr dann endlich glauben.

Sie schlug die Bettdecke zurück. Schlagartig war es stockfinster. Alison stockte der Atem. Sie dachte an diesen Traum aus ihrer Kindheit, in dem sich ein dunkler, schwarzer Schatten an ihr Bett geschlichen, mit seinen kalten Händen ihre Beine gepackt und festgehalten hatte. Daran, wie sie mit aller Kraft zu schreien versucht und es einfach nicht geschafft hatte. *Das war nur ein Traum, Alison,* versuchte sie sich, in Gedanken Mut zu machen. Bisher war niemandem etwas aufgrund dieses Spukes geschehen. Mr Montagu war im Fahrstuhl gestorben und Frankland bei helllichtem Tag auf dem Sofa. Nein, Alison war sicher, irgendjemand versuchte, hier Angst und Schrecken zu verbreiten. Es war schon schlimm genug, dass sie ihren Vater mit ihrem gesamten Lebensweg enttäuscht hatte. Jetzt würde sie nicht auch noch damit sein Herz brechen, dass sie sich von einem hinterhältigen Mörder Angst einflößen und ihn so mit seiner Straftat davonkommen ließ.

Das Lampenspiel begann von Neuem. Sie setzte sich auf, sprang aus dem Bett und eilte auf Zehenspitzen in Richtung Tür. So leise wie möglich drückte sie die Klinke hinunter. Unverzüglich quetschte sich Alfie durch den Türspalt und stürmte ins Kaminzimmer. Teddy bekam nichts davon mit. Tief in Gedanken versunken saß er lediglich mit hautengem, weißem Muscle-Shirt, Schulterholster und Jeans bekleidet auf dem Sofa und spielte auf zwei Fernbedienungen gleichzeitig herum. Immer wieder wanderte dabei sein Blick in Richtung des Infotextes auf dem Fernseher. Er fluchte.

»Mr Chan«, flüsterte Alison. Er erschrak, fuhr herum und blickte Alison direkt in die Augen. Sie legte ihren Finger auf die Lippen, trippelte zu ihm ans Sofa und deutete aufgeregt mit dem Finger in Richtung Schlafzimmer.

»Was ist?«, flüsterte Teddy. Unverzüglich schnellte seine rechte Hand an den Griff seiner Dienstwaffe.

»Das Licht, es geschieht schon wieder.«

Alfie nahm Anlauf, sprang zu Teddy aufs Sofa und setzte sich, als suchte er Deckung hinter der Sofalehne. Gemeinsam blickten alle drei durch die geöffnete Schlafzimmertür. Aus der Dunkelheit des Zimmers drang nichts weiter als Mildreds lautes Schnarchen.

»Was ist mit dem Licht?«

Alison bedeutete Teddy, still zu sein. »Warten Sie ab.«

Nichts geschah.

»Vielleicht haben Sie …«

Alison ballte ihre Hände zu Fäusten und flüsterte. »Ich. Habe. Nicht. Geträumt.« Sie trat in die Mitte des Zimmers und sah sich um. Wieder fühlte sie sich gefangen von dem Bild der Frau über dem Kamin. Ihr Blick schien Alison regelrecht zu verfolgen. Vielleicht war es das? Vielleicht ging ihr deshalb dieses Bild nicht mehr aus dem Sinn? Weil ihr Unterbewusstsein spürte, dass sie beobachtet wurde. Von ihrem Vater wusste sie, dass man heutzutage in nahezu jedem unscheinbaren und noch so kleinen Gegenstand eine Kamera verstecken konnte. Dass sie von dem Lichterspuk geweckt und aufgescheucht worden war und er nun ausgerechnet dann aufhörte, als sie bei Teddy erschien, konnte doch kein Zufall sein.

Dann wieder: Völlig unerwartet flackerten die Lichter im Schlafzimmer. Alison schnellte herum. »Mr Chan!«

Er nahm die Finger von der Fernbedienung und …

Dunkelheit.

Alison stutzte. »Sind Sie etwa …«

»Was?«, flüsterte Teddy.

»Ach, nichts«, antwortete sie. »Entschuldigen Sie die Störung.«

»Gute Nacht«, antwortete Teddy, deutete lässig mit Zeige- und Mittelfinger zuerst auf seine Augen, dann auf ihre und wandte sich wieder seiner Fernbedienung zu. Alfie ließ sich fallen und rollte sich neben Teddy auf dem Sofa ein. Doch dieses Mal drehte sich Alison nicht weg. Sie beobachtete ihn. Teddy spielte auf der Fernbedienung herum und – es war, wie Alison es vermutet hatte, der Lichterspuk begann von vorn. Sie eilte ums Sofa herum. »Das sind Sie!«

»Ich?«

»Sie haben eine Fernbedienung für die Zimmerbeleuchtung in der Hand und nicht die vom Fernseher!«

Völlig verdattert starrte Teddy auf das Gerät. »Das ist … oh … ich versuche doch nur seit einer gefühlten Ewigkeit, einen spannenden Film auszuwählen.«

»Sie schalten nicht den Fernseher ein. Sie steuern das Licht!« Alison deutete in Richtung des Schlafzimmers. »Machen Sie genau das, was Sie eben gemacht haben.«

Teddy tippte auf der Fernbedienung herum. »Oh mein Gott, Sie haben recht!«

Alison hechtete zur Schlafzimmertür und schloss sie, um frei reden zu können. Danach schaltete sie das Licht im Kaminzimmer ein. »Das dort ist die Fernbedienung für den Fernseher. Sie liegt direkt daneben.«

Teddy sah zum Tisch. »Oh! Die sehen ja aber auch total gleich aus.«

Das meinte er jetzt nicht ernst, oder? Allein die Farbe der Tasten war völlig unterschiedlich. Sein Blick wechselte zwischen den Fernbedienungen hin und her. »Eine Fernsteuerung für Lampen? Wer braucht denn so einen Quatsch?«

Dieses Feature war Alison auch neu. Aber vielleicht hatte Oliver Montagu es sich installieren lassen? In einem Hotel wie dem Savoy war nichts unmöglich. »Wo haben Sie die Fernbedienung überhaupt her?«

»Sie lag unter dem Sofa.«

»Unter dem Sofa? Was suchen Sie unter dem Sofa?«

Teddy zog seine Dienstmarke aus der Hose und hob synchron dazu die linke Augenbraue. »Ich habe das Zimmer auf verdächtige Gegenstände untersucht und dachte, die Fernbedienung sei Ihnen wohl runtergefallen und dann unter das Sofa gerutscht.«

Alison nahm sie Teddy aus der Hand und betrachtete sie neugierig. Alfie schnaufte.

An der Zimmertür klopfte es. Sofort schnellte der Kopf von Alfie in die Höhe, und der Corgi richtete seine Dumbo-Ohren wie Satellitenschüsseln in Richtung Tür. Teddy sah Alison an. »Erwarten Sie jemanden?«

Sie schüttelte den Kopf. »Um diese Zeit?«

Draußen blitzte und donnerte es. Teddy sprang auf und zog seine Dienstwaffe. Es klopfte erneut. Er schlich in den Flur. Die Waffe im Anschlag und den Bizeps zu beeindruckender Größe angespannt, bedeutete er ihr, zur Tür zu gehen, während er sich in Bereitschaft an die angrenzende Wand lehnte. Ihr Herz wummerte. Sie griff zur Klinke. Ein kurzer Kontrollblick zu Teddy, dann öffnete sie. Umgehend sprang Teddy in Position. »Keine Bewegung!«

Alek trat von seinem Servicewagen zurück und erhob die Hände. »Ups!«

Aus dem Augenwinkel glaubte Alison, einen Schatten im Hotelflur um die Ecke flüchten zu sehen. »Nadia?«, flüsterte sie.

»Nadia?« Alek runzelte verwundert die Stirn. »Die hat seit Stunden Feierabend.« Aber als er sich ebenfalls umdrehte, war der Schatten ohnehin längst verschwunden. Alison blickte zurück zu Alek. »Was machen Sie hier?«

»Ich?« Er schien ernsthaft irritiert. »Ich bringe das Candlelight-Menu, Ms Alison.« Bei dem Wort *Candlelight* wanderte sein Blick verschmitzt zwischen Alison und Teddy hin und her.

Alison sah Teddy verwundert an. »Candlelight-Menu?« Alfie stürmte auf den Hotelflur und umkreiste mit wedelndem Schwanz den Servicewagen. Alek reichte ihr den beigefügten Beleg. »Shanghai Surprise«, las Alison vor. Teddys Gesicht wurde länger und länger.

»Aus der Auswahl auf dem Teletext. Ich habe gedacht, das wäre ein Film.«

Alison kämpfte um Beherrschung, aber als sie selbst in Aleks Mundwinkeln ein leichtes Zucken erspähte, konnte sie nicht mehr. Ihr Zwerchfell verkrampfte sich. Tränen schossen ihr in die Augen. Ein hemmungsloser Lachkrampf folgte. Kurz darauf schlug er auf Teddy über und schließlich auch auf den sichtlich amüsierten Alek.

Wenige Minuten später war das Menü aufgebaut, der Stecker der Stehlampe am Sofa für ein angenehmes Schummerlicht eingesteckt, ein romantisches Kerzenarrangement um das Essen herum platziert und Alek wieder aus der Suite verschwunden. Alfie kaute zufrieden auf einem echten Stück Hirschgeweih. Auf dem Sofatisch thronte ein drei-etagiges Tablett mit einer deliziösen Auswahl verschiedenster Sushi-Röllchen, frischem Fisch, Meeresfrüchten und zu Schwänen, einer Buddha-Figur und kleinen Schiffchen geschnitztem Obst. Dazu gesellte sich eine asiatische Porzellanschale mit feinstem Gebäck. Und ein bunter, sich lang über den Tisch schlängelnder Drachen aus Frühlingsrollen umrandete das Arrangement. Wunderkerzenfeuer spie aus seinem Maul.

»Wahnsinn!« Teddys Augen funkelten wie die eines kleinen Jungen bei Heiligabend. »Ich werde das natürlich auf jeden Fall bezahlen, Ms Alison.«

»Blödsinn!« Alison klopfte Teddy auf den Oberschenkel, der sich überraschend muskulös anfühlte. »Jetzt entspannen Sie sich mal, Mr Chan.«

»Teddy«, antwortete er und wurde fast ein wenig rot dabei.

»Teddy«, wiederholte sie. Seine Eltern hätten ihm keinen passenderen Namen geben können. »Es ist schön, dass Sie da sind, Teddy …« Hatte sie das jetzt wirklich gesagt? Der Mann trug einen Ehering an seiner linken Hand. Und sie hatte einen Freund. Und saß lediglich mit einem lavendelfarbenen La-Perla-Pyjama bekleidet bei Kerzenschein neben ihm: einem Muskel-Detective im Unterhemd. »… und auf uns aufpassen«, fügte sie rasch hinzu. Teddy nahm die Stäbchen und angelte sich meisterhaft einige Leckereien.

»Zumindest wissen wir jetzt, wie dieser angebliche Spuk in diesem Zimmer zu funktionieren scheint.« Er kaute. »Was für ein Aufwand, um eine Straftat zu vertuschen.«

»Meinen Sie?«

»Wozu sonst diese ganze Geistergeschichte?« Noch mitten im Satz schob er ein weiteres Sushiröllchen nach. Er wirkte, als wenn er tagelang nichts gegessen hätte. So einen durchtrainierten Körper bekam man allerdings auch nicht vom Hungern.

»Das ist genau der Punkt«, konterte Alison. »Das Savoy Hotel ist doch der perfekte Ort, um einen Mord zu vertuschen. Je weniger Tamtam Sie um einen Tod machen, desto wahrscheinlicher ist es, dass das Hotelmanagement die Sache aus reinem Eigeninteresse gekonnt unter den Teppich kehrt.«

Teddy sah sie überrascht an. »Interessanter Ansatz.« Das letzte Sushistück auf seinem Teller warf er Alfie zu, der es schneller als ein Chamäleon auffing. »Mit nur einem Denkfehler.«

»Und der wäre?«

»Kein Täter dieser Welt hat ein Interesse daran, entdeckt zu werden.« Teddy schüttelte den Kopf. »Nein, glauben Sie mir. Wir haben es hier mit einem regelrechten Egozentriker zu tun.« Er spülte seinen Mund mit einem Schluck Wasser. »Aber verwundert das? Ich meine …« Seine Hand kreiste durch die Luft. »… schauen Sie sich doch um! Als wenn Geld alles wäre in der Welt.«

Nach einem Moment der Stille sah er Alison bedrückt an und wurde augenblicklich einen Kopf kleiner. »Entschuldigen Sie. Es ist nur … Sie wissen nicht, wie das ist. Ich strampele mich den ganzen Tag ab, um meiner Familie das Bestmögliche zu bieten. Und dann erlebe ich das hier.« Gedankenversunken spielte er mit den Stäbchen in seinen Fingern herum. »Aber wen kümmert das …«

Sie. Und zwar mehr, als er sich im Moment vorstellen konnte. Sie überlegte kurz, ob sie ihm von ihrem Projekt erzählen sollte, von Oliver Montagus Vision und dem Kronleuchter, verwarf den Gedanken dann aber wieder. »Wer sagt Ihnen, dass das hier das Bestmögliche wäre?«

»Ach kommen Sie! Welche Frau mag das nicht? Teuren Schmuck, schöne Kleider, gutes Essen.« Er nahm sich eine Scheibe frischen Thunfisch und rollte mit den Augen beim Kauen. »Verdammt gutes Essen.« Er klopfte mit seinen Stäbchen auf den Teller. »Wer will da nicht dazugehören?«

»Geld löst auch nicht alle Probleme.«

»Aber es hält Ihnen verdammt viele vom Hals.« Teddy wurde still, und sein Blick bekam einen gedankenverlorenen Ausdruck. »Vielleicht wäre es dann nicht so weit gekommen.« Er sah Alison von der Seite an. »Vielleicht wäre sie dann noch da?«

»Wer?«, fragte Alison mehr aus Höflichkeit. Die Antwort war ihr ohnehin klar.

»Meine Frau.«

Die Wunderkerzen erloschen mit einem lautstarken Knisterfinale. »Glauben Sie das wirklich? Liebe können Sie nicht kaufen.«

»Aber Zeit.« Er stützte seine Ellenbogen auf seinen Knien ab und ließ den Kopf in seine Hände fallen. »Oh Mann ... Und das sage ich, wo ich jetzt hier bei Ihnen sitze statt bei meiner Familie.«

Alison lehnte sich zurück und rührte mit dem Trinkhalm in ihrem Cocktailglas herum. »Sind Sie wirklich wegen des Geldes hier?«

Teddy blickte auf und sah sie eine ganze Weile einfach nur an. »Sie sind ganz schön eingebildet, finden Sie nicht?«

Alison lachte. »Ich rede nicht von mir.«

»Wovon dann?«

»Von Ihrem Job?«

Teddys Blick verhärtete sich. Da war sie wieder, diese innere Zerrissenheit, die sich in seinen Augen spiegelte. »Sie sind besser, als ich dachte.« Er holte tief Luft und blickte an die Decke, als hoffte er auf irgendeine himmlische Eingebung. »Ich liebe meine Familie. Aber ich liebe auch meinen Job. Ich kann das nicht aufgeben. Wenn ich das tue …« Er sah Alison tief in die Augen. Im Flackern der restlichen Kerzen sahen seine Gesichtskonturen kernig männlich und anschmiegsam zugleich aus. »Diese Arbeit ist alles, was ich habe, wofür ich immer gekämpft habe. Wenn ich das nicht mehr habe, dann … bin ich tot.«

Alison stellte ihren Cocktail zurück auf den Tisch.

»Aber ich verlange nicht, dass Sie das verstehen, Alison.«

Sie verstand sehr gut. »Es mag dumm klingen für einen in Ihrer Situation, Teddy. Aber Sie haben so viel. Sie haben einen Traum. Ich habe nur …« Alison seufzte. »Ich weiß es nicht.«

Teddy grinste. »Aber ich.« Er beugte sich vor und griff nach der Schale mit Gebäck, die am rechten Rand des Tisches stand. »Ziehen Sie einen Glückskeks.«

Alison zögerte.

»Nehmen Sie sich Zeit. Wählen Sie genau aus. Hören Sie auf ihr Herz. Dann wird das Universum zu Ihnen sprechen.«

In Alisons Fingern prickelte es. Sie nahm einen Keks, fühlte sich irgendwie unwohl dabei, legte ihn zurück und wählte einen anderen.

»Was ist? Machen Sie auf!«

Es war albern, aber Alisons Puls beschleunigte sich. Sie brach den Keks auf und zog den kleinen Zettel heraus.

»Was steht drauf?«, fragte Teddy.

Alison wusste nicht, was sie antworten sollte.

»Nicht verzweifeln. Das Universum spricht nicht direkt zu uns. Sie müssen nach der tieferen Bedeutung suchen, nach einem Sinnbild. Wie in einem Haiku.«

Wenn das auf ihrem Zettel ein Sinnbild war …

»Nun zeigen Sie schon. Was sagt er?«

»Nichts«, antwortete Alison.

Teddy blickte wie von allen Geistern verlassen. Alison hielt ihm den Zettel unter die Nase. »Er ist leer.«

Sie schloss ihre Augen. Für einen Moment wollte sie einfach mit sich allein sein. Als sie ihre Augen wieder öffnete, flackerte das Licht im Zimmer. Stehlampe, Kronleuchter, Leselicht, alles blinkte und leuchtete wild durcheinander. Alison fand den Versuch von Teddy, sie aufzuheitern, ja ganz süß. Aber … »Lassen Sie das, Teddy.«

»Ich mache nichts.«

Sie drehte sich zu ihm. Als Beweis hielt Teddy beide Hände in die Höhe. Alison drehte sich um und spähte unter den Türspalt. In Mildreds Zimmer war es noch immer stockfinster. Sie sprang auf und lauschte an der Tür. Mildred schnarchte.

»Alison!« Teddy deutete auf das Bild über dem Kamin. Die Farben des Bildes schienen zu leuchten. Für einen kurzen Moment wurde es dunkel im Zimmer. Dann plötzlich erschien dort, wo eben noch das Bild gewesen war, eine Videoaufnahme. Ein junger Mann. Das Bild war schwarz-weiß, körnig und wirkte wie die Aufnahme aus einer fernen Zeit. Der Junge bewegte seine Lippen. Formten sie ihren Namen? Ihren Namen und ein »Verschwinde, Alison!« Der Gesang einer Mädchenstimme erklang. Dann riss das Bild ab, und der Bildschirm wurde schwarz.

»Wer war das?«, fragte Teddy aufgeregt.

»Wer auch immer«, antwortete Alison. »Er oder sie kann nicht weit sein.« Sie deutete auf Alfie, der aufgeregt an der Tür der Suite kratzte und unbedingt nach draußen wollte. »Ich glaube nicht, dass so eine

Fernsteuerung eine unendliche Reichweite hat.« Alison sprang auf, öffnete die Tür und eilte in den Hotelflur. Niemand war zu sehen. Aber sie hörte, wie sich die Fahrstuhltür bewegte. Alfie sprintete voraus. So schnell sie konnte, rannte sie barfuß in ihrem Pyjama hinterher. Der Hund flitzte um die Ecke und schlüpfte durch die sich schließende Tür des roten Lifts. In allerletzter Sekunde schob Alison ihre Hand dazwischen. Als sich die Tür des roten Lifts wieder öffnete, gefror ihr das Blut in den Adern. Darcy Diamond saß auf der roten Sitzbank, beide Hände rechts und links an die Wände des Aufzuges gedrückt, den Kopf mit weit aufgerissenen Augen emporgestreckt stöhnte sie mit merkwürdig verstellter Stimme: »Verschwinde, Alison!«

30

1:30 am, Zimmer 402

Teddy war absolut nicht einverstanden damit, dass Alison entgegen der Abmachung nun doch hier unten auf Etage 4 vor Darcy Diamonds Zimmer aufkreuzte. Noch verrückter fand er, dass sie sich extra in Schale geschmissen hatte.

»Was denken denn Sie? Dass ich Darcy Diamond im Pyjama verhöre?«

Das nun nicht gerade. Aber ein Trenchcoat-Minikleid im Glitzer-Tarnmuster und meterhohe Plateau-Kniestiefel? Ganz zu schweigen von dem Bandana, das sie sich um den Kopf gebunden hatte. Was stand da drauf? »Dr. Watson?«

»Ich habe auch noch eins mit der Aufschrift *Sherlock*«, antwortete Alison. »Soll ich es Ihnen schnell holen?«

»Bloß nicht!«, konterte Teddy und wollte bereits zu einem weiteren Vortrag ansetzen, darüber, dass Kriminalistik kein Kinderspiel sei. Aber was nützte es? Diese Frau machte ohnehin, was sie wollte. Und wenn er ganz ehrlich zu sich selber war, imponierte ihm das sogar ein wenig. Trotzdem: »Wir sollten Ihre Tante jetzt keinesfalls alleine lassen, Alison.«

»Tun wir nicht«, antwortete sie mit diesem typisch kessen Lächeln. »Ich habe alles organisiert.« Sie zog ihr Smartphone aus der Tasche und präsentierte einen aktiven Videoanruf. Mildred saß gemeinsam mit Alisons Butler Roy auf dem Sofa und winkte verschlafen in die Kamera. Zwar passte diese Aktion eher in eine dieser Vorabendserien als zu professioneller Ermittlungsarbeit, aber er musste zugeben, dass ihm die Idee gefiel, und das stolze Lächeln von Alison tat ihm auf überraschende Weise gut. Warum konnte Smith nicht hin und wieder so schauen? »Na dann«, antwortete er, drehte sich zur Tür der Suite 402 und klopfte an.

Erstaunlicherweise schien Darcy Diamond bereits auf Teddy und Alison gewartet zu haben. Leiser Sakralgesang hallte durch die halbdunkle und nur von Kerzenlicht erhellte Suite. Betörender Nebel kroch Teddy in die Nase: eine Mischung aus Weihrauch und Sandelholz. Darcys Suite und jene von Mrs Granville lagen nicht nur direkt übereinander, sie waren auch genau gleich geschnitten und ähnlich möbliert. Nur die Dekoration war grundverschieden. Bilder, Lampen, Spiegel, all das unterschied sich auf nahezu konträre Weise. Die Vorhänge hatte Darcy zugezogen. Auf Kamin, Tischen und Kommode brannten Stumpenkerzen. Die vom Kerzenlicht geworfenen Schatten tanzten wie Geister über die Zimmerwände.

»Bitte erlauben Sie mir, eine kurze Dusche zu nehmen«, stöhnte Darcy. »So eine Séance ist immer unglaublich anstrengend für mich.«

»Séance nennen Sie Ihren Auftritt im roten Lift?«, fragte Alison. »Diese Séance ist bereits fast eine Stunde her.«

»Ich kann zwar viele Dinge sehen, Alison. Aber ich konnte nicht ahnen, dass Sie so lange brauchen würden, um für Ihr Verhör zu mir aufs Zimmer zu kommen.«

In Alisons Blick las Teddy, dass sie von dieser Hellseheranspielung genauso wenig hielt wie er. *Séance, anstrengend,* Teddy ärgerte sich über dieses mystische Theater. Die energetische und singende Darcy Diamond auf der Eurovision-Showbühne hatte ihm besser gefallen. Das hier war so entlarvend, so menschlich, wie eine Nadel, mit der man eine im Sonnenlicht tanzende Seifenblase zerstach. Aber im Grunde kam ihm Darcys Bitte mehr als gelegen. Ein kurzer Aufenthalt von ihr im Bad verschaffte ihnen Luft, um sich ein wenig umzusehen, und er spürte, dass Alison genauso dachte. Also nickte er Darcy zu, und sie verschwand im Badezimmer.

Teddy ließ seinen Blick durch die Suite streifen. Während seiner jahrelangen Arbeit am Scotland Yard hatte er ein kriminalistisches Gespür entwickelt. Er hatte gelernt, diesem Gefühl zu vertrauen. Zudem belegten wissenschaftliche Studien, dass die Intuition überraschende und neue Situationen oft sogar schneller und zuverlässiger bewerten konnte als der Verstand. Und genau diese Intuition sagte ihm, dass Darcy Diamond etwas zu verbergen schien. Die Frage war somit nicht, ob sie etwas im Schilde führte. Die Frage war: Was?

»Teddy!« Alison winkte ihn zu sich. Mit klimpernden Augen griff sie in ihr Dekolleté.

»Was tun Sie da?«

Sie zog eine Fernbedienung heraus. Falsch. Nicht irgendeine Fernbedienung, *die* Fernbedienung.

»Als Sie gesagt haben, dass Darcy Diamonds Zimmer genau unter Zimmer 502 liegt, ist mir eine Idee gekommen.«

»Und die wäre?«

»Warten Sie ab. Probieren wir es einfach aus.« Sie deutete auf den Liveanruf auf ihrem Smartphone. »Es geht los, Roy«, flüsterte sie in den Lautsprecher. Roy nickte. Um zu beweisen, dass sie nicht manipulierend eingreifen konnten, hoben er und Mildred wie abgesprochen ihre Hände in die Höhe. Alison spielte auf den Tasten der Fernbedienung. Das Licht, das Mildred und Roy umgab, veränderte sich, ohne dass sie einen Finger rührten. »Wusste ich es doch«, jubelte Alison.

»Exzellent!« Commander Kilburn hatte recht. Alison besaß tatsächlich ein gewisses kombinatorisches Talent. »Allerdings übersehen Sie ein wesentliches Detail: Darcy Diamond befand sich im Aufzug und nicht in ihrem Zimmer.«

Alison zögerte. Teddy empfand Mitleid. Er kannte dieses Gefühl, wenn eine Theorie mit einem Schlag in tausend Stücke zerfiel. Aber das gehörte zum Job. »Sie hätte nur rasch in den Lift springen und eine Etage fahren müssen«, verteidigte Alison sich.

»Ein viel zu großes Risiko. Was, wenn der Aufzug nicht rechtzeitig gekommen wäre?«

»Sie könnte die Aufzugtür blockiert haben.« Ihre Augen wurden größer. »Mit der Sitzbank zum Beispiel. Während wir noch unter Schock standen, ist sie vielleicht schon längst losgerannt. Dieser Vorsprung hätte mit Sicherheit gereicht, um schnell genug in den Aufzug zu kommen.«

Teddy mochte ihren Elan. Dennoch. Er winkte Alison so weit zu sich, dass sie genau wie er zum Schuhregal in den Flur der Suite sehen konnte. »Mit diesen Absätzen? Die sind ja noch höher als Ihre.« Er ließ seinen Blick durch das Zimmer schweifen. »Außerdem sehe ich hier keine solche Lichter-Fernbedienung. Wenn sie wirklich so eilig das Zimmer verlassen hat, um ein Alibi im Aufzug vorzutäuschen, verfügt sie ebenfalls über eine, und die müsste dann hier doch noch irgendwo sein, oder?«

Alison rieb ihre Hände. »Worauf warten wir dann noch? Durchsuchen wir die Suite, solange sie im Bad ist.«

»Auf gar keinen Fall!« Teddy schluckte. »Wir haben keinen richterlichen Durchsuchungsbeschluss.«

Alison stellte ihren Fuß auf den Sofatisch und zog ihren Rock hoch. Teddy wurde heiß und kalt zugleich. Ihr Zeigefinger wanderte verführerisch über eine Art Tattoo. War sie jetzt völlig durchgeknallt? »Was tun Sie da?«

»Tatmittel!«, antwortete sie.

»Was?«

Sie rollte mit den Augen. »Ich habe mir eine kleine Checkliste auf den Oberschenkel geschrieben.« Sie las vor. »Tatort, Tatzeit, Modus Operandi, Tatmittel, Beute, Tatmotiv, Opfer, Tatverdächtiger oder Tatverdächtige, Verdachtslage gegen bestimmte Personen, Zwischenergebnis, Personalbeweis, Sachbeweis.«

»Eine Checkliste? Sie meinen einen Spickzettel.«

Sie stemmte ihren Arm in die Hüfte. »Ach, kommen Sie!«

Teddy war schockiert. »Ist das Ihre Art, sich durchs Leben zu mogeln? Heimlich abschreiben?«

»Jetzt tun Sie doch nicht so oberlehrerhaft. Viel wichtiger ist doch, dass die gesuchte Fernbedienung ein Tatmittel ist. Das könnte sich hier in dieser Suite befinden. Und es besteht Gefahr im Verzug. So nennt man das doch, oder?«

Teddy nickte.

»Sehen Sie?« Sie klatschte in die Hände. »Ohne spicken.«

Teddy schlug sich mit der Hand an die Stirn und schüttelte den Kopf. Sie war wirklich durchgeknallt. Aber sie hatte leider auch recht. Sie waren nun einmal hier. Und wenn sie es geschickt anstellten, würde Darcy gar nichts davon mitbekommen. »Sie suchen hier, ich gehe ins Schlafzimmer!«

Auf der Kommode gegenüber dem Bett fiel ihm der MP3-Wecker ins Auge, aus dem die Sakralgesänge ertönten. Hatte er einen solchen nicht auch im Zimmer 502 gesehen? Wenn man das Licht fernsteuern konnte, dann doch sicher auch die Musik. Und wo Musik erklang, konnten auch geisterhafte Stimmen ertönen. Er zappte sich durch die Playlist. Die Sakralgesänge verstummten, und Darcys zweite Singleauskopplung *Inside Me* erklang. Alte Gefühle wurden wach. Teddy hatte nie verstanden, warum dieser Song es nicht in die Charts geschafft hatte. Er war um Welten besser als *Ghost*. Ein Meisterwerk. Er musste an das Musikvideo denken. In dem Clip hatte sich Darcy unbekleidet zwischen gelben Würgeschlangen und mit Schlamm beschmierten Gladiatoren geaalt. Für eine Themenparty zum kurz darauf stattfindenden Notting Hill Carnival hatte er sich selbst als Gladiator verkleidet. Und dabei Benisha kennengelernt.

Die Badezimmertür ging auf. Teddy fuhr herum. Darcy trat heraus. Ihre zarte Haut war in einen bodenlangen, weinroten Satin-Bademantel gehüllt, und statt einer ihrer Perücken thronte ein zum Turban gewickeltes Handtuch auf ihrem Kopf. Aus ihrem Gesicht war sämtliches Make-up verschwunden. Hier und da perlte ein vergessener Wassertropfen ihren Hals entlang. Nein, das da vor ihm war keine Mörderin. Das war ein unschuldiges, zartes Wesen, das beschützt werden musste. All das Make-up, all das Getue, all die Fassade war nichts als ein Panzer, den sie sich anlegte, um zu verhindern, dass jemand diesen engelsgleichen Kern verletzte.

Sie schwebte nahezu an ihm vorüber ins Kaminzimmer, ließ sich auf das Sofa sinken und schlug ihre Beine übereinander. Prompt stand Alison neben Teddy, stupste ihn an und flüsterte: »Die Schuhe!«

Wo war das Problem? Darcy hatte offenbar ein Faible für Highheels. Na und? Alison trug doch selber Plateaustiefel. Außerdem hatte Teddy Benisha oft darum gebeten, ebenfalls welche im Bett zu tragen. Warum verstand eine Frau nicht, wie viel schöner und eleganter sie damit war? Er liebte große, selbstbewusste Frauen. Und die Spitze der Absätze hatte so etwas erotisierend Bedrohliches.

»Was wollen Sie wissen?«, fragte Darcy.

»Was haben Sie mit dem Tod von Oliver Montagu und William Frankland zu tun?«, schoss es aus Alison heraus.

»Nichts«, antwortete sie.

»Sie waren bei beiden Morden im Hotel«, konterte Alison. Das war genug! Teddy warf ihr einen finsteren Blick zu. So lief das nicht. Sie mussten Vertrauen aufbauen, sich auf ihre Seite schlagen, wenn sie wollten, dass Darcy offen und ehrlich antwortete.

»Wie viele andere Hotelgäste auch«, antwortete Darcy.

Teddy bedeutete Alison, dass er übernehmen würde. Sie war ehrgeizig und begabt, aber zu impulsiv. Er vergewisserte sich, dass sie aufmerksam zusah, bevor er mit seiner Verhörtechnik begann. »Bitte nehmen Sie das nicht persönlich, Ms Diamond, wir machen nur unseren Job.« Teddy setzte sich in den Sessel neben sie, lehnte sich leicht in ihre Richtung. »Erzählen Sie uns von Ihrer Séance.« Sie roch nach Vanille und Lavendel.

Für einen Moment wirkte Darcy irritiert. Sie sah ihn an, als würde er eine fremde Sprache sprechen. Irgendwas lief hier gerade verkehrt. Sie versperrte sich. Wieso? Hatte er sich ungeschickt verhalten? Die Situation möglicherweise doch falsch eingeschätzt? Er spürte Alisons Blick. Wie gebannt starrte sie auf das Schauspiel zwischen ihm und Darcy. Musste er jetzt ausgerechnet vor ihr versagen? Doch dann wechselte Darcy völlig unverhofft die Position auf ihrem Sofa und wandte sich mit ihrem gesamten Körper Teddy zu. Ihm fiel ein Stein vom Herzen. Also doch, sie reagierte auf seine Körpersprache, ging auf sein Angebot ein, sehr gut. »Was möchten Sie wissen?«

»Was meinten Sie mit Ihrer Aussage: Verschwinde, Alison?«

»Das war nicht ich, Mr Chan. Das war sie.«

»Wer ist sie?«

Darcy drehte ihren Kopf leicht von Teddy weg, ohne dabei den Blickkontakt zu verlieren. Es wirkte fast, als wollte sie eine Hälfte ihres Gesichtes vor ihm verbergen. »Das verstorbene Mädchen«, antwortete Darcy.

»Was meint dieses Mädchen mit dieser Aussage?«

»Das weiß ich nicht. Ich bin lediglich die Botschafterin.«

Teddy hatte gerade das Gefühl, endlich eine Verbindung zu ihr aufgebaut zu haben, als Alison dazwischen grätschte.

»So wie beim Kartenlegen am Tisch meiner Tante?«

Darcy zuckte wie ein aufgescheuchtes Reh. »Glauben Sie mir, Alison. So war das nicht geplant. Es ist unprofessionell, den Tod zu verkünden.« Sie atmete schwer. »Erkennen Sie es nicht? Hier geschehen unheimliche Dinge.«

»Ich muss kein Medium sein, um das zu erkennen.«

»Alison!«, fuhr Teddy sie an. Sie verschränkte die Arme vor der Brust wie ein bockiges Kind. Darcy rührte sich nicht.

»Sie denken, ich bin verrückt?«

Zeit, das Steuer wieder an sich zu reißen. »Ich denke, dass Sie eine reizende, junge Lady sind, Ms Diamond«, wandte Teddy ein.

»Jung ...« Sie lächelte. »Versuchen Sie, mich um den Finger zu wickeln?«

Teddy schluckte. Er spürte, wie ein Schweißtropfen von seiner Achsel über die Innenseite seines Oberarmes rann. »Ich versuche, die Wahrheit herauszufinden.«

Darcy Diamonds Gesicht erschlaffte. »Die Wahrheit ist: Ich habe mir diese Gabe nicht ausgesucht.« Sie sah zu Alison. »Ich würde sogar alles dafür geben, sie zu verlieren.« Ihr Blick kehrte sich nach innen. »Immer wieder sehe ich dieses Licht. Und sitze in diesem Flugzeug, umgeben von Menschen, die bei lebendigem Leib verbrennen, schreien.« Sie legte ihre Hand an ihren Hals. »Ich höre sie noch immer, Mr Chan, jeden Tag. Sie verfolgen mich. Flehen mich an. Dass ich ihnen helfen soll.«

So verrückt es auch schien. Nichts an Darcys Körpersprache deutete auf eine Lüge hin. Entweder war sie eine Meisterin der Selbstbeherrschung, oder sie glaubte jedes Wort, das sie sagte. »Wie bei dem Geist von diesem kleinen Mädchen, das Sie erwähnt haben?«

Darcy nickte, erhob sich, schritt um den Tisch herum und lief auf die verhangene Fensterfront zu. »Ich weiß, es klingt geisteskrank, aber ich höre sie wirklich,

Mr Chan.« Sie sah ihn an, als fürchtete sie sich vor sich selbst. Eine Träne rann ihr über das Gesicht. »Sie ist im roten Lift gefangen.«

»Im roten Lift?«

Sie griff mit ihren Händen nach dem Vorhang und hielt sich daran fest. »Immer um 3, 6, 9 und 12 Uhr öffnet sich ein Portal zwischen Diesseits und Jenseits. Viele Menschen wissen das nicht, weil das alte Wissen über Tote und Wiedergänger in unserer westlichen Kultur verlorengegangen ist. Und zu diesen Zeiten …« Ihre Stimme wurde kalt und zerbrechlich. Ihre Augen flimmerten. »… zu diesen Zeiten höre ich sie, sobald ich den Lift betrete.«

Teddy dachte an traumatisierte Kinder, die Puppen benutzten, um Dinge darzustellen, die ihr Verstand nicht in Worte fassen konnte. Vielleicht war es bei dieser Stimme in Darcys Kopf ähnlich?

»Was sagt sie Ihnen, Ms Diamond?«

»Dass ihr großes Leid zugefügt worden ist. Und dass nun die Zeit gekommen ist, sich zu rächen …«

Fürchtete Darcy deshalb um Mildreds Leben? Dass es Menschen gab, die sich an Mildred Granville rächen wollten, glaubte er sofort. »Wissen Sie, wer dieses Mädchen ist?«

Darcy Diamond verkroch sich in den Vorhangfalten und schüttelte ihren Kopf. »Es tut mir leid.«

Er erhob sich. »Vielen Dank, Ms Diamond.« Hier kamen sie im Moment nicht weiter. »Melden Sie sich, wenn Sie neue Informationen für uns haben.«

Darcy nickte, schob den Vorhang ein Stück beiseite und blickte in die Nacht hinaus. Er winkte Alison zu sich und ging mit ihr in Richtung Tür. Kurz bevor sie den Flur erreichten, drehte Alison noch einmal um, stellte sich in den Rahmen der Schlafzimmertür und rief: »Oh, Ms Diamond!«

Darcy sah in Richtung Flur. Erst als sie erkannte, dass Alison nicht bei Teddy stand, sah sie sich im Zimmer um und erspähte schließlich Alison.

»Was ist das eigentlich für ein kleiner süßer Bär auf Ihrem Sofa?«

Sie schien verunsichert. »Oh, das ist nur … ein kleiner Talisman.«

»Hoffentlich bringt er Glück«, antwortete Alison in einem seltsamen Tonfall. Darcy schien verwirrt, bedankte sich aber. Teddy ärgerte sich. Warum spielte Alison Spielchen mit dieser gebrochenen Frau? Er schnappte sie am Ärmel und zog sie nach draußen.

»Was soll das, Alison?«, fragte er sie auf dem Weg zum Lift.

»Ist Ihnen an dem Plüschbären gar nichts aufgefallen?«

Teddy kam ins Nachdenken. Was sollte an einem Kuscheltier schon so besonders sein?

»Das Outfit. Das schwarze Jäckchen, die schräge schwarze Kappe.«

Jetzt kam er dann doch ins Grübeln. Hatte er etwas übersehen?

»Das war ein Graduation-Bear, Teddy.«

»Ein was?«

»Kleine Souvenirbären, die man nach einem erfolgreichen Abschluss an der Universität als Andenken bekommt.« Alison wiegte ihren Kopf hin und her. »Gut, nicht auf jeder Universität. Aber eben auf *dieser* ganz besonders. Die sind so durchgeknallt, dass sie sogar einen eigenen Merchandise-Shop haben.«

Jetzt wurde die Sache spannend. »Wovon reden Sie?«

»Darcy Diamond war auf der Regent's University.«

Er lachte. »Ja, und?« Eins musste man ihr lassen. Alison verstand es, ein Riesen-Tamtam um eine Sache zu machen. Dass Darcy Diamond ihre Karriere an der Regent's University begonnen hatte, wusste doch spätestens seit der grandiosen BBC-Doku *A Diamond in the Sky* absolut jeder.

»Verstehen Sie nicht, Teddy?« Alison fuhr sich durchs Haar. Das machte Benisha immer, wenn sie davon genervt war, dass er ihre Gefühle nicht verstand. Irgendwie stand er gerade gehörig auf der Leitung. »Oliver Montagu war ebenfalls auf der Regent's. Die zwei kannten sich also vielleicht. Und wenn, dann sicher nicht erst seit gestern.«

»Wow!« Das änderte tatsächlich so einiges. Zwar war er sich absolut sicher, dass Darcy Diamond als Täterin keinesfalls infrage kam, aber der Gedanke, exklusive und bisher noch verborgene Details über ihr Leben zu erfahren, der prickelte am ganzen Körper. Außerdem war so ein Familienausflug noch für eine ganz andere Sache gut. »Wenn das wahr ist, sollten wir der Regent's University dringend einen Besuch abstatten.«

»Das auch«, antwortete Alison. Die Art, wie sie dabei auf ihrer Unterlippe herumkaute, machte Teddy misstrauisch. Warum wurde er das Gefühl nicht los, dass sie noch mehr in Darcys Zimmer beobachtet hatte, als sie im Augenblick zugeben wollte? Bevor er nachfragen konnte, drehte sie sich jedoch schon wieder um und eilte voraus in Richtung Zimmer 502. Teddy musste dringend mit Commander Kilburn telefonieren.

31

3:00 am, Zimmer 402

Als die beiden verschwunden waren, blieb Darcy noch eine ganze Weile am Fenster stehen und sah in die Nacht hinaus. Der Vollmond, der durch die sich auflösenden Gewitterwolken hindurchschimmerte, verlieh den immer wieder über den Himmel flitzenden, lautlosen Blitzen etwas Magisches. Das war keine normale Nacht. Hier waren größere Mächte am Werk. Wie damals, als ein einziger Blitzschlag genügt hatte, um eine riesige Boeing 747 vom Himmel zu reißen. Darcy Diamond überkam ein ungutes Gefühl. All das konnte kein Zufall sein. Großes Unheil war im Anmarsch, und sie fragte sich, welche Rolle ihr dabei zuteilwerden würde?

Mit der anderen Seite spielte man nicht. Nicht umsonst suchte die Macht, die über Leben und Tod entschied, jene übersinnliche Gewalt, ihre Botschafter nicht so streng und überlegt aus. Jahrelang hatte Darcy gekämpft, um einen Kanal zu finden. Meditiert, geübt, Séancen abgehalten. Jetzt endlich hatte sie eine Verbindung. Eine echte, wahre Verbindung. Wer wusste schon, wie diese Macht, die sie erwählt und auserkoren hatte, funktionierte? Was, wenn sie wieder verschwand und Darcy fallenließ? Sie hätte nicht so frei und offen über ihre Fähigkeiten reden dürfen. Menschen waren Monster. Dinge, die sie sich nicht erklären konnten, bereiteten ihnen Angst. Darcy machte ihnen Angst. Manchmal hatte sie sogar vor sich selbst Angst. Sie ging zurück auf ihr Sofa, zündete eine Kerze an und stimmte das Totenmantra ein. Sie musste meditieren, den Geistern ihre Demut erweisen. Zeigen, dass sie es wert war und dass man ihr vertrauen konnte.

Sie schloss die Augen und fokussierte sich auf ihren Atem, den Schlag ihres Herzens, bemühte sich, beides in Einklang miteinander zu bringen. Wenn ihr das gelang, würde die gebündelte Energie vielleicht ausreichen, um einen Hinweis vom Universum erbitten zu können. Oder um einen Boten zu rufen, der ihr sagte, was sie tun sollte, um die Stimmen in ihrem Kopf ein für alle Mal zu besänftigen.

Darcy legte ihre Hände mit den Handflächen nach oben in den Schoß. Sie bereitete sich auf den alten chinesischen Zauber vor, den sie bei den Magierinnen in Hongkong gelernt hatte, jenen, die sie damals aus dem Flugzeugwrack gezogen und ihr das Leben gerettet hatten. Sie sah in die Flamme und sang.

Da klopfte es. Darcys Konzentration brach in sich zusammen wie ein Kartenhaus. Nur nicht aus der Ruhe bringen lassen. Sie fokussierte ihren Atem und versuchte erneut, ihr Bewusstsein auf die Energie der verstorbenen Seelen zu lenken. Doch wieder klopfte es. Stärker.

Es kam von Darcys Zimmertür. Noch ein Klopfen. Darcy zögerte. Es war mitten in der Nacht, kurz vor drei Uhr. Die einzig wahre Geisterstunde stand kurz bevor. Die stillste und ruhigste Stunde einer jeden Großstadt.

Zu jener Zeit schlief fast jeder. Nicht umsonst fanden zwischen drei und vier Uhr rein statistisch betrachtet die meisten Einbrüche und Morde statt. Zu keiner Tageszeit glaubten mehr Menschen Begegnungen mit Geistern, Dämonen oder extraterrestrischen Wesen zu haben. Und genau zu dieser Stunde klopfte jemand an ihre Tür? In einem Hotel? Das konnte nicht mit rechten Dingen zugehen. Darcy verbarrikadierte sich auf ihrem Sofa. Sie würde einfach abwarten und die Sache aussitzen. Das Klopfen wiederholte sich. Stärker. Eindringlicher. Dann eine Stimme. »Hallo? Ms Diamond? Verzeihen Sie, dass ich muss wecken. Aber wir haben Notfall. Mit Wasser.«

Ein Wassernotfall? Darcy erinnerte sich an den Wasserhahn, der nach dem Duschen partout nicht mit dem Tropfen hatte aufhören wollen. Konnte sich ein derart großes Problem dahinter verbergen?

»Bitte, Ms Diamond. Wichtig ist. Sonst in wenige Stunden wir haben Flut über ganze Etage.«

Darcy überlegte. Sie hatte die Kette vor der Tür. Was sollte schon passieren? Nacht hin oder her. Wenn jemand gewaltsam eindringen wollte, brauchte sie nur zu schreien und zum Zimmertelefon zu eilen. Also ging sie zur Tür und öffnete genau so weit, wie die Sicherheitskette zuließ.

»Jesus in die Himmel, wach Sie sind.« Vor ihr stand eine Frau vom Room-Service. Die blonden Haare weit ins Gesicht gekämmt, große runde Ohrringe, die wie Schellen gegeneinanderschlugen, den Kopf mit einem Arbeitshelm gesichert und eine Arbeitsbrille vor den Augen. Sie hob demonstrativ einen Werkzeugkoffer in die Höhe. »Nicht seien böse, Ms Diamond. Aber ganz London ausgebucht, nix Klempner in der Nacht und ich habe gelernt in Polen. Muss schauen, bevor wir haben gewaltige Dammbruch.«

Darcy erinnerte sich an diese Frau. Normalerweise nahm sie das Personal eher als Hintergrundrauschen wahr und vergaß es auch rasch wieder. Aber dieser starke Akzent und der rasselnde Schmuck hatten sich eingeprägt.

»Kein Problem. Ich habe noch nicht geschlafen.« Darcy Diamond löste die Kette und öffnete die Tür. Die Dame vom Room-Service eilte an ihr vorbei.

»Nur rasch Bad ich muss.«

Darcy begleitete sie, um sicherzugehen. Als sie dann jedoch anfing, mit einer großen Zange das Rohr unter dem Waschbecken abzuschrauben, ließ sie die Frau allein. Sie wagte sich gar nicht vorzustellen, welche Gegenstände in so einer Hotelabwasserleitung die Rohre verstopfen konnten und wollte es auch nicht live herausfinden.

Darcy ging zurück in ihr Zimmer und überlegte, wo genau ihr diese Frau zuletzt begegnet war. Als sie sich wieder auf ihr Sofa setzte und an die Sitzbank im roten Lift denken musste, fiel es ihr wieder ein. Es war im roten Lift gewesen. Kurz vor Oliver Montagus Tod war sie in allerletzter Sekunde mit zu ihr in den Aufzug gesprungen und in die fünfte Etage gefahren. Oder täuschte sie sich? Sie musste sich täuschen. Schließlich hatte das Personal im Hotel doch eigene Aufzüge, oder? Zumindest hatte sie diesen Mann vom In-Room-Dining seinen Speisewagen in einen solchen hineinschieben sehen.

Das plötzliche, starke Auflodern der Kerzen auf dem Sofatisch vor ihr riss sie aus ihren Gedanken. Ein kalter und heftiger Luftzug fegte durch den Raum. Als Darcy ihren Bademantel noch enger um sich schlug, fiel ihr der Schatten auf, der sich auf der Oberfläche ihres Sofatisches abzeichnete. Ein großer, schwarzer Schatten, der sich von hinten dem Sofa näherte, mit einem langen, leicht gebogenen Gegenstand in der Hand. Zu Tode erschrocken fuhr Darcy herum.

»Schon fertig ich bin.« Die Hotelmitarbeiterin stand vor ihr und hielt ein rostiges Stück Rohr in die Höhe. »Übeltäter ich hab'.« Dann ging sie an Darcy Diamond vorbei und eilte nach draußen. Darcy atmete auf. Für einen Moment hatte sie das Gefühl gehabt, in einen miesen Hinterhalt geraten zu sein. Dieses Mal jedoch schien ihr der Schock über die Ereignisse der letzten Tage einen Streich gespielt zu haben. Oder doch nicht? Sie konnte sich nicht helfen. Irgendetwas stimmte mit der Gestalt nicht, die da soeben aus ihrem Zimmer verschwunden war.

Roy stand bereits mit seinem Koffer am Lift und wartete. Kaum dass sich die Aufzugtür geschlossen hatte, öffnete er ihn. Alison riss sich Helm, Brille und Perücke vom Kopf und tauschte alles gegen den Mantel in Roys Koffer ein. In allerletzter Sekunde warf sie ihn sich über. Als sich die Aufzugtür wieder öffnete, war nichts mehr von ihrem Service-Kostüm zu sehen. Sie stieg aus. Roy begleitete sie zum Zimmer.

»Haben Sie es?«

»Ich habe alles gemacht wie besprochen und ihr das Stück Rohr aus dem Koffer als Beweis präsentiert.« Nachdem sicher war, dass niemand sie beobachtete, zog sie das kleine Gerät aus der Tasche. Es war kaum größer als ein Penny. »Du hattest recht mit deiner Vermutung über den Gerätetyp. Ich habe das Gerät für ihr gesundes Ohr gegen deine Attrappe ausgetauscht. Hier ist das Original. Sie muss die Hörgeräte zum Duschen abgelegt haben.«

»Tatsächlich«, sagte Roy. »Sie sind genial, Alison.«

Dafür brauchte man nicht genial zu sein. Es war die Körperhaltung, die sie misstrauisch gemacht hatte. Als Teddy sie auf dem Sofa verhören wollte, hatte Darcy Diamond zunächst auffallend verstört reagiert, sich dann umgesetzt und ihm von da an das ganze Gespräch über konsequent ihr linkes Ohr zugewandt. Und als Alison sie beim Hinausgehen noch einmal gerufen hatte, um nach dem Plüschbären zu fragen, hatte Darcy nicht zu ihr gesehen, sondern an den Ort, an dem sie Alison vermutet hatte: zum Flur ihrer Suite. Es war also klar, dass sie Probleme hatte, Geräusche zu orten. Dieser kleine Test war der letzte Beweis für Alisons Verdacht gewesen. Darcy Diamond war auf dem rechten Ohr taub.

»Das könnte ein entscheidendes Mosaiksteinchen sein, Alison.«

Sie hoffte es. Zumindest erklärte es vieles: die plötzlichen Probleme mit der Intonation, die zerstörte Gesangskarriere. Es war sogar ein Grund für Darcys schräge, ausgefallene Perücken und den für sie typischen Ohrschmuck. Alles war darauf ausgelegt, das Hörgerät zu vertuschen. Aber warum? Wovor fürchtete Darcy sich? Wenn ihr Hörverlust Folge des Flugzeugabsturzes war, würde doch ausnahmslos jeder Verständnis dafür haben. Warum also das ganze Theater? War es bloß Scham, oder steckte mehr dahinter? Sie sah Roy an. »Was wird hier gespielt?«

Er packte das Hörgerät in eine kleine Schachtel und verstaute es in seinem Koffer. »Geben Sie mir ein paar Stunden. Ich schaue, was ich herausfinden kann.«

»Roy! Die Nacht ist schon fast rum, und ich brauche Sie morgen den ganzen Tag im Theater.«

»Wer braucht schon Schlaf?« Er lächelte. »Schon einmal was von seniler Bettflucht gehört? Ich verspreche, dass Sie morgen auf die Fitness zählen können, die Sie von mir gewohnt sind. Fahren Sie am besten gleich früh zur Regent's University. Danach treffen wir uns hier im Hotel. Ich denke, dass ich bis dahin einen Schritt weiter bin.«

Hoffentlich, dachte Alison. Denn so langsam war unübersehbar, dass jemand ziemlich genau nach Plan agierte. Und wer auch immer die Strippen zog. Alison betete, dass er oder sie es am Ende nicht auch noch auf das Chandelier Charity Concert abgesehen hatte.

32

12:00 noon, Regent's Park

Alfie raste die Hecke am Rosenbeet entlang. Die selbst hier im Freien noch deutlich wahrnehmbare Note der Duftrose Sophie Rochas, deren Namen Alison am Anfang des Beetes auf einem Schild gelesen hatte, schien eine euphorisierende Wirkung auf ihn zu haben. Wenigstens einer, der begeistert war von der Idee, gemeinsam mit Mildred zum Regent's Park zu fahren. Teddy hatte darauf bestanden. Aus Sicherheitsgründen. Alison musste aber auch zugeben, dass dieser gemeinsame Ausflug guttat. Das Wetter zeigte sich für Londoner Verhältnisse von seiner besten Seite. Fast schien es, als wollte die Sonne noch ein letztes Mal aufbegehren, bevor der Herbst mit voller Wucht begann, Bäume und Sträucher leerzufegen. Deshalb hatte sich Alison heute auch für ein besonders sommerliches Outfit entschieden: eine weite Hose mit Biese und hohem Bund in Pastellrosa, passend zur ebenfalls rosafarbenen Bluse mit tiefem Ausschnitt und weiten Ärmeln. Außerdem liebte sie den großzügigen Straußenfederkragen. Mit ihm fühlte sie sich wieder wie die kleine, unschuldige Alison, die an Papas Seite auf der Wiese lag und davon träumte, fliegen zu können wie ein Vögelchen.

Aber selbst Mildred machte einen ungewohnt entspannten Eindruck. Mit einem breiten Lächeln im Gesicht stellte sie ihren königsblauen Damenmantel mit kronenförmiger Knopfleiste zur Schau. Als Alfie das hintere Ende der Wiese erreicht hatte, zog sie ihren schwarzen Damenhandschuh von der rechten Hand, schob sich allen Ernstes Daumen und Zeigefinger in den Mund und stieß einen ohrenbetäubenden Pfiff aus. Auf der Stelle machte Alfie kehrt und raste wie ein kleiner Wirbelwind zurück. Unglaublich, wie schnell solche kurzen Beine flitzen konnten. Als er Mildred erreicht hatte, sprang er auf ihren wie immer ebenfalls königsblauen Gehstock zu und verbiss sich darin. Mildred zog ihn verspielt hin und her, als würde sie mit Alfie um die sündhaft teure Trophäe kämpfen. Die aus Swarovskikristallen geformte Aufschrift *Rambo* auf seinem passend königsblauen Geschirr funkelte in der Mittagssonne. Alfie-Rambo fletschte die Zähne und … Nein! Alison fiel vom Glauben ab. Nicht Alfie, Mildred knurrte. Dummerweise bemerkte sie Alisons verdutzten Blick, woraufhin sie ihr herzerweichendes Spiel unverzüglich einstellte. Sie rückte ihren selbstverständlich gleichfalls königsblauen und von Stoffblumen umrundeten Hut zurecht und marschierte weiter.

Den ganzen weiteren Weg durch den Park und über die York Bridge hinweg wurde Alison das Gefühl nicht los, dass sie dieser Ort an etwas erinnerte. Klar, sie hatte bis zu ihrer Entscheidung, zur Metropolitan Police zu gehen, selbst an der Regent's studiert – wo sonst? Und sie war mit ihren Eltern als Kind oft im Regent's Park gewesen. Zum einen, weil sie es geliebt hatte, die Tiere zu füttern. Zum anderen, weil der Park in unmittelbarer Fußreichweite der Baker Street war und ihr Vater sie mindestens einmal im Jahr zum Sherlock Holmes Museum und dem Sherlock Holmes Memorial an der Marylebone Road geschleift hatte. Die Erinnerung, die sie meinte, aber war jünger, näher. Es hatte mit einem Detail der letzten Tage zu tun, das sie im Augenblick einfach noch nicht greifen konnte – wie sehr sie sich auch bemühte.

Obwohl Sonntag war, platzte der Campus der Regent's University aus allen Nähten. Zahlreiche Studenten hatten sich zwischen den vom Herbst orangerot verfärbten Bäumen auf der Wiese vor dem Hauptgebäude niedergelassen.

»Das ist wunderschön hier!«, staunte Teddy. »Viel schöner, als ich gedacht hatte.« Und obwohl die Jahre an der Regent's nicht gerade zu Alisons Lieblingserinnerungen zählten, musste sie ihm beipflichten. Das stilvolle rote Backsteingebäude im Look eines gräflichen Landsitzes erstreckte sich majestätisch über die Parkanlage. Teddy sah Alison verwundert von der Seite an. »Ich frage mich, warum man Dustin beim Infotag im Bacon's College keinen Flyer von dieser Uni gegeben hat?«

»Weil er sie nicht bezahlen kann«, antwortete Mildred. Alfie warf sich in die Leine und zog sein Frauchen mit sich.

»Nehmen Sie es nicht persönlich«, sagte Alison. »Sie meint es nicht so.« Hatte sie das gerade wirklich gesagt? Mildred meinte es sehr wohl so. Aber aus einem unerfindlichen Grund verspürte Alison das Bedürfnis, Teddy zu trösten. »Ehrlich, es gibt bessere Unis für Dustin.«

Teddy steckte seine Hände in die Taschen, betrachtete sie von der Seite und ging schweigend weiter.

»Klar, es gibt hochqualifizierte Dozenten hier und eine erstklassige Ausstattung. Aber das ist nicht der Grund, warum man seine Kinder auf die Regent's schickt.«

Teddy sah sie skeptisch an. »Sondern?«

Alison holte tief Luft. Wenn sie dieses Thema jetzt breittrat, würde sie mit Sicherheit wieder nächtelang diesen Albtraum haben, in dem sie in einem zweiten Endlosstudium an der Regent's gefangen war, weil sie das Polizeitraining nicht geschafft hatte. Ob Mildred heute eigentlich noch dieses Fass aufmachte, dass Alison die einzige Granville ohne einen erfolgreichen Abschluss in irgendwas war? Die Ablenkungen durch die Mörderjagd hatten sie in den letzten Tagen erstaunlich handzahm gemacht. »In erster Linie ist Regent's *der* Matchmaking Place schlechthin. Hier dreht sich alles um Connections, Teddy. Wer seine Kinder hierher schickt, will sie standesgemäß vermählen, damit die große Liebe ein verlässliches Vermögen mit in die Familie einbringt.«

Teddy hob seine linke Augenbraue. »Und wen haben Sie geheiratet?«

»Niemanden«, antwortete Alison. Das war ja das Problem. Und die Karriere ließ ebenfalls auf sich warten. Wie sollte sie auch die Leiter emporklettern, wenn sie im Grunde gar nicht wusste, wohin? Diese Charity-Aktion mit Oliver, die hatte gutgetan. Das hatte sich sinnvoll angefühlt. Und jetzt? Versuchte sie, seinen Tod aufzuklären. Und die Mailboxnachricht von ihrem Honeybun heute Morgen war auch seltsam gewesen. Hatte er nicht gesagt, das Meeting wäre in Sydney? Warum hatte der Typ im Hintergrund dann von Hongkong gesprochen?

»Ist alles okay mit Ihnen, Alison?«

Autsch! Kaum hatte sie für ein paar Sekunden ihre Schutzschilde heruntergefahren, schlug Mr Scotland Yard mit seinem Verhörgespür zu. »Klar!«, antwortete sie, »Es ist alles ganz wunderbar!«, und schickte ein Lächeln hinterher.

Mildred stürmte das Gebäude und winkte sie durch den Haupteingang. Wie lange war Mildreds Studium an diesem Ort jetzt eigentlich her? 60 Jahre? Noch immer schien sie sich hier wie zu Hause zu fühlen. Zielgerichtet marschierte sie auf das Sekretariat zu.

»Oh, sie haben hier sogar eine Bar!« Alison konnte es genau sehen. Sofort fokussierte Teddys Blick das reichhaltige Alkoholangebot. »Wozu braucht man an einer Uni eine Bar?«

Mildred verrückte ihren Hut so, dass sie Teddy genau betrachten konnte. »Eine Bar ist ein Ort der Feier und des Gesprächs, Mr Chan. Man begegnet sich, knüpft Kontakte. Einmal in der Woche gibt es hier eine Party.«

»Was definitiv ein wichtiger Baustein eines jeden Studiums ist.«

»Auf diesen Partys wird nicht hemmungslos getrunken, so wie in den Stadtbezirken, in denen Sie unterwegs sind.«

Träum weiter, kommentierte Alison in Gedanken.

»Auf den Partys hier werden wichtige Grundsteine für zukünftige berufliche Verbindungen gelegt. Die Studenten an der Regent's haben verschiedenste soziale Hintergründe.«

»Interessant.« Teddy schien fasziniert. »Was sind sie denn?«

»Reich«, antwortete Alison und öffnete die Tür zum Sekretariat. Die Dame hinter dem Schreibtisch nahm unverzüglich ihre Brille ab, erhob sich und breitete ihre Arme aus. »Alison! Was für eine Überraschung.« Schneller, als Alison in Deckung gehen konnte, herzte sie ihr zwei nasse Bussis auf die Wangen. »Na? Was macht die Polizeikarriere?«

Alison holte tief Luft.

»Und deine Tante hast du auch dabei und …« Ihr gespitzter Mund wackelte aufgeregt hin und her, während Alison am liebsten auf der Stelle im Boden versunken wäre. Sie konnte sich beim besten Willen nicht an den Namen dieser Frau erinnern. Gott, wie konnte sie nur so oberflächlich sein? »… wer ist denn dieser charmante junge Mann an deiner Seite?«

Teddy griff in seine Tasche, holte seinen Dienstausweis heraus und legte ihn der Sekretärin auf den Tisch. »Detective Inspector Chan. Wir haben einige Fragen zu einer ehemaligen Studentin von Ihnen.«

Wir, dachte Alison. *Er hat ›wir‹ gesagt.*

»Oh!« Die Sekretärin gab sich überrascht. »Wen denn?«

»Es geht um Ms Darcy Diamond«, antwortete Alison.

»Wer?« Die Dame sah sie an, als stünde der Weihnachtsmann persönlich vor ihr. Teddy schenkte Alison einen flüchtigen Blick und räusperte sich.

»Sie meint Ms Dorothy Darcy Richardson.«

»Oh. Natürlich!« Unverzüglich flitzten die Finger der Sekretärin über die Computertastatur. Alison amüsierte sich über Teddys Fachkenntnisse.

»Dorothy Darcy Richardson?«

Teddy beschenkte Alison mit einem betont beiläufigen Blick. »Darcy Diamond ist nur ihr Künstlername. Ich habe das im Rahmen meiner bisherigen Ermittlungen bereits recherchiert.«

»Sie sind ein Fan.«

»Ah, hier!« Die Sekretärin setzte ihre Brille wieder auf. »Ms Richardson hat bei uns Acting for Stage and Screen studiert und im Jahr 1997 abgeschlossen. Mr Redwood, einer ihrer Dozenten von damals, ist sogar immer noch bei uns. Wenn ich mich recht erinnere, hat er gerade gemeinsam mit Leonardo Capriolo eine wichtige Besprechung.«

»*Der* Leonardo?«, staunte Teddy.

»Genau«, kicherte die Sekretärin. »Der Vocal-Coach aus der TV-Sendung X-Factor. Wir sind sehr stolz, einen solchen Fernsehstar in unserem Dozententeam zu haben.« Sie zwinkerte. »Ich finde kurz heraus, ob Mr Redwood noch mit ihm im Meeting ist. Ich bin mir sicher, er wird Ihnen danach gerne noch kurz für Fragen zur Verfügung stehen.« Sie nahm den Telefonhörer ab und wählte. »Ab 1 Uhr ist er nämlich leider den ganzen Tag wegen einer wichtigen Veranstaltung außer Haus.« Ihre Augen weiteten sich. »Oh, es klingelt. Einen kleinen Moment bitte. Mr Redwood?«

Teddy rieb sich die Hände. »Wunderbar.«

33

1:00 pm, Regent's University

Eine halbe Stunde später flanierten sie gemeinsam mit Mr Redwood über den Innenhof der Regent's University. Für einen Dozenten in einem künstlerischen Studiengang war er auffallend casual gekleidet. Alison hätte ihn eher in die Businessabteilung eingeordnet. Dass offensichtlich nicht nur sie so dachte, war alleine schon daran erkennbar, dass sich Mildreds Laune mit jeder Minute in seiner Nähe besserte. Jedes Mal, wenn seine sonore Stimme ertönte, legte sich ein für den ungeübten Blick kaum erkennbares Lächeln auf ihr Gesicht. So wie in jenem Moment auch.

»Ich habe bereits damals prophezeit, dass Darcy eines Tages groß herauskommen wird. Allerdings hat sie mir immer übelgenommen, dass ich ihr gesagt habe, sie sei im falschen Studienfach.« Er wandte sich ab und fuhr mit der Hand über das vollgestellte Regal in seinem Büro. »Warten Sie, ich habe hier irgendwo ihr Jahrbuch aufgehoben.«

»Ein Jahrbuch mit Darcy Diamond?« Teddys Augen wurden immer größer. Mr Redwood zuckte triumphierend mit seinem rechten Mundwinkel. »Ich hebe alle Jahrbücher mit Studenten auf, an die ich glaube.

Das ist meine kleine Altersvorsorge. Sie wissen gar nicht, was es für durchgeknallte Leute gibt auf dieser Welt. So mancher würde ein Vermögen für so etwas bezahlen.«

»Was Sie nicht sagen.« Teddy lief rot an wie eine Tomate. »Was wird denn geboten für so ein Jahrbuch?«

»Das kann schon mal schnell vierstellig werden«, antwortete er beiläufig, während seine Finger sich von Buchrücken zu Buchrücken tasteten. »Ah, hier ist es. Abschlussjahrgang 1997.« Mit beiden Händen fest umklammert, als handelte es sich um ein historisches Dokument, zog er das Jahrbuch aus dem Regal und legte es Teddy direkt vor die Nase. »Aber bitte keine Eselsohren!«

Teddy zuckte übertrieben cool die Schultern, »Logisch«, konnte aber seine zitternden Hände nicht verbergen, als er den Buchdeckel aufschlug.

»Gut, dass Sie zum Scotland Yard gegangen sind«, sagte Redwood.

Teddy sah verwundert auf. »Ach so?«

»Mit diesen Händen sollten Sie als Chirurg lieber nicht arbeiten.«

Mildred kicherte wie ein Schulmädchen über diesen platten Witz, und Redwood zwinkerte ihr mit dem linken Auge zu. Sie senkte ihren Blick und schaukelte ihre Handtasche vor sich hin und her. Alfie lag flach wie eine Flunder am Boden, sah nur kurz mit seinen dunklen Kulleraugen auf und schnaufte gelangweilt.

»Wieso glaubten Sie, dass Darcy damals im falschen Studiengang war?«, fragte Teddy mit betont cooler Stimme.

Mr Redwood schaltete den iMac auf seinem Schreibtisch ein. »Das kann ich Ihnen gerne demonstrieren.

Ich habe noch jede Menge Videomaterial von ihr in der Dropbox.«

»Nein!«

»Sachte, sachte, Mr Detective«, antwortete Redwood. »Ich brauche eine Weile, um die Aufnahmen herauszusuchen.«

»Schon okay, Sir. Wir stehen mit unseren Ermittlungen einfach ein wenig unter Druck.«

»So kann man das auch ausdrücken«, kommentierte Alison. Sie genoss dieses köstliche Groupie-Schauspiel und setzte sich zu Teddy, um sich mit ihm gemeinsam durchs Jahrbuch zu blättern. Das hier war eine wahre Goldgrube. Sie war sicher, wenn Darcy auf irgendeine Art in den Fall verwickelt war, würden sie hier einen Hinweis finden. Redwood nahm derweil den Faden wieder auf.

»Sie müssen wissen, Darcy hatte ein Problem mit ihrem Typ.«

Teddy erstarrte. »Sie hatte einen Freund?«

Mr Redwood lachte. »Nicht nur einen. Aber das meine ich nicht. Ich rede von ihrem Aussehen, ihrem Charakter. Man hat es schon gemerkt, als unsere Studenten aus dem Studiengang Film and Screen ihre Projekte mit unseren Schauspiel-Studenten besetzten. Darcy hat immer nur die jungen Mädchenrollen bekommen.« Er hielt inne und sah Alison und Teddy direkt an. »Die sehr, sehr jungen Mädchenrollen.«

»Was meinen Sie?«, fragte Teddy.

Mr Redwood drehte seinen Monitor in Teddys Richtung. »Schauen Sie selbst!« Eine Schwarz-Weiß-Aufnahme im Stil der alten Stummfilme flimmerte über den Computerbildschirm. Ein kleines Mädchen im weißen Kleid schwang sich auf einer an einem Baum befestigten Schaukel euphorisch hin und her. »Oh mein Gott!«, rief Mildred.

»Das ist Darcy Diamond?« Teddy schien völlig aus dem Konzept.

»Das ist das Kind, das mich auf dem Hotelflur umgerannt hat!«

Für einen Moment herrschte bedrückende Stille im Raum. Teddy antwortete als Erster. »Das kann nicht sein.« Alison hingegen sah das anders. Für sie ergab das durchaus einen Sinn.

»Deswegen trägt Darcy Diamond immer und überall so extrem hohe Schuhe – wie beispielsweise nach dem Duschen. Sie will ihre Größe verschleiern. Wer sonst bitte zieht zum Bademantel Highheels an?«

»Gut möglich«, ergänzte Redwood. »Das hat sie damals bereits getan.«

Teddy japste. »Ernsthaft?«

»Haben Sie sich nie über ihre übertrieben langen Kleider gewundert? Darunter verbirgt sie ihre enormen Absätze. Sie hat den Fehlschlag ihrer Schauspielkarriere nie verwunden. Seither macht sie sich permanent größer.«

»Und deswegen hast du sie für ein Kind gehalten, als sie dir entgegengerannt ist, Mildred.«

Teddy fluchte. »Aus welcher Richtung ist sie gekommen?«

Mildred wurde blass und stammelte. »Ich weiß nicht recht. Aus der meines Zimmers?«

Teddy schlug mit der flachen Hand auf den Tisch. »Können Sie sich aus der Studienzeit von Darcy vielleicht auch an einen Mr Oliver Montagu erinnern?«

»Wollen Sie herausfinden, wer ihn umgebracht hat?«

Alison und Teddy zuckten nicht nur synchron zusammen, sie stellten auch beinahe gleichzeitig dieselbe

Frage. »Wieso glauben Sie, dass er umgebracht worden ist?«

Mr Redwood sah beide völlig überrumpelt an. Mildred schlug sich mit der Hand vor den Mund, und Alfie bellte erregt auf.

»Wären Sie sonst hier?«

Mildred kommentierte Redwoods Antwort mit einem dahinschmelzenden Seufzen.

»Natürlich erinnere ich mich an Oliver. Er war einer unserer begabtesten Schüler. Er hat bei uns Interior Design studiert. Seine Fähigkeiten haben dieses Gebiet jedoch bei weitem übertroffen.«

»Was heißt das?«, wollte Alison wissen.

»Kurz und knapp gesagt: Er war ein Erfinder. Tief in seinem Herzen wollte er, glaube ich, immer ans Theater. Bühnenbilder, Showeffekte, Illusionen und Magie, das war seine Welt.«

Illusionen und Magie. Alison musste an das Bild über dem Kamin denken, an die Stimmen im Zimmer 502, die Lichtereffekte. Wenn das keine heiße Spur war. »Warum hat er diesen Weg dann nicht verfolgt?«

»Warum sind Sie keine Kommissarin geworden, Alison?«

Betretene Stille erfüllte den Raum. Teddy blickte zu Boden. Mildred hüstelte vor sich hin, und Alfie leckte sich zwischen den Beinen. Musste sie das jetzt wirklich über sich ergehen lassen? Wieso eigentlich? Irgendwann war es ein für alle Mal genug.

»Weil ich zu dämlich dazu war. Fühlen Sie sich jetzt besser?«

Mildred atmete schockiert ein. Teddy verbarg ein breites Grinsen hinter der Hand vor seinem Mund. Und Redwood tat, als habe er nichts gehört. Schisser.

»Oliver Montagu ist es nie gelungen, sich seinem Vater gegenüber zu behaupten. Der wollte keinen Daniel Düsentrieb in der Familie. So einfach ist die Sache. Und wollen wir es nicht alle unseren Vätern recht machen, Alison?«

Sie hatte es ja gleich gewusst. Albträume. Für Wochen. Ach Quatsch, monatelang! Warum war sie auch so dämlich, an diesen Ort zurückzukommen? Zu diesen Besserwissermenschen, die nur unterrichteten, weil sie selbst nichts Aufregenderes zu tun hatten. Sie machte drei Kreuze, als Teddy das Gespräch wieder an sich riss. Noch ein Wort, und sie hätte diesem Redwood mal gehörig die Meinung gegeigt.

»In welchem Verhältnis standen Darcy Diamond und Oliver Montagu zueinander?«

»Wenn Sie mich fragen …« Mr Redwood setzte seinen Menschenkennergesichtsausdruck auf. Alisons Wut verblasste. Wozu die Aufregung? Früher oder später verreckten schlechte Schauspieler und Versager-Regisseure wie er ja ohnehin an einer Überdosis oder stürzten sich auf melodramatische Art von der London Bridge. »… meiner Meinung nach war Darcy Diamond unglücklich in Oliver Montagu verliebt. Warum er sich nicht für sie entschieden hat, weiß der Geier. Wenn ich mich recht erinnere, habe ich ihn auf dem Campus nie mit einem Mädchen gesehen.« Er hielt inne, lehnte sich über den Schreibtisch und zog Teddy das Jahrbuch aus der Hand. »Haben Sie ihn nicht erkannt? Darcy und er sind in diesem Jahrbuch sogar gemeinsam auf einem Foto zu sehen.«

Alison spürte, wie ihr Herzschlag sich beschleunigte, während Redwood sich durch das Jahrbuch blätterte. Endlich stoppte er. »Hier! Das ist Oliver Montagu.« Er drehte das Jahrbuch zurück in Teddys Richtung und deutete mit seinem Finger auf ein Gesicht.

Teddy schien völlig geschockt. »Nein! Das ist er? Vor 25 Jahren? Das ist unmöglich.«

»Ich weiß, er ist älter geworden und hat seither locker zwanzig Kilo zugelegt«, antwortete Redwood. »Aber er ist es, das ist Oliver Montagu. Sie erkennen es an dem Muttermal auf seiner Hand.«

Teddys Gesicht wurde käseweiß. »Was ist los?«, fragte Alison. Teddy antwortete nicht. Starr wie ein Brett saß er auf seinem Stuhl und schob Alison das Jahrbuch zu. Als sie das Bild erblickte, wusste sie, warum. Ihr gefror das Blut in den Adern. Der Junge auf dem Bild war derselbe wie in dem Geistervideo im Zimmer 502.

34

1:45 pm, Regent's Park

Das überraschend gute Wetter hatte in der Zwischenzeit halb London in den Regent's Park gelockt. Der Weg den Boating Lake entlang glich einem Hindernislauf. In all dem Trubel fiel es Alison schwer, ihre Gedanken zu sortieren. Vielleicht lag es aber auch an der Art, wie sich Mildred seit dem Verlassen der Regent's University bei Teddy eingehakt hatte. Waren die zwei jetzt beste Freunde geworden? Alles in und an Alison schüttelte und wand sich. Und dann waren da auch noch Teddys obskure Theorien. Alison flüchtete sich mit Alfie ins Stöckchenwerfen.

»Die Sache ist im Grunde klar«, sagte Teddy, während Alfie fröhlich bellend dem Stock hinterherjagte. »Zimmer 502 war Olivers Stammzimmer. Es ist voll mit seinen Erfindungen. Und die sind die Ursache für den Spuk. Wenn Darcy Diamond und Oliver Montagu sich tatsächlich bereits seit der Zeit auf der Regent's University kannten, ist es sehr wahrscheinlich, dass sie auch von seinen Apparaturen wusste und sie bedienen kann.«

Alison dachte, sie hörte nicht recht. Wie konnte man nur so kurzsichtig sein? »Wollen Sie damit sagen, er hat sich vor seinen eigenen Kunstwerken gefürchtet, als er kurz vor seinem Tod die Polizei gerufen hat? Das ergibt doch überhaupt keinen Sinn.«

»Erinnern Sie sich an die Pressekonferenz, Alison? Die Geistertheorie kam von jemandem aus dem Hotel, nicht von Oliver.«

Dieser Punkt ging an Teddy. Alison musste an Nadia und ihre Frage nach dem Spuk im Zimmer denken. »Trotzdem bleibt ein Problem«, konterte sie, nahm Alfie das zurückgebrachte Stöckchen ab und warf es erneut. »Wenn das Video des Jungen, das wir in der Nacht über dem Kamin gesehen haben, den jungen Oliver Montagu gezeigt hat, woher kannte er dann meinen Namen?«

»Ach, Alison«, seufzte Teddy. Aus dem Augenwinkel konnte sie sehen, wie er und Mildred sich einen neckischen Schubs gaben. Was war das hier? Eine Verschwörung? »Den Namen Alison gibt es nicht erst seit gestern. Vielleicht hieß eine Mitstudentin von Oliver ebenfalls Alison? Dann brauchte Darcy sich nur daran zu erinnern. Sie haben doch selbst auf dem Rechner von Mr Redwood gesehen, wie viel Bildmaterial von damals noch vorhanden ist. Vielleicht hat Oliver an einem der damaligen Projekte mitgewirkt?«

Alison überzeugte das nicht. »Nein, Teddy. Bei dieser Sache steckt mehr dahinter. Ich spüre das.«

Alfie bellte einer Ente hinterher, die neben ihm eine ungelenke Wasserbruchlandung hinlegte. Mildred seufzte.

»Deine Gefühle waren schon immer das größte Problem.«

»Ich muss Ihrer Tante beipflichten.«

Ah, musste er das? Er konnte sie ja heiraten. Seine Frau war ja eh ausgezogen. Und so langsam bekam Alison auch eine Ahnung, warum.

»Sie lassen sich viel zu stark von Ihren eigenen Emotionen leiten, Alison. Wenn Sie professionell arbeiten wollen, müssen Sie lernen, die Dinge rational zu betrachten.« Er erhob seinen Oberlehrerzeigefinger. »Noch ist Oliver Montagus Tod offiziell ein Unfall.«

Don't you Zeigefinger me!, fluchte Alison in Gedanken. Das konnte sie unmöglich so stehen lassen. »Teddy!«

Sofort schnellte seine Stimme dazwischen. »Und solange auch dort das Gegenteil nicht bewiesen ist, ist William Frankland höchstwahrscheinlich an einem plötzlichen Herztod gestorben.«

Mildreds Hut nickte besserwisserisch.

»Aber Darcy …«

»WENN …«, unterbrach Teddy erneut, »… sich Darcy Diamond einer Sache schuldig gemacht hat, dann ist es die Vortäuschung übersinnlicher Fähigkeiten. Hier läuft eine geschickt eingefädelte Promotion-Aktion.« Er hob beide Hände. »Zugegeben, vielleicht trägt Darcys Auftritt als kleines Mädchen im Flur einen Anteil an Franklands Herzstillstand. Aber so etwas kann sie doch unmöglich planen. Wenn, dann war es höchstens Totschlag. Aber niemals Mord.«

»Ich muss zugeben, ich bin positiv überrascht von Ihnen«, schleimte Mildred.

Von was?, dachte Alison, *von seinen Oberarmen?* Seine Ausführungen konnten es schließlich unmöglich sein. Sie hätte heulen können vor Wut. Was sollte sie da noch sagen? Sie war chancenlos. Schachmatt. Aber … Nein, sie musste an Oliver denken, an die Kinder, an die Show, sie dürfte sich nicht derart unterbuttern lassen. »Teddy«, antwortete sie so besonnen und geduldig wie möglich. »Soweit ich weiß, hat Darcy Diamond heute

Abend auf dem Chandelier Charity Concert auch einen Act. Was, wenn sie etwas plant?«

Plötzlich stoppte Teddy mitten im Gehen, erstarrte und machte einen Schritt auf Alison zu. Sein Blick wurde ernst und eindringlich. »Warum haben Sie das nicht gleich gesagt?«

Täuschte sich Alison, oder klang seine Stimme plötzlich nervös und aufgeregt? Er wirkte, als wäre er aus einer tiefen Trance erwacht. Vielleicht lag es daran, dass er sich aus Mildreds hypnotischem Griff befreit hatte. Aber wie auch immer. Wichtig war lediglich: Endlich hatte sie seine Aufmerksamkeit zurück. Warum war es nur so mordsschwer, diesen Mann mit sachlichen Argumenten zu überzeugen?

»Verdammt!«, fluchte er und fuhr sich mit der Hand über das Gesicht. »Darcy Diamond tritt bei dem Chandelier Charity Concert auf?« Sein Tonfall wurde laut und ungehalten, und seine Augen fixierten Alison in voller Panik.

»Ja«, antwortete sie. »Ich dachte, das wüssten Sie?«

»Das darf doch nicht wahr sein!« Teddy stampfte mit dem Fuß in den Boden, stemmte wutentbrannt die Hände in die Hüften, schloss die Augen und atmete einige Male tief durch. Mit hochrotem Kopf und schnaufendem Atem suchte er Alisons Blick. »Gibt es noch Karten? Ich zahle jeden Preis.«

Alison fiel vom Glauben ab. War dieser Mann noch echt?

»Sie brauchen keine«, flunkerte Mildred. »Sie gehen mit mir.«

Teddy schien völlig aus dem Konzept.

»Schließlich müssen Sie mich beschützen.«

Alison schnappte nach Luft. »Das glaub ich jetzt nicht.«

»Ja, ja.« Mildred stützte sich auf ihrem Gehstock ab und blickte Teddy von oben bis unten an. »Natürlich keinesfalls in diesem Aufzug. Sobald wir zurück im Savoy sind, gehen wir zum Taylors Guild. Sie brauchen dringend ein adäquates Dienstoutfit.«

Alison gab auf. Wenn ihr Vater von solchen Mitarbeitern umgeben gewesen war, wunderte sie gar nichts mehr. Noch einen Augenblick länger, und ihr Herz würde ebenfalls den Geist aufgeben. Fehlte nur noch …

»Schließlich habe ich auch für drei Uhr im *Simpson's in the Strand* einen Tisch zum Sunday Roast reserviert«, unterbrach Mildred ihre Gedanken. Alison war sprachlos. Wie konnte Mildred jetzt noch an ihren Sunday Roast denken? Für den Moment hatte sie wirklich mehr als genug. Sie verabschiedete sich und rief sich ein Taxi. Vielleicht hatte sie Glück und Roy wusste inzwischen mehr. Bevor Mildred sie beim Sunday Roast foltern würde, musste sie unbedingt noch herausfinden, was es mit dem Spuk auf sich hatte.

35

2:00 pm, Savoy Hotel, Zimmer 502

Ein Kommandoschrei hallte durch das Zimmer 502. »Beeilt euch, sie können in wenigen Minuten zurück sein.« Hektik brach aus. Kein Wunder: Die Suite sah aus, als wäre ein Wirbelsturm durch die Zimmer gefegt. Papiere lagen über den Boden verstreut, Bekleidungsstücke waren aus den Regalen genommen worden. Schubladeninhalte füllten Sessel und Sofa.

»Wo sind die Fotos?«, rief jemand.

Ein Blick auf die Polaroids genügte, um deutlich zu machen, wie brenzlig die Angelegenheit war. Wenn die Aktion erfolgreich verlaufen sollte, dürfte nicht ein Haar an der falschen Stelle liegen, sobald sie hier fertig waren. Alison war ein verdammt kluges Mädchen. Den aufmerksamen Blick ihrer Augen zu unterschätzen, konnte verheerend sein. Es stand zu viel auf dem Spiel, als dass man sich jetzt noch von ihr einen Strich durch die Rechnung machen lassen dürfte. Aber es würde eine Zeit dauern, den Ursprungszustand wiederherzustellen. Zeit, die sie nicht hatten.

»Wir brauchen dringend ein Ablenkungsmanöver. Jemand muss bereitstehen, für den Fall, dass sie zu früh wieder im Hotel aufkreuzen, und sie aufhalten.«

Handzeichen wurden untereinander ausgetauscht.

»Wir klären das. Kümmert ihr euch um das Zimmer.« Die Kommandostimme wandte sich an die Person direkt neben ihr. »Haben wir, was wir brauchen?«

Die Antwort war ein zufriedenes Nicken. »Dieses Mal gibt es definitiv kein Entkommen. Das wird ihr letzter Aufenthalt im Savoy.«

»Das hoffe ich«, antwortete die Kommandostimme. »Dann macht, dass ihr rauskommt. Ich gebe euch ein Zeichen, sobald die Luft rein ist.«

36

2:30 pm, Savoy Hotel, Savoy Court

Im Savoy Court war die Hölle los. Sicherheitsabsperrungen erschwerten die Einfahrt, und ein Pulk von Fans sammelte sich vor dem Savoy Theater. Die ersten Stars trafen zu den Ton- und Bühnenproben für das Chandelier Charity Concert ein. Im Taxi würde Alison für die letzten Meter bis zum Hoteleingang eine Ewigkeit brauchen. Sie beschloss, auszusteigen und sich zu Fuß in das Hotel vorzukämpfen.

Endlich hatte sie die Lobby erreicht. Ein Blick auf ihr Smartphone verriet ihr, dass Roy sich noch immer nicht gemeldet hatte. Also sendete sie ihm eine kurze Sprachnachricht, dass sie in der Suite auf ihn wartete. Sie eilte bereits zum roten Lift, als sie plötzlich wieder den Mann mit Hut und Trenchcoat vor sich sah. Der Kragen seines Mantels war hochgestellt, sodass sie keine Haare erkennen konnte. Dafür fiel ihr Blick auf seine Hände – und ein deutlich sichtbares Muttermal. Ihr wurde heiß und kalt zugleich. Sie setzte zum Überholvorgang an, als ihr völlig unerwartet eine Frau den Weg versperrte.

»Alison! Nicht zurück in Zimmer Sie dürfen. Ich flehe. Nicht gut das ist!« Alison wollte ausweichen, aber

Nadia stand mit einem über und über mit Wäsche beladenen Rollwagen vor ihr. »Sie müssen bringen sich in Sicherheit.«

Zu spät. Der Mann im Trenchcoat war verschwunden. Stattdessen tauchte Phil neben ihr auf und rollte mit den Augen. »Sie glaubt, das Zimmer sei verflucht. Weil Mildred Granville während ihrer Begegnung mit Darcy Diamond den Tod gezogen hat.« Er wedelte Nadia mit der Hand zu. »Jetzt machen Sie Ms Alison bitte den Weg frei, damit sie den roten Lift betreten kann.«

Alison seufzte. Von diesen Fluchgeschichten hatte sie jetzt wirklich allmählich genug.

»Nur über Leiche von mir!« Nadia zog ihr Handy aus der Tasche. Mit beeindruckender Geschicklichkeit tippte sie einhändig auf den Tasten ihres Smartphones herum und spielte ein Video ab. »Erst Sie schauen!« Alison sah, wie Darcy Diamond ihren Kartenstapel präsentierte und Mildred die Anweisung gab, wann sie mit dem Abheben stoppen sollte, um eine Karte zu ziehen. Alison erinnerte sich an die auffällig lauten Influencer-Mädels mit ihren Handykameras, die im Thames Foyer am Tisch direkt nebenan gesessen hatten. Das Video musste von ihnen sein. Sie spähte auf das Icon oberhalb des Videos: *@DarcyDollies*. Nun begann Darcy Diamond, eine Karte nach der anderen vom Stapel abzuheben. Mildred rief: »Stopp!« Darcy erschrak, fing sich wieder und drehte die gewünschte Karte um. Jetzt zoomte die Kamera heran. »Da!«, rief Nadia. »Sie sehen?«

Alison hatte etwas gesehen, etwas Unglaubliches sogar, aber sie war nicht sicher, ob es das war, was Nadia gemeint hatte. Sie stellte sich dumm. »Was meinen Sie?«

»Sie schauen hin! Ganz genau!«

»Da liegt die Karte des Todes auf dem Tisch.«

»Ja«, antwortete Nadia. »Aber wo sie liegt. Schauen Sie auf Untergrund.«

Jetzt verstand Alison, worauf Nadia hinauswollte. Die Karte lag auf der Rechnung für den Afternoon-Tea, und zwar so, dass die Nummer des Zimmers mit der darunter stehenden Phrase *gebucht von* genau über der Bezeichnung der Karte stand.

»Jetzt Sie es sehen auch.« Nadia kniff ihre Augen zusammen und sprach, als würde sie einen Fluch aussprechen. »Zimmer 502 gebucht von Tod!«

Alison bekam eine Gänsehaut. Was zum Teufel ging in diesem Haus vor? Phil lachte mit einer abfälligen Handbewegung. »Ein Zufall.«

»Ach ja? Mrs Granville bekommt nicht Zimmer. Bums! Mr Montagu tot. Mrs Granville zieht ein, will machen Geschäft mit Frankland. Bums! Mr Frankland tot. Was soll kommen jetzt? Mildred locken Ms Alison mit auf die Zimmer. Bums! Alison tot?«

Mit einem Mal hatte Alison das Gefühl, eine unsichtbare Hand würde sich um ihre Kehle legen und zudrücken. Zweifel überkamen sie. Was, wenn sie die Situation bisher völlig falsch eingeschätzt hatte? Nadia verstaute ihr Handy in ihrer Hosentasche. »Ich mir machen wirklich Sorgen um Sie. Sie nicht sagen, aber ich spüren Angst.«

Die hatte Alison in diesem Augenblick wirklich. Das Video machte ihr Angst. Nadia machte ihr Angst. Die streckte ihre Finger aus. Ihr blutroter, langer Nagel deutete wie ein Speer auf Alisons Auge.

»Da sie ist.« Nadia riss ihren Arm verzweifelt in die Höhe. »Hören Sie auf Angst!« Sie kniff die Augen zusammen. »Geben Sie acht!« Dann packte sie endlich ihren Rollwagen und machte den Weg frei. Mit einem mulmigen Gefühl im Magen bestieg Alison den Lift.

Kaum dass sich die Tür geschlossen hatte, zog sie ihr Smartphone heraus und wählte selbst den Kanal @DarcyDollies aus. Direkt unter den ersten drei neuesten Postings entdeckte sie das Video. Sie spielte es ab. Und wieder sah sie es. Es war eindeutig – schrecklich professionell gelöst, galant und für das ungeübte Auge kaum zu sehen – aber eindeutig! In dem Moment, in dem Darcy Diamond vorgab, sich über Mildreds lautes »Stopp!« zu erschrecken, drehte sie den Kartenstapel in ihrer Hand um. Statt des zu erwartenden Ziffernblattes war auf der Unterseite des Kartenstapels aber auch ein Kartenrücken zu sehen. Der Kartenstapel war somit präpariert und die Karte des Todes geplant gewesen. Aber warum? Warum Mildred? Warum ihrer Tante mit dem Tod drohen und sie aus dem Zimmer verjagen wollen? Zumal Frankland doch selbst auf das bevorstehende Geschäft mit Mildred angespielt hatte. Das ergab doch hinten und vorne keinen Sinn.

Ein seltsamer Geruch stieg Alison in die Nase. Täuschte sie sich, oder roch es angesengt? Gut möglich, dass Darcy Diamond kürzlich im Lift eines ihrer Räucherstäbchen gezündet oder jemand gar heimlich geraucht hatte. An dem Aufzug würde es doch nicht liegen, oder? Sie war im Savoy. In dem Hotel, wo alles doppelt und dreifach gecheckt wurde, gerade nach einem tödlichen Unfall. Der obendrein kein Unfall gewesen war. Aber warum fuhr der Lift dann nicht? Alison wurde unruhig. Sie war so in das Video vertieft gewesen, dass sie erst jetzt bemerkte, dass der Aufzug stillstand. Bitte nicht! Sie spürte, wie ihr Herzschlag sich beschleunigte. Blödsinn! Hatte sie überhaupt die

Etage gewählt? Sie drückte die Taste mit der Ziffer 5 auf dem Armaturenbrett. Siehe da, der Aufzug setzte sich in Bewegung. Sie durfte sich nicht in Panik versetzen lassen. Sie war derart verwirrt in den Lift eingestiegen, dass sie prompt vergessen hatte, den Schalter für ihre Etage zu betätigen. Das war alles.

Dennoch blieb dieses flaue Gefühl, als sie das Zimmer 502 betrat. »Hallo?«, rief sie ins Nichts hinein. Niemand antwortete. Natürlich nicht. Schließlich gab es keinen Geist. Geister hatten es nicht nötig, Videobotschaften über ein manipuliertes Gemälde abzuspielen. Geister erschienen einfach. Sie legte die Kette von innen vor die Tür und betrat das Kaminzimmer.

Der Zimmerservice hatte ganze Arbeit geleistet. Alles war in einem tadellosen Zustand und wirkte wie neu. Dennoch wurde Alison das Gefühl nicht los, dass etwas nicht stimmte. Sie trat an den Kamin und betrachtete das Bild der Frau mit dem wehenden Schal. Plötzlich flammten die Erinnerungen an die gemeinsamen Stunden wieder auf, die sie eben erst noch im Regent's Park verbracht hatten. Jetzt, wo sie darüber nachdachte, musste sie zugeben, dass der Ausflug mit ihrer Tante an diesen Ort sich überraschend gut angefühlt hatte. Klar, sie waren aneinandergeraten. Sie gerieten immer und überall aneinander. Aber es war das erste Mal in ihrem Leben gewesen, dass sie wirklich ein gemeinsames Ziel verfolgt hatten. Und jetzt lenkte die Erinnerung an diesen Tag ihre Aufmerksamkeit zurück auf dieses Bild. Hatte sie dieses Motiv heute nicht schon einmal gesehen? Ja, natürlich, die Hecke! Beim Weg durch den Regent's Park war Alfie an einer Hecke entlang gerannt. Wie aus einer Eingebung heraus war es ihr schlagartig klar. Jetzt wusste sie, warum ihr dieser Ort im Regent's Park so vertraut vorgekommen war. Es lag nicht an ihrem Studium. Es lag an diesem Bild hier.

Sie zog ihr Handy aus der Tasche und zappte sich auf Google Maps durch Fotos, die Besucher des Regent's Parks gepostet hatten. Sie brauchte nicht lange, um den Beweis zu finden. Die Hecke hinter dem asiatischen Pärchen auf dem Google-Maps-Foto war vollkommen identisch mit der Hecke, vor der die Frau mit dem wehenden Schal stand. Das Beet dahinter zeigte sogar dieselben Rosenblüten. Das konnte kein Zufall sein. Nadias Worte kamen Alison wieder in den Sinn. *Mr Montagu hat nie wieder ein Bild gemalt*. Etwa, weil er ein gebrochenes Herz hatte? Liebeskummer? »Wer bist du?«, flüsterte sie der Frau auf dem Bild zu, als es völlig überraschend und energisch klopfte. Das musste Roy sein! Endlich. Sie eilte zur Zimmertür, löste die Kette und öffnete. Ein Schrei blieb ihr in der Kehle stecken.

37

2:30 pm, Savoy Taylors Guild

Das Savoy Taylors Guild befand sich am *Strand*, genau an der Ecke zum Savoy Hotel, und war einer jener Shops, an denen Teddy nicht einmal für einen Blick ins Schaufenster Halt gemacht hätte. Die Anzüge wirkten wie Ausstellungsstücke der letzten Oscarverleihung. Dazu kam der Blick des Verkäufers, der ihn wie einen Kriminellen musterte. »Mrs Granville, das kann ich nicht …«

»Dienstkleidung!« Mildred klopfte ihm die Schulter. »Entspannen Sie sich. Wenn Sie mich undercover auf das Chandelier Charity Concert begleiten wollen, müssen Sie auch wie einer von uns aussehen, oder?«

Er bekam ein schlechtes Gewissen. »Sie verstehen das falsch.«

»Der Herr …« Der Verkäufer streckte Teddy einen marineblauen Anzug entgegen. Von der Marke Zegna hatte er noch nie etwas gehört. Ein Blick auf das Preisschild genügte, und er wusste, warum. Prompt hob der Verkäufer seine Augenbraue. »Wenn Sie sich unsere Produkte nicht leisten können, in der Langley Street ist ein H&M.«

Mildred lächelte. »Oh glauben Sie mir, Schätzchen, er kann!«

»Na dann ...« Der Blick des Verkäufers wechselte zwischen ihm und Mildred hin und her. »Nicht schauen, anziehen.«

Teddy betrat die Umkleidekabine, betrachtete den Anzug, sah auf das Fähnchen mit der Waschanleitung: *100% Baumwolle*. Wenn das stimmte, hatte Teddy bisher nur Imitate in den Händen gehabt. Überhaupt ging von diesem Anzug eine eigene Aura aus. Ganz zu schweigen von den Schuhen, die derart glänzten, dass er sie getrost als Spiegel hätte benutzen können. Kaum war Teddy in den Anzug geschlüpft, schien sein altes Ich sich in Luft aufzulösen. Vor ihm stand kein Detective Inspector mehr. Nicht einmal ein zusätzliches *Chief* würde diesem Outfit gerecht werden. Jetzt bekam er eine Ahnung, was es bedeutete, Commander zu sein. Ach was, Commander? Commissioner Mr Teddy Chan.

Hysterischer Applaus und Jubelgeschrei hallten ihm entgegen, als er die Umkleidekabine verließ. »Das ist ja entsetzlich!«, beschwerte sich Mildred. Verunsichert sah Teddy an sich hinab. Hatte er irgendetwas falsch angezogen? Oder stimmte die Farbe nicht? Zugegeben, er war etwas blass auf der Haut, aber dazu passte dieses elegante Blau doch eigentlich ganz gut. Oder? Erst als Mildred mit ihrer Nase fast an der Fensterfront klebte und Alfie sich winselnd zwischen ihre Beine quetschte, wurde ihm klar, dass sie mit ihrer Aufmerksamkeit überhaupt nicht bei ihm war. Und auch das Jubelgeschrei hatte natürlich nicht ihm gegolten. Eine Horde völlig außer Kontrolle geratener Menschen stürmte am Shop vorbei.

»Was ist denn da los?«, fragte Teddy verunsichert.

»Mr Robbie Williams ist gerade in den Savoy Court eingebogen.« Der rechte Arm des Verkäufers klebte eng an seinem Oberkörper, und die Hand hing wie gebrochen herunter. Seine Wimpern flatterten. »Er hat um 12 Uhr seine erste Tonprobe im Savoy Theater.«

Teddy schüttelte den Kopf. Der Typ war ja völlig am Abdrehen. Er fand es immer wieder erschreckend, wenn sich erwachsene Menschen wie Groupies verhielten. Gott, wie peinlich. Als der Verkäufer Teddys Blick bemerkte, fing er sich abrupt und gab sich betont entspannt. »Zwei Kundinnen haben es vorhin erzählt.« Er trat einen Schritt zurück, betrachtete Teddy und fuhr dabei mit seiner rechten Hand auf und ab. »Oh, traumhaft, der Herr!«

Mildreds »Nehmen wir« hörte Teddy zwar, er war aber unfähig, darauf zu reagieren. Denn was der Verkäufer und Mildred nicht mehr sahen, waren die zwei dunklen Wagen, die jetzt ebenfalls in den Savoy Court einbogen und deren Nummernschilder eindeutig zum Scotland Yard gehörten. Das war definitiv kein gutes Zeichen. Er checkte sein Smartphone. Keine Nachricht.

»Was träumen Sie in der Weltgeschichte herum?«, schimpfte Mildred. »Kommen Sie, wir haben noch viel vor.« Sie hakte sich beim frisch eingekleideten Teddy ein. »Ich verspreche Ihnen, wenn wir fertig sind, wird es Alison noch bitter bereuen, dass sie unbedingt schon alleine vorauseilen musste.«

Hoffentlich nicht, betete Teddy in Gedanken.

38

2:50 pm, Savoy Hotel, Zimmer 502

Alison starrte auf die Gestalt in Trenchcoat und Fedora-Hut vor ihrer Tür. Die Hände waren in den Manteltaschen verschwunden und das Gesicht tief unter dem Hut verborgen. Wer immer das war, was wollte er hier? Was wollte er von ihr? »Wie kann ich Ihnen helfen?« Alisons Stimme zitterte. Ihr Gegenüber reagierte nicht. Warum musste das ausgerechnet jetzt passieren, wenn Teddy nicht bei ihr war? Sie schnappte den Knauf, um die Tür wieder zuzuschlagen. Schon befand sich ein Fuß im Türspalt. Alisons Hände schwitzten. Der Kopf erhob sich, und der Kranz des Fedora-Hutes gab endlich den Blick auf das Gesicht frei. »Was zum Teufel …«

Noch ehe Alison ihren Gedanken zu Ende gesprochen hatte, befand sich der Zeigefinger auf den Lippen ihres Gegenübers. Um nicht noch mehr Aufruhr zu erregen, schwieg sie und wich einen Schritt zurück. Der Mann trat ein. Alisons Herz wummerte. Erst als er die Tür hinter sich geschlossen hatte, atmete sie erleichtert aus. »Roy!«

Er nahm den Hut von seinem Kopf. »Es tut mir leid, Alison, wenn ich Sie erschreckt habe. Ich wollte nicht, dass mich jemand erkennt. Ich fürchte, dass Sie mit Ihren Ermittlungen bereits mehr Aufsehen erregt haben, als uns lieb ist. Da sollte wenigstens meine Schnüffelei so lange wie möglich unentdeckt bleiben …«

»Schon gut«, fiel Alison ihm ins Wort. Sie fasste sich mit der Hand an die Brust und wartete, bis sich ihr Atem wieder einigermaßen beruhigt hatte. »Ich bin einfach nur froh, dass Sie es sind.«

»Wer sollte ich sonst sein?«

»Ich weiß nicht …« Sie eilte ins Kaminzimmer und spülte ihren Schrecken mit einem Schluck Wasser herunter. »Wie kommen Sie auf ausgerechnet diese Verkleidung?«

Roy war sichtlich verwundert über diese Frage. »Durch die Wäscherei. Auf dem Weg zu den Spinden komme ich jedes Mal an den frischen Lieferungen vorbei. Ich sage Ihnen, dort unten stapeln sich die Mäntel. Irgendjemand im Hotel trägt nichts anderes. Also dachte ich, dieses Outfit wäre eine perfekte Täuschung.« Er sah sie besorgt an. »Ich scheine Sie ja regelrecht in Panik versetzt zu haben.«

Das hatte er. Aber er war auch auf eine wichtige Information gestoßen. Die Person im Trenchcoat war ein Gast des Hotels. Roy blickte auf die Uhr.

»Aber jetzt müssen wir uns beeilen. Wir haben nicht mehr viel Zeit.«

Roys plötzliche Aufregung machte Alison nervös. »Was ist los?«

»Es ist gleich drei!« Er winkte sie zu sich, griff in seine rechte Manteltasche und zog eine Schachtel mit dem entwendeten Hörgerät heraus. »Wären Sie bitte so freundlich, es in Ihr Ohr zu stecken?«

Alison gab ihr Bestes. »Was haben Sie vor?«

Roy bedeutete ihr, einen Augenblick still zu sein. Stimmen hallten über den Flur. Er lehnte sein Ohr an die Tür. Als es wieder ruhiger wurde, löste er seine Armbanduhr und reichte sie Alison. »Legen Sie diese Uhr an, und passen Sie genau auf.« Er flüsterte. »Ich werde gleich in meiner Verkleidung das Zimmer wieder verlassen. Sobald die Armbanduhr piept, machen Sie sich auf den Weg. Gehen Sie zum roten Lift, und fahren Sie hinunter in die Lobby. Versprechen Sie mir …« Roys Blick wurde eindringlich und ernst. »… was auch immer geschieht, verhalten Sie sich völlig normal. Und tragen Sie Ihr Haar offen, sodass es das Gerät in Ihrem Ohr sicher verdeckt. Noch wissen wir nicht, mit wem wir es zu tun haben. Wenn der Mörder oder die Mörderin durch einen dummen Zufall dahinterkommt, was ich rausgefunden habe, könnten Sie sich in ernsthafte Gefahr begeben, Alison.« Er setzte seinen Hut wieder auf, schloss seinen Mantel und griff nach dem Türknauf. »Wir treffen uns unten in der Lobby.«

Schon war er aus dem Zimmer verschwunden. Alison legte die Armbanduhr an, trat vor den Spiegel und fuhr sich mit ihren Fingern durch die Haare, bis ihre Ohren sicher verdeckt waren. Dabei hörte sie Schritte. Jemand hetzte erneut über den Flur und schien diesmal unmittelbar vor der Tür zum Zimmer 502 stehenzubleiben. Die Person machte sich an der Tür zu schaffen. Alison konnte sie atmen und flüstern hören. Auf Zehenspitzen schlich Alison hinüber und legte von innen ihr Ohr an die Tür. Sie hörte die Stimmen laut und deutlich.

»Ist es das Zimmer?«

»Ja, Zimmer 502, da steht es doch.«

Eine Tasche wurde geöffnet, Gerätschaften ausgepackt. Alison hörte das Klicken einer Kamera.

»Ist da jemand drin?«

»Weiß nicht.«

Stille kehrte ein. Dann klopfte es. Alison hielt den Atem an. Sollte sie sich zu erkennen geben? Aber was, wenn Roy recht hatte mit seiner Befürchtung? Der Türknauf bewegte sich. Jemand versuchte, von außen die Tür zu öffnen. Links neben Alison befand sich ein stählerner Schuhlöffel. Nicht perfekt, aber für einen K.o.-Schlag gut genug.

»Ich komme nicht rein, die Tür ist zu.«

Der Alarm an Alisons Armbanduhr piepte.

»Scheiße, da ist jemand!«

»Das ist eine Alarmanlage oder so.«

»Weg hier, schnell!«

Die Stimmen und die Schritte entfernten sich.

»Meinst du, das war der Geist?«, hörte Alison noch. »Sag ich doch, die denken sich das nicht aus.«

»Hey, was macht ihr hier?«, brüllte eine tiefe Stimme dazwischen, die verdächtig nach Sicherheitspersonal klang. Albernes Gekreische folgte, dann näherten sich die Schritte wieder, flitzten an Alisons Tür vorbei und entfernten sich in die andere Richtung.

Touristen, beruhigte sich Alison in Gedanken. *Durchgeknallte, freakige Touristen*. Egal. Sie musste zum Fahrstuhl. Jetzt!

Der Hotelflur war leer. Vor dem roten Lift wartete ein kleiner Mann in Arbeitslatzhose und weißem Hemd. Durch die knalleng anliegenden Ärmel schimmerten kunstvolle Tattoos hindurch. Was er an körperlicher Länge nicht hatte, machte er eindeutig mit ehrgeizigem Bankdrücken wett. Mit diesem Kreuz und diesen

Armen hätte er sicher Weltmeister im Autoreifen-Weitwurf werden können. Er war mit seiner Aufmerksamkeit so tief in den Rufknöpfen, Anzeige und Fahrstuhltür versunken, dass er Alison erst bemerkte, als der Lift sich öffnete. Mit einem überraschend charmanten Lächeln nickte er ihr zu.

»Nach Ihnen.«

Die rote Sitzbank des Liftes war bereits von Darcy Diamond besetzt. Wie immer hielt sie ihre Hände gegen die Wände gelehnt und verdrehte die Augen. Alison erinnerte sich an Roys *Was auch immer geschieht, verhalten Sie sich unbedingt so, als wäre alles völlig normal.* Was hatte er damit gemeint? Was erwartete sie? Sie sah sich um. Der Mann stieg zu ihr und Darcy in die Kabine, und die Aufzugtür schloss sich. Alison blickte auf seine Hände, die er tief in seinen Hosentaschen vergraben hatte, als plötzlich …

»Alles okay, Madam?« Der kleine Autoreifenwerfer sah sie besorgt an. Verflixt! Alison war von der unerwarteten Stimme in ihrem rechten Ohr derart überrumpelt, dass sie erschrocken zusammengezuckt war.

»Oh ja, ja«, antworte sie und klang so gar nicht überzeugend dabei. Kein Wunder – völlig unerwartet war aus dem Hörgerät in ihrem Ohr die Stimme des kleinen Mädchens erklungen. Sie sang, kicherte. Es klang wie … Alison schluckte … eine Botschaft aus einer anderen Dimension. Sie wagte einen kurzen Blick zu Darcy Diamond. Darcy hatte also nicht bemerkt, dass das Hörgerät für ihr gesundes Ohr jetzt nur noch eine Attrappe war. Und Alison hatte nicht nur eine Bestätigung für ihre Theorie, sie hörte auch genau dasselbe, was exakt in diesem Augenblick ebenfalls Darcy Diamond ins Ohr geflüstert bekam.

»Ein wenig klaustrophobisch, was?«, fragte der Mann. »Keine Angst, die Diamond ist zwar ein wenig durchgeknallt, aber die tut nix.«

Alison versuchte, ihre Irritation hinwegzulächeln, und fuhr sich mit der Hand durchs Haar. »Es geht schon, danke.« Jetzt verstand sie, was Roy gemeint hatte. Die Übertragung auf das Hörgerät musste aus dem Lift kommen. Kaum auszumalen, wie es sich anfühlte, sie ohne Vorwarnung ins Ohr zu bekommen. Da konnte man doch wirklich an Geister glauben. Viel schlimmer aber war, *was* die Stimme sagte. Alison versuchte, sich jedes Wort zu merken. Aber der kleine Autoreifenwerfer irritierte sie. Er sah sie mit hochgezogenen Augenbrauen und durchdringenden Augen an. Endlich stoppte der Lift, und die Tür öffnete sich. Jetzt lächelte der Kleine wieder, wechselte die Seite und machte eine galante Armbewegung.

»Nach Ihnen.«

Alison stürmte aus dem Aufzug. Sie mussten dringend handeln. Jetzt! Wo steckte Roy? In der Lobby war die Hölle los. Doch von Roy fehlte jede Spur.

»Und?«

Alison stieß einen leisen Schockschrei aus, als er sie unerwartet von hinten berührte. Er stand wieder in seinem gewöhnlichen Anzug vor ihr. Sie tat so, als würde sie sich ihre Haare richten, entfernte das Hörgerät dabei und gab es Roy zurück.

»Hat es funktioniert?«, fragte er.

»Allerdings. Wir müssen reden!«

Roy bedeutete ihr, ihm durch die Lobby zu folgen, damit sie im Trubel der Menge untertauchen konnten. Er ergriff das Wort.

»Sie hatten recht mit Ihrer Vermutung, Alison. Moderne Hörgeräte haben eine Bluetooth-Schnittstelle. Ich gehe jede Wette ein, dass Darcys Gerät ohne ihr Wissen mit einem Audiosender im Lift verbunden ist. Normalerweise ertönt in Kopfhörern bei jeder automatischen Verbindung zu einem anderen Gerät, das in Reichweite kommt, eine Ansage. Jemand hat diese Ansage in ihrem Hörgerät deaktiviert.«

»Und dieser Sender im Lift sendet jeweils genau um 3, 6, 9 und 12 Uhr«, schlussfolgerte Alison. Roy nickte.

»Zu jenen Zeiten, wenn sich laut Darcy Diamonds Überzeugung ein Portal ins Jenseits öffnet, für jeweils exakt 15 Minuten.«

»Was für ein mieses Spiel«, sagte Alison. »Und Darcy glaubt tatsächlich, übermenschliche Fähigkeiten entwickelt zu haben.«

»Und wird dabei zu einer gefährlichen Marionette.«

Alison empfand Mitleid. Hatte diese Frau nicht bereits genug Schmerz durchlebt? Wie grausam musste man sein, wenn man auf die Idee kam, ihre innere Verlorenheit eiskalt auszunutzen? Alison zog Roy hinter eine der massiven Steinsäulen in der Lobby und flüsterte ihm zu. »Roy, es geht um das Chandelier Charity Concert.«

Er weitete die Augen. »Was meinen Sie?«

»Der Geist sagte zu Darcy, dass er während ihres Showacts wieder mit ihr sprechen würde. Dann ist die Verbindung abgebrochen. Was, wenn ein weiterer Mord geschehen soll? Während der Show?«

Roy griff in seine Tasche und zog einen kleinen Schlüssel heraus. »Wissen Sie, was das ist?« Er schwenkte den Schlüssel im Licht. »Mit so einem Dreikant lässt sich die Notentriegelung einer jeden Fahrstuhltür aktivieren. Sie können die Türen öffnen und den Schacht betreten. Ich wette, dort werden wir auf dem Dach der

Fahrstuhlkabine den Sender finden. Haben wir ihn, haben wir mit ein wenig Glück auch sämtliche geheimen Informationen, die der Geist der lieben Darcy bisher geflüstert hat.«

Alison fiel Roy um den Hals. »Dann nichts wie los! Mildred und Teddy müssten jeden Augenblick wieder hier sein.«

»Teddy?«, fragte Roy mit einem Schmunzeln im Gesicht.

»Detective Inspector Teddy Chan«, korrigierte sich Alison und war gerade dabei, die Lobby abzusuchen, als ein ohrenbetäubender Schrei ertönte. Der Trubel im großen Empfangssaal des Savoy Hotel kam schlagartig zum Stillstand. Nur ein königsblauer Hut schaukelte an der Rezeption verloren hin und her. Ein Hund bellte. Mildreds Stimme ertönte. »Ein Messer in meiner Brust!«

Alison ließ alles stehen und liegen und rannte. In allerletzter Sekunde erreichte sie ihre Tante, die völlig entkräftet in ihren Armen zusammenbrach. Wie aus dem Nichts tauchte eine Horde aus Fernseh- und Handykameras auf und umzingelte Alison. Mildreds Brust war unversehrt. Was für ein Ereignis hatte sie dann dazu getrieben, eine ihrer melodramatisch-blumigen Floskeln auszurufen? Sie stand ja völlig unter Schock! Alfie winselte und jaulte zwischen ihren Beinen vor sich hin.

Erst jetzt entdeckte sie Teddy Chan neben sich. Sie hätte ihn beinahe nicht erkannt. Er trug einen eng anliegenden, sportlich marineblauen Anzug. Die Seiten seines Kopfes waren in einem meisterhaften Übergang von purer Haut zu raspelkurz rasiert und das volle Deckhaar zu einer stylischen Elvistolle nach hinten geföhnt. »Oh nein, nein, nein!«, fluchte er. »Das darf doch nicht Ihr Ernst sein, Commander. Sie müssen mir mehr Zeit geben.«

Commander? Alison traute ihren Ohren nicht. Doch als sie sich nach rechts drehte, stand tatsächlich Commander Ken Kilburn neben ihr – mit zwei maximal übelst gelaunten und sonnenbebrillten Kollegen der Metropolitan Police im Gepäck.

»Oh doch«, antwortete Ken. »Es ist mein voller Ernst. Mildred Granville, ich verhafte Sie wegen des Mordes an Oliver Montagu und William Frankland.«

39

4:00 pm, Charing Cross Police Station

Teddys Mini heulte auf. Mit voller Power raste er aus dem Savoy Court, bog links ab und peste *The Strand* hinunter. Ohne Vorwarnung riss er das Steuer seines Minis so scharf nach rechts, dass Alison gegen ihre Beifahrertür geschleudert wurde, und bog in die Bedford Street ein. Im Angesicht des fetten LKWs, der die gesamte Straßenbreite blockierte, schrie Alison um ihr Leben. »Das ist eine Einbahnstraße!«

»Und? Wenn ich die gesamte Tour um den Trafalgar Square mache, sind wir morgen noch nicht am Charing Cross.« Mit blinkenden Frontlichtern, donnernder Hupe und quietschenden Reifen schlitterte der LKW auf sie zu. Anstatt vom Gas zu gehen, griff Teddy unter seinen Sitz, knallte das Blaulicht aufs Dach, schaltete die Sirene ein und scherte nach rechts aus. Panische Passanten vor sich herjagend donnerte der Mini über den Gehsteig am LKW vorbei. Teddy schwenkte zurück auf die Straße und bog links in den Chandon Place ein. Er trat aufs Gas. Nur wenige Yards später schlug er völlig abrupt das Lenkrad ein, zog die Handbremse an und schleuderte den Wagen mit einer gepfefferten 180-Grad-Drehung perfekt in eine leere Parklücke auf der linken Seite. Zwischen Adrenalinkick und Schock gefangen, krallte Alison sich am Haltegriff über ihrer Beifahrertür fest.

»Worauf warten Sie?«, rief Teddy. »Kommen Sie, schnell!«

Mit einer ungeheuren Wut auf Ken im Bauch folgte sie Teddy in die Charing Cross Police Station. Sie hetzten durch ein steriles, in schlichtem Grau gehaltenes Großraumbüro hindurch, bogen hinter dem schwarzen Brett in einen Gang und liefen direkt auf Ken Kilburn zu. Er stand an der Glasscheibe zum Verhörzimmer. Mildred saß auf der anderen Seite der Scheibe an einem Tisch, ihr gegenüber ein älterer Herr vom Scotland Yard. Auf dem Stuhl neben ihr hockte Alfie. Oh Gott, der Hund. An den armen Kleinen hatte Alison in der Aufregung gar nicht gedacht. Was für eine komplette Katastrophe. Gut, sie hatte insgeheim ständig gehofft, dass ihr zumindest dieses Mal der gemeinsame Sunday Roast mit Mildred erspart bleiben würde. Aber doch nicht so! »Das ist hoffentlich alles ein schlechter Scherz?«, pfefferte Alison Ken mit einer solchen Wucht entgegen, dass er völlig geschockt von der Glasscheibe zurücktrat. »Mildred habt ihr es doch erst zu verdanken, dass ich im Hotel meine Ermittlungen aufgenommen habe.«

»Alison, du solltest gar nicht hier sein.«

»Ach nein?« All die Anspannung, die sich seit Mildreds plötzlichem Schrei in der Lobby angestaut hatte, bahnte sich explosionsartig ihren Weg. »Ich denke, ich sollte mich im Hotel ein wenig umsehen. Ich habe Ergebnisse, Ken! Und was hast du?« Ken streckte seine offenen Hände nach ihr aus. Was für eine lächerliche Geste.

»Alison, jetzt beruhige dich doch erst einmal.«

»Beruhigen?« Sie schnappte nach Luft. »Du hast den Nerv, meiner Tante vor laufenden Kameras zwei Morde in die Schuhe zu schieben, und erwartest von mir, dass ich mich beruhige? Du warst in meiner Wohnung selbst dabei. Du weißt, was die Notärztin über Mildreds Herz gesagt hat, und da wagst du es, ihr mit so einer bescheuerten Aktion einen mordsmäßigen Schrecken einzujagen?«

»Es ...«

»Und sie vor der ganzen Welt zu verleumden?«

»Es ist ...«

»Es ist ein Wunder, dass sie noch lebendig vor euch sitzt!«

Er schloss die Augen und setzte erneut an. »Das ist genau der Punkt. Ich war dabei. Ich habe dein Haus gesehen. Und die historischen Möbel im Keller, die sie dir hineingestellt hat.«

»Was hat das denn bitte mit den Morden zu tun?«

Ken schnaufte. »Was meinst du, warum sie dir das Haus gekauft hat, Alison? Du kannst sie auf den Tod nicht ausstehen.«

Stimmt. Und nach den Ereignissen der letzten Tage kam ihr dieses Gefühl völlig übertrieben vor. Dank Mildred ermittelte sie in einem echten Mordfall. Der ihr jetzt komplett torpediert wurde. So musste es sich anfühlen, wenn ein Krimi-Kommissar kurz vor dem Finale von seinem Chef aus völlig an den Haaren herbeigezogenen Gründen suspendiert wurde.

»Mit der Schenkung umgeht sie einen beachtlichen Betrag an Erbschaftssteuer. Und hast du eine Ahnung, was die Möbel wert sind, die du einlagern lassen wolltest?«

»Die alten Dinger? Was hat das mit den Morden zu tun?«

Ken verschränkte die Arme vor der Brust. »Der Lagerist hat sich bei uns gemeldet, weil ihm die Sache seltsam vorkam. Es handelt sich um wertvolle historische Gegenstände. Mildred wollte die unteren Etagen deines Hauses als Museum anmelden. Damit wären sämtliche Steuerforderungen verfallen.«

Das war allerdings ein Hammer. »Als Museum?«

Teddy steckte hilflos seine Hände in die Taschen.

»Du hättest lediglich ein paar Mal pro Monat Besuchern öffentlichen Zutritt gewähren müssen«, sagte Ken.

Alison fiel es wie Schuppen von den Augen. Deshalb die schrecklichen Gemälde im Flur, die grässlichen Teppiche. »Oh Mildred!«, fluchte sie. Trotzdem. »Das ist vielleicht dreist, aber nicht illegal! Wie war das bitte nochmal mit dem begründeten Verdacht?« Sie verschränkte die Arme. »Na?«

»Aber es zeugt von jeder Menge krimineller Energie«, antwortete Ken. »Die sie bei dem Frankland-Deal auf die Spitze getrieben hat.«

»Wie bitte? Frankland war doch derjenige, der meine Tante über den Tisch ziehen wollte.«

»Ganz genau.« Ken zog den Erpresserbrief aus der Tasche, den Alison als Beweis Teddy präsentiert hatte. *Du wirst für deinen Deal bezahlen.* »Erinnerst du dich?«

»Teddy, du hast …?«

Er ließ seinen Kopf hängen und sah auf den Boden.

»Unterschrieben mit *M.*«, fügte Ken hinzu.

»Genau, wie *Montagu*«, konterte Alison.

Ken nickte. »Oder wie *Mildred.*«

»Sie war bei mir, als Oliver gestorben ist. Sie hat ein Alibi.«

»Und unzählige hilfreiche Hände. Hat sie dir erzählt, dass Sie dem Concierge Phil Dubois eine beachtliche Provision für ihr Zimmer im Savoy gezahlt hat?«

Alison war sprachlos. Dennoch, Provisionszahlungen waren nicht strafbar. Das hieß nicht gleich zwangsläufig, dass Mildred einen Mord beauftragt hatte. Sie hatte sich wahrscheinlich lediglich auf einer langen Warteliste auf die erste Stelle katapultiert. »Teddy, bitte. Erzählen Sie ihm, was wir über Darcy herausgefunden haben. Mildred hatte doch überhaupt kein Motiv, Oliver umzubringen.«

»Sie wollte das Zimmer.«

»Das ist doch irre!«

Ken zog seine Augenbrauen zusammen und sah Alison mit einem Ich-hab-dich-doch-lieb-Blick an, der dafür sorgte, dass ihr auf der Stelle speiübel wurde. »Nicht, wenn man sich die Dokumente ansieht, die wir bei der Zimmerdurchsuchung gefunden haben.«

Alison traf der Schlag. »Eine Zimmerdurchsuchung? Wo?«

»Im Hotel.«

»Wann?«

Kens Blick schwenkte zu Teddy. Der fiel prompt in sich zusammen wie ein Ballon, den man mit der Nadel gepikst hatte. »Als wir in Regent's waren«, nuschelte er.

»Wie bitte?« Alisons Stimme wurde zur Feuersirene.

»Es tut mir leid, Alison. Da hatten wir doch noch nicht …«

»Moment mal.« Sie schloss die Augen und versuchte, Ordnung in das Chaos in ihrem Kopf zu bringen. »Heißt das, Sie haben davon gewusst?«

»Alison …« Teddy schaute, als wäre ihm Geister-Darcy auf den Fuß getreten. Mit den Absätzen, versteht sich.

»Sie schleimen sich bei Mildred ein …«

»Ich habe mich nicht eingeschleimt.«

Alison griff nach Teddys Arm, hakte sich bei ihm ein und äffte ihm mit rollenden Augen ins Ohr. »Oh, Regent's ist aber eine tolle Uni, Mildred. Nein, Sie haben Karten für Darcy Diamond, Mildred? Was, ich soll Sie begleiten, Mildred?«

Teddy riss sich los. »Alison, bitte. Das ist nicht fair.«

»Ach nein? Sie lassen sich von ihr komplett ausstatten und stylen und liefern sie anschließend dem Henker aus? Ist das fair?«

Ken mischte sich ein. »William Frankland hat eine Lebensversicherung über mehrere Millionen Pfund abgeschlossen. Und als Sicherheit für seinen Deal angegeben.« Er seufzte. »Und das nenne ich Motiv.«

»Ich nenne das den größten Müll, den ich je gehört habe!«, brüllte Alison mit solchem Zorn, dass die Scheibe zum Verhörzimmer neben ihr vibrierte und zwei Sicherheitsleute im Gang erschienen.

»Ich kann mir vorstellen, dass es weh tut«, sagte Ken. »So von jemandem aus der eigenen Familie hintergangen worden zu sein.«

Alison atmete tief durch. Sie würde hier jetzt nicht weiter die Fassung verlieren. »Stimmt, Ken«, antwortete sie ruhig und mit messerscharfer Stimme. »Ich dachte, *du* wärst meine Familie.« Sie fuhr sich durch die Haare und rückte ihr Kleid zurecht.

»Alison, du verstehst das völlig falsch.«

»Tue ich das? Ich verstehe das so: Deine Anwesenheit bei meiner Party mit den Kiddies. Dein Gerede, ich hätte kriminalistisches Talent. Der Polizeischutz für uns im Hotel. All das hast du nur abgezogen, um hinter meinem Rücken meine Tante auszuspionieren. Du bist derjenige, der uns ausgenutzt hat. Für deine Karriere und Publicity. Mein Vater würde sich im Grab umdrehen.«

»Alison …«

»Du bist das Letzte, Ken.«

»Na, na, na!« Alison sah zur Seite. Staranwalt Glenn Worchester stand neben ihr. »Ich schlage vor, Sie überlassen die Verteidigung Ihrer Tante ab sofort mir.«

Nichts lieber als das. Sie verschwendete hier ohnehin nur ihre Zeit. In wenigen Stunden startete das Charity Concert. Mildred war am ehesten geholfen, wenn Alison den wahren Täter identifizierte. Also machte sie auf dem Absatz kehrt und stürmte nach draußen.

»Alison!« Schritte hetzten hinter ihr über den Asphalt, als sie das Polizeigebäude verließ. »Alison, wo wollen Sie hin?«

Sie stoppte so abrupt, dass Teddy beinahe in sie hineingerannt wäre. »Einen Mord aufklären, was denn sonst?« Ein plötzlicher Griff an ihren Oberarm hinderte sie daran, sich wieder wegzudrehen.

»Was ist los?«

»Diese Frage meinen Sie hoffentlich nicht ernst, oder?«

»Alison!« Er hielt sie fest und drehte sie zu sich zurück. »Sie haben etwas herausgefunden, nicht wahr? Ich sehe es Ihnen an.«

Und wenn schon. »Wen kümmert das noch?« Sie riss sich los und lief weiter. Teddy überholte sie und versperrte ihr den Weg.

»Mich, Alison. Es kümmert mich.«

Sie zögerte. »Warum, Teddy?«

Er sah ihr tief in die Augen. »Ich will einen Fall lösen.«

Sie lachte. »Mit mir?«

»Mit Ihnen.«

»Genau.« Sie schüttelte den Kopf. »Und warum? Damit Sie sich noch mehr bei Kilburn einschleimen können?«

»Der feuert mich, wenn das hier schiefgeht.«

Alison schwieg. Mit dieser Antwort hatte sie nicht gerechnet. Sie dachte an ihr gemeinsames Candlelight-Dinner, an Teddys Worte über den Zoff mit seiner Frau und Dustin. Daran, was dieser Job ihm bedeutete. »Warum dann?«

»Weil Sie gut sind, Alison.« Sein Blick fixierte sie für eine kurze Ewigkeit. »Verdammt gut.« Dann lief er voraus, bog in den Chandon Place ein und öffnete seinen Mini. »Jetzt kommen Sie schon«, rief er ihr zu. »Steigen Sie ein!«

40

4:45 pm, Savoy Hotel, roter Lift

Als sie sich wenige Minuten später endlich bis zum Hotel und durch die Lobby gekämpft hatten, erwartete Roy sie bereits am roten Lift. Er winkte sie in den Aufzug. Das weitere Pärchen, das direkt hinter ihnen den Lift betreten wollte, wehrte Teddy mit seiner gezogenen Dienstmarke ab. Die Tür schloss sich. Für einen Augenblick waren sie allein. Endlich. Roy begann sein Briefing.

»Ihr steigt in der fünften Etage aus. Danach fahre ich wieder eine Etage tiefer, halte die Tür offen und blockiere den Lift.« Er griff in seine Jacketttasche und zog den Dreikant-Schlüssel heraus. »Das verschafft euch die Möglichkeit, hiermit die Tür zum Schacht zu öffnen und direkt auf die Fahrstuhlkabine zu schauen.«

Das würden sie hinbekommen. Alison sah zu Teddy. Er nahm Roy den Schlüssel ab und nickte. Roy fuhr fort.

»Wie ihr gesehen habt, ist in diesem Haus mittlerweile die Hölle los. Wenn ich vom Personal erwischt werde und die Kabine freigeben muss, gebe ich euch ein Zeichen. Ich habe ein paar Testmessungen gemacht. Es dauert durchschnittlich fünf Sekunden, bis eine Kabine gefüllt ist, die Tür sich geschlossen hat und der Aufzug weiterfährt. Das ist die Zeit, die ihr habt, um euch in Sicherheit zu bringen. Alles klar?«

»Klar«, antworteten sie im Chor. Es ruckelte. Der Lift hatte die fünfte Etage erreicht. Alison und Teddy stiegen aus, und Roy fuhr wie vereinbart wieder in die vierte Etage hinab. Alison legte ihr Ohr an die Aufzugtür und wartete darauf, dass er ein Zeichen gab, während Teddy sich bereits die Notfallentriegelung in der Verkleidung oberhalb der Aufzugtür ansah. Ein deutliches »Go!« hallte durch den Schacht. Alison trat zurück. Teddy steckte den Dreikant ins Schloss.

Alison musste an Oliver denken. Wenn bei der Schnüffelei an einem Aufzug etwas schieflief, konnte das ein blutiges Ende nehmen. Die Aufzugtür zuckte, und der Spalt in der Mitte vergrößerte sich schlagartig um einen halben Zentimeter.

»Entsperrt«, rief Teddy. Er zog den Schlüssel ab, legte beide Hände flach auf die Türen und schob sie auseinander. Alison blickte auf die nackten und mit senkrecht verlaufenden Stahlschienen versehenen Betonwände des Fahrstuhlschachts. Vielleicht etwas weniger als ein halbes Yard unterhalb der Türschwelle lag das Dach der Fahrstuhlkabine.

»Seht ihr was?«, rief Roy.

Sie suchte das Dach mit den Augen ab.

»Mist«, fluchte Teddy. »Da ist nichts.«

»Dann gebe ich die Kabine wieder frei«, rief Roy herauf.

Alison widersprach. »Einen Moment noch!« Die Steuerungstechnik für die Fahrstuhlkabine war in drei verschieden großen Boxen verbaut. Die wiederum hingen an Stahlverstrebungen, die das Dach der Fahrstuhlkabine wie ein Geländer umrundeten. Vielleicht konnte man eine von ihnen öffnen und etwas im Inneren dieser Metallboxen verstecken? Stimmen hallten den Schacht hinauf. Offenbar gab es bei Roy auf Etage vier eine kleine Diskussion. Sie musste sich beeilen. Aber sie würde auch nicht lange brauchen. Der Boden des Kabinendachs war eben. Die Stahlseile für die Aufhängung verliefen eng an der Wand seitlich der Kabine. Was also sollte schon passieren? Sie ging in die Hocke und stieg hinab.

»Alison«, fluchte Teddy. »Kommen Sie da wieder raus!«

»Ich brauche nur einen Moment ...«, zischte sie zurück, » ... und der Schacht ist wieder frei.« Im selben Augenblick schien eine Horde betrunkener Teenies über den Hotelflur auf Etage vier zu torkeln. Geklatsche und Gejohle hallten herauf. Alison durfte sich nicht aus der Ruhe bringen lassen. In der Mitte des Kabinendachs ging sie in die Hocke, stützte sich auf ihre Knie und versuchte, nach und nach die Boxen zu öffnen. Vergebens. Wenn sich die Vorderfront wirklich entfernen ließ, dann wahrscheinlich nur mit einem Schraubendreher oder anderem speziellen Werkzeug. Viel zu aufwendig für ein spontanes Versteck. Allerdings ... Alison kam eine andere Idee. Mit beiden Händen tastete sie jeweils die Unterseite der am Geländer befestigten Boxen ab. Und an der blauen Box war es. Ganz deutlich. »Wusste ich es doch«, zischte Alison durch den Lärm hindurch.

»Was?«, rief Teddy.

Das konnte sie noch nicht genau sagen. Aber sie konnte es fühlen. Etwas Klebriges. Sie zückte ihr Smartphone, schaltete die Taschenlampe ein und legte ihren Oberkörper flach auf den Boden, so dass sie unter den

Elektronikkasten linsen konnte. Bingo! Auf der Unterseite waren eindeutig vier quadratische Klebepads zu erkennen. Und diese Klebepads waren nicht etwa verdreckt und verstaubt. Sie waren lupenrein. An dieser Stelle musste sich also bis vor kurzem eine weitere kleine Box befunden haben – oder eine Apparatur, ein Sender. Das war zwar nicht das, was sie sich erhofft hatten, aber es war eine Spur. Alison aktivierte ihre Handykamera, legte das Smartphone direkt unter den Kasten an den Rand des Kabinendachs und machte ein Foto. *Voila! Und jetzt nichts wie raus hier.* Teddy reckte ihr seine Hand entgegen. Alison wollte gerade zupacken, als sich der Aufzug ohne Vorwarnung in Bewegung setzte. »Vorsicht!«, brüllte sie. In allerletzter Sekunde zog er seinen Arm zurück. Wie eine Guillotine schob sich die Fahrstuhlkabine vor die offen stehende Aufzugtür und sauste in die Höhe. Alison verlor das Gleichgewicht, kippte und krallte sich am Kabinendach fest. Die kleinen Rädchen in den Führungsschienen seitlich der Fahrstuhlkabine surrten. Die Decke des Fahrstuhlschachts kam bedrohlich nahe. Alison zog den Kopf ein. »Stopp!«, schrie sie. »Ihr bringt mich um.«

In allerletzter Sekunde kam der Fahrstuhl zum Stehen. »Um Himmels willen, fahren Sie wieder runter!«, rief Alison in der Hoffnung, dass irgendjemand sie hören konnte. Doch unter ihr herrschte nichts als Stille. Dann glaubte sie, ein Flüstern zu hören. »Bitte, lassen Sie mich frei«, flehte Alison durch das Kabinendach hindurch.

Das Flüstern wurde zu einem albernen Kichern.

»Ich meine es ernst«, bettelte sie.

Unter ihr wurde geredet, definitiv. Wo war Roy, verflucht noch mal?

»Etage vier.« Alison betete regelrecht. »Bitte fahren Sie in Etage vier.«

Mit einem Mal schien der Boden unter ihren Füßen zu verschwinden. Der Aufzug rauschte in die Tiefe hinab. Links wurde die Türöffnung sichtbar. Der Aufzug stoppte. »Gott sei Dank!«, seufzte Alison und streckte Teddy die Hand entgegen. Er umschloss ihr Handgelenk, als ein furchteinflößendes, hexisches Lachen durch das Kabinendach hallte und der Aufzug in die Tiefe rauschte. Der Boden unter ihren Füßen verschwand. Von jetzt auf gleich baumelte sie nur von Teddy gehalten im offenen Fahrstuhlschacht. »Hilfe!«, brüllte sie. »Nein!«

»Ruhig bleiben, Alison!« Teddy kippte durch ihr Gewicht nach vorne, fing sich mit der linken Hand aber in letzter Sekunde am Türrahmen. »Ziehen Sie sich herauf, Alison!« Mit ihren Füßen suchte sie nach Halt. Nichts als nackter Beton und darunter das Loch der nächsten folgenden Aufzugtür. Teddys Hand rutschte den Türrahmen entlang. Er drohte, den Halt zu verlieren. Nein, verdammt. Sie würde ihn jetzt nicht noch mit sich in die Tiefe reißen. Alison löste ihren Griff. Aber nicht Teddy.

»Was machen Sie da!«, brüllte er.

»Lassen Sie mich. Sonst bringe ich uns beide um.«

Teddys Gesicht wurde rot vor Zorn. »Jetzt reißen Sie sich zusammen, verdammt. Wir sind ein Team. Sie wollen zur Polizei? Dann kämpfen Sie!«

Endlich spürte Alison einen Widerstand unter ihrem Fuß. Sie konnte sich abdrücken und gewann an Höhe. Nicht viel, aber genug, um mit der freien Hand in die Führungsschiene der Aufzugtür am Boden zu greifen. Mit Teddys Hilfe zog sie sich hoch. Jetzt konnte sie sich vom Boden wegdrücken und bis zur Hüfte in Sicherheit bringen. Fast geschafft. Nur noch ihre Beine baumelten den Schacht hinab. Da bewegten sich die Seile an den Wänden erneut. Alison spürte einen Luftzug. Die Fahrstuhlkabine sauste wieder nach oben, direkt auf sie zu. »Alison, raus da!« So schnell sie konnte, krabbelte sie vorwärts, zog ihre Füße nach. Da erwischte das Dach der Kabine den Absatz ihres rechten Schuhs. Mit ungeahnter Kraft wurde Alison kopfüber in die Höhe gerissen. Geistesgegenwärtig griff Teddy sie bei ihren Schultern. Ein lautes Knacken ertönte. Sie verlor den Halt und krachte gemeinsam mit Teddy auf den Teppichboden. Für einen Atemzug herrschte Stille. Die Fahrstuhlkabine hinter ihr öffnete sich, und Teddys Gesicht wurde bleich wie Schnee. »Benisha?«, hauchte er.

Alison drehte sich um. Hinter ihr in der Fahrstuhlkabine stand Teddys Frau an der Seite eines aufgestylten und solariumverbrannten Muskelpakets. Da war er: Leonardo Capriolo, der erfolgreichste Vocal-Coach der Londoner X-Factor-Fernsehgeschichte, von dem die Sekretärin in Regent's vor wenigen Stunden noch geschwärmt hatte. Völlig verdattert starrte Benisha auf Alison herab, die mit zerrissener Bluse und halbiertem rechten Pump in merkwürdig verrenkter Position mitten auf ihrem Mann lag. »Teddy?«, schluchzte sie. Schon schloss sich die Fahrstuhltür wieder.

»Scheiße, scheiße, scheiße!«, fluchte Teddy. Kroch unter Alison hervor und stürmte über den Hotelflur davon. Kaum, dass Alison zu sich gefunden hatte und dabei war, aufzustehen, kam er zurückgerannt. »Wo zum Teufel sind hier die Treppen?« Und verschwand in entgegengesetzter Richtung, als sich die Fahrstuhltür erneut öffnete und Benisha wieder vor Alison stand. »Teddy?«, schluchzte sie in den Gang hinaus.

»Er ist weg«, stöhnte Leonardo.

Die Fahrstuhltür schloss sich wieder.

Da hallte es »Benisha!« über den Gang. Aber unlängst waren Leonardo und sie wieder verschwunden.

»Fuck, Fuck, Fuck!«, brüllte Teddy. Alison stand unter Schock. Ihre Knie schlackerten wie eine Babyrassel. Und da sollte sie nebenbei auch noch Detective Inspector Chan trösten?

»Teddy, ich bin mir sicher …«

»Was wollte sie mit diesem Typen?«

»Das war nur Leonardo Capriolo.«

»Nur?« Teddys Stimme überschlug sich. »Was heißt hier *nur*?«

»Er …«

»Mayfair!«, fiel Teddy ihr ins Wort. »Er lebt in Mayfair, oder?«

»Ich weiß nicht, wo Leonardo …«

»Scheiße, Mann!« Teddy trat gegen die Aufzugtür, die sich genau in jenem Moment wieder öffnete. Er öffnete seine Arme und sprang hinein. »Oh Baby, mein Baby! Ich verzeih dir. Ich verzeih dir alles.«

»Schon gut, schon gut!«, sagte Roy und löste sich aus Teddys Umarmung, der sich knallrot aus dem Fahrstuhl stahl.

»Oh, sorry, ich …«

»Wie ich sehe, sind wir alle noch mal mit dem Schrecken davongekommen.« Roy sah zu Alison. »Es tut mir so leid, da war der Lärm dieser Rugby-Mannschaft, die beim World Cup League gewonnen hat, und ich hörte nur dein ›Der Schacht ist wieder frei‹ und …«

»Schon gut«, antwortete Alison. Im Augenblick war sie einfach nur froh, noch am Leben zu sein.

Teddy schnaufte. »Tun Sie sowas nie wieder.«

»Hast du was gefunden?«, fragte Roy.

Alison zückte ihr Handy und zeigte das Foto, das sie von den Klebepads gemacht hatte. »Nicht direkt. Aber da war ein Gerät. Definitiv. Er ist uns zuvorgekommen.«

»Aber wie kann das sein?«

Als Alison Roys nachdenklichen Blick sah, kam ihr eine Vermutung. »Der kleine Mann im Aufzug.«

Roy und Teddy blickten sie fragend an. »Als ich mit dem Hörgerät vorhin zu Ihnen hinuntergefahren bin, Roy, habe ich mir wegen der Stimme vor Schock in die Haare gefasst. Ich wette, der Typ bei mir in der Kabine hat dabei das Hörgerät gesehen.« In ihrem Kopf machte es Klick. Sie schlug sich an die Stirn vor Wut über ihre eigene Dummheit. »Natürlich! Deswegen hat er auch die Seiten gewechselt und mich aussteigen lassen. Er wollte mein Ohr sehen.«

»Wie sah er aus?«, fragte Teddy so professionell wie möglich. Sein Herzschmerz war trotzdem unüberhörbar.

Alison überlegte, wie sie ihn am ehesten beschreiben konnte. »So ein kleiner Terminator. Unglaublich muskulös. Weißes Hemd, hochgekrempelte Ärmel. Arbeitslatzhose.«

»Und jede Menge Tattoos?«, fragte Teddy.

Alison nickte. »Genau!«

Teddy zückte sein Smartphone und zeigte Alison ein Foto von der Pressekonferenz zu Oliver Montagus Tod. »So wie dieser hier?«

Alison traute ihren Augen nicht. »Ja, das ist der Mann! Wer ist das?«

»Alfredo Thomson«, antwortete Teddy. »Haustechniker.«

»Der Haustechniker?«, wunderten sich Alison und Roy im Chor. Alison schüttelte den Kopf. »Was sollte der für ein Motiv haben?«

Teddy zuckte mit den Schultern. »Zumindest hatte er eine Gelegenheit. Und wer weiß, wie lange er schon hier arbeitet. Vielleicht weiß er mehr über Oliver Montagu und Franklands Vergangenheit, als wir meinen?«

Damit konnte Teddy recht haben. »Aber wie sollen wir das herausfinden? In einer guten Stunde beginnt das Charity Concert!«

Teddys Augen zuckten unruhig hin und her. »Dann haben wir nur eine Wahl. Wir trennen uns. Ihr seht zu, dass ihr etwas über seine Zeit hier am Haus herausfindet. Ich nehme derweil den Haustechniker in die Mangel.«

»Allein? Das ist viel zu gefährlich, Teddy.«

Er schmunzelte. »Keine Sorge, ich habe einen Plan.«

Alison blickte Roy an. Er nickte. »Okay, einverstanden.«

Teddy hob den Daumen. »Wir telefonieren, sobald wir mehr wissen.«

»Wir telefonieren«, antwortete Alison. Hoffentlich kamen sie nicht zu spät.

41

5:30 pm, Savoy Hotel, Werkstattraum

Man konnte über Smith denken, was man wollte. Er war mit Sicherheit nicht der Hellste (brauchte er auch nicht zu sein, er hatte ja ihn, Teddy, an seiner Seite). Er war nicht konzentriert und hatte keinen Sinn für guten Humor. Aber eines war er definitiv: zuverlässig. Nicht einmal eine halbe Stunde nach Teddys Anruf stand er mit Sonnenbrille und schwarzem Anzug auf der Matte. Und das, obwohl Teddy ihm klar und deutlich erklärt hatte, dass dies hier keine offizielle Ermittlung mehr war und ihm seine berufliche Zukunft für immer zerstören konnte. Teddy streckte ihm dankend die Hand entgegen. Smith lief an ihm vorbei?

»Hey, Constable!«

Smith stoppte, drehte sich um, sah ihn völlig verwundert an, schob seine Sonnenbrille herunter, linste über den Rand und riss plötzlich die Augen auf. »Krass, Chef! Was ist denn mit Ihnen passiert? Ich dachte schon, Sie wären die moderne Besetzung von James Bond oder so.« Er lachte hysterisch durch die Nase.

»Danke!«, sagte Teddy und klopfte ihm die Schulter. »Danke, dass Sie gekommen sind.«

Smith fuhr sich lässig mit dem Finger über die Oberlippe. Keine Ahnung, bei welchem Kinohelden er sich diese Geste schon wieder abgeschaut hatte. »Kein Ding. Es gibt Vorschriften, Chef, und es gibt einen Partner.« Er nahm seine Sonnenbrille ab und zwinkerte. »Außerdem ist spätestens seit dem Video von James Arthur klar, dass in diesem Lift wirklich übernatürliche Kräfte am Werk sind.«

Teddy stutzte. »James Arthur?«

»Haben Sie es noch gar nicht gesehen, Chef?« Smith sah ihn an, als habe er die Mondlandung verpasst. Er zog sein Smartphone aus der Tasche und rief die offizielle TikTok-Seite des Songwriters auf. Der letzte Post zeigte ihn gemeinsam mit zwei Frauen im roten Lift des Savoy Hotels. Eine mysteriöse weibliche Stimme war zu hören: »Etage vier! Bitte fahren Sie zu Etage vier.« Die Frauen neben James Arthur waren käsebleich vor Angst. Er hingegen blickte nur fragend in die Kamera und betätigte die Taste auf der Armatur. Der Lift setzte sich in Bewegung, stoppte eine Etage tiefer, doch nichts geschah. Nur die Mädels waren starr vor Angst. Woraufhin James Arthur die Taste für das Erdgeschoss wählte und wie eine Hexe in die Kamera lachte, als der Fahrstuhl weiter nach unten fuhr. Aus dem Schacht hallte ein Hilfeschrei. Dann endete das Video. Smith sah Teddy verschwörerisch an. »Ich glaube ja nicht an Geister, Chef. Aber das …« Er pfiff die Titelmelodie von Akte X durch seine Zähne. Jetzt ergab auch der schwarze Anzug und die Men-In-Black-Sonnenbrille von Smith einen Sinn. Ob Alison es genauso cool finden würde, wenn Teddy ihr erzählte, dass sie ihren spektakulären Fahrstuhlstunt dem ahnungslosen James Arthur zu verdanken hatte? Teddy klopfte Smith den Rücken.

»Das Video ist eine echte Grenzerfahrung. Gehen wir!«

Die Werkstatt des Haustechnikers erreichten sie keine Sekunde zu früh. Alfredo schien gerade auf dem Sprung zu sein.

»Ah, Mr Detective Inspector Teddy Chan. Was verschafft mir die Ehre?« Smith steckte die Hände in seine Anzugtaschen, stellte sich in die Tür und versperrte den Ausgang.

»Wir haben noch ein paar Fragen«, sagte Teddy.

Thomson setzte sich auf seinen Schreibtisch an der rechten Wand. »Wie kann ich helfen?«

Teddy ließ seinen Blick schweifen. Hier unten hatte er nach Oliver Montagus Tod die halbe Nacht verbracht. Dieser kleine Terminator-Verschnitt war ihm von Anfang an nicht koscher vorgekommen. Seine übercoole Art zu reden, die affigen Tattoos. Und er war der Einzige, der neben der offiziellen Wartungsfirma Zugriff auf die Systeme des Fahrstuhls hatte. Jetzt wurde Teddy das Gefühl nicht los, dass sich irgendwas in dieser Werkstatt verändert hatte. Da war das Schlüsselbrett hinter ihm über dem Schreibtisch, die Werkbank mit den quadratischen Regalen links daneben, der Metallschrank, Kühlschrank, der Technikbereich mit Kabeln, Adaptern, Beleuchtungsmitteln und Lötkolben, der Computertisch, die Hobelbank in der Mitte der Werkstatt. Alles befand sich an seinem Platz. Trotzdem. Auch wenn er es nicht begründen konnte. Es war mehr eine Ahnung. Und Thomsons Blick. Er gab sich cool. Aber Teddy sah dieses Zucken in Thomsons Augenmuskulatur, wenn er sich durch seine Werkstatt bewegte. Das passte Thomson nicht. Als würde er etwas an diesem Ort verbergen. Einen Bluetooth-Sender vielleicht?

»Können Sie mir sagen, mit welchen Aufgaben Sie heute im Lauf des Tages beschäftigt waren?«, fragte Teddy so beiläufig wie möglich.

»Natürlich, Sir.«

Thomson öffnete die Schreibtischschublade unter sich. Teddy nutzte den Moment für einen kurzen Blickkontakt mit Smith und gab ihm zu verstehen, dass er Thomson ebenfalls genauestens beobachten sollte.

»Es gab eine ganze Menge von Aufgaben.« Thomson zog eine Auflistung seiner Arbeitsstunden heraus und reichte sie Teddy. »Vieles hatte natürlich mit dem bevorstehenden Chandelier Charity Concert zu tun.«

»Sie arbeiten auch für das Savoy Theater?«

»Das nicht.« Er druckste herum. »Aber bei Ausnahmeevents wie diesem haben wir natürlich jede Menge Stars im Haus. Die haben alle ihre Extrawünsche bei den Suiten.«

Teddy wurde hellhörig. »Zum Beispiel?«

Thomson zuckte mit den Schultern. »Verschiedenes. Mal hier eine Glühbirne. Da ein Radio.«

»Oder ein Hörgerät?«

»Äh …« Thomson geriet ins Schlingern. »… Ich weiß nicht, was Sie meinen, Sir.«

Der log doch wie gedruckt. Täuschte sich Teddy, oder wurde er unruhig, sobald er in die hintere rechte Ecke der Werkstatt ging? »Und gab es auch To-dos am Fahrstuhl?«

Thomson räusperte sich. »Nicht direkt.«

»Was heißt das, nicht direkt?«

»Einmal im Monat kommt jemand von der Wartungsfirma vorbei und wirft einen flüchtigen Blick in den Schacht. Das war heute.«

Teddy zuckte innerlich zusammen. »Wann?«

»So gegen 4 Uhr.«

Verdammt. Also hätte genauso gut jemand vom externen Wartungsdienst das Gerät entfernt haben können. Viel wahrscheinlicher aber erschien Teddy, dass die Person, die den Sender im Schacht platziert hatte, von dem Wartungstermin gewusst und deshalb kurz vorher alle Spuren beseitigt hatte.

Er blätterte in der Auflistung der Arbeitsstunden die letzten Tage zurück und wurde stutzig. Warum war ihm das nicht schon während seiner Nachtschicht hier aufgefallen? »Sie haben vor Oliver Montagus Tod bemerkenswert viel für ihn gearbeitet?«

»Ähm, ja. Für den gab es eigentlich immer viel zu tun.«

»Wie kam das?«

»Nun … wegen der ganzen …« Er markierte mit seinen Fingern zwei Gänsefüßchen in der Luft. »… Erfindungen.«

Jetzt wurde die Sache interessant. Teddy bedeutete Smith, sich Notizen zu machen. »Erfindungen?«

Thomson beugte sich vor und stützte sich dabei mit seinem linken Arm auf dem Oberschenkel ab. Was für ein Zeug nahm der Mann, dass ihm solche Muskeln wuchsen? Pferdefutter? »Seit ich hier im Haus bin, war die Suite im Grunde Olivers Londoner Wohnung.«

»Und?« Was hat das mit irgendwelchen Erfindungen zu tun? Teddy fixierte Thomsons Augen. Wollte er vom Thema ablenken? Da war er bei ihm an den Falschen geraten.

»Das heißt, er hat auf dieser Suite auch an seinen ganzen Ideen getüftelt. Die wenigsten wissen das, weil er Angst hatte, dass sein Vater das herausfindet.« Er hob beide Hände in die Höhe. »Hey, mir war das egal.

Ollie war eine coole Socke. Aber bei den restlichen Montagus ging es doch immer und überall nur um Status und Image.«

Teddy war noch mitten in seinen Überlegungen versunken, als Smith ihm zuzwinkerte. Er sah zu Thomson. Jetzt bemerkte er es auch. Thomson wurde unruhig. Offensichtlich war Teddy während seiner Wanderschaft in die hintere rechte Ecke der Werkstatt in einen siedend heißen Bereich vorgedrungen. Er blieb stehen.

»In der Nacht, als wir den Unfall mit Oliver Montagu untersucht haben, sagten Sie, dass Sie nur Teilzeit im Savoy arbeiten. Warum eigentlich?«

Thomson druckste herum. »Pfff, das hat verschiedene Gründe.«

Teddy besah sich den Metallschrank, vor dem er zum Stehen gekommen war. Dabei bemerkte er, wie Thomson auf seinem Schreibtisch nervös hin- und herrückte. Was hatte er? Und warum konnte Teddy sich nicht an diese mit lauter Pin-up-Postern beklebten Schranktüren erinnern? »Was heißt das, verschiedene Gründe?«

Thomson schien noch kleiner zu werden, als er ohnehin schon war. »Sie haben es rausgefunden, oder? Deswegen sind Sie hier? Ich habe es gleich geahnt.«

Teddy hatte keinen blassen Schimmer, was Thomson meinte. Aber das war unwichtig. Offenbar hatte er mitten ins Schwarze getroffen. »Natürlich«, log er. »Es ist allerdings besser für Sie, wenn Sie es von alleine zugeben.«

Thomson fluchte. »Sie müssen das verstehen. Ich verdiene hier nicht viel. Dafür lerne ich eine Menge durchgeknallter reicher Leute kennen.«

»Das heißt?«

»Da habe ich irgendwann angefangen, meinen Job zu nutzen, um mir unter der Hand eine kleine Privatkundschaft aufzubauen.«

»Eine Privatkundschaft für was?«

»Na Technikkrams. Wofür denn sonst? Gebäudetechnik, Reparaturen, Computer und Büro. IT-Zeugs halt.«

Ha! Teddy würde einen Hunderter wetten, dass auch der Name Frankland in seiner Kundenkartei stand. »Und für wen zum Beispiel?«

Thomson räusperte sich. »Hören Sie, das ist laut Arbeitsvertrag streng verboten. Wenn die vom Savoy davon Wind bekommen …«

»Für wen?«, wiederholte Teddy in strengem Ton.

»Für den Hackerton zum Beispiel. Der besitzt ein paar grenzgeniale Pubs in London. Das *The Vault* unter der Tower Bridge gehört dazu.«

Teddy fühlte sich, als habe er in eine Steckdose gefasst. Das war doch der Club, in dem Dustin … und jetzt war ihm auch klar, warum er sich nicht an diese Schranktüren erinnern konnte. Weil der Schrank bei Teddys letztem Besuch nicht verschlossen, sondern offen gewesen war. »Was befindet sich in diesem Schrank?«, schoss Teddy aus der Deckung hervor und griff nach den Türen. Thomson atmete erschrocken ein. Der Schrank war verschlossen.

»Das ist privat, Sir.«

Teddy drehte sich zu Thomson um. »Wenn Sie nicht wollen, dass ich Ihren Arbeitgeber informiere, machen Sie den Schrank besser auf.«

Thomson schluckte und schnappte sich seinen Schlüssel. Die meisten Fächer waren mit Kisten voller verschiedener Muttern, Schrauben und Werkzeuge gefüllt. Im mittleren Fach lagen stapelweise alte, vergilbte Pornohefte.

»Die sind für einen Sammler«, stammelte Thomson. »Also nicht von mir. Nicht, dass sie denken …«

Teddy dachte gar nichts. Er wunderte sich höchstens, dass sich jemand in Zeiten des Internets überhaupt noch mit so etwas abgab? Beim Blick auf den Schrankboden aber stellten sich Teddy urplötzlich die Nackenhaare auf. Da stand ein quadratischer, silbern glänzender Metallkoffer.

42

5:30 pm, Savoy Hotel, Lobby

Alison betete, dass ihr Plan aufgehen würde. Zumindest ein Fakt spielte ihnen in die Hände: Der Ansturm an der Rezeption hatte sich gelegt. Es war bereits kurz vor sechs Uhr. Alle Stars, die beim Chandelier Charity Concert auftreten würden, befanden sich im Savoy Theater. Und Konzertbesucher, die nicht im Hotel untergebracht waren, nutzten ab sofort direkt den Theatereingang für das exklusive Angebot der zahlreichen Theaterbars. Die Zeit, die Roy für seine Vorbereitungen benötigte, hatte sie natürlich auch nicht ungenutzt verstreichen lassen. Ganz im Gegenteil! Das Chandelier Charity Concert stand unmittelbar bevor. Die Zeit rannte ihnen davon. Also hatte sie keine Mühen gescheut, ihre Haare frisch gewaschen, geplättet und fixiert und die zerrissene Bluse samt Hose gegen ein goldenes trägerloses Minikleid aus glitzerndem Wildleder mit BH-Cups und breitem Gürtel ausgetauscht. Bei den Schuhen hatte sie sich für schwarze Medusa Aeternitas Wildleder-Sandalen entschieden, und mit dem Make-up hatte sie sich selbst übertroffen. In Rekordzeit! Jetzt fehlte nur noch Roy. Prompt erblickte sie ihn in der Drehtür am Hoteleingang. Er war unschlagbar. Vor etwas mehr als einer halben Stunde hatten sie ihren Plan ausgeheckt, und schon stand er wieder vor ihr. Doch Alison konnte weder eine Tüte noch eine Tasche oder eine Box bei ihm entdecken. Oh nein! Sie eilte auf Roy zu. »Hat es nicht funktioniert?«

»Vertrauen Sie mir, Alison, oh Herrscherin von Ägypten«, flunkerte er, als er sie in ihrem neuen Outfit erblickte. Alison machte einen Knicks und präsentierte sich stolz von allen Seiten.

»Gefällt es Ihnen?«

Er schenkte ihr einen Handkuss, »Göttlich!«, und zwinkerte. »Ich verspreche, auch ich habe einiges in petto. Sie werden begeistert sein, was ein Butler so alles unter seinem Frack verbergen kann.«

Ob das in Anbetracht des Plans gute Neuigkeiten waren?

»Und jetzt …« Er legte seine linke Hand hinter seinen Rücken und deutete mit der rechten einen Stupser gegen ihre Nasenspitze an. »… zähle ich auf ihr schauspielerisches Talent.«

Sie glaubte nicht, dass sie welches brauchen würde. Schon allein beim Gedanken an ihren Coup bekam sie Schweißausbrüche. Aber was sollten sie tun? Ohne einen offiziellen Durchsuchungsbeschluss würden sie niemals an die Informationen kommen, die sie benötigten, erst recht nicht in der Kürze der Zeit. Kreativität war gefragt. Alison überkreuzte ihre Finger und ging wie abgesprochen in die Lounge neben der Rezeption. Roy nahm unmittelbar neben ihr auf dem Sofa Platz. »Sind Sie so weit?«, flüsterte er.

Alison schickte ein Stoßgebet gen Himmel. Diese Idee war wirklich fies. Aber ungewöhnliche Umstände erforderten nun einmal außergewöhnliche Maßnahmen.

»Sie sind heute bereits in einen Fahrstuhlschacht gestiegen«, flüsterte Roy. »Da wird das hier doch ein Klacks für Sie.«

Vielleicht war ihr der Fahrstuhlschacht doch lieber? Aber sie hatte keine Wahl. Sie biss die Zähne zusammen und hob ihren Daumen. Dann rief sie Phil zu sich und tupfte sich stöhnend Hals und Stirn. Er schluckte den Köder sofort.

»Um Himmels willen, Madam. Geht es Ihnen nicht gut?«

»Ich weiß auch nicht, Phil. Vielleicht eine Allergie?«

»Oh dear.« Er beugte sich besorgt zu ihr. »Haben Sie etwas Gefährliches gegessen, Ms Alison?«

Sie ließ ihren Gefühlen freien Lauf und wimmerte. Das Stottern kam von ganz allein. »Nein. Ich habe eher das Gefühl, es liegt an diesem Sofa.« Sie flüsterte. »Ich habe ein Problem mit Staub und Pollen.«

Phil stellte sich wieder auf und sah sie erleichtert an. »Dann wird es sicher nur ein harmloser Schnupfen sein, Madam. Unsere Möbel werden jeden Tag intensiv gereinigt.«

»Es ist nicht das Material«, unterbrach Alison ihn. »Es scheint fast, als ob …« Sie spürte bereits ein leichtes Kitzeln auf ihrer Hand. »Das Sofa bewegt sich.«

Phil neigte seinen Kopf. Alison nahm all ihren Mut zusammen, hob die linke Hand vom Sofa und bewegte sie langsam nach vorne. Phil erblickte die monströse Schabe schneller als sie selbst. Allein seine weit aufgerissenen Augen waren oscarverdächtig. »Oh dear«, seufzte er mit einem leichten Zittern in seiner Stimme. »Ms Alison, nicht bewegen.«

Mit heroischer Selbstbeherrschung winkte Phil seinen Kollegen herbei, zog ein großes Stofftaschentuch aus seinem Jackett und bewegte sich im Zeitlupentempo auf die Schabe zu. »Schauen Sie nicht hin, Madam.«

Was sollte das bedeuten, dass sie dieses Ding noch länger auf sich herumkrabbeln lassen sollte? Das hatte sie sich anders vorgestellt. Und hatte Roy nicht gesagt, er habe sich selbst übertroffen? Wenn er noch einen Knaller im Kasten hatte, dann war jetzt der passende Zeitpunkt dafür. Schon mit ihrem nächsten Atemzug bereute sie ihren Wunsch. Als Phil nur noch wenige Zentimeter mit seinem Tuch von der Schabe entfernt war, zuckte diese und fauchte ihn wie ein wild gewordenes Monster an. Das war zu viel. Alison schrie, schüttelte das ekelhafte Vieh von ihrer Hand und schnellte in die Höhe. Umgehend erhob sich auch Roy und begann, sie wild von allen Seiten abzuklopfen. Eine Schabe nach der anderen purzelte von ihrem Kleid, flitzte über den Boden und das Sofa. Wie ein durchgedrehtes Rumpelstilzchen hüpfte Phil um das Sofa der Lounge herum, kreischte und schlug dabei mit seinem Stofftaschentuch auf die fauchenden Monster ein.

Jetzt war Roy an der Reihe. Er packte Alison an Schultern und Beinen. »Nur weg hier Madam, Sie holen sich ja eine Seuche.« Mit dem Elan eines Zwanzigjährigen hob er sie in die Höhe und trug sie hinüber zur Rezeption. »Was für eine Schande für Ihr Hotel.«

Eine Dame vom Room-Service eilte mit ihrem Akkusauger herbei. Phil entriss ihr das Gerät, schaltete den Motor ein und richtete das Saugrohr in Karate-Kid-Manier auf die Tiere. Verzweifelt ruderten sie mit ihren kleinen Krabbelbeinen in der Luft herum, während sie eine nach der anderen ins Ansaugrohr flogen.

»Oh Gott, wie viele sind das?«, rief Alison.

Roy flüsterte ihr grinsend ins Ohr. »In so einer Futterpackung sind 100 Stück.«

»Ich verstehe das auch nicht«, versuchte Phils Kollege zu beschwichtigen. »Bei uns herrschen höchste Hygienestandards. Ein Gast muss diese Tiere eingeschleppt haben.«

Alison fasste sich an die Brust und japste nach Luft. »Von einem Gast eingeschleppt? Wollen Sie jetzt auch noch uns die Schuld an diesem Desaster geben?«

»Natürlich nicht, Madam.«

Der perfekte Moment für Teil zwei des Plans war gekommen. Alison taumelte und stützte sich am Tresen ab. Wie von Roy vermutet eilte der zweite Concierge zu ihr, um sie zu halten. Bereits kurz darauf stupste Roy sie mit dem Ellenbogen an.

»Es geht schon«, seufzte sie und löste sich aus dem Griff des Concierge. »Ein Wasser. Ich brauche ein Glas Wasser.«

Umgehend eilte er los. Schon reckte das kleine Mäuschen, das Roy ihm soeben zugesteckt hatte, seinen Kopf aus seiner Jacketttasche. Noch einmal warf Alison sich ins Zeug und schrie, was ihr Adrenalin hergab. Der Concierge erstarrte vor Schreck.

»Ich will in die Personalabteilung«, keifte Alison. »Sofort!«

Keine zehn Minuten später saßen sie im Human Resources Büro des Savoy. HR Officer Rossella Reid hockte mit aufwendig, aber etwas ungeschickt hochgestecktem Haar und Disco-Make-up vor ihnen und schnappte nach Luft wie eine Schildkröte, die sich gerade mit letzter Kraft aus dem überfluteten Dschungel auf einen Stein gerettet hatte. Allerdings nahm Alison an, dass ihre Kurzatmigkeit eher auf das viel zu lange silberne Paillettenkleid zurückzuführen war.

»Oh, wie leid mir das tut. Ihre traumatischen Erfahrungen. In unserem Haus.« Da bekam Alison ja schon fast ein schlechtes Gewissen. Jetzt hatte Mrs Reid sich bereits hingebungsvoll darauf vorbereitet, auf dem Chandelier Charity Concert die Discokugel zu spielen, und da platzte ihr in letzter Sekunde auch noch eine Ungezieferattacke dazwischen. Aber darauf konnten sie jetzt leider keine Rücksicht nehmen. »Ich versichere Ihnen, Ms Granville, dass ich alles unternehmen werde …«

»Das ist auch allerhöchste Zeit«, empörte sich Roy. »Wie mir zu Ohren gekommen ist, ist dies nicht der erste Zwischenfall dieser Art in Ihrem Hotel.«

Mrs Reid rang um Fassung. »Bei allem Respekt, Sir. Aber das muss ich verneinen. Davon hätte ich gehört.«

Roy schlug mit der Hand auf den Tisch. »Ja arbeiten denn nur Dilettanten in diesem Haus? Ganz London spricht doch bereits von dem Kakerlaken-Concierge im Savoy.«

Kakerlaken-Concierge? Alison presste ihre Zähne zusammen, um nicht laut loszulachen.

»Wenn Sie es nicht gehört haben«, ereiferte sich Roy weiter, »dann fragen Sie doch einen Ihrer Mitarbeiter!«

Jetzt geriet selbst die so gesetzte und in sich ruhende Mrs Reid in Stress. »Es tut mir leid. Nicht an einem Sonntag. Meine Mitarbeiter haben heute frei.«

»Sie meinen, sie betrinken sich bereits im Savoy Theater«, knurrte Roy. »Wollen Sie mir ernsthaft sagen, dass Sie heute die Einzige in diesem Büro sind?«

Mrs Reid nickte, was Roy umgehend mit einem gehobenen Daumen unterhalb der Tischplatte kommentierte. »Streng genommen haben Sie sogar Glück, dass ich überhaupt noch da bin.« Sie räusperte sich und nahm einen Notizzettel zur Hand. »Ich versichere Ihnen aber. Ich gehe der Sache auf den Grund. Gleich morgen.«

»Heute!«, empörte sich Alison. »Oder soll ich mich das ganze Chandelier Charity Concert lang über diesen unnötigen Vorfall ärgern?«

»So war das nicht gemeint, Madam.« Die Arme geriet ins Schwitzen.

»Wissen Sie, wie hingebungsvoll ich auf diesen einen Moment heute Abend hingearbeitet habe? Und nun das!« Alison beließ es bei einem leidvollen Schluchzer. Einen Heulkrampf zu faken, das war ihr dann doch zu viel.

Roy rollte mit den Augen. »Haben Sie keine Personalakte? Schauen Sie nach. Sie werden es doch wohl vermerken, wenn einer Ihrer Mitarbeiter Ungeziefer ins Haus schleppt.«

Mrs Reid überlegte kurz und begann schließlich, eifrig auf der Tastatur herumzutippen. »Phil Dubois … da haben wir es ja.«

»Jetzt!«, flüsterte Roy.

Alison stieß ein lautes »Oh weh!« aus. Als Mrs Reid von ihrem Rechner aufblickte, begann Alison, zu japsen und zu würgen.

»Ist Ihnen nicht gut, Madam?«

»Verzeihen Sie, der Schock«, ächzte Alison.

»Oh nein«, jammerte Roy. »Wenn sie sich zu sehr aufregt, muss sie sich immer übergeben.«

Alison atmete tief ein und presste die Hand vor den Mund. Mrs Reid sprang von ihrem Platz zurück und brachte ihr Kleid in Deckung. Roy empörte sich aufs

Neue. »Ja, so bringen Sie die Arme doch wenigstens schnell auf ein WC, oder soll sie hier bei Ihnen im Büro in den Aktenschredder spucken?«

Mrs Reid eilte um den Tisch und schob Alison mit weit ausgestrecktem Arm vor sich her aus dem Büro. Es lief wie am Schnürchen. Als Alison um die Ecke bog, sah sie bereits, wie Roy sich aus seinem Stuhl erhob, um den Schreibtisch herum eilte und sich am eingeschalteten Computer von Mrs Reid durch die Personalakten blätterte.

Auf dem WC würgte, spuckte und winselte sie hinter der verschlossenen Kabinentür, was ihre Kräfte hergaben. Anschließend spülte sie ausgiebig ihren Mund – immer auf die Aufsicht von Mrs Reid bestehend natürlich –, demonstrierte ihre wackeligen Beine und bedankte sich hingebungsvoll für Mrs Reids aufopferungsvolle Unterstützung. Nach fünfzehn Minuten hatte sie das Gefühl, genug gelitten zu haben. Sie durfte den Bogen schließlich nicht überspannen. »Oh doch, es geht mir bereits viel besser«, versicherte sie. »Bitte nehmen Sie die Sache nicht zu persönlich. Ich habe mich einfach so furchtbar erschrocken.« Auf dem Rückweg zum Büro stoppte sie noch einmal und schickte ein warnendes Husten und Würgen voraus. Sofort griff Mrs Reid nach einem Papierkorb und hielt ihn Alison unter die Nase. »Oh, sehr freundlich von Ihnen, aber es geht schon.« Alison rückte ihr Haar zurecht und sprach mit besonders lauter und deutlicher Stimme, bevor sie um die Ecke ins Büro einbog. »Ach herrje, jetzt habe ich meine Begleitung ganz vergessen. Ich hoffe, Roy hat das Büro vor lauter langer Weile noch nicht verlassen.«

Das Gegenteil war der Fall. Er saß an demselben Platz wie zuvor, als wäre nie etwas gewesen. Mit einer leichten Anspannung im Gesicht eilte Mrs Reid um den Schreibtisch herum und setzte sich zurück an ihren Rechner. Gerade als sie ihre Hände an die Tasten legte, erhob sich Roy von seinem Platz.

»Mrs Reid, ich glaube, ich muss mich bei Ihnen entschuldigen.«

Sie blickte von ihrem Arbeitsplatz auf und sah ihn verdutzt an. »Ich fürchte, wir haben ein wenig überreagiert.« Er faltete seine Hände. »Sie müssen das verstehen, die ganze Anspannung wegen des Chandelier Charity Concerts.«

»Diese schrecklichen Morde«, fügte Alison hinzu.

Der Blick von Mrs Reid verhärtete sich. Hatten sie jetzt etwa doch zu dick aufgetragen? Sie schien zu überlegen. »Sind Sie sich ganz sicher?« Ihre Stimme klang fast bedrohlich. »Dieser kleine Zwischenfall mit den Krabbeltierchen ist definitiv unentschuldbar. Ich werde mir den Concierge noch einmal genau ansehen.«

»Ach«, wiegelte Roy ab. »Seien Sie nicht so streng. Im Grunde ist doch nichts bewiesen. Wahrscheinlich waren diese Tiere ausgebüxte Performancekünstler für das Abendprogramm.« Er lachte.

Mrs Reid seufzte und verschränkte die Arme vor der Brust. »Das würde ja passen. Ich habe gleich gesagt, eine Wahrsagerin im Haus, das bringt nur Probleme. Aber die jungen Leute aus dem Marketing machen ja, was sie wollen.«

»Eine Wahrsagerin?« Alison gab sich neugierig.

Mrs Reid staunte. »Ja haben Sie denn die Meldung noch gar nicht gehört? Darcy Diamond hat vor ungefähr einer Stunde während eines Interviews auf YouTube groß eine Séance auf dem Chandelier Charity Concert angekündigt.« Sie schüttelte abfällig den Kopf. »Sie will live auf der Bühne Kontakt mit dem Geist aus Zimmer 502 aufnehmen.«

»Nein!«, riefen Alison und Roy im Chor.

»Ja!« Die Augen von Mrs Reid fuhren gemeinsam mit ihrer Stimme Berg und Tal. »Um den wahren Mörder zu enthüllen.« Sie sah Alison verwundert an. »Sagen Sie bloß, Sie wissen nichts davon. Ms Diamond hat doch extra bei der Polizei die Kaution für Ihre Tante hinterlegt.«

»Sie hat was?«

Mrs Reids Augen-Berg-und-Tal-Fahrt wiederholte sich. »Ja! Damit sie zusammen mit Oliver Montagus Vater an der Séance im Savoy Theater teilnehmen kann.«

Alison hatte das Gefühl, ihr Magen würde sich verknoten. »Eine Kaution hinterlegt? Für Mildred?«

»Ja!« Ihr *a* wurde immer länger. »Zwei Millionen Pfund!«

Zwei Millionen? Für die Frau, der sie noch vor zwei Tagen beim Kartenlegen mit viel Tamtam die Karte des Todes untergejubelt hatte? Das konnte nichts Gutes bedeuten. Erst recht nicht in Anbetracht des schwachen Herzens ihrer Tante. »Das ändert alles«, flutschte es aus Alison heraus.

»Schön«, jubelte Mrs Reid. »Hach, das freut mich!«

»Das Chandelier Charity Concert beginnt in einer knappen Stunde«, sagte Alison. »Wann ist die Präsentation von Darcy Diamond?«

»Soweit ich weiß, kommt sie unmittelbar vor Oliver Montagus Abschlusspräsentation«, antwortete Roy.

Mrs Reid klatschte in die Hände. »Oh, das ist ja alles so aufregend!« Diesmal schafften ihre Augen sogar einen Looping.

»Dann bleiben uns vielleicht noch drei Stunden, Roy.«

»Was? Was? Was?«, schnellte Mrs Reids Stimme in die Höhe. »Sagen Sie nicht, Sie werden auch auftreten.«

»Lassen Sie sich überraschen!«, antwortete Roy, packte Alison an der Hand und folgte mit ihr den Schildern in Richtung Notausgang. Atemlos und mit dem Puls einer Nähmaschinennadel landeten sie auf dem Savoy Way, unmittelbar unter der Gebäudebrücke, die das Hauptgebäude des Savoy am *Strand* mit dem Zweitgebäude zum Ufer der Themse hin verband. Jetzt am späten Abend und in dem spärlichen Licht der Straßenlaternen wirkte dieser Gebäudetunnel wie der Geheimtreff in einem düsteren Mafiakrimi. »Die Sache gefällt mir ganz und gar nicht, Alison«, flüsterte Roy.

Da waren sie einer Meinung. Aber was sollten sie tun? »Was haben Sie herausgefunden?«

Schritte hallten gespenstisch durch den Savoy Way, wurden schneller und entfernten sich. Ein Mitarbeiter des Savoy neben ihnen warf seine abgebrannte Zigarette in die Straßenrinne und verschwand wieder im Gebäude. Roy sah sich um. Als er sicher war, dass sie allein waren und nicht belauscht wurden, griff er in seine Tasche und zog ein bedrucktes A4-Blatt heraus. Alison klappte die Kinnlade herunter. »Sie hatten den Nerv, da oben auch noch ihren Drucker zu benutzen?«

Roy zuckte die Schultern. »Das war die schnellste Lösung.« Er hielt Alison das Blatt vor die Nase. »Viel wesentlicher ist aber, *was* ich ausgedruckt habe.«

Alison las einen mit Textmarker angestrichenen Namen: *Natalia Brykczyński*. »Wer ist das? Hat sie was mit Alfredo Thomson zu tun?«

Roy schüttelte den Kopf. »Bei Alfredo konnte ich auf die Schnelle keine Auffälligkeiten feststellen. Aber das hier ist viel besser!«

Alles in Alison begann, zu kribbeln. »Was ist mit ihr, Roy?«

»Natalia Brykczyński war als Mitarbeiterin des Room-Service im Savoy angestellt und wurde vor ziemlich genau 25 Jahren Hals über Kopf entlassen, weil sie angeblich ein Verhältnis mit einem Hotelgast hatte. Mit ihr mussten gleich noch drei weitere Mitarbeiter gehen. Mitwisser, vermute ich.«

»Lassen Sie mich raten, wer sie entlassen hat«, antwortete Alison. »William Frankland?«

Roy nickte. Seine linke Augenbraue wanderte in die Höhe. »Und nur wenige Tage später verlässt er selbst das Savoy Hotel und macht sich dank eines unerwarteten und mysteriösen Geldsegens selbstständig.«

Alison riss ihr Smartphone aus der Hosentasche, rief ihren Webbrowser auf und gab den Namen Natalia Brykczyński ein. Ein Zeitungsartikel aus dem *Leatherhead Advertiser* erschien. »Oh mein Gott!«

Roy drängte sich dicht an sie. »Was haben Sie? Lesen Sie vor!«

»12. Oktober 1996. ‚Die fleißigen Hände im Savoy Hotel': Das hier ist ein Artikel über eine Ausbildung im Hotel.«

»Und?«, fragte Roy. »Mein Gott, Kind, Sie zittern ja. Was haben Sie?«

Sie deutete auf das Foto, auf dem sämtliche Mitarbeiterinnen des Room-Service in einem Gruppenfoto abgebildet waren. »Die Frau ganz links außen. Roy, wir müssen sofort Teddy anrufen. Ich habe sie schon einmal gesehen.«

43

6:30 pm, Savoy Hotel, Zimmer 502

Das Foto war nicht perfekt. Viel zu grobpixelig. Außerdem war im Hotel auf die Schnelle lediglich ein A4-Drucker aufzutreiben gewesen. Alison hatte Roy gebeten, es zu vergrößern, indem er es viertelte, jedes Viertel auf eine A4-Seite druckte und diese anschließend mit Tesafilm provisorisch zusammenfügte. Aber für den Zweck reichte es. Abgesehen davon betrachteten Teddy und Constable Smith es ohnehin nur aus der Distanz. Mit erwartungsvollem Blick saßen sie nebeneinander auf dem Sofa und warteten auf Alisons Enthüllung. Sie faltete das Bild auf und heftete es mit einem Posterstrip direkt neben das Gemälde der Frau mit dem Schal über dem Kamin. Die Ähnlichkeit war offensichtlich. Beinahe synchron klappten Teddy und Constable Smith die Kinnladen herunter. »Sie ist es wirklich«, sprach Teddy. »Ich erinnere mich sogar an sie. Wir haben ihren Tod in der Ausbildung besprochen.«

Alison gefror das Blut in den Adern. »Ihren Tod?«

»Ja, wegen der schwierigen Personenidentifizierung.« Er stand auf, lief zu dem Foto. »Ein Jogger hatte ein ausgebranntes Autowrack in der Nähe von Leatherhead mit einer bis zur Unkenntlichkeit verkohlten Leiche darin gefunden. Es war auf diese Natalia zugelassen.« Jetzt deutete er auf das Porträt und den Schal der Frau. »Bei näheren Untersuchungen der Unfallstelle hat man Reste ihres Schals gefunden. Die Vermutung war, dass ihr viel zu langer Schal aus der Tür hing und sie sich während der Fahrt damit erdrosselt hat. Die verbrannte Leiche hatte ein gebrochenes Genick.«

Constable Smith schickte ein »Wow!« hinterher. »Wie der Schal im Fahrstuhl.«

In Alisons Kopf begannen sich, mehr und mehr Puzzleteile zusammenzusetzen. »Also hat der Tod der Frau auf dem Bild eindeutig etwas mit dem Mord an Oliver Montagu zu tun. Was haben die weiteren Ermittlungen damals noch ergeben?«

»Nichts«, antwortete Teddy. »Sie wurden eingestellt. Es war ein Unfall.« Noch während er das Wort Unfall sagte, geriet er ins Stocken, wurde leiser und senkte den Kopf. Alison fluchte. Es war zum Verzweifeln.

Smith erhob den Zeigefinger. »Was aber ist mit William Frankland und dem Geist?«

Alison hängte einen weiteren Ausdruck neben das Gemälde. »Das hier ist eine Aufnahme aus Google Maps, die einen Teil des Regent's Park zeigt. Wie man unschwer erkennen kann, ist der Hintergrund des Gemäldes identisch mit der Szenerie des Fotos. Es handelt sich bei dem Gemälde also nicht nur um ein Porträt der im Auto verbrannten Natalia Brykczyński. Das Porträt wurde obendrein im Regent's Park gezeichnet. Dort, wo Oliver Montagu studiert hat.«

Teddy verschränkte die Arme vor der Brust, kräuselte seinen Bart und lief vor dem Kamin auf und ab. »Und wie haben Sie so schön gesagt, Alison? Regent's ist der Matchmaking-Place. Wer seine Kinder an diese Universität schickt, tut das in der Hoffnung, dass sich millionenschwere Liebschaften ergeben, die das Familienvermögen sichern.«

»Nur leider verliebt sich Oliver Montagu bei einem der zahlreichen Besuche im Savoy Hotel in die Mitarbeiterin Natalia Brykczyński«, sagte Alison. »Und hat auch noch den Mut, sich öffentlich mit ihr zu zeigen.«

»Das macht seinen Vater rasend!«, jubelte Teddy.

Alison räusperte sich. »Und die unglücklich verliebte Darcy Diamond.« Teddy blieb stehen. »Bis sich das Problem scheinbar auf wundersame Weise von alleine löst«, setzte Alison ihre Gedanken fort. »Denn William Frankland entlässt Natalia, und kurz darauf verbrennt sie auf mysteriöse Weise bis zur Unkenntlichkeit in ihrem Auto. Aber es kommt noch besser: William Frankland ist plötzlich steinreich und schmeißt seinen Job am Savoy hin. Also?« Alison sah Teddy fragend an.

»Hat ihn jemand bezahlt. Er sollte Natalia verschwinden lassen. Deswegen auch der Erpresserbrief: *Du wirst für deinen Deal bezahlen*. Damit war der Mordauftrag gemeint.«

Smith schoss in die Höhe. »Und Oliver war der Auftraggeber. Deswegen mussten beide sterben.«

Alison nickte. »Das war auch mein erster Gedanke gewesen. Aber warum dieses ganze Theater um den Geist?«, fragte sie.

Teddy nickte. »Ein guter Punkt, Alison. Wahrscheinlich, weil der Täter …« Er erhob seinen Zeigefinger. »… oder die Täterin so die eigenen Spuren verwischen will.«

»Oder Aufmerksamkeit erregen«, konterte Alison. »Ein einfacher Mord auf dem Zimmer wäre von dem erfahrenen Hotelpersonal mit Sicherheit gekonnt vertuscht worden. Einen Toten im Fahrstuhl aber kann man nicht verstecken. Und eine gute Geistergeschichte lockt die Medien an.«

»Und Darcy Diamond«, erwiderte Teddy. Seine Stimme klang plötzlich kratzig und trocken. »Die dem Täter …«

»… oder der Täterin«, warf Alison ein. Teddy nickte und sprach weiter.

»… nun mit der öffentlichen Séance eine maximale Bühne gibt.«

Constable Smith sprang auf und stemmte die Hände in die Hüften. »Aber das ergibt doch keinen Sinn. Wenn der Geist eine Vertuschung sein soll, dann wird doch auf der Séance niemals wie versprochen entlarvt werden, wer wirklich hinter den Morden steckt. Warum dann das Ganze?«

»Um das Werk zu vollenden«, antwortete Alison. Ein Kloß wuchs in ihrem Hals heran, der ihr fast den Atem nahm. »Auf der Séance soll ein weiterer Mord geschehen. An dem wirklichen Auftraggeber von Natalias Tod: Oliver Montagus Vater.«

»Oder Darcy Diamond«, warf Smith plötzlich ein. Alle Blicke richteten sich wie Pfeile auf ihn. »Aus Eifersucht.« Völlig unerwartet räusperte sich Roy.

»Oder Mildred.« Schockstille erfüllte den Raum. Alison schnappte nach Luft.

»Niemals, Roy. Sie hat doch überhaupt nichts mit der Sache zu tun.«

»Eben«, antwortete er. »Aber was, wenn der Geist Mildred auf der Bühne öffentlich beschuldigt und sie dabei an einem Herzinfarkt stirbt? Dann kann sie sich nicht mehr wehren. Und vergessen Sie nicht: Auch

Mildred hat in Regent's studiert und somit zahlreiche Kontakte und Verwicklungen mit diesem Ort.«

Alison ballte ihre Hände zu Fäusten. »Niemals. Das werde ich verhindern. Und ich habe auch schon einen Plan, wie. Wir treffen uns in einer halben Stunde im Savoy Theater. Roy, Sie kommen mit mir, wir haben noch ein paar Sachen zu organisieren.«

*

»Wollen Sie gar nicht hinterher, Chef?«, fragte Smith mit großen Augen, als Alison und Roy die Suite verließen.

Teddy legte seinen Finger auf die Lippen und flüsterte. »Erst müssen wir noch eine wichtige Sache überprüfen.« Sobald die Tür hinter Alison und Roy wieder geschlossen war, schnappte er sich den silbernen Metallkoffer, stellte ihn auf den Beistelltisch und öffnete ihn. »Alfredo Thomson hat doch gesagt, dieses Zimmer sei ein wahres Testlabor von Oliver Montagus technischen Erfindungen.«

Das Gesicht von Constable Smith wurde vor Staunen oval wie ein Ei.

»Schauen wir doch mal, was er sich so ausgedacht hat. Vielleicht bringt uns das den Plänen für diese merkwürdige Séance einen Schritt näher.«

»Genial, Chef.«

In dem Koffer befanden sich drei Steuergeräte. Das erste war klein und hatte drei Knöpfe. Teddy drückte den ersten. Der Westminsterschlag des Big Ben ertönte und jagte auf mystische Art und Weise durch die einzelnen Zimmer der Suite. Auf den zweiten Knopf wechselte sich der Glockenschlag mit dem Gesang einer Mädchenstimme ab.

»Krass«, sagte Smith. »Er hat sich selbst begruselt?«

»Das ist eine simple Tonanlage. Sie wurde lediglich mit den entsprechenden Geräuschen bespielt. Natürlich, ohne dass er es wusste.«

»Von Ihnen kann ich noch so viel lernen, Chef.«

Teddy seufzte. *Oh ja!* Er betätigte den dritten Knopf. Das Bild mit der Frau und dem Schal über dem Kamin leuchtete auf. Dann rollte sich das Gemälde hinter dem Glas wie ein Rollo nach oben ein und gab den Blick auf einen geheimen LED-Screen frei. Das Video mit dem jungen Oliver Montagu lief ab.

»Spooky!«, hauchte Smith und rubbelte sich dabei über die Oberarme, als er das »Verschwinde, Alison!« hörte.

Die zweite Steuerung überprüfte Teddy nur der Form halber. Sie war deckungsgleich mit dem Gerät, das er unter dem Sofa gefunden hatte. Wie zu erwarten war, steuerte sie das Licht der Suite. Teddy nahm die dritte und letzte Steuerung in die Hand. »Alle diese Geräte sind bisher Bestandteil des großen Spuks gewesen«, dachte er laut. »Wofür ist dann die hier? Und warum dieser Koffer?«

»Weil sie da drin besser geschützt sind!« Smith strahlte übers ganze Gesicht vor Stolz. Teddy nickte. Aber das meinte er nicht. Warum war Dustin mit diesem Koffer durch die Nacht gelaufen? Warum ausgerechnet er? Eine Verwechslung hielt Teddy für ausgeschlossen. Alfredo arbeitete für den Pub *The Vault*. Das konnte doch kein Zufall sein. Mit einem mulmigen Gefühl im Magen drückte er den Knopf der dritten Steuerung. Schlagartig verdunkelte sich die Suite.

»Krass!«, flüsterte Smith ins Dunkel hinein.

Der Kronleuchter in der Mitte des Kaminzimmers leuchtete auf, und seine drei Ebenen begannen, sich in jeweils entgegengesetzte Richtung zu drehen. Dann plötzlich stoppte er und flackerte. Aus der Mitte des Kronleuchters stürzte eine Puppe in die Tiefe und bleib an einem straff gespannten Seil hängen. Teddy stockte der Atem.

»Nein, das kann nicht sein!«

»W…w…was? Chef?«, stotterte Smith. »Was kann nicht sein?«

Teddy wagte nicht, es in Worte zu fassen. Er musste hier raus. Er musste hier raus und rüber ins Theater und diesen verflixten Fall lösen. Sofort! Alison hatte ja keine Ahnung. Auf den Aufzug wartete er nicht. Teddy stürmte direkt ins Treppenhaus und raste hinab.

»Was hatte das zu bedeuten?«, rief Smith, während er ihm hinterherjagte.

Aber Teddy schwieg. Er wusste es selbst nicht. Er hatte nur diese Aufschrift auf dem Shirt der Puppe gesehen: Dustin.

Showtime!

44

7:25 pm, Savoy Theater, Haupteingang

Der Savoy Court vor dem Savoy Theater glich einem Ameisenhaufen. Begleitet von Blitzlicht und lautem Fangeschrei drängte sich ein Promi nach dem anderen ins Theater hinein. Teddy startete einen letzten Versuch. Aber weder Benisha noch Dustin gingen ans Telefon. Constable Smith versuchte, zu beruhigen.

»Vielleicht ist ja alles nur ein simples Missverständnis? Warum sollte auch ausgerechnet der Name Ihres Sohnes auf dem Shirt der Puppe stehen?«

Es war nett gemeint. Aber warum lief sein Sohn überhaupt nachts erst mit haufenweise Geld und dann mit diesem silbernen Koffer durch die Gegend? Was hatte Benisha im Hotelfahrstuhl in den Armen dieses X-Factor-Wichtigtuers zu suchen, und seit wann fielen überhaupt Puppen aus sich drehenden Kronleuchtern heraus?

»Oder es ist ein Zeichen, Sir. Ein Symbol. Eine Zusammensetzung aus *Dust* und *Tin*. *Staub* und *Dose*. Oder *Staub* und *in*.«

»Genau. Staub in deinem Hirn«, grunzte Teddy. Und bereute es umgehend. Immerhin versuchte Smith, ihm zu helfen, und seine kombinatorischen Schlussfolgerungen zu Alisons Ermittlungsschritten im Zimmer 502 gerade waren gar nicht so übel gewesen. Aber das änderte nichts daran, dass jemand ganz offensichtlich einen Mord während des Chandelier Charity Concerts plante. Und ob es ihm gefiel oder nicht, auf irgendeine Art hatte ausgerechnet Dustin seine Finger mit im Spiel. Warum hatte er sich nie Zeit für ihn genommen? Warum hatte er ihn immer wieder abblitzen lassen? Weil er wollte, dass er es besser hatte. Aber hatte sein Sohn es besser, wenn er auf die schiefe Bahn geriet? Dann gab es eben keine bessere Wohnung. Kein Oxford. Keine teure Uni, die – wie er inzwischen gelernt hatte – ohnehin nur als Matchmaking-Place fungierte. Dann gab es einfach eine glückliche Familie. »Scheiße!«, fluchte er.

»Fuck. Wo? Bin ich schon wieder reingetreten?« Smith sprang zur Seite, hob seinen Schuh und blickte auf die Sohle.

Teddy gab ihm einen Klaps auf den Hinterkopf. Vielleicht half das Smith, die Festplatte in seinem Hirn neu zu starten.

»Ihre Tickets, Sir?«

Ein Mitarbeiter des Theaters stand in der Tür am Eingang und sah sie fordernd an. Teddy zog seinen Dienstausweis. »Detective Inspector Teddy Chan, Scotland Yard, und mein Kollege Constable Smith. Ich suche Alison Granville.«

Der Kerl sah ihn forschend an. Natürlich tat er das. Woher sollte er Alison auch kennen? »Einen Moment, Sir.« Das Gesicht des Kollegen, der herbeigeeilt kam, kannte Teddy.

»Phil Dubois? Sie hier?« Er winkte mit einer charmanten Geste ab.

»Bei so viel Prominenz im Publikum brauchen unsere Mitarbeiter im Theater jede helfende Hand, Sir.« Er legte heimlichtuerisch seine Hand an den Mund und flatterte aufgeregt mit den Wimpern. »Außerdem lass ich mir doch keinesfalls eine Live-Séance mit Darcy Diamond entgehen, Sir.«

Teddy wechselte einen Blick mit Constable Smith. Sie schienen dasselbe zu denken. Phil sollten sie auf jeden Fall im Auge behalten. Er forderte Teddy und Smith auf, ihm zu folgen.

»Ich bringe Sie zu Ihren Kollegen.«

Zu ihren Kollegen? Ausgerechnet Phil? Hatte Alison ihn etwa eingeweiht? Das war gar nicht gut. Wenn der Täter mitbekam, dass sie sich bereitmachten, könnte ihnen das alles verderben. Auf der anderen Seite musste der Täter doch aber genau damit rechnen, oder?

Die enge und in zwei Bahnen aufgeteilte Treppe, die Phil mit ihnen hinabstieg, erinnerte Teddy eher an diese elend lang thematisierten Warteschlangen im Alton Towers Vergnügungspark als an das Theater eines weltberühmten Luxushotels. Überhaupt hatte sich Teddy das Interieur dieses Hauses ganz anders vorgestellt. Irgendwie pompöser, größer, weitläufiger. Zwar spiegelte, funkelte und glänzte es an allen Ecken und Enden und in sämtlichen erdenklichen Goldtönen. Aber alles war auf beunruhigende Weise verworren und ineinander verschachtelt. Ein Glitzerlabyrinth. Eine Falle?

»Sir?« Phil, der Labyrinth-Meister neben ihnen, stoppte, deutete auf eine übergewichtige Person schräg gegenüber an der Bar und verschwand genauso plötzlich, wie er gekommen war. Teddy stockte der Atem. Augenblicklich machte er auf dem Absatz kehrt und suchte Deckung hinter einem kleineren Besuchergrüppchen.

»Was ist?«, flüsterte Smith.

»Commander Kilburn«, knurrte er zurück. »Ich hätte es wissen müssen. Nach der Ankündigung von Darcy Diamond ist es nur logisch, dass er hier auftaucht.«

»Oh, oh«, kommentierte Smith treffend. »Wahrscheinlich wimmelt das Theater nur so von inoffiziellen Mitarbeitern.«

Genau Teddys Gedanke. Und wenn sein Dustin wirklich kurz davor war, hier Mist zu bauen, würde es nahezu unmöglich sein, ihn da ungeschoren herauszubekommen. Von den unerlaubten Ermittlungen, die sie hier anstellten, ganz zu schweigen. Teddy spürte eine Hand auf seiner Schulter.

»Phil?«, fragte er. Doch Roy stand vor ihnen.

»Phil?«, wiederholte der mit hochgezogener Augenbraue. »Der von der Rezeption? Ist der etwa auch hier?« Über Teddys Nicken schien er alles andere als erfreut zu sein. Auch ihm erging es also nicht anders.

»Bitte entschuldigen Sie die Umstände«, sprach Roy weiter. »Wir mussten erst einen geeigneten Treffpunkt organisieren.« Er führte sie über weitere Treppen und durch Gänge, bis sie in einen kleinen Raum gelangten, der abgeschieden vom Rest des Foyers einen kompletten Blick in den Theatersaal und auf die Bühne bot.

»Wo sind wir hier?«, fragte Smith.

»In der Königsloge«, antwortete Roy. »Die Plätze hier wären eigentlich für Oliver Montagu reserviert gewesen. In Anbetracht der Umstände …«

Teddy trat an den Balkon heran und blickte in den Saal. Ein gigantisches Bild der D'Oyly-Cartes-Familie, den Erbauern des Savoy, bildete den Vorhang zur Bühne. Über dem Bild prangte das kunstvolle Logo des

Chandelier Charity Concerts mit dem Slogan *Der Luxus, zu leben.* Ein Laufsteg ragte von der Bühne her bis in die Mitte des Zuschauersaals hinein, der bereits bis zum Anschlag gefüllt war. In der anmutigen Atmosphäre eines kunstvollen Opernhauses mischten sich die verrücktesten Designerkostüme. Ein unverständliches Stimmengewirr hallte durch den Saal. Lachen. Undenkbar, dass hier ein Mörder seinen großen Showdown plante.

Mit einem flauen Gefühl im Magen blickte Teddy zur Decke des Theatersaals. Dort hing zwar ein Kronleuchter, jedoch hatte er nicht im Geringsten Ähnlichkeit mit dem Objekt, das sich in Oliver Montagus Zimmer gedreht hatte. Dieser Leuchter, der hier montiert war, bestand zwar ebenfalls aus drei Ringen, jedoch verteilten sie sich nicht auf drei Etagen, sondern lagen allesamt auf einer Ebene. Auch die Leuchtkristalle reckten sich hier nicht pyramidenartig schräg von Etage zu Etage, sondern hingen in geschwungenen Bögen nach unten. Teddy fiel eine ungeheure Last vom Herzen. Dort, wo ein anderer Kronleuchter war, würde auch seinem Dustin nichts geschehen. Wahrscheinlich handelte es sich wirklich um einen reinen Zufall.

»Großartig, oder?« Wie aus dem Nichts stand plötzlich Alison neben ihm und reichte ihm und Smith zwei offizielle VIP-Tickets. »Von hier aus haben Sie nicht nur eine hervorragende Sicht auf Bühne und Publikum. Viel wichtiger: Sie können im Notfall auch jederzeit ungestört verschwinden.«

Verschwinden?, dachte Teddy. Die Loge war so nah an der Bühne, dass er in den Orchestergraben spucken könnte. Hier würde er nicht verschwinden. Ein Sprung, und er wäre auf der Bühne.

»Die Live-Séance findet kurz vor dem großen Finale der Show statt«, sprach Alison weiter. »Alle weiteren Infos hat unsere Stage-Managerin Peggy. Sie hat die letzten Tage hier im Theater für das Chandelier Charity Concert geprobt.«

Teddy zuckte, als er das Gesicht dieser Peggy erblickte. War das nicht die Frau, der er gestern Abend am Bühneneingang des Savoy begegnet war? Nur dass sie diesmal ein Headset trug und von einem auf den ersten Blick ziemlich kompliziert wirkenden Ablaufplan auf ihrem Klemmbrett vorlas.

»Die Live-Séance wurde zwar sehr kurzfristig angekündigt, hätte in ähnlicher Form aber ohnehin stattgefunden. Von daher kann ich euch einen ziemlich genauen Ablauf geben.« Sie schlug das oberste Blatt ihres Klemmbrettes um. Darunter kam eine Skizze des Bühnenbildes für Darcys Performance zum Vorschein. »Darcy Diamond braucht nicht viel. Wir müssen für ihren Act aber dennoch umbauen. Damit das unbemerkt vom Publikum geschehen kann, wird Elton John zuvor am Flügel hier auf dem Laufsteg vor dem heruntergelassenen Vorhang auftreten. Er singt drei Songs. Sobald er loslegt, hole ich euch hier ab.«

Teddy nickte. Alison fasste noch einmal die wichtigsten Eckdaten zusammen. »Wir haben einen großen Trumpf. Wenn der Täter Darcy während der Show die Geisterstimme ins Ohr flüstern möchte, braucht er eine stabile Bluetooth-Verbindung.«

»Das schafft er definitiv nur, wenn er sich ebenfalls auf der Hinterbühne aufhält«, sprach Peggy weiter. »Das ist eure Chance. Also gebt alles! Wenn ihr das nicht stoppen könnt oder die Leute im Publikum mitbekommen, dass etwas geschieht, das nicht mehr zur

Show gehört, haben wir hier im Haus eine Massenpanik, und es gibt mehr als einen Toten.«

Die ernste Miene von Constable Smith erahnte Teddy mehr, als dass er sie sah, so schnell verdunkelte sich das Licht im Saal. E-Gitarren heulten aus dem Orchestergraben herauf, und aus dem vordersten Ende des Laufsteges, mitten im Publikum, umringt von Standing Ovations und in einem wilden Sturm durcheinanderzuckender Moving-Lights stieg Robbie Williams aus dem Bühnenboden empor. Showtime.

45

10:10 pm, Savoy Theater, Hinterbühne

Es war so weit. Elton John besang den Kreis des Lebens, und Alison stürmte mit Roy die Hinterbühne. Sie fühlte sich wie in einer der alten Jahrmarktgeisterbahnen, in die sie sich als Kind mit ihrem Vater nur mit geschlossenen Augen gewagt hatte. Lange, schwere, pechschwarze Moltonvorhänge hingen von der Decke herab und bildeten vom Publikum abgeschirmte Nischen und Gassen für Auftritte und Umzüge. »Das sind perfekte Orte, hinter denen wir uns während der Séance aufstellen können«, flüsterte Roy.

»Und ideale Verstecke für einen Mörder«, ergänzte Alison. »Aber wir haben einen großen Trumpf: Wenn der Täter Kommandos an Darcy geben will, muss er den Mund bewegen und in irgendein Gerät sprechen. Damit wird er sich hoffentlich verraten.«

»Guter Punkt.« Roy wurde von tosendem Applaus unterbrochen, der durch den heruntergelassenen Vorhang drang. Elton John rockte seinen Hit *I'm Still Standing*. Der Saal kochte. Ein Wunder, dass der Vorhang nicht zu glühen begann. Die Beats im Saal wurden schneller. Ein schwarzer Schatten tanzte mit übermütig um sich schlagenden Armen auf Alison zu.

»Alek?«

Unverzüglich stoppte er. »Oh, Verzeihung.«

»Sie hier?«

Er flüsterte durch ein mit seinen Händen geformtes Megafon, ohne seine Schultern vom Weiterzucken abhalten zu können. »Darcy hat sich für ihre Séance einen Wasserträger gewünscht.« Frenetischer Applaus hallte aus dem Saal. Dancebreak. Aleks Knie wippten. »Schauen Sie doch nicht so bedrückt, Alison. Die Bude rockt. Der Abend ist ein Erfolg!« Er strahlte übers ganze Gesicht, machte eine Drehung und rang sich umgehend wieder zur gewohnten Förmlichkeit durch. »Es sind noch mehr von uns hier, kommen Sie mit!«

Noch mehr? Tatsächlich, auf der linken Seitenbühne und unter blauem, gedämpftem Licht machte eine kleine, geschickte Ankleiderin Darcy Diamond für ihren Auftritt bereit. Alison wartete, bis Darcy Diamond sich auf Position begab. Dann lief sie auf sie zu. »Nadia?«

Die Ankleiderin fuhr erschrocken herum. Das Klimpern ihrer Riesenohrringe war unverkennbar. »Ms Alison? Was für Überraschung!«

Nadia war überrascht? Alison hatte einen triftigen Grund, hier zu sein. Aber das Savoy-Personal hatte doch nichts mit dem Theater am Hut? Auch das knallbunte Partyoutfit von Nadia und die mit bunten und funkelnden Pailletten beklebten Pumps sahen alles andere als nach Arbeit aus. »Was machen Sie hier?«

»Erwischt Sie mich haben.« Sie stupste nervös ihre Frisur zurecht und flüsterte. »Oh, so großes Diamond-Fan ich bin.« Sie trat Alison verschwörerisch nahe. »Und da ich bei Zimmer-Service genutzt Chance und gefragt, ob sie braucht persönliche Ankleiderin für Abend von die Show. Da sie gesagt: ›Gern! Sie so fantastisch waren mit Rohr.‹« Nadia zuckte die Schultern. »Ich nix Ahnung, was sie meinen mit Rohr.« Sie kicherte. »Aber was stört? Ich hier!« Sie schüttelte sich vor Aufregung. »Sie müssen wissen, ich habe gearbeitet in Zaubertheater in Leatherhead, als ich noch war ganz junge Mädchen hier. Aber schon dreißig Jahre her das ist.«

Dreißig Jahre? Leatherhead? Alison sah sich Nadias Gesicht genau an. Sie hatte sie noch nie ohne ihr tonnenschweres Make-up gesehen. Jemand schubste sie zur Seite.

»Verzeihung.«

Alison stolperte. Sie erblickte einen oberschenkelgroßen Bizeps samt einem mit Tattoos übersäten Arm. »Alfredo Thomson?«

»Sorry, Miss. Wo ist Darcy?«

»Was wollen Sie bei Darcy?«

»Zugabe, Zugabe, Zugabe!«, tönte es aus dem Saal.

»Sie sehen doch, was hier los ist. Die Leute vom Ton brauchen jede helfende Hand.« Er sah sich um. »Ich muss dringend zu Darcy. Sie bekommt noch ein In-Ear von der Regie.« Schon erspähte er sie und eilte direkt auf sie zu.

Stühle wurden auf die Bühne getragen und ein großer runder Tisch mit einer bodenlangen weißen Tischdecke in die Bühnenmitte gerollt.

Ein In-Ear? Verdammt! Warum war Alison nicht gleich darauf gekommen? Sie hetzte über die Hinterbühne. Wo blieben Teddy und Smith? Der Applaus im Saal ebbte ab. Die Stimmen des Moderatoren-Duos Ant & Dec hallten bereits durch den Vorhang. Darcys

Séance wurde angekündigt. Ihr rannte die Zeit davon. Hinter einer der Moltonwände erspähte sie einen Schatten. »Teddy, Gott sei Dank.«

»Alison, was ist los?«

»Alfredo Thomson ist hier. Er hat Darcy Diamond ein In-Ear gebracht.«

»Was hat er gebracht?«

»Kennen Sie das nicht von Ihren Einsätzen? Kopfhörer, die man sich ins Ohr stecken kann. Bei großen Live-Shows bekommen das die Leute für Regieanweisungen. Verstehen Sie?«

Teddy sah sie mit ernstem Blick an.

»Vergessen Sie Bluetooth, Teddy. Wenn der Täter den Kanal vom In-Ear benutzt, kann er faktisch überall sein. Im ganzen Haus.«

»Oh bitte, nein!« Der Vorhang hob sich. Wie ein Tsunami rollte der Applaus aus dem Zuschauersaal herein. »Okay«, flüsterte Teddy. »Roy steht auf der gegenüberliegenden Seite. Behalten Sie mit ihm das Geschehen auf der Bühne im Blick. Ich schnappe mir Smith und mache mich auf den Weg zur Regie.« Weg war er. Aber er kannte sich doch überhaupt nicht aus. Dieses Gebäude war ein Labyrinth. Wie jedes Theater.

Trommelwirbel donnerte aus dem Orchestergraben herauf. Als Alison sich zur Bühne drehte, erblickte sie Mildred. Mit offenem, wallendem, schulterlangem, weißem Haar und einem majestätischen, mit Diamanten besetzten Diadem auf dem Kopf stolzierte sie auf die Bühne. Die aufwendige Swarovski-Bestickung ihres pfirsichfarbenen Flatterchiffonkleides funkelte im Scheinwerferlicht. Jubelstürme brachen los, als das Publikum den mit einem Halsband im pfirsichfarbenen Partnerlook geschmückten Alfie erblickte. Treu und ergeben trottete er neben Mildreds ebenfalls pfirsichfarbenem Gehstock her.

Von der anderen Seite betrat ein Mann in Trenchcoat und mit Fedora-Hut die Bühne. Alison fiel es wie Schuppen von den Augen: Charles Montagu. Der mysteriöse Mann im Trenchcoat war Oliver Montagus Vater! Deshalb war er auch bei allen Morden und Pressekonferenzen zugegen gewesen. Warum hatte er sich dann bisher nie zu Wort gemeldet? Warum dieses lange Warten bis zur gemeinsamen Séance mit Darcy Diamond? Alison hatte schon geglaubt, fast alle Puzzlesteine zusammengesetzt zu haben, aber nun drohten sie wie ein Kartenhaus in sich zusammenzustürzen.

Darcy, Mildred und Charles nahmen an einem großen, runden und mit einem bis zum Boden reichenden weißen Tuch bedeckten Tisch Platz. Alfie sprang auf Mildreds Schoß. Kniehoher Bühnennebel kroch um den Tisch und die zwei rechts und links von ihnen platzierten, mehrarmigen elektronischen Kerzenständer herum. Der Applaus ebbte ab, und ein finsteres, mysteriöses Violinen-Quartett aus dem Orchestergraben untermalte das Geschehen auf der Bühne. Darcy ergriff das Wort.

»Die letzten Tage sind durch zwei entsetzliche Ereignisse überschattet worden. Daher sind wir heute Abend an diesem Ort zusammengekommen, um mit dem Geist aus Zimmer 502 Kontakt aufzunehmen.«

Gespenstische Stille erfüllte den Saal.

»Wir werden ihm die eine Frage stellen, die uns allen auf der Seele brennt: Warum musste ein so begnadeter Künstler wie Oliver Montagu sterben? Warum hat uns der so geschätzte William Frankland verlassen?«

Alison wurde übel. Geschätzt? Der Mann war ein Betrüger.

Darcy brach ab, um ihre spürbar aufwallende Emotion zu zügeln. Sie schloss die Augen. Ihr Brustkorb hob und senkte sich. Irgendwo entfernt in den Zuschauerrängen hustete jemand. Sie neigte ihren Kopf und blickte direkt ins Publikum. »So eine Séance kostet Kraft. Ich bitte Sie daher um absolute Stille, meine Damen und Herren. Die Macht eines Geistes ist groß. Erzürnen wir ihn nicht!« Dramatische Paukenschläge ertönten. Laserblitze flitzten durch den Zuschauersaal, gefolgt von kurzem, ängstlich-panischem Stimmengemurmel. »Wasser bitte!«

Alek trug ein Tablett mit einer Karaffe und drei Gläsern auf die Bühne, schenkte jedem der Anwesenden ein und nahm links neben Darcy zwischen Tisch und Kerzenständer Stellung.

»Ein kurzer Hinweis«, fuhr Darcy fort. »Auf Bitte vom Scotland Yard werden wir drei heute Abend aus ein und derselben Karaffe trinken.«

Stimmengemurmel hallte durch den Saal.

»Darüber hinaus ist es niemandem von uns auf der Bühne erlaubt, Handschuhe zu tragen. So wollen wir einer eventuellen Betrügerei bereits im Vorfeld begegnen. Keiner soll die Möglichkeit bekommen, seine Spuren zu verwischen. Alle Anwesenden mussten vor der Séance ihre Fingerabdrücke vom Scotland Yard registrieren lassen.«

Ein Showgirl mit viel zu langen, nackten Beinen trat ins Rampenlicht. Ihr brasilianischer Federkopfschmuck war größer als sie selbst, und in ihrem hochgepressten Silikonbusenausschnitt hätte man ein Maschinengewehr verstecken können. Unter lauten Pfiffen und Jubelrufen trug sie einen übergroßen Ausdruck der Fingerabdrücke über die Bühne. Der Spot wechselte zurück auf Darcy. Aus dem Orchester erklang dieselbe Musik, die Darcy zu ihrem Auftritt beim Afternoon Tea angekündigt hatte. Sie erhob beide Hände und machte ihre berühmt-berüchtigte Antennenbewegung. »Und nun, reichen wir uns die Hände. Ich bitte Sie alle im Saal, es uns gleich zu tun.«

Was für eine Inszenierung, dachte Alison. Sie suchte mit ihren Augen die Bühne ab. Nichts Auffälliges war zu sehen. »Wo versteckst du dich?«, flüsterte sie zu sich selbst. »Und was ist dein Plan?«

»Beginnen wir.« Darcy Diamond schloss die Augen.

»Geist, oh Geist, der du alles weißt.
Von der anderen Seite nun zu uns schreite.
Geist, oh Geist, sag: Kannst du mich sehen?
Geist, oh Geist, sag: Hörst du mein Flehen?«

Für eine gefühlte Ewigkeit geschah gar nichts. Dann plötzlich riss Darcy Diamond ihre Augen auf und sprach mit tiefer, verstellter Stimme. »Ich bin da!«

Ein Raunen fegte durch den Saal. Alison sah sich um. Wenn Darcy bereits eine Botschaft empfing, musste der Täter in ihrer Nähe sein. Aber wo? Wie? Auf der Bühne regte sich niemand. Nur Alfie saß auf Mildreds Schoß und knurrte. Auf der gegenüberliegenden Seite, in der Seitengasse, erspähte Alison Roy. Als sich ihre Blicke trafen, schüttelte er nur den Kopf. Darcys Geisterstimme sprach weiter.

»Ich muss euch von einem mörderischen Deal erzählen.«

Alison konnte von ihrer Gasse aus in die noch immer mit gedämpftem blauem Licht ausgeleuchtete Umkleidekabine sehen. Sie war leer. Wo war Nadia? Oh, nicht doch. Alison hatte es von Anfang an geahnt. Nadia! Natalia und Nadia, klang das nicht schrecklich ähnlich? Verbargen sich etwa Brandnarben unter ihrem tonnenschweren Make-up? Weil sie dem brennenden Fahrzeug entkommen war? Bis zur Unkenntlichkeit verbrannt – wer wusste schon, wer sich tatsächlich hinter dieser Leiche verbarg? Alison blickte zu Roy. Nadia hatte unmöglich an ihm vorbeikommen können. Aber wo war sie dann?

Alison erschrak. Das Tischtuch hatte sich bewegt. Auf der hinteren Seite des Tisches, dort wo der Bühnennebel bereits dünner geworden war, funkelte etwas. Pailletten! Und Alfie knurrte nicht etwa wegen Darcy. Er knurrte das Tischtuch an. Nadia musste noch auf der Seitenbühne unter den Tisch gekrochen sein, und ein ahnungsloser Techniker hatte sie während des Umbaus unter dem Tisch verborgen mit auf die Bühne gerollt. Das ideale Versteck, um in ein dicht an den Mund gehaltenes Gerät zu sprechen. Darcy gespensterte weiter.

»Ein Deal, der mich zu dem gemacht hat, was ich bin: ein Geist.«

»Der Geist ist eine Lüge!«, schrie Alison, stürmte auf die Bühne und hob die Decke in die Höhe. »Sie ist die Geisterstimme!« Schreie jagten durch das Publikum, als es die mit weit aufgerissenen Augen unter dem Tisch hockende Nadia erblickte.

»Ich unschuldig. Ich nix Geist!«

Alison zerrte sie hervor. Nadias Hände waren leer. Auch an ihrem Kleid war nichts Verräterisches zu finden.

»Ich nur Fan. Sie müssen glauben. Wollte ganz nah sein bei meine Darcy.«

Gelächter hallte durch den Saal.

»Ruhe!«, zischte Darcy. »Ihr verjagt den Geist.«

Er sprach noch immer? Alison wäre am liebsten auf der Stelle im Boden versunken. Ein Bühnenarbeiter scheuchte sie von der Bühne. Dabei fiel Alison eine verdächtige Bewegung an einem der Moltonvorhänge auf. Und eine eindeutige Ausbeulung. Als würde jemand dicht hinter dem Vorhang entlanglaufen.

»Dieser Deal hält mich an diesem Ort gefangen«, tönte Darcys Geisterstimme weiter. »Im Savoy Hotel.«

Jetzt war die Bewegung im Vorhang fast auf Höhe des Tisches, unmittelbar hinter Darcy. Alison winkte Roy zu, rannte hinter den Vorhang, packte die Gestalt und riss sie mit lautem Krachen zu Boden. »Au!«, schrie der Schatten. Roy warf sich auf ihn. Gerumpel und Kampfgepolter. Raunen im Publikum auf der anderen Seite des Vorhangs. Mildreds Stimme tönte trocken durch den Molton hindurch. »Ein Poltergeist.« Das Publikum lachte. Alison und Roy zerrten den Überwältigten ins blaue Licht der Seitenbühne.

»Phil?«

»Ich habe doch nichts gemacht, Alison. Bitte, ich wollte nur die Energie von Ms Diamond spüren.«

»Nichts gemacht?« Auf seinen nackten Händen konnte sie eindeutige Blutkratzer erkennen.

»Genau wie meine Schrammen von Franklands Katze«, zischte Roy. »Sie waren das in seinem Zimmer.«

»Ja, ich gebe es zu«, wimmerte Phil. »Er hat doch immer tonnenweise Koks rumliegen. Ich wollte nur ein wenig abhaben.«

Noch während Roy »Wieder kein Gerät!« hervorstieß, nahm Alison ein leises Nuscheln wahr. Es kam ganz aus der Nähe. Beim Blick in Richtung des Umkleidebereichs erspähte sie ein himmelblaues Kleid und große rosa Haarschleifen.

»Sue aus der Wäscherei!«, rief Roy.

Sie stand in der Seitengasse und flüsterte in ein Gerät in ihrer Hand. Zeitgleich ertönte Darcys tiefe Geisterstimme von der Bühne.

»Ich bin der Geist eines jungen Mädchens.«

Jetzt nicht mehr, dachte Alison und rannte auf Sue zu. Sie flüchtete quer über die Bühne. Ein Raunen fegte durch den Zuschauersaal, als sie mit wehendem Kleid und wild umherfliegenden Zöpfen vor dem Tisch der Séance vorbeiraste. »Ich kriege dich!«, schrie Alison. Applaus. Dann, in allerletzter Sekunde, sprang Roy auf der gegenüberliegenden Seite Sue in den Weg. Sie stolperte. Ein Smartphone rutschte aus ihrer Hand, und unzählige kleine Zettel flatterten aus ihrem Kleid. Alison schauderte, als sie las, was auf ihnen stand. Das waren genau die Botschaften, die sie im Aufzug gehört und von denen Darcy ihnen in ihrer Suite erzählt hatte. »Was ist das?«

Sue presste verstört ihre Lippen aufeinander und wand sich in den Armen von Roy hin und her. Das Smartphone am Boden war zerbrochen. Nadia kam herbeigeeilt.

»Um Himmels willen, was Sie machen? Sue doch nur soll helfen bei Kostüm einräumen.«

Und Darcy sprach mit ihrer Geisterstimme. »Kommen wir zu euch, Mildred und Charles.«

Der Geist sendete seine Botschaften noch immer. Das durfte doch nicht wahr sein!

*

Teddy fühlte sich, als wäre er den The Shard Wolkenkratzer hinaufgejoggt, so viele Treppen und Irrwege hatte er bezwungen. Endlich stand er vor der Tür, nach der er so lange gesucht hatte. *REGIE* stand in großen Buchstaben auf dem Schild. Er drehte sich um. »Smith, wo bleiben Sie?«

Smith pfiff aus allen Löchern. Seine Lungen pumpten wie ein Blasebalg, und sein Kopf war röter als die Warnlampe mit der Aufschrift *LIVE* über der Tür. Teddy packte die Klinke und stürmte hinein. Sie standen in der hinteren linken Ecke eines kleinen abgedunkelten Raumes. Die Vorderwand war aus Glas und bot über den zweiten Rang hinweg freie Sicht auf das komplette Geschehen. Unmittelbar vor dieser Glasscheibe stand ein Tisch, auf dem Notebooks und Bildschirme Videoaufnahmen von Orchestergraben und Bühne aus allen erdenklichen Winkeln zeigten. An dem Tisch saßen zwei Männer mit dem Rücken zu ihnen. Beide trugen Headsets und rührten sich nicht. Das Equipment war perfekt. Smith stupste Teddy von der Seite an und sprach kaum hörbar, dafür aber überdeutlich mit seinen Lippen.

»Wenn einer von denen der Mörder ist und Darcy die Stimme ins Ohr flüstert, fällt das doch auf.«

Teddy nickte. Also waren sie entweder Komplizen oder nur einer von ihnen trug Kopfhörer, die auch Außengeräusche durchließen. Die hier verwendeten Modelle sahen überzeugend schalldicht aus. Teddy zog seine Dienstwaffe und rief: »Hände hoch!«

Wie vermutet reagierte nur einer der beiden. Allerdings hatte Teddy nicht im Ansatz damit gerechnet, wer sich umdrehen würde.

»Mr Redwood?«

»Detective? Was machen Sie hier?«, bellte er Teddy in aggressivem Tonfall an. Wie verräterisch. Warum war er auch nicht gleich darauf gekommen? Mr Redwood war Dozent an der Regent's University. Er kannte Oliver Montagu und Darcy Diamond. Er war es auch gewesen, der von Darcys unglücklicher Liebe zu Oliver Montagu erzählt hatte. Und viel schlimmer: Er kannte Darcys wunden Punkt. Und jetzt saß er hier im Regieraum? Hatte ein Headset auf und war obendrein der Einzige, der unbemerkt Kommandos geben konnte? Das war kein Zufall.

»Weg vom Tisch, und nehmen Sie das Headset ab!«, rief Teddy.

»Was fällt Ihnen ein?«

»Sofort!«

Smith zog ebenfalls seine Dienstwaffe und gab Rückendeckung. »Haben Sie nicht gehört, was er gesagt hat?«

Mr Redwood wurde rot vor Zorn. »Genügt es nicht, dass Ihre Kollegin mir schon ständig die Séance auf der Bühne torpediert? Ich bin Regisseur, schon vergessen?«

»Ich denke, Sie unterrichten an der Regent's University?«

»Sie glauben allen Ernstes, ich hätte nichts Besseres zu tun, als mich tagaus, tagein nur mit diesen reichen, verzogenen Wannabes herumzuschlagen? Von diesen Pseudokünstlern ist Darcy die Einzige, die wirklich eine besondere Gabe hat, und deswegen bin ich hier. Jetzt lassen Sie mich bitte meine Arbeit machen.«

»Im Gegenteil! Ich fordere Sie hiermit das letzte Mal auf, Ihr Headset vom Kopf zu nehmen.«

Endlich folgte Redwood seinen Worten. Das machte auch den Mann neben ihm neugierig. Völlig ahnungslos drehte er sich um, blickte in die Läufe der zwei gezogenen Dienstwaffen, schrie auf, sprang vom Stuhl und warf sich schützend vor Redwood. »Nehmt mich für ihn!«

Teddy machte seine Augen zu und wieder auf. Zu und wieder auf. Aber das Bild vor ihm veränderte sich nicht. »Sie?« war alles, was er herausbrachte.

»Das ist Leonardo Capriolo, der krass berühmteste Vocal-Coach von X-Factor ever«, rief ihm Smith von der Seite zu.

»Ich weiß, wer das ist!«

»Moment mal!« Leonardo trat vorsichtig einen Schritt vor und blinzelte in die Dunkelheit hinein. »Sie sind doch der Freak, der vor dem Fahrstuhl im Savoy mit Alison Granville auf dem Teppich herumgemacht hat.«

Smith atmete laut hörbar ein. »Chef! Echt?«

»Und Sie vögeln meine Frau!«

»Darling!«, schrie Redwood hinter ihm. »Ist das wahr?«

»So ein Blödsinn«, empörte sich Capriolo. »Ich liebe nur dich, Baby. Und jetzt flieh, solange du noch kannst.«

»Niemand flieht hier«, rief Teddy. Smith blockierte die Tür. So langsam fügten sich die Fäden in Teddys Kopf zusammen. Leonardo hatte gar nichts mit Benisha. Im Gegenteil: Capriolo und Redwood waren ein Paar. Das also hatte die Sekretärin heute Mittag in Regent's mit der wichtigen Veranstaltung gemeint, auf der Redwood am Nachmittag arbeiten würde. Aber warum ausgerechnet die zwei? War Oliver Montagu am Ende etwa heimlich homosexuell gewesen? Und was hatte dieser Capriolo-Freak Benisha und Dustin angetan? »Sie verraten mir jetzt sofort, was hier vor sich geht.«

Mr Redwood lachte hysterisch. »Bin ich Hellseher? Darcy Diamond ist doch hier das Medium.«

Teddy kochte vor Wut. »Sie ist kein Medium. Sie wird manipuliert. Von Ihnen.«

»Sind Sie jetzt völlig übergeschnappt?«

»Chef?«, funkte Smith dazwischen.

»Jetzt nicht!«

Doch Smith ließ nicht locker. »Wenn er sie manipuliert, warum geht die Séance dann weiter?«

Teddy blickte zurück zur Bühne. Smith hatte recht, die Show lief, als wäre nichts geschehen. Er ließ die Waffe sinken. Langsam drehte auch Redwood sich um. Seine Reaktion machte die Sache nicht besser. »Spinnen die? Was tun die da auf der Bühne? Das war so nicht abgesprochen!«

*

»Um Himmels willen, seid ihr lebensmüde?« Peggy kam auf den am Boden liegenden Klumpen aus Alison, Sue und Roy zu gerannt. »Unter euch sind die ganzen Verkabelungen für die Bühnentechnik.«

Alison erhob sich. Ihr Absatz hatte sich in dem schwarzen Klebeband verfangen, das die Starkstromkabel für Darcys künstliche Kerzenständer auf der Bühne verdeckte. Dabei fiel ihr Blick auf das zerschmetterte Smartphone von Sue. Mit einem Schlag war die Erinnerung an das verschwundene Abspielgerät vom Fahrstuhlschacht wieder da. Wie kurzsichtig, davon auszugehen, dass der Täter reden musste. Was, wenn er noch immer das Abspielgerät benutzte? Schließlich war es bereits mit Darcys Hörgerät gekoppelt.

Sie blickte in Richtung Bühne. Dort, vielleicht drei Yards von ihr entfernt, stand Alek zwischen Tisch und Kerzenständer. Sie hatte die ganze Zeit auf seinen Mund geschaut. Erst jetzt, von der Seite, konnte sie seine Hände sehen. Als Butler hatte er sie unentwegt hinter seinem Rücken. Und genau dort hielt er das Abspielgerät. So konnte er es unbemerkt live auf der Bühne bedienen und Darcy alle Anweisungen geben. »Aber warum?«, fuhr es ihr wie in Trance über die Lippen.

»Warum ich mich so aufrege?«, flüsterte die ahnungslose Peggy. »Weil letztes Jahr erst ein Techniker eine gewischt gekriegt hat. Der hat nicht nur gekrampft wie verrückt, die Brandwunden hinterher hättest du auch nicht sehen wollen.«

In Gedanken noch immer ganz bei Alek brauchte Alison einen Moment, um zu realisieren, wovon Peggy redete. »Brandwunden?« Mit einem Schlag fügten sich alle Puzzlesteine zusammen. »Warum hast du das nicht gleich gesagt? Das ist die Lösung: Brandwunden!« Natürlich! Deswegen hatte William Frankland diese seltsamen Flecken auf der Kopfhaut gehabt. Jemand hatte sich von hinten an das Sofa herangeschlichen und ihm ein unter Spannung stehendes Stromkabel an die Schädeldecke gehalten. Der Strom hatte nicht nur umgehend zum Herzstillstand geführt, er hatte auch dafür gesorgt, dass sich seine gesamte Muskulatur übermäßig stark verkrampft hat. Das erklärte die viel zu frühe Totenstarre. Hinter dem Sofa in Zimmer 502 war nur eine Steckdose. In dieser Steckdose war die Stehlampe eingesteckt. Vor ihrem inneren Auge sah Alison, wie Alek das Candle-Light-Dinner herrichtete und dafür wie selbstverständlich den Stecker der Stehlampe einsteckte. Weil er gewusst hatte, dass die Lampe nicht eingesteckt war. Weil er zuvor selbst den Stecker herausgezogen hatte, um ein abgeschnittenes Stromkabel einzustecken, das er Frankland von hinten kaltblütig an den Kopf halten konnte. »Oh Gott!«, schrie Alison und schlug sich vor Schreck die Hände vor den Mund. Alek hatte William Frankland umgebracht. Alek war Butler im Savoy. Er kannte alle Geheimnisse der im Hotel untergebrachten Gäste. Er hatte Zutritt zur Wäscherei und konnte Olivers Schal im Vorfeld manipulieren. Er kannte Sue, die alles machte, was man ihr sagte. Also hatte sie für ihn auch ganz naiv die Texte aufgenommen? War er nicht auch mit einem Tarotkarten-Set an ihr vorbeigelaufen, als Alison sich auf dem Weg zum Thames Foyer befand? Alek hatte Roy selbst gesagt, dass er Darcy für Frankland buchte. Wenn er von dem geplanten Trick gewusst hatte, hatte er auch die wahrscheinlich ursprünglich geplante Glückskarte gegen die des Todes austauschen können. Was für eine geniale und heimtückische Inszenierung. Sie war auch noch so dumm gewesen, ihm von der heimlichen Durchsuchung von Franklands Suite zu erzählen. Sie ging jede Wette ein, dass er die Gelegenheit genutzt und am Ende selbst den vermeintlichen Erpresserbrief platziert hatte, als er ins Hotel zurückgelaufen war, um Roy die Schlüsselkarte zu hinterlegen. Und als Butler wusste er garantiert auch von Darcy Diamonds Hörgerät und konnte es heimlich mit seinem Sender koppeln. Mehr noch: Er hatte Zugang zu ihrer Suite und konnte von dort aus wunderbar per Fernbedienung den Spuk auf Zimmer 502 erzeugen. Schließlich hatte er mit seinem Sender im Fahrstuhl selbst dafür gesorgt, dass Darcy zu verlässlichen Zeiten im Aufzug hockte. War das wirklich möglich? Aber was hatte er vor? Sie packte Roy am Arm.

»Alek!«

»Was ist mit ihm?«

»Er war es, Roy! Er ist der Mörder.«

»Nein!« Roy blickte zur Bühne. »Er ist weg!«

Alison drehte sich um. Tatsächlich, Aleks Position zwischen Tisch und Kerzenständer war leer. Sie blickte zu Mildred und Charles. Sie erhoben sich und gingen nach vorn. »Peggy!«, rief Alison. »Was zum Teufel tun die da?«

Peggy hob nervös die Hände. »Darcy meinte, sie sollen auf die Kreuze auf dem Bühnenboden gehen.«

Alisons Puls beschleunigte sich. »Warum? Wofür sind diese Kreuze?«

Peggy zuckte die Schultern. »Das sind Scheinwerferpositionen. Damit die Künstler auf der Bühne optimal im Licht stehen.«

Scheinwerfer? Alison blickte zur Beleuchtungsbrücke, die oberhalb der Bühne verlief. Ein Schreck fuhr ihr durch die Glieder. Sie rannte auf die Bühne hinaus, »Mr Montagu, weg da!«, sprang auf ihn zu und zerrte ihn zur Seite. Panische Schreie ertönten im Publikum. Mit ohrenbetäubendem Krachen stürzte unmittelbar neben ihnen ein massiver Scheinwerfer auf den Bühnenboden. Mildred riss ihren Gehstock in die Höhe und deutete zur Beleuchtungsbrücke. »Da ist der Mörder! Haltet ihn!«

Alek sprintete die Beleuchtungsbrücke entlang, doch Roy stürmte bereits direkt auf ihn zu. Todesmutig schwang sich Alek über das Geländer, sprang in die Tiefe und landete nur wenige Yards neben Alison und Mr Montagu sicher auf dem Bühnenboden. In Windeseile zog er einen Revolver unter seinem Frack hervor und richtete ihn auf sie. »Keiner bewegt sich!«

Blitzschnell schnappte Mildred sich ihren Gehstock und riss Alek mit dem Fritzgriff die Beine weg. Er stürzte zu Boden. Der Schwung schleuderte ihm die Waffe aus der Hand. In Windeseile schnappte sich Alfie das Ding und apportierte es auf die Seitenbühne, während Mildred ihren Gehstock mit atemberaubender Geschicklichkeit einmal in der Luft drehte, den Fritzgriff gegen Aleks Kehle presste und ihn somit auf den Boden drückte. »Schluss jetzt, es ist vorbei!«

Alek versuchte, aufzustehen. Sofort drückte Mildred fester zu.

»Leg dich ja nicht mit einer Granville an, Früchtchen!«

Tosender Beifall brach aus. Ken Kilburns Männer stürmten die Bühne und brachten Darcy Diamond in Sicherheit. Kilburn selbst legte Alek Handschellen an. Der Saal tobte. Charles Montagu nahm seinen Fedora-Hut vom Kopf. Auch wenn ein alter, gebrochener Mann vor Alison stand. In jedem seiner Gesichtszüge erkannte sie Oliver wieder. »Alison, Sie haben mir das Leben gerettet.«

»Und ich schätze, ich muss mich bei dir und deiner Tante entschuldigen, Alison«, murmelte Ken.

»Und bei Teddy«, antwortete sie. Wo war er überhaupt? Sie hoffte, dass er sich nicht hoffnungslos in den Labyrinthgängen dieses Hauses verirrt hatte. Ken sah Alison reumütig an.

»Aber eine Sache verstehe ich nicht: Warum hat er das getan?«

Alison konnte sich ein schadenfrohes Grinsen nicht verkneifen. Sollte sie ihn wirklich hier vor allen anderen bloßstellen? Er hatte es nicht anders verdient.

»Ganz einfach, Commander Kilburn«, antwortete sie. »Schau dir deinen Ärmel an.«

Ken war verwirrt. »Ein Make-up-Fleck?«

»Du hast ihn dir geholt, als du Alek die Handschellen angelegt hast.« Alek wurde nervös. Schweiß bildete sich auf seiner Stirn. Alison erhob ihren Zeigefinger und sprach direkt ins Publikum. »Erinnern wir uns an die Erklärung von Darcy Diamond. Auf Wunsch des Scotland Yard dürfte niemand auf der Bühne Handschuhe tragen. Also auch der Butler nicht. Anscheinend führte das dazu, dass er etwas mit Make-up verdecken musste, das er sonst immer unter seinen Handschuhen verbergen konnte.« Alison winkte in die Seitengasse. »Nadia, haben Sie etwas zum Abschminken?«

In Windeseile eilte sie herbei und reichte Alison ein Feuchttuch. Sie fuhr damit über Aleks Hand.

»Ein Muttermal!«, rief Ken.

»Dasselbe, das auch Oliver Montagu hatte. Und sein Vater.«

Charles Montagu hob seine Hand zum Beweis.

»Das bedeutet, Alek …« Sie schluckte einen dicken Kloß in ihrem Hals hinunter.

»… ist Olivers Sohn«, beendete Charles Montagu ihren Satz.

Alek trat um sich. Nur mit Mühe gelang es Ken, ihn zu halten. »Ja, der bin ich. Du Mistkerl! Damit hast du nicht gerechnet, oder? Umbringen wolltest du mich. Aber jetzt, jetzt bin ich wieder da!«

»Umbringen?« Charles Montagu schwankte. Alison eilte zu ihm, um ihn zu stützen.

»Ja, umbringen! Weil meine Mutter nicht gut genug war für deinen Sohn. Weil er etwas Besseres heiraten sollte. Deswegen habt ihr ihn arrangiert, diesen Deal mit Frankland. Oliver und du, damit er sie umbringt! Und damit ich nie geboren werde. Aber ich habe überlebt! Weil eine Freundin meiner Mutter zufällig dabei war, als ich bei einer Frühgeburt im Savoy zur Welt gekommen bin. In eurem tollen Zimmer 502. Weil sie mich gerettet und versteckt hat, bevor er meine Mutter umbringen konnte.« Er schluchzte.

Die Lippen von Charles Montagu zuckten. »Das ist nicht wahr. Er sollte deine Mutter nach Polen zurückbringen. Das Geld war für sie. Damit ihr es gut habt.«

»Damit wir es gut haben? Meine Mutter ist tot! Mein Vater verleugnet mich. Mein ganzes Leben war ich doch nichts anderes als ein Geist.« Er schrie seine ganze Wut heraus. »Aber jetzt, jetzt sieht mich die Welt endlich. Jetzt sieht sie mich. Als das, was ich bin!« Mit überraschender Wucht riss er sich aus Kens Griff los und rannte mit auf den Rücken gefesselten Händen auf den Orchestergraben zu. Der Saal schrie auf. In letzter Sekunde, bevor Alek sich hinabstürzen konnte, bekam Charles Montagu ihn zu fassen, riss ihn an sich und nahm ihn in die Arme. Hielt ihn fest umklammert, bis er endlich aufhörte, sich zu wehren, und vor Erschöpfung zu weinen begann.

»Es tut mir so leid, Alek. Das musst du mir glauben.«

Alison wischte sich ihre Tränen aus dem Gesicht. Schließlich hatte sie noch eine Aufgabe zu erfüllen, und die erschien ihr plötzlich wichtiger denn je.

»Es ist wahr, was er sagt, Alek.« Sie nahm all ihre Kraft zusammen. »Ich glaube, dass er die Entscheidung, dich gehen zu lassen, sogar sein Leben lang tief bereut hat.« Mit weichen Knien trat sie ebenfalls an den Orchestergraben heran. »Deswegen war ihm dieser heutige Abend so wichtig. Deswegen hat er mich regelrecht angefleht, ihn zu unterstützen und seine gewagteste und großartigste Installation möglich zu machen. Als Symbol dafür, dass in jedem von uns ein Feuer glimmt, das entfacht werden will – ganz gleich von wo wir kommen.« Sie blickte in den Orchestergraben. Der Dirigent nickte. Dann zu Peggy in die Seitengasse. Sie hob den Daumen. Sie wandte sich zu Alek. »Ich bin mir sicher, in seinem tiefsten Inneren hat er das hier für dich getan, Alek. Verehrtes Publikum: Freuen Sie sich auf den mehrfach ausgezeichneten Jugendchor des Bacon's College zusammen mit dem Kronleuchter von Oliver Montagu!«

*

Teddys Beine brannten mehr als bei seiner Verfolgungsjagd die Themse entlang. Welcher Idiot hatte nur diese verschachtelten Theatergänge konstruiert? Endlich: Das da vor ihm musste der Zugang zur Königsloge sein. Von hier aus konnten sie über den Balkon in den Zuschauerraum springen. Wenigstens. Hoffentlich kamen sie noch nicht zu spät. Smith rannte voraus.

»Chef, hier sind überall dunkle Schatten.«

»Dunkle Schatten?« Endlich hatte auch er den Balkon erreicht. Im selben Moment setzten E-Gitarren im Orchesterboden ein, und eine gewaltige Lichtsäule verband das mitten im Parkett befindliche Ende des Laufstegs mit der Decke des Theatersaals. In dieser Lichtsäule fuhr eine Gestalt aus dem Boden des Steges empor, hob vom Bühnenboden ab und schwebte an einem Seil dem Kronleuchter entgegen. Teddy stockte der Atem. »Dustin!« Er war es. Definitiv. Und er hielt ein Mikrofon in der Hand und sang.

Teddy fuhr ein Schauer über den Rücken. Wo hatte sein Sohn das gelernt? Wann hatte er angefangen, Musik zu machen? Wie … Seine Gedanken wurden von Blitzen und Lichtkegeln unterbrochen, die durch den Zuschauersaal hetzten. Von der Decke her senkten sich die gewaltigen Ringe des Kronleuchters herab und blieben in drei Etagen stehen. »Der Kronleuchter von Zimmer 502«, hauchte Teddy. Der Gesang stoppte. Nur die Orchestermusik lief weiter.

»Chef? Was passiert da?«

Teddys Knie zitterten stärker als Smiths Stimme. »Ich weiß es nicht.«

Das Licht im Theater ging aus. Wie ein außer Kontrolle geratenes Monsterpendel schwang der gigantische Kronleuchter in einer großen Kreisbewegung über die Theatergäste hinweg. Vereinzelte Lichtkegel schnitten die Bewegung. Besucher krallten sich an den Lehnen ihrer Stühle fest. Ein Trommelwirbel ertönte. Synchron mit der wieder einsetzenden Musik erstrahlte der Kronleuchter mit Dustin im Zentrum in unvorstellbarer Pracht, ein jedes der tausenden Leuchtkristalle an den Verbindungsketten glitzerte in sich stetig verändernden Farben. Ein Chor stürmte den Zuschauersaal und brachte mit Gospel-Moves das Publikum zum Toben – hatte Teddy diese Kids nicht auf dem Schulhof von Dustins College gesehen? Mit einem lauten Knall schoss eine Glitterexplosion aus den einzelnen Kronleuchter-Etagen heraus und verwandelte den gesamten Zuschauersaal in ein funkelndes Konfettimeer. Das Publikum sprang zu Begeisterungsstürmen und stehenden Ovationen auf, während völlig unbemerkt unterhalb der mit Teddy und Smith besetzten Königsloge Commander Kilburn und seine Männer Alek in Handschellen nach draußen führten.

46

11:30 pm, Savoy Hotel, Lancaster Ballroom

Sie hat es die ganze Zeit gewusst!« Mit strahlenden Augen eilte Teddy während der Aftershow Party im Lancaster Ballroom auf Alison zu und nahm sie in die Arme. »Und Commander Kilburn auch?«

Ken schob sich zwischen Alison und Teddy. »Ich habe Ihnen doch im *Coal Hole Pub* gesagt, dass alles gut wird. Erinnern Sie sich nicht?«

Ein Treffen im *Coal Hole Pub*? Davon hatten weder Teddy noch Ken ihr etwas erzählt. Aber allein das sprach im Grunde schon Bände. Eine weiche, zarte Hand berührte sie von der Seite am Arm.

»Danke für alles.«

Die Stimme erkannte Alison sofort. Schließlich hatte sie mit Benisha während der Proben für die Performance oft genug gesprochen – ohne auch nur den Hauch einer Ahnung zu haben, dass sie bald mit Dustins Vater zusammenarbeiten würde. Genauso wenig, wie sie hatte ahnen können, dass ihr Honeybun nur deswegen nicht erreichbar gewesen war, weil er sich auf einem nahezu 48-stündigen Spontanflug von Sydney befunden hatte, um sie auf dem Chandelier Charity Concert zu überraschen. Jetzt stand er vor ihr, Arm in

Arm mit Benisha. Und Alison fühlte sich schlecht. Weil das breite Strahlen in ihrem Gesicht in seiner Anwesenheit nicht zu dem Gefühl in ihrer Magengegend passte. »Du weißt, das habe ich gerne getan, Benisha. Und Leonardo Capriolo auch. Unglaublich, was er aus Dustin und den Kids herausgeholt hat!«

Ihr Honeybun drückte ihr einen Kuss auf die Wange. »Ist sie nicht eine großartige Frau, meine Alison?«

»Allerdings«, schmatzte Teddy und schob sich direkt ein weiteres Sushi-Röllchen vom Buffet in den Mund. »Sie waren wirklich gut, Alison. Eigentlich müssten Sie befördert werden und nicht ich.«

Mit Chloe und Henry im Gepäck tauchte nun auch Dustin hinter Benisha auf. Sein Teller war randvoll mit kleinen Schokotörtchen beladen. Warum konnte sie nicht wieder zwanzig sein? Damals hatte sie auch noch alles hemmungslos in sich hineinschaufeln können.

»Wir haben das Ermitteln ja auch mit Alison geübt!«, flunkerte Chloe.

Henry schubste sie von der Seite an. »Du hättest mal lieber deine Töne üben sollen, Miss Superdetektivin.«

Chloe zog den Kopf ein. »Hat man meinen Patzer gehört?«

»Ach Blödsinn«, widersprach Alison. »Ihr habt großartig gesungen. Alle!« Und prompt meldete sich Ken wieder zu Wort.

»Alison hat recht. Eure Performance war super!« Mit seinem Ellenbogen stieß er Teddy an. »Und Sie haben wirklich gedacht, Ihr Sohn will den Kronleuchter von der Decke stürzen lassen?«

Teddy stemmte seine Arme in die Hüften. »Wenn er heimlich mitten in der Nacht mit dreihundert Pfund durch die Stadt rast, um einen Koffer zu besorgen?«

Ken lachte und spazierte weiter in Richtung VIP-Bereich.

»Dad, ich musste die reparierte Steuerung abholen.«

»Ja«, warf Henry ein. »Jeder von uns hatte eine Aufgabe, damit wir alles schaffen bis zur Show.«

Chloe drehte verlegen an einem ihrer Zöpfe und flüsterte. »Und Sie haben echt ein Deliveroo-Fahrrad deswegen geklaut?«

Teddy lief rot an.

»Kein Wunder, dass ich bei so einem Vater auf die schiefe Bahn gerate.« Chloe, Henry und Dustin hielten sich die Bäuche vor Lachen.

Für Alison schien das der ideale Zeitpunkt, sich davonzustehlen. Auch wenn das Chandelier Charity Concert ein bombastischer Erfolg geworden war – alle Leuchtkristalle des Kronleuchters waren binnen Minuten vergriffen, die Spendensumme wuchs noch immer im Minutentakt und kletterte in schwindelerregende Höhen – irgendwie war ihr überhaupt nicht nach Feiern zumute. Daran konnte die hervorragende Live-Musik der Jazzband auf der romantischen Showbühne des Lancaster Ballrooms genauso wenig ändern wie das für diesen Saal so typische glamouröse Flair eines alten Pariser Salons. Das Funkeln der Lichter, die königlichen Stuckornamente, der seidenweiche Teppich, all das streute nur noch mehr Salz in die Wunde, die der Fall hinterlassen hatte. Abgesehen davon wusste sie nicht, wie sie sich Ken gegenüber verhalten sollte. So unwohl sie sich in Mildreds Nähe auch fühlte, am Ende hätte sie doch lieber einen gruseligen Sunday Roast mit ihr genossen, als ausgerechnet Alek überführen zu müssen. Wie konnten alle nur so tun, als wäre nichts geschehen?

»Sie dürfen einen Fall nicht so dicht an sich heranlassen, Alison.« Teddy stand neben ihr. »Glauben Sie mir, irgendwann macht Sie das kaputt.« Er schwenkte den Wein in seinem Glas. »Es gibt einfach zu viel Elend auf dieser Welt.«

»Wie soll das gehen? Wenn ich mich tief in die Seele eines Täters hineindenken und ihm am besten einen Schritt voraus sein soll?« Sie dachte an das Bild des jungen Oliver, das ihnen während des Candle-Light-Dinners erschienen war. Wie oberflächlich war sie eigentlich, dass sie Alek darin nicht erkannt hatte? Dass sie nicht gleich den jungen Oliver in ihm gesehen hatte? Reichten eine andere Frisur, eine Brille und ein Butler-Outfit wirklich aus, um sich derart zu verstellen? »Alek war auch Olivers Stalker, nicht wahr?«

Teddy nickte. »Wir vermuten es.« Seine Augen versuchten, in ihr zu lesen. »Wie kommen Sie darauf?«

»Der Mord mit dem Schal«, antwortete sie. »Diese Methode mit dem seidenen Faden. Als würde er verzweifelt nach einem Weg suchen, ihn zu ermorden, ohne selbst Hand anlegen zu müssen. Ich glaube nicht, dass es seine Absicht war, ihn zu stalken.«

Teddy zog seine Stirn in Falten. »Sondern?«

»Er wollte ihn damals schon umbringen. Und hatte es nie geschafft.« Sie hielt einen Moment inne. »Weil er ihn eben doch geliebt hat.«

Teddy strich ihr über den Oberarm. Auf eine verbotene Art fühlte sich diese Berührung angenehm an. »Alek ist krank, Alison. Krank vor Zorn. Wie sonst kann man sich so eine Inszenierung ausdenken?«

»Welche Wahl hat er denn gehabt? Haben Sie nicht gehört, was er gesagt hat: ›Ich möchte endlich einmal als das gesehen werden, was ich bin.‹«

Teddy seufzte. »Sie sind eine begabte Ermittlerin. Ihr Vater wäre stolz auf Sie.« Er nickte hinüber zur Bühne, wo sich der Rest von ihnen um Mildred und Alfie herum versammelt hatte. »Und Ihr Honeybun ist es auch.« Teddy zwinkerte ihr verschwörerisch zu. »Witzig, wie sich Benisha und er gleich auf Anhieb verstanden haben, oder?«

In Alisons Magen rumorte es. »Ja, witzig.«

Teddy sah zu Boden, als würde er ihrem Blick ausweichen wollen. Im Hintergrund stimmte James Arthur mit der Jazz-Band zu einer a cappella-Version von *Say You Won't Let Go* an. »Ich fürchte, ich werde diese Diskussionen mit Ihnen sehr vermissen, Alison.« Dann drückte Teddy ihre Hand und verschwand.

Die Tage nach dem Chandelier Charity Concert

47

Freitag, 11:00 am, Highgate Cemetery

Warum hatte Alison eigentlich solch eine Scheu davor, an diesen Ort zu gehen? Schließlich stand der Highgate Cemetery auf der Besucherliste vieler London-Touristen ganz oben. Vielleicht lag es daran, dass irgendeine Stimme in ihr immer Angst davor gehabt hatte, ihrem Vater unter die Augen zu treten? Weil sie es nicht mehr geschafft hatte, ihm vor seinem plötzlichen Tod zu beichten, dass sie nicht freiwillig aus dem Polizeitraining ausgeschieden, sondern rausgeflogen war? Aber wahrscheinlich hatte er es ohnehin gewusst. Wie hatte er es als hohes Tier beim Scotland Yard nicht wissen können? Umso schlimmer, dachte sie. Musste er nicht doppelt enttäuscht von ihr gewesen sein?

Heute war es anders. Klar, Ken hatte ihr schon immer gut zugeredet. Aber sie hatte ihm aus unerfindlichen Gründen nie wirklich trauen können. Nach der Aktion mit Mildred wusste sie nun ja, warum. Aber Teddy, Teddy hatte keinen Grund, sich bei ihr einzuschleimen. *Sie sind eine begabte Ermittlerin. Ihr Vater wäre stolz auf Sie.* Als Teddy das gesagt hatte, war etwas in ihr geschehen. Etwas, das sie noch nicht greifen konnte.

Alison ließ ihren Blick über die alten, zerfallenen Grabsteine des Circle of Lebanon schweifen. Als sie das letzte Mal diesen Weg gegangen war, hatte die Sonne geschienen. Es war ein wundervoller Frühlingstag gewesen. Verrückt eigentlich. Regnete es nicht immer auf Beerdigungen? In London sowieso. Und dann musste ausgerechnet an jenem Tag, an dem sie ihren Vater zu Grabe getragen hatte, der Frühling beginnen.

Die Granville-Familiengruft lag unter einer großen, schweren Eiche, deren Stamm so dick war, dass selbst drei Personen gemeinsam sie nicht umfassen konnten. Sie musste es wissen. Ma, Dad und sie hatten es immer wieder gemeinsam probiert, weil Alison sich unaufhörlich eingeredet hatte, dass es ihnen irgendwann doch gelingen würde. Eines Tages, dann, wenn sie endlich erwachsen und groß wäre. Sie hatte ihre Rechnung nicht mit dem Leben gemacht. Mum war viel zu früh gestorben, an einem Krebs im Kopf, wie Dad ihr es immer versucht hatte, zu erklären. Und Dad … »Ach Dad.« Wie unwirklich es ihr selbst jetzt noch, fast ein Jahr später, vorkam, seinen Namen auf diesem Betonklotz zu lesen. »Ich muss dir etwas sagen, Dad.« Sie ließ demütig ihren Kopf hängen. »Wahrscheinlich weißt du es eh schon, aber: Ich habe es vergeigt.« Sie musste an die Worte von Teddy denken. *Kriminalistik bedeutet, die Realität dieser Welt anzuerkennen*. Welche Realität meinte er damit? Die, dass Alek nun im Grunde doppelt gestraft war? »Ich habe es nicht nur vergeigt, ich habe ein Leben zerstört.«

»Du hast ein Leben gerettet.«

Alison erschrak. Als sie auf den Grabstein ihres Vaters blickte, konnte sie den Schatten eines übergroßen, schrägen Hutes erkennen. Und eines Gehstocks.

»Mildred? Was machst du hier?«

»Scheinbar sind wir uns ähnlicher, als wir glauben.« Sie stützte sich auf ihren Gehstock und betrachtete die Eiche. »An dem Tag, als dein Vater gestorben ist, sind alle Uhren bei mir in Sandbanks zur selben Zeit stehengeblieben.«

Alison fuhr ein Schauer über den Rücken.

»Und da war dieses Stechen in meiner Brust. Ich habe sofort gewusst, was passiert war. Ich habe es nicht wahrhaben wollen. Aber ich habe es gewusst.«

»Warum hast du das nie erzählt?«

Mildred schwieg eine Weile, betrachtete die Begonien auf Ronalds Grab, sah einer vorbeifliegenden Amsel hinterher. »Vielleicht, weil ich Angst davor hatte, zuzugeben, dass es manchmal eine Stimme in uns gibt, auf die wir hören sollten?«

Alison streifte eine Strähne aus ihrem Gesicht und atmete tief ein. »Von geheimnisvollen Stimmen habe ich erst einmal genug.«

»Es bringt nichts, vor ihnen davonzulaufen.« Mildred fuhr ihr mit der Hand durchs Haar. »Sie werden dich einholen. Und dann wird der Schmerz größer sein als je zuvor.«

Alison seufzte. »Das klingt alles so klug. So weise. So einfach.«

»Niemand sagt, dass das Leben einfach ist, Alison.« Sie deutete mit ihrem Zeigefinger auf Alisons Brust. »Aber da ist etwas in dir. Ein Glimmen. Erinnerst du dich?«

Alison war überrascht über Mildreds Worte. »Aber warum legt uns das Leben dann immer wieder Steine in den Weg? Wenn es wirklich meine Aufgabe ist, dieses Licht zu entzünden, warum lässt es mich dann nicht? Und schlägt mir alle Türen vor der Nase zu?«

Mildred ließ ihren Blick schweifen.

»Alison, weißt du noch, wie ich dich zu deiner Konfirmation besucht habe? Du standest vor mir und sahst mich an wie eine Fremde. Zuerst habe ich mich geschämt. Dann habe ich realisiert, dass du völlig im Recht warst. Ich war eine Fremde. Ich hatte mich so gefreut, als du auf die Welt gekommen warst. Ich wollte dir die beste Tante der Welt sein. Aber irgendwie hat das Leben mir immer einen Strich durch die Rechnung gemacht. Hier ein Geschäft, dort ein wichtiger Termin. Als du mich dann als fast erwachsenes Mädchen so ansahst, dachte ich, der Zug sei abgefahren. Ich habe mich zurückgezogen. Obwohl mein Herz sich so oft nach dir gesehnt hat.« Sie schwieg eine Weile. »Dann ist dein Vater gestorben. Und erst als mir bewusst wurde, dass ich die Einzige bin, die noch für dich da sein kann, wurde mir klar, dass es nie zu spät ist, auf sein Herz zu hören.« Sie sah Alison von der Seite an. »Denkst du, ich weiß nicht, wie sehr du unsere Sunday Roasts hasst? Aber ich wusste, dass sie meine einzige Chance waren, wieder etwas gut zu machen. Und jetzt, stehen wir hier.«

War das immer noch dieselbe Mildred? Sie wirkte so weich. So warm. So nah. Alison zögerte kurz, doch dann gab sie ihrem Drang nach und nahm ihre Tante in den Arm. »Es tut mir so leid, Mildred.«

Mildred antwortete nicht. Aber das musste sie auch nicht. Alison wusste, dass es gut war. Und dass es eine entscheidende Sache gab, die sie verband: ihr Schmerz.

»Ich glaube«, sagte Mildred, als sie sich wieder aus ihrer Umarmung gelöst hatten, »manchmal schlägt uns das Leben alle Türen vor der Nase zu, damit wir endlich aufhören, diese eine Tür zu übersehen, durch die wir gehen sollen.«

Alison durchfuhr es wie ein Blitz. So hatte sie es noch nie gesehen, und im Grunde hatte Mildred recht. Lag die Lösung nicht die ganze Zeit auf der Hand? Warum sträubte sie sich so dagegen? Warum hatte sie sich auf diesen einen Weg versteift? »Danke, Mildred«, sagte sie. Ihre Tante nickte. Und war da nicht sogar der Ansatz eines ehrlichen Lächelns zu erkennen?

»Ja, was machst du dann noch hier, Kindchen? Lauf!«

48

Samstag, 11:30 am, Working Men's College

Die ganze Wohnung nur für mich?« Teddy steckte seine Hände in die Hosentaschen und grinste Dustin lässig an. »Ich habe einen Mietvertrag für ein ganzes Jahr abgeschlossen. Jetzt, wo deine Mutter und ich wieder zusammenziehen, würde sie doch nur leer stehen, oder? Du bist alt genug, und ich finde, es ist eine wunderbare Möglichkeit für dich, zu lernen, auf eigenen Füßen zu stehen.«

Dustin fiel Teddy in die Arme. Das letzte Mal, dass sein Sohn so überschwänglich reagiert hatte, schien derart weit entfernt, dass er für einen Moment gar nicht wusste, wie er sich verhalten sollte. »Aber nur unter einer Bedingung, Dustin.«

»Woah, oh Dad …« Er kickte seinen Fuß gegen die Treppenstufen des Haupteingangs zum Working Men's College. »… war ja klar, dass die Sache wieder einen Haken hat.«

»Du wirst dir einen Job suchen.«

»Einen Job?« Sein Sohn sah ihn mit weit aufgerissenen Augen an.

»Das ist, wenn man Dinge tut, die einem überhaupt keinen Spaß machen, und man dafür dann am Ende des Monats mit viel Geld entschädigt wird.«

»Dad …« Dustin wand sich wie ein Wurm. »… muss das sein? Ich meine, ich habe Schule. Mein Abschluss.«

»Keine Ausreden.«

»Mein Pre-U Diploma. Wenn ich das verhaue, habe ich nie eine Chance, nach Cambridge zu kommen.«

»Ganz genau. Und wenn du nicht lernst, zu arbeiten, erst recht nicht.«

»Du hast gesagt, dass du möchtest, dass mir alle Möglichkeiten offenstehen, schon vergessen? Und du hast gesagt, dass alles besser wird, wenn du einmal Chief Inspector bist.«

»Wird es ja auch.« Teddy fiel es schwer, sich das große Grinsen zu verkneifen. Der Klang des Wortes *Chief* kitzelte noch immer in seinen Ohren.

»So ein Blödsinn! Dir ist dein neuer Anzug zu Kopf gestiegen.«

War er das? Teddy musste zugeben, dass er ihn am liebsten gar nicht mehr ausziehen wollte. Und seit er seine neue Föhnwelle auf dem Kopf hatte, konnte Benisha gar nicht mehr aufhören, ihm den kurz rasierten Nacken zu kraulen. Zur Beförderung hatte sie ihm ein neues Parfum gekauft. Tom Ford Rose Prick. Es war verrückt, sich mehr als zweihundert Pfund teures Duftwasser an den Hals zu sprühen. Aber er liebte es.

Dustin rümpfte die Nase und stapfte über die Crowndale Road davon. Irgendwann würde er schon verstehen, dass das Leben nicht immer nach Plan verlief. Genauso wie seine Schüler verstehen mussten, dass Kriminalistik kein Zuckerschlecken war. Teddy drehte sich zum Gebäude und betrachtete die großen Lettern, die über dem Haupteingang die Worte *Working Men's College* bildeten. Wie viele sich wohl dieses Mal für seinen Kurs eingeschrieben hatten? Im letzten waren es zwanzig gewesen. Nur acht davon waren bis zum Schluss bei der Stange geblieben. Zwei hatten ihre Prüfung zum staatlich anerkannten Private Investigator geschafft. Ob sie sich auch jemals auf dem Markt würden behaupten können? Teddy hatte seine Zweifel. Trotzdem liebte er seinen Job. Er glaubte fest daran, dass ihm eines Tages am Working Men's College jemand über den Weg laufen würde, der seine Chance verdient hatte. Jemand, für den sein Kurs vielleicht die letzte Chance auf ein neues, echtes, wahres und erfülltes Leben darstellte. Also klemmte er seine Ordner unter den Arm, stapfte die Stufen zum Haupteingang empor, lief ins Sekretariat, ließ sich die Teilnehmerliste aushändigen und ging zum Kursraum. Als ihn plötzlich ein merkwürdiges Gefühl überkam. Ihm war, als wäre ihm beim Überfliegen der Teilnehmerliste ein Name ins Auge gesprungen, den … nein, das konnte nicht sein, oder?

»Guten Morgen!« Eine stark untersetzte Frau lächelte ihn an, als sie an ihm vorbeistolzierte und mit herausgestreckter Brust den Kursraum betrat. Ihr kroch eine träge, süßliche Schweißwolke hinterher. Wenn der Rest der Gruppe auch so war, würde dieser neue Kurs eine noch größere Tortur werden als der letzte. Er hielt die Luft an, riss alle Fenster auf, steckte seine Nase weit heraus und wartete, bis der Schweißgeruch sich verflüchtigt hatte. Dann packte er seine Tasche aus, präparierte alle Unterlagen auf seinem Tisch und blickte in den Saal. Er traute seinen Augen nicht. Ganz hinten im Raum, an der Bank ganz links außen. Da saß sie tatsächlich. Mit ihrer knallgrün glänzenden Designer-Lederjacke zog sie alle Blicke auf sich. Und während der Vorstellungsrunde realisierte er, dass sie es verdammt ernst meinte.

»Mein Name ist Alison Granville. Ich bin 30 Jahre und möchte Privatdetektivin werden.«

Trudy Cos
MORD IN WINDSOR
Ein Krimi mit Samy Wilde

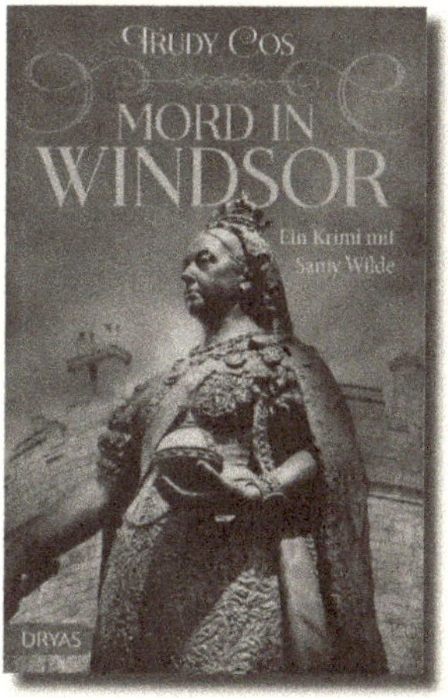

Taschenbuch
280 Seiten
Preis 12,50 EUR [D]
ISBN 978-3-948483-35-7
lieferbar

Ebook epub
ISBN 978-3-948483-36-4

Gerade als Samy Wilde ihr neues Leben in Windsor zu genießen beginnt, fällt ihr ein Toter vor die Füße. Das passt ihr gar nicht, denn die Informatikerin war durch den Verkauf einer App zu Geld gekommen und möchte sich endlich einmal den angenehmen Dingen des Lebens widmen. Stattdessen wird sie selbst des Mordes verdächtigt. Als Frau der Tat beginnt Samy mithilfe ihres guten und etwas skurrilen Freundes Cornelius, ihre eigenen Recherchen rund um das Windsor Castle durchzuführen. Dabei werden beide mit Samys Vergangenheit konfrontiert. Könnte es sein, dass der Mord mit ihrem jüngst verstorbenen Vater zusammenhängt?

Rebecca Michéle
AUF EIS GELEGT
Ein Cornwall-Krimi

Taschenbuch
352 Seiten
Preis 13,00 EUR [D]
ISBN 978-3-948483-70-8
lieferbar

Ebook epub
ISBN 978-3-940258-78-6

Kurz vor der Eröffnung des Higher Barton Romantic Hotels in Cornwall verschwindet dessen Direktor Harris Garvey samt 10.000 Pfund aus der Hotelkasse. Der beim Personal ungeliebte Chef wird schließlich auf Eis gelegt entdeckt in einer Kühltruhe. Von dem Geld fehlt jede Spur.

Die Hotelmanagerin Sandra Flemming gerät ins Visier der Ermittlungen, denn sie profitiert nicht nur als Garveys Nachfolgerin von dessen Tod, sondern hatte auch eine Affäre mit ihm. Sie beteuert ihre Unschuld, doch niemand glaubt ihr. Also beginnt sie auf eigene Faust zu ermitteln, doch der wahre Mörder ist zu allem bereit, um zu vermeiden, entdeckt zu werden ...